1950

还原
抗美援朝
25场殊死较量

李 涛 编著

1953

中国文史出版社
CHINA CULTURAL AND HISTORICAL PRESS

图书在版编目（CIP）数据

还原：抗美援朝 25 场殊死较量 / 李涛编著 . -- 北
京：中国文史出版社，2023.7

（抗美援朝亲历记）

ISBN 978-7-5205-4147-3

Ⅰ . ①还… Ⅱ . ①李… Ⅲ . ①纪实文学－中国－当代
Ⅳ . ① I25

中国国家版本馆 CIP 数据核字（2023）第 111682 号

责任编辑：窦忠如　方云虎

出版发行：中国文史出版社

社　　址：北京市海淀区西八里庄路 69 号　邮编：100142

电　　话：010-81136606　81136602　81136603（发行部）

传　　真：010-81136655

印　　装：北京新华印刷有限公司

经　　销：全国新华书店

开　　本：710×1010　1/16

印　　张：22.25

字　　数：345 千字

版　　次：2023 年 7 月北京第 1 版

印　　次：2023 年 7 月第 1 次印刷

定　　价：68.00 元

出版说明

2023 年是抗美援朝战争胜利 70 周年。

习近平总书记强调指出，抗美援朝战争的伟大胜利，是中国人民站起来后屹立于世界东方的宣言书，是中华民族走向伟大复兴的重要里程碑，对中国和世界都有着重大而深远的意义。抗美援朝战争锻造形成的伟大抗美援朝精神，是弥足珍贵的精神财富，必将激励中国人民和中华民族克服一切艰难险阻、战胜一切强大敌人。

为纪念抗美援朝战争伟大胜利，中国文史出版社策划出版《抗美援朝亲历记》丛书，分为五册:《口述:我们的抗美援朝》《纪实:支援抗美援朝实录》《还原:抗美援朝 25 场殊死较量》《亲见:战地摄影记者在朝鲜》《亲历:一名汽车兵在朝鲜战场的日子》。本丛书秉承人民政协文史资料亲历、亲见、亲闻的"三亲"特色，突出志愿军普通指战员和普通民众的著述，以小故事反映大事件，通过历史当事人、见证人和知情人的回忆，生动翔实地记述中国人民伟大的抗美援朝战争中的重大事件经过和重要人物活动;再现了英雄的中国人民志愿军同朝鲜人民和军队共同抗击侵略者，以正义之师行正义之举的历史画面;彰显了中国人民不畏强暴的钢铁意志、万众一心的顽强品格、敢打必胜的血性铁骨、维护世界和平的坚定决心;充分印证了抗美援朝战争的胜利，是正义的胜利、和平的胜利、人民的胜利。

收入书中的文稿，部分选自本社已出版的《纵横》杂志或专题图书。为尊重作者原意，保持了原作原貌，入选文稿除统一年代、数字、称谓等标准用法，删除个别词句外，未对内容做大的改动。对有些篇幅过长的文章，节选其相关内容或主要部分。书中的部队番号做到单本书统一用法。

　　抗美援朝战争伟大胜利，将永远铭刻在中华民族的史册上！永远铭刻在人类和平、发展、进步的史册上！

目 录

【指挥将领】詹大南；麦克莱恩、费斯
【战　　果】志愿军全歼美军步兵第 7 师第 31 团团部和第 3 营、第 32 团
　　　　　　第 1 营、第 57 野战炮兵营及坦克连、高射炮连、迫击炮连等
　　　　　　加强分队

团和第 44 团各 1 个连、第 48 团 2 个连，火箭炮兵第 201 团，军炮团，第 192 师炮团，坦克团 2 个连，三七高射炮 3 个营等；英联邦第 1 师和美军骑兵第 1 师第 5 团一部

【指挥将领】谢正荣、罗立斌

【战　　果】志愿军歼敌 4400 余人

01 两水洞战斗

【交战时间】1950 年 10 月 25 日

【交战双方】中国人民志愿军第 40 军第 118 师"、南朝鲜军第 6 师第 2 团

【指挥将领】邓岳"、金准五

【战　果】志愿军歼南朝鲜军第 6 师第 2 团一个步兵营和一个炮兵中队，毙伤俘敌 484 人

　　1950 年 6 月 25 日拂晓，远东朝鲜半岛，战火硝烟笼罩在北纬 38 度线上空。朝鲜内战爆发了。

　　正在密苏里休假的美国总统杜鲁门，接到了国务卿艾奇逊的电话后，匆匆赶回华盛顿。美国政府从其称霸世界的全球战略和遏制共产主义势力发展的战略利益出发，悍然违反《联合国宪章》关于"不得干预本质上属于任何国家内部管辖之事件"的规定，迫不及待地采取了武装干涉朝鲜内战的政策。

　　26 日，杜鲁门命令美国驻远东的空军、海军部队进驻南朝鲜，配合李承晚军队作战。同时命令美国海军第 7 舰队侵入中国台湾海峡，目的就是牵制新生的共和国，迫使中国首尾不能相顾。

　　27 日，美国故意歪曲朝鲜内战的性质，以"紧急援助"南朝鲜李承晚集团为名，操纵联合国安全理事会在没有苏联和中

朝鲜战争中，美军在仁川登陆

国两个常任理事国参加的情况下，通过了美国的提案，要求各会员国在军事上给予南朝鲜以"必要的援助"。

30 日，杜鲁门下令将美国驻日本的地面部队投入朝鲜战场。

7 月 7 日，美国又操纵联合国安全理事会通过非法决议，给美国及英国、法国、希腊、荷兰、南非、泰国、新西兰、加拿大、土耳其、比利时、卢森堡、菲律宾、澳大利亚、哥伦比亚、埃塞俄比亚共 16 个国家的侵朝军队披上"联合国军"外衣，并任命美国驻远东军总司令道格拉斯·麦克阿瑟为"联合国军总司令"。朝鲜半岛烽烟顿起，局势急剧恶化。朝鲜内战演变成了反对帝国主义侵略的民族解放战争。

战争初期，金日成领导的朝鲜人民军势如破竹，迅速突破南朝鲜军防线，一举越过"三八线"，仅用三天就攻下了汉城。随后，朝鲜人民军挥师南下，相继发起水原战役、大田战役和八月攻势，将李承晚的南朝鲜军和前来援助的美军第 8 集团军压缩在洛东江以东的狭小地区，解放了南朝鲜 90% 以上的土地和 92% 以上的人口，统一朝鲜的胜利曙光就在眼前。

中共中央和毛泽东主席密切关注着朝鲜战局的发展，认为朝鲜战争已趋于复杂化，成为国际斗争的焦点。对于战局的发展作出了两种可能的估计：一是速决，即朝鲜人民军很快取得胜利，将美国侵略军赶下海去；二是持久，即美帝国主义不甘心失败，继续增兵，甚至在朝鲜北部登陆，扩大战争规模，转入持久的战争。

中央军委和毛泽东未雨绸缪，决定抽调中国人民解放军第 13 兵团第 38、第 39、第 40、第 42 军和炮兵第 1、第 2、第 8 师，以及 1 个高炮团、1 个工兵团，共 25 万余人，组成东北边防军，集结于安东、凤城、辑安、通化、辽阳、海城、本溪、铁岭、开原等地，执行保卫东北边防安全和必要时援助朝鲜人民抗击美国侵略者的任务。

后来的事实证明，毛泽东早早在东北投下的第13兵团这枚棋子，对以后扭转朝鲜战局起到了至关重要的作用，验证了中国的一句至理名言：有备无患。

果然，朝鲜战局发生了意想不到的逆转。

9月15日，麦克阿瑟指挥美军陆战第1师、步兵第7师等部7万余人，在260余艘舰艇和500架飞机的配合下，趁朝鲜人民军主力在洛东江地区作战之际，出人意料地在朝鲜半岛西海岸仁川登陆，随即向汉城、水原方向发起猛烈进攻，切断了朝鲜人民军的后方补给。

正在洛东江战线苦苦支撑的美军第8集团军司令官沃克中将，趁势指挥美军、南朝鲜军10个师开始大举反攻。战局急转直下。朝鲜人民军陷入美军南北夹击的困境中，不得不转入战略退却。

28日，美军攻占汉城。29日，美军推进至"三八线"地区。麦克阿瑟公开宣称："在我们力量使用方面，'三八线'并不成其为问题，我认为我们可以在朝鲜全境采取军事行动。"

在此危急形势之下，朝鲜劳动党主席金日成给毛泽东发来急电，请求中国出兵援助。

面对美帝国主义赤裸裸的侵略行径，中国政府发出严正警告。周恩来总理召见印度驻华大使潘尼迦，请印度政府向美国当局转达中国政府的警告：如果美军越过"三八线"，中国就出兵援助朝鲜。

当时，作为世界头号强国的美国拥有巨大的装备与技术优势。单就国力而言，美国的GDP占全世界的一半，新中国连它的零头都不到。刚刚打完第二次世界大战的美国在军事实力上更是占尽优势——作战经验丰富，武器装备精良，并且还纠集了英、法、澳、土等15个国家的军队组成所谓的"联合国军"，人多势众，拥有绝对的制空权和制海权。更何况在西方人眼里，刚刚成立才一年的新中国还是一个积贫积弱的国家，军队也不堪一击。

的确，翻开中华民族的近代史册，中国先后遭遇过30多次西方列强的大规模入侵，几乎所有的西方帝国主义国家都侵略过中国。

1840 年，英国派遣 16 艘军舰、4000 名士兵，在中国东南沿海登陆，接连打败了十几万清军，如入无人之境。最后，一股 2000 多人的英军从上海沿长江一直打到南京，迫使清政府签订了中国近代史上第一个不平等条约——《南京条约》，赔款 2100 万银圆并割让香港岛。此后，1860 年英法联军入侵北京、1894 年中日甲午战争、1900 年八国联军入侵北京，清军屡战屡败，割地赔款，以至于英国人公开宣称：只要有一个团的兵力，就可以攻占中国的任何目标。

西方评论家甚至是美国政客都感到，无法想象中国军队如何与"联合国军"交手？

于是，美国当局视中国政府的警告为"恫吓""政治讹诈"，根本不予理睬，命令"联合国军"越过"三八线"，企图迅速占领全朝鲜。麦克阿瑟还以最后通牒的口气要朝鲜人民军立刻"放下武器，停止抵抗"。

与此同时，美军空军不断侵犯中国领空，轰炸扫射中国东北边境地区城镇和乡村，海军不断炮击中国渔船和商船，将战火引向中国，企图一举占领朝鲜并以此为跳板，进一步扩大对中国的侵略。

面对日益严重的安全威胁，要不要出兵参战，要不要与以美国为首的"联合国军"进行战争较量？新生的共和国需要作出重大的战略抉择。

当时，新中国刚刚诞生一年，长期战争的创伤尚未恢复，财政经济状况非常困难，城市有三四百万工人和知识分子失业，农村有三四千万农民遭受水旱灾害。新解放区的土地改革尚待进行，国民党小股武装和土匪也亟待剿灭。在军事方面，中国人民解放军海、空军尚处于初创阶段，陆军装备相当落后。中国政府面临着迅速医治战争创伤，恢复正常的生产和生活秩序，以及稳定全国政治局势的繁重任务，无意进行一场大规模的战争。

中国人民是爱好和平的，但从来不惧怕帝国主义强加到中国人民头上的战争。

中朝两国一衣带水，唇齿相依。有道是：城门失火，殃及池鱼，况且战火已经烧到了自家大门口。对于外强的干涉与侵略，只有坚决抵抗才是唯一的出路。

10 月 4 日和 5 日，中共中央政治局在北京中南海召开会议，讨论出兵朝鲜问题。会上，毛泽东指出："就目前的情况来看，朝鲜战争持久化的可能性正在逐渐增大。"他还分析了美军的长处和短处，概括起来就是"一长三短"。

"它在军事上只有一个长处，就是铁多，另外却有三个弱点，合起来是一长三短。三个弱点是：第一，战线太长，从德国柏林到朝鲜；第二，运输路线太远，隔着两个大洋，大西洋和太平洋；第三，战斗力太弱。"

在充分讨论、权衡利弊之后，会议认为"应当参战，必须参战，参战利益极大，不参战损害极大"，毅然作出了"抗美援朝、保家卫国"的重大战略决策，决定组成中国人民志愿军赴朝参战。

8 日，毛泽东签署组成中国人民志愿军的命令：

（一）为了援助朝鲜人民解放战争，反对美帝国主义及其走狗们的进攻，借以保卫朝鲜人民、中国人民及东方各国人民的利益，着将东北边防军改为中国人民志愿军，迅即向朝鲜境内出动，协同朝鲜同志向侵略者作战并争取光荣的胜利。

（二）中国人民志愿军辖 13 兵团及所属之 38 军、39 军、40 军、42 军，及边防炮兵司令部所属之炮兵 1 师、2 师、8 师。上述各部须立即准备完毕，待令出动。

（三）任命彭德怀同志为中国人民志愿军司令员兼政治委员。

（四）中国人民志愿军以东北行政区为总后方基地，所有一切后方工作供应事宜，以及有关援助朝鲜同志的事务，统由东北军区司令员兼政治委员高岗同志调度指挥并负责保证之。

（五）我中国人民志愿军进入朝鲜境内，必须对朝鲜人民、朝鲜人民军、朝鲜民主政府、朝鲜劳动党（即共产党）、其他民主党派及朝鲜人民的领袖金日成同志表示友爱和尊重，严格地遵守军事纪律和政治纪律，这是保证完成军事任务的一个极重要的政治基础。

（六）必须深刻地估计到各种可能遇到和必然遇到的困难情况，并准备用高度的热情，勇气，细心和刻苦耐劳的精神去克服这些困难。目前总的国际形势和国内形势于我们有利，于侵略者不利，只要同志们坚决勇敢，善于团结当地人民，善于和侵略者作战，最后胜利就是我们的。

同日，毛泽东将组成中国人民志愿军的有关情况通过中国驻朝鲜大使馆通报给了金日成。

9 日，彭德怀和高岗在沈阳主持召开了东北边防军军以上干部会议，传达了中共中央政治局的决策，正式宣布了中国人民志愿军的组成，并进行动员和研究部队入朝的具体部署。

然而就在这关键时刻，情况又发生了突变。

10 日，斯大林单方面取消了原先与中国达成的关于对志愿军提供空中支援的协议，称苏联空军的活动范围只能到鸭绿江边，不能配合志愿军入朝作战。这就意味着志愿军在战场上根本无法得到有力的空中支援，朝鲜战场的制空权将完全掌握在敌方手中，志愿军面临着更为严重的困难。

与此同时，"联合国军"越过"三八线"向朝中边境大举推进，计划在西线（太白山脉以西）占领平壤，东线（太白山脉以东）占领元山后，两线部队东西对进，会合后再向北发展。

15 日，杜鲁门和麦克阿瑟在威克岛就朝鲜战局举行秘密会议。会后，"联合国军"加快进攻速度，直逼平壤。

形势愈加严峻起来。18 日，毛泽东主持召开中共中央会议，再次研究志愿军出兵朝鲜计划。会上，毛泽东表示，现在敌人已围攻平壤，再过几天就打到鸭绿江边了，不论有天大的困难，志愿军渡江援朝不能再变，时间也不能推迟，仍按原计划入朝。

19 日，"联合国军"占领平壤。被胜利冲昏了头脑的麦克阿瑟认为，平壤的陷落"象征着北朝鲜的彻底失败"，北朝鲜有组织的抵抗已不复存在。于是命令"联合国军"继续高歌猛进，挥师北上，向鸭绿江边蜂拥而来。但他做梦也没有想到，就在这天黄昏时分，中国人民志愿军秘密渡过鸭绿江，向龟城、泰川、球场、德川、五老里一线开进。

志愿军入朝后，在战略上最紧迫的任务就是打退敌人的进攻，迅速稳定并扭转战局。

面对装备上占绝对优势的"联合国军"，能否打好出国第一仗，痛击敌人的嚣张气焰，阻敌北犯，对于稳住战局，振奋民心、鼓舞士气，具有十分重要的意义。为此，彭德怀带着随行参谋和两名警卫员，在朝鲜人民军次帅朴一禹的陪同下，先行乘车跨过鸭绿江大桥，进入朝鲜，与金日成共商作战大计。

21日黎明前，彭德怀辗转到达金日成指定的会晤地点——大榆洞，位于东仓和北镇之间山沟内的一个普通得不能再普通的小村庄。

见到彭德怀，早已等候多时的金日成紧紧握住彭老总的双手，二人顾不上过多的寒暄，便进入了会谈的主题。

彭德怀首先谈了中共中央和中央军委制定的战略方针和作战部署：志愿军第一批入朝作战部队为第38、39、40、42军共12个步兵师及3个炮兵师，此外还有高射炮团、工兵团、汽车团等部共约25万人。另有24个师正在调集，作为第二、第三批入朝作战的部队。我们入朝后打算先在平壤、元山一线以北，德川、宁

中国人民志愿军跨过鸭绿江，开赴朝鲜

川一线以南地区构筑防御工事，阻敌北进，以保持一块歼敌基地。希望人民军继续组织抵抗，尽量迟滞敌人前进，掩护我军开进。

金日成则介绍了朝鲜人民军当前的情况：美军9月仁川登陆后，把人民军的2个军团十几个师隔断在"三八线"以南，使人民军处于腹背受敌的不利态势。现在仅有3个师在我手上，1个师在德川、宁远以北，1个师在肃川，1个坦克师在博川，还有1个工兵团和1个坦克团在长津附近。阻隔在南边的部队正在逐渐地往北撤。

战场的形势比彭德怀预想的还要坏。入朝前，中央军委曾设想先组织防御，稳定战局，掩护朝鲜人民军北撤整顿，然后等待有利时机，再举行反攻。

但"联合国军"前进的速度实在是太快了，已经不容许志愿军先敌占领预定的防御地区了。

由于志愿军利用夜间隐蔽跨过鸭绿江，采取昼伏夜出，且保密措施得力，躲过了美军的空中和地面侦察，以至于当几十万志愿军进入朝鲜北部的崇山峻岭时，"联合国军"竟没有丝毫察觉。麦克阿瑟仍十分乐观地认为，中国和苏联出兵干预的可能性很小。

韩国战史编纂委员会编写的《韩国战争史》一书也是这样认为的：

中共军会不会参战？这是从战争爆发起就一直讨论的问题。对其参战的可能性，有过各种各样的臆测，但得出了中共军已错过时机这样一个判断。理由是：如果国军和联军在洛东江战线进行防御的那个时期介入了，他们也许能达到参战的目的，但在现在，我军已经进抵国境，掌握了制空权，地面军即将胜利完成作战任务，因而，即便参战也不能达成目的。

到 10 月中旬，由于不费吹灰之力攻占平壤，麦克阿瑟更加趾高气扬，错误地认为"北朝鲜的劳动党已彻底失败"。在此情况下，刚刚建立新政权的中国共产党是不敢出兵参战的，即便出兵也不可怕，因为"有利的时间已经过了"。况且这位西点军校的高才生、经历过两次世界大战洗礼的名将，压根儿没把从山沟里走出来的中国共产党人放在眼里。于是，他向杜鲁门夸下海口："朝鲜战争将在感恩节前全部结束。"

美国人大卫·哈伯斯塔姆在《最寒冷的冬天：美国人眼中的朝鲜战争》一书中写道：

麦克阿瑟坚信，中国不会介入进来。当时的美军一往无前、所向披靡，而朝鲜人却溃不成军、望风而逃，因此，麦克阿瑟的将令也变得越来越不受约束、越来越含混不清。形势很明显，他志在挺进鸭绿江，直趋朝中边境，而对于华盛顿意欲强加于他却又不敢强加于他的那些步步紧逼的限令，麦克阿瑟根本就不屑一顾。就连参联会禁止派遣美军进入任何毗邻朝中边境省份的命令也丝毫没有放慢他北上的步伐。其实，这件事没有什么值得大惊小怪的地方，因为人人心里都十分清楚，麦克阿瑟只会听从一个人的命令，而这个人就是他自己。众所周知，中国军队早已在鸭绿江的对岸虎视眈眈。对他们意欲何为，麦克阿瑟自认为要比杜鲁门政府的高官更了如指掌。他曾经在复活节岛上告诉总统，中国绝对不会参战。即使他们真的参战，他也完全有能力把朝鲜战场变成人类历史上最大规模的杀戮场——这一点只怕人们早就有目共睹。对于麦克阿瑟及其手下来说，顺利穿越这片与阿拉斯加州有着相似气候与地貌的不毛之地，就等于从仁川登陆开始的北伐行动取得了决定性的胜利。这不仅是一场伟大的胜利，还是一段颇具传奇色彩的佳话——因为华盛顿的大多数人极力反对时，麦克阿瑟将军却力排众议。

为此，麦克阿瑟迅即改变原定的作战计划，命令东西两线部队采取以师甚至以团或营为单位，分兵多路向朝中边境以最快速度推进，先控制边境要点，堵住朝鲜人民军退路，防止中国军队介入，尔后再行全面占领。这时，"联合国军"地面部队为 23 万余人，在"三八线"以北作战的有 13 万余人，具体态势是：

西线为美军第 8 集团军，共 6 个师另 1 个旅、1 个空降团。其中，美军第 1 军（辖第 24 师、英军第 27 旅及南朝鲜军第 1 师）由平壤地区向新义州、朔州、碧潼方向推进；南朝鲜军第 2 军团（辖第 6、第 7、第 8 师）由成川、阳德地区向楚山、江界方向推进；美军骑兵第 1 师（机械化师）及空降第 187 团为第 8 集团军预备队，位于平壤、肃川地区。

东线为美军第 10 军及其指挥的南朝鲜军第 1 军团，共 4 个师。其中，美军第 10 军（辖第 7 师、陆战第 1 师）由咸兴、利原地区向江界及惠山镇方向推进，南朝鲜军第 1 军团（辖首都师、第 3 师）沿海岸铁路线向图们江边推进。

虽然"联合国军"已抵近或进至志愿军预定防御地区，但仍未发现志愿军入朝，继续大胆前进，兵力逐渐分散。其中，西线右翼南朝鲜军第 2 军团态势突出，且与东线部队之间敞开 80 余公里的缺口。这为志愿军在运动中对敌实施分割包围、突然打击创造了有利条件。

在瞬息万变的战场上，战机稍纵即逝，远在北京的毛泽东深知此理。鉴于志愿军徒步开进，已来不及在预定地区组织防御，21 日 2 时 30 分、3 时 30 分和 4 时，毛泽东连续三次电示志愿军改变原定计划，在运动中歼灭敌人，明确指出："现在是争取战机问题，是在几天之内完成战役部署，以便几天之后开始作战的问题，而不是先有一个时期部署防御，然后再谈攻击的问题。"

彭德怀据此调整部署：西线集中第 40、第 39、第 38 军（附第 42 军第 125 师）在温井、云山、熙川以北地区，分别歼灭南朝鲜军第 6、第 1、第 8 师；第 66 军主力立即入朝，向铁山方向前进，准备阻击英军第 27 旅；以第 42 军（缺第 125 师）在东线黄草岭、赴战岭及其以南地区阻击美军第 10 军及南朝鲜军第 1 军团，保障西线主力的翼侧安全。

22 日，志愿军政治机关发布动员令，号召全体官兵发扬爱国主义和国际主义精神，勇敢顽强地战斗，打好出国第一仗，为国争光。

为确保赴朝第一个战役发起的突然性，彭德怀在过江前曾规定各部队入

某部指战员赴朝作战前集结的场面

朝后要控制电台，封锁消息，严密伪装，昼伏夜行，向指定的作战区域隐蔽开进。由于朝鲜北部山高路窄，加上美机袭扰，志愿军进入朝鲜后，前进速度很慢。因此，彭德怀到达大榆洞时，对各军、师处在什么位置都不清楚，一时也无法联系上。

大战在即，这怎能令彭德怀不心急如焚呢？

24日天亮后，志愿军第40军第118师在师长邓岳和政治委员张玉华的率领下，经过连续5天的急行军，赶到了大榆洞。

别看邓岳年纪不大，时年只有32岁，却是个不折不扣的老革命了。1930年，年仅12岁的邓岳在老家湖北麻城参加了中国工农红军，成了一名"红小鬼"。

长征途中，邓岳染上重疾，连日高烧不退，班长就拿出10块大洋，让他离开部队养病。邓岳死活就是不干，非要跟着队伍走。

一天，正在路边因高烧缩成一团的邓岳恰巧被陈赓看见。陈赓被这个小红军的倔劲儿所感动，就把自己的战马让给他骑。邓岳不肯骑，便用双手死死拉住马尾巴跟在后面走，硬是迷迷糊糊地走完了长征。

抗日战争时期，邓岳历任中国人民抗日军政大学第一分校区队长、干部营营长，冀南军区第4军分区参谋长，八路军第129师副团长等职。解放战争时期，历任副旅长、副师长、师长等职。

1986年，邓岳在沈阳军区《党史资料通讯》上发表《入朝首战温井歼敌记》一文。文中写道：

> 根据志愿军司令部命令，我118师作为首批志愿军部队入朝后，连续行军五天，24日到达北镇西北的大榆洞。敌情虽然还不清楚，但一群群携家带口逃难的朝鲜群众和一队队向北撤退的人民军队伍，都在说明局势越来越严重。突然听到几十公里外响起了炮击声，根据地图判定大约是在温井方向，看来，北犯之敌已经先占温井。我和师政委张玉华从车上下来，准备研究一下情况。这时，在路旁的山脚边有四个朝鲜人民军战士朝我们走来，从装束上看，不像是北撤的人民军战士。警卫班的战士迎上前去，向他们了解情况

后报告说，这些人民军战士是金日成将军的警卫队，人民军总部就
在前边山沟。听到这个情况，我和张政委就带着警卫班向路边山沟
走去。当我们到了人民军总部时，一位人民军军官向我们简单说了
几句，就请我和张政委直接去见彭德怀同志。

邓岳压根儿儿就没有想到自己会在这里遇见彭老总，更没有料到他的部
队竟然成为整个志愿军的前锋，并最早与"联合国军"交火。

彭德怀高兴地对邓岳说："你们来了，太好了，我的人都挤在后面公路
上，上不来了。这里情况很紧急，金日成同志也在这里，你们把部队拉上去，
在温井一带，准备做个口袋，相机歼灭一部冒进的敌人，打击一下敌人的
气焰。"

随即把手里早已拟好的电文交给邓岳，命令道："发给邓华，我在这儿不
走了，这头一仗，看看你们行不行。"

"请彭总放心，我们一定打好第一仗！"邓岳立即同张玉华一起研究作战
方案，决定前卫354团火速赶往温井，在温井以北的丰下洞、富兴洞地区修
筑工事，准备阻击敌人；353团在两水洞公路西侧展开；352团在北镇西北侧
展开；师指挥所位于两水洞西侧山坡下。其中352团的部署既是袋形又是环
形，可以把敌人放进来打，也可以在"大门口"阻击敌人。

彭德怀在抗美援朝战争前线

24日晚，354团赶到了作
战地域，人马未歇就开始构筑
工事。具体部署如下：

2营4连配属重机枪2挺，
控制公路边的216高地，负责
正面阻击；3营在富兴洞以北
的239.8高地，以火力控制公
路；1营位于长洞，沿212高
地两侧，隐蔽防空，宿营休
息，随时准备支援2、3营战

斗，歼灭北犯之敌；团指挥所设在490.5高地。为保证战斗发起的突然性，全

团进行严密伪装，管制灯火，架设有线电话联系。

就在一天前，南朝鲜军第 2 军团军团长刘载兴少将，接到美军第 8 集团军司令官沃克中将的命令，要他率部迅速往中朝边境推进。

刘载兴心里叫苦不迭。他知道周围美军第 24 师、英军第 27 旅有的已停下，有的缓慢前进，如果他带领部队往前猛冲，弄不好会钻进敌人的口袋里。而他的部队虽然是清一色的美式装备，但大都是刚刚强征入伍的新兵，毫无作战经验，每个师只有一个炮兵营，和美军火力相去太远。

"狡猾的美国人，自己不冲，却让我们冲在前面。"刘载兴心里暗暗骂道。无奈军令难违，只得下令给第 6 师师长金钟五准将，命第 2 团 2 个营向温井挺进。

25 日的天气一改前几天的晴朗，突然阴沉下来，并刮起了寒冷刺骨的北风。清晨，两辆中型卡车载着全副武装的南朝鲜士兵，沿着温井通往北镇的公路开过来。这是南朝鲜军第 6 师第 2 团先头第 3 营的尖兵。

时任志愿军 118 师供给部联络员的徐圣贵回忆道：

> 敌军尖兵已闯入我军阵地，他们既不下车搜索，也不开枪进行火力侦察，嘴里啃着苹果，嚼着口香糖，哼着流行曲，打闹嬉戏如入无人之境；尖兵车转过一条山脚驰过一座涵洞桥。嘭！嘭！两声，轧响了我们埋设的两颗触发雷。因为不是速发雷管，没有伤着汽车。他们居然连车都没停，若无其事地继续前进。尖兵车后面是三辆满载步兵的大卡车，再往后便是中型卡车牵引的榴弹炮一辆接一辆，一共是 12 辆。后面又是 20 多辆大卡车载运着步兵和辎重，整个队伍都显得趾高气扬，好像"江东无人"，他们就是天下无敌的王牌军。

隐蔽在山林里的 354 团将士们如同看到猎物入网一样既兴奋又紧张，个个摩拳擦掌，跃跃欲试。

团长褚传禹立即打电话向师长邓岳报告："敌人先头部队来了，是打还是放？"

"有多少人？"

"大约三四十辆汽车，不会超过两个营！"

邓岳果断命令："把敌人放进来打！"

谁知，敌人的尖兵车竟径直开到离118师指挥部驻地很近的两水洞地区。徐圣贵回忆道：

> 师指挥机关正在山村里休息，首长们的指挥车就停在路边的树底下防空，师对军联系的电台车也停在公路桥的桥洞里。敌人尖兵发现了目标一面前进，一面开枪射击，机枪子弹把我指挥车的风挡玻璃打得粉碎，司机正在后排座上睡觉，立即跳下来往山沟飞跑，报话员也急忙抱着无线电台往山上转移。这时师首长和前指机关人员正在吃早饭，听到枪声立刻放下碗筷仓促占领阵地。

驻在村口的师侦察连立刻抢占阵地开火还击。只见志愿军的机关枪和掷弹筒，一阵狂轰猛射，最前面的汽车被打得歪横在路旁。车上敌人惊慌失措，争先恐后往下跳，顿时人仰马翻，乱成一团。

侦察连长不等敌人展开，立即命令3排拦腰插过去。侦察员们勇猛追击，都想抓几个南朝鲜兵。

敌人一边逃，一边不时地回头张望。眼看越追越近了，他们就开始扔东西，毯子、大衣、杂物……边跑边扔，最后竟连子弹、枪支也扔了。

志愿军战士边追边喊："志愿军宽待俘虏！缴枪不杀！"

南朝鲜兵听不懂中国话，志愿军越喊，他们跑得越凶……

见前面打得激烈，后面的南朝鲜军立即跳下汽车，企图抢占公路旁的山头。志愿军战士一个个都是"铁脚板"，自然比南朝鲜军快得多。当志愿军抢上山头时，敌人还在离山头30多米的山腰处拼命往上爬！

战士们居高临下一阵手榴弹，把敌人打得晕头转向，像一群没头的苍蝇四处乱撞，纷纷退回公路抢着爬上汽车，掉头想往回跑。

志愿军的迫击炮瞄准最尾部的汽车开炮，炮弹在空中划出一道美丽的弧线，直接命中那辆卡车的车头。随着一声巨响，汽车燃起冲天大火，敌人的车队被堵在了公路上。这门迫击炮立下头功，为志愿军首战全歼敌军发挥了重要作用，如今陈列在中国人民革命军事博物馆里。

14 时 30 分，邓岳命令 353 团 1 营、3 营同时出击，配合 354 团 3 营围歼进至两水洞、仓洞的敌人。在激昂的冲锋号声中，志愿军发起勇猛冲击，如快刀斩乱麻，把敌人分割成数段。霎时间，公路上、山坡上到处都是志愿军战士围追堵截溃散的敌人的场景。

一个小时后，战斗结束。118 师采取前堵后截、拦腰斩断的战法，干净利落地歼灭了南朝鲜军 1 个步兵营和 1 个炮兵中队，毙伤俘敌 484 人，其中有美军顾问 1 人，缴获各种枪 163 支、火炮 12 门、汽车 38 辆。

时任 118 师政治部主任的刘振华回忆道：

> 通过翻译，我审讯了一个叫赖特斯的美军少校。这家伙从军衣口袋里掏出一张印有八国文字的投降书，毕恭毕敬地递了过来，连连表示："只要你们不杀我，我什么都可以告诉你们。"我向他说明了我军宽待俘虏的政策，他表示相信。并说，他被俘以后，给中国

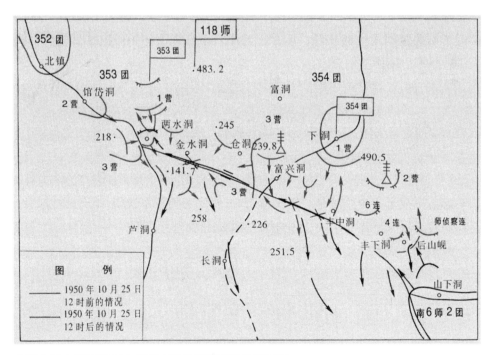

中国人民志愿军第 118 师两水洞地区遭遇战斗经过图

士兵钢笔和金表都不要，证明你们中国军队是很仁义的。接着，他供认"和南朝鲜军这个先头部队是执行'袭击金日成总部'任务的，但没想到在这里碰到了中国军队，并当了俘虏"。

"铃铃铃……"一阵急促的电话铃声在志愿军总部的木板房里激荡着。

"彭总，118 师邓师长来电。"一位参谋报告。

"怎么样？"彭德怀一个箭步抢过电话问，"吃了肉包子没有？"

"吃上了，还是全肉馅的。敌人一个营和一个炮兵中队被包圆儿了！"邓岳的声音因为兴奋而有些发颤。

"好，打得好！"彭德怀激动地说，"总部要通令嘉奖你们！"

放下电话，彭德怀长舒了一口气，喊道："快给毛主席发电，报告首战胜利，让他放心！"

捷报传到了北京中南海，毛泽东极为欣慰，发来贺电："庆祝你们的初战胜利。"

两水洞战斗，是中国人民志愿军出国作战的第一仗，打出了国威、军威，拉开了抗美援朝战争的序幕。后来，毛泽东亲自提议把 10 月 25 日成为中国人民志愿军出国作战纪念日。

云山进攻战斗

【交战时间】1950 年 11 月 1 ～ 3 日

【交战双方】中国人民志愿军第 39 军；
美军骑兵第一师和南朝鲜
军第一师等部

【指挥将领】吴信泉、徐斌洲；霍巴
特·盖伊、白善烨

【战　果】志愿军歼美军骑兵第一
师第 8 团大部和南朝鲜军第
一师第 15 团大部，毙伤俘
敌 2000 余人

　　1950 年 10 月上旬，"联合国军"越过"三八线"向朝中边境推进。为彻底击败朝鲜人民军，在感恩节前结束朝鲜战争，"联合国军"总司令麦克阿瑟制定了"钳形攻势"，企图在西线占领平壤、东线占领元山后，东西两线部队对进，会合后再向北猛扑。

　　19 日晚，中国人民志愿军开始秘密渡过鸭绿江，进入朝鲜。此时，"联合国军"尚未发现志愿军大举入朝，放胆前进，其西线右翼南朝鲜军第 2 军团态势突出，且与东线部队之间敞开 80 余公里的缺口。

　　21 日，根据毛泽东关于在运动中歼敌的作战方针，志愿军司令员兼政治委员彭德怀决定在西线集中第 40、第 39、第 38 军（附第 42 军第 125 师）于温井、云山、熙川以北地区，分别歼灭南朝鲜军第 6、第 1、第 8 师；在东线以第 42 军（欠第 125 师）

于黄草岭、赴战岭及其以南地区阻击美军第 10 军及南朝鲜军第 1 军团，保障西线主力的翼侧安全。

25 日，40 军 118 师在温井西北两水洞打响了志愿军走出国门的第一枪，全歼南朝鲜军第 6 师第 2 团第 3 营和 1 个炮兵中队，从而拉开了抗美援朝战争的大幕。

26 日，南朝鲜军第 6 师先头营进至鸭绿江边的楚山，并炮击中国边境，师主力位于熙川地区；南朝鲜军第 8 师主力由德川经球场进至熙川；南朝鲜军第 1 师主力进至云山地区；美军第 24 师、英军第 27 旅分别进至龙山洞、博川地区。

28 日，40 军主力在温井以东龟头洞地区，向南朝鲜军第 6、第 8 师各 2 个营发起攻击，至次日晨将其大部歼灭。118 师进至古场地区，于 29 日晚将南朝鲜军第 6 师第 7 团大部歼灭。

与此同时，39 军进至云山地区，对南朝鲜军第 1 师构成三面包围。66 军进至龟城以西地区，准备迎击美军第 24 师。38 军在南朝鲜军第 8 师南撤后占领熙川。

至此，西线志愿军主力已进至古军营洞、塔洞、泰川以北、云山以北、温井、熙川一线，完成了战役展开。

这时，"联合国军"已发现志愿军入朝参战。据韩国国防部战史编纂委员会编写的《韩国战争史》披露：

> 我第 1 师正向云山推进。……于 11 时 30 分，抓到 1 名俘虏。白善烨准将刚刚返回师部，亲自审讯俘虏，查明他是中国南方广东人，属中共军正规部队。他供出："在云山和熙川北部，有 2 万名中共军正在待命。"白善烨师长立即将这一情报报告米尔本军团长。

但这并未引起"联合国军"的高度重视，坚持认为中国只是象征性出兵，对志愿军的兵力估计不足。

在麦克阿瑟看来，小股中国军队的出现，不过是中国政府外交棋盘上的小步骤，是金日成请求毛泽东搞的一种心理战，因此并未放弃既定作战计划，稍事调整后继续向北推进，以期迅速占领朝鲜全境。

31 日，英军第 27 旅进至定州、宣川，继续向新义州方向前进；美军第 24 师进至泰川、龟城，继续向朔州方向前进；美军第 1 军预备队骑兵第 1 师（机械化师）由平壤调至云山、龙山洞地区，接替南朝鲜军第 1 师；南朝鲜军第 1 师主力撤至宁边及其东北地区（1 个团仍位于云山），第 8 师退至球场地区，第 7 师则由龙山洞地区东调球场及德川地区；美军第 2 师北调安州地区作为第 8 集团军预备队。

"联合国军"虽调整部署，在清川江以北的兵力猛增至 5 万多人，但仍处于分散状态。而西线志愿军可集中 10 ~ 12 个师、12 万 ~ 15 万人作战，兵力占据绝对优势。

据此，志愿军总部决心采取向敌侧后实施战役迂回、结合正面突击的战法，集中兵力，各个歼灭云山、泰川、球场地区之敌，首先求得消灭战斗力较弱的南朝鲜军第 8、第 7、第 1 师，尔后视情况再歼美、英军。

毛泽东复电同意了这一作战计划。志愿军司令部作出如下部署：

38 军迅速歼灭球场之敌，尔后沿清川江左岸向院里、军隅里、新安州方向突击，切断敌人退路。

42 军 125 师向德川突击，并占领该地，坚决阻击由东、南两个方向来援之敌，保障志愿军侧翼安全。40 军以主力迅速突破当面之敌，于 1 日晚包围宁边南朝鲜军第 1 师主力并相机歼灭之，得手后向龙山洞以南灯山洞突击，切断龙山洞地区敌之退路，另留一部于上九洞地区防止云山之敌逃窜。

39 军于 1 日晚攻歼云山之敌，得手后准备协同第 40 军围歼龙山洞地区之美军骑兵第 1 师。

66 军以一部于龟城以西钳制美军第 24 师，军主力视情况从敌侧后突击，歼灭该敌。

50 军主力进至新义州东南地区，防敌西犯，保卫新义州。

42 军主力于原地积极抓住当面之敌，并相机歼其一部，以策应西线作战。

总攻时间定于 11 月 1 日黄昏。

按照命令，39 军集中 8 个步兵团和 2 个炮兵团、1 个高射炮兵团向云山进攻。军长吴信泉、政治委员徐斌洲决心以正面突击与侧后攻击相结合的战法，首先攻占云山，尔后向龙山洞方向发展进攻。具体部署是：

116 师担任主攻，由西北方向沿三滩川两岸山麓经龙埔洞、262.8 高地、间洞、朝阳洞向云山攻击前进，并以一部兵力向上九洞方向发展进攻；

左翼 117 师主力由东北方向实施助攻，首先歼灭三巨里之敌，尔后协同第 116 师围攻云山，同时以 1 个团插至上九洞断敌退路；

右翼 115 师以 1 个团由云山以西的诸仁洞沿公路两侧向立石上洞、立石下洞、栖凤洞、下草洞攻击前进，另以 1 个团进至云山至龙山洞公路之龙头洞，切断公路，阻击由龙山洞增援云山之敌；

115 师 344 团仍留置泰川以北，阻击美军第 24 师北援，保障军主力侧后安全。

志愿军第 39 军原系东北野战军第 2 纵队，其前身可追溯到徐海东领导的红 15 军团和黄克诚领导的新四军第 3 师，是东北野战军五大主力纵队之一。该军从东北的黑土地上一路过关斩将，攻城略地，克锦州，夺天津，战衡宝，一直打到广西的友谊关，是中国人民解放军赫赫有名的王牌军之一，可谓一只勇猛无敌的"东北虎"。

此次云山之战，他们面对的是美军的王牌部队——骑兵第 1 师。

提起美军骑兵第 1 师，可谓声名显赫。它创建于美国独立战争时期，为美国首任总统华盛顿开国时组建的精锐部队，也是美国军队历史最悠久的部队，被称作"开国元勋师"。在两次世界大战中，该师战功卓著，常常充任开路先锋的角色，号称建军 160 年来从未吃过败仗，享有"先驱师"和"常胜师"的美誉，是美国陆军中的"天之骄子"。

以骑兵起家的骑

志愿军在云山向美军骑兵第 1 师发起进攻

1师虽说早已在20世纪40年代改装为机械化步兵师，但一直保留着骑兵师的番号，士兵的臂章仍然采用最初的马头图案，这是一个令所有美国军人羡慕的符号，也是骑1师荣耀的象征。

朝鲜战争爆发后，骑1师作为第一批美军地面部队入朝参战，从洛东江反攻到突破"三八线"、进攻平壤，一直担负主攻任务。师长霍巴特·盖伊少将在第二次世界大战中曾担任巴顿将军的参谋长，作战经验丰富，尤以精通装甲战术而著称。然而骑1师的官兵们做梦也没有想到：在冰天雪地的朝鲜北部山区，灾难降临了。

云山是朝鲜北部的交通枢纽，通向东北的云（山）温（井）公路、通向西北的云（山）昌（城）公路、通向东南的云（山）宁（边）公路、通向西南的云（山）博（川）公路在此交汇，地理位置十分重要，历来为兵家必争的要塞之一。

作为朝鲜民主主义人民共和国平安北道云山郡政府所在地的云山城，面积并不大，但地势险要，北有三滩川，东有温田川，西有龙兴江，南有九龙江，四周群山连绵，丛林茂盛，河流纵横。

11月1日清晨，云山地区大雾弥漫。

39军预定19时30分发起进攻。然而战场形势瞬息万变。下午3时许，志愿军发现云山以北之敌有后撤迹象。吴信泉、徐斌洲当机立断，命令部队在炮兵火力支援下提前发起进攻。

下午4时，配属39军的野战炮兵部队和各师团直属炮兵分队对敌实施炮火急袭，39军装备的六管火箭炮也首次投入实战，对敌纵深目标实施两次齐射。

10分钟后，116师、117师向云山城发起全面进攻。

总攻发起前，39军虽得知美骑1师已经向云山地区移动，但并不知晓其已接替南朝鲜军的防务，因此一直在做围歼南朝鲜军第1师的准备。

直到进攻发起后，39军各部攻入敌阵，才发现交战的竟然是美军，而且还是王牌骑1师。

久经沙场的吴信泉可不信邪，对徐斌洲说："老伙计，咱本想吃肉，却先啃上了骨头，怪不得火力这么强，原来是美军的王牌军。继续进攻，老子才是王牌！"

听说与美军的王牌部队交手，39 军的官兵斗志更旺，一股英雄豪气陡然而生。一位班长说："它是王牌，老子就是王中王，专克狗日的王牌军！"

担任主攻云山任务的是 39 军 116 师。师长汪洋决定以 347 团、348 团为第一梯队，并肩实施进攻；347 团一部从云山右翼正面进攻，主力从云山西南侧后包围进攻；348 团 1 营从左翼正面进攻，团主力插到云山东南，切断通向上九洞的公路，与 347 团对云山之敌构成四面包围的态势；346 团为师的第二梯队，支援 347 团、348 团的战斗。

左翼 348 团 2 个营突破前沿后，攻占了 262.8 高地、间洞和朝阳洞。1 个营于 2 日 3 时进至云山南 2 公里公路交叉口处，发现敌坦克、步兵正在掩护 1 个榴弹炮兵营南撤。时任该营教导员的王林在《忆云山夜战》一文中写道：

> 连长即令 1 排抢占公路拐弯东北 100.3 高地，2 排抢占有利地形，控制博川、宁边公路的交叉处，3 排随 2 排前进。5 班长李运贤带第一组前进至公路边，当敌先头坦克接近时，突然跃进，将爆破筒塞至敌坦克履带下，将其炸毁，堵住了后面车辆。全排乘势跃过公路，占领了公路两侧制高点。敌为夺路南逃，组织排至连的兵力三

志愿军在云山战斗中俘虏的美军军官

次反击，均被 4 连 2、3 排击退。3 时 30 分，敌又向 4 连 2、3 排攻击，当敌进至距我 20 多米时，2、3 排所有火力一齐开火，敌乱成一团。指导员范喜财适时组织 2、3 排迅速发起冲锋，与敌人展开了肉搏战，4 班战士吴潘火连续捅死三个敌人，身上几处负伤仍坚持战斗。经 15 分钟激战，解决了这一股南逃之敌，毙敌 40 余名，并生俘了 7 名钻到汽车下面的美军士兵，缴获坦克 4 辆、榴弹炮 9 门、汽车 30 余辆。副连长张玉峰率 1 排向 100.3 高地疾进中遇公路东侧敌野战机场守敌阻击。他立即组织攻击，令 2 班迅速抢占 100.3 高地。1 班和 3 班摸到敌机场，突然开火，毙敌 30 余名。敌机企图起飞逃窜，1 班副班长李连华带领全班冲向敌机，迫使敌驾驶员投降，该班缴获敌机 4 架。

348 团 1 个营于朝阳洞加入战斗，向云山以南攻击。该营 1 个排在云山街区与撤退的 300 余名美军遭遇，展开激战，与由西向东追击的 347 团一部共同将其大部歼灭。营主力于 2 日 3 时在云山东南 5 公里处切断公路，阻击分队毙敌 60 余人，缴获榴弹炮 8 门，汽车 12 辆。

右翼 347 团 2 个营突破前沿后，1 个营直插龙浦洞，歼南朝鲜军第 12 团 1 个多连；另 1 个营绕过 277.4 高地，插至云山西北角，遭到阻击。该营利用雨裂沟隐蔽接敌，勇猛冲击，将守军击溃。追击中，1 个连于西街十字路口，向在坦克引导下东撤的 10 余辆满载美军的汽车发起冲击，以冲锋枪、手榴弹大量杀伤敌人。汪洋回忆道：

　　战斗十分残酷，骑 1 师利用飞机、坦克和火炮的绝对优势拼死抵抗，战斗持续到 11 月 2 日 1 时，我师仅占领了云山市的外围。11 月 2 日 2 时，我将第二梯队投入战斗。三个团从东、西、北三个方向先后攻入云山市内，与美军展开了短兵相接的肉搏战，杀声四起，刺刀见红，美国兵从未见过如此神速的猛扑，更不适应近距离的白刃战，渐渐乱了阵脚，溃不成军，战斗终于在 11 月 2 日凌晨 3 时半胜利结束。我目睹了胜利后的战场，到处都是佩带"马头"臂章的美军尸体和坦克、大炮、汽车、给养，盛名百年的美军"王牌"，终于败在了志愿军手下。

在嘹亮的冲锋号中，志愿军发起凌厉的攻势，美骑 1 师部队全面崩溃了，被打得狼狈不堪。美国人大卫·哈伯斯塔姆在《最寒冷的冬天：美国人眼中的朝鲜战争》一书中写道：

> 他们听到了一种类似于某种亚洲风笛一样的乐器声音。一开始，有些军官还以为是英国旅的援军到了。然而那种声音不是风笛发出的，而是从军号与喇叭里发出的一种诡异的声响。对于这种声音，只怕很多人会在此后终生难忘，因为他们很快就知道，这种声音不仅代表着中国军队即将投入战斗，同时还是对敌人的一种强大的威慑力。

美军战史则是这样描绘的：

> 中国人胡乱开火，不断向车里扔手榴弹、炸药包，车被打着了。可指挥所周围的有些分队还在孤洞或隐蔽工事中呼呼大睡，显然他们在等待撤退的命令。其中一个士兵之后回忆说，醒来时仗早已打响了……有人叫醒我后问我听没听见一群马在奔腾嘶鸣……片刻间我们的驻地被打得千疮百孔……当我听到远方的军号声和马蹄声，我以为我还在梦乡，敌人仿佛腾云驾雾般从天而降，人影模糊不清。

117 师于 1 日 17 时 30 分从东、东南、北三面向三巨里南朝鲜军第 15 团发起进攻。经 3 个多小时激战，于 21 时攻占三巨里。师主力随即协同 116 师左翼团歼灭朝阳洞地区之敌，尔后向云山进攻。117 师 351 团由三巨里向上九洞方向发展进攻。

担负断敌退路任务的 115 师 345 团于 1 日 17 时 30 分发起进攻。

云山城南约 5 公里处，九龙江蜿蜒曲折，形成了一个形似"骆驼鼻子"

的弯曲部，龙兴江由此注入九龙江，云山通往龙山洞的公路也在此通过，江上的诸仁桥是云山之敌南撤的必经之路。

345 团突破当面之敌阵地后，以 1 个营攻占桥南的 324.2 高地，歼灭美军 1 个排，随后向云山攻击前进；以 2 个营沿龙兴江右岸直插诸仁桥。位于云山西南 6 公里、云山至博川公路上的诸仁桥，是连接九龙江南北交通的咽喉，占领该桥便可切断敌人南逃博川的退路。

2 日凌晨 1 时许，2 营 4 连抵达诸仁桥南山北坡。

连长周仕明果断命令 1 排从东侧、2 排从西侧突然夹击，全歼守敌，占领诸仁桥，将美骑 1 师第 8 团直属队及第 3 营 740 余人包围压缩在诸仁桥以北开阔地。周仕明回忆道：

> 我乘势率部队冲入敌群，以压倒一切的英勇气概，同敌人展开了白刃搏斗。2 排长郭怀祥率部队冲击，虽负伤仍坚持指挥。我不断地呼喊着指令，通信员刘万生紧随我左右。月光下，他发现一辆炸坏的汽车旁，一个美国兵正用机枪向我瞄准。刘万生毫不犹豫地一个箭步将我扑倒在地，而他自己则被射过来的机枪子弹击中，当场牺牲。……手榴弹纷纷在敌群中爆炸，被困在指挥所大散兵坑里的 20 多个敌人有 15 人被炸死。敌 3 营营长罗伯特·奥蒙德少校则被炸成致命伤。
>
> 2 日上午 8 时整，美军在四架飞机的轰炸扫射下，以六辆坦克掩护一个连的兵力向我连防御阵地连续发起三次攻击。我连以两挺重机枪、六挺轻机枪组成严密的火力网，并以六〇火箭筒击毁敌坦克一辆。激战中，1 排 3 班阵地被敌突破，3 班七名战士在阵地上与敌展开了肉搏。3 班长邹德贵拿一枚手榴弹与敌人滚打在一起。当五个美国兵冲到他身边时，邹德贵毅然拉响了手榴弹与敌同归于尽。临死他的嘴里还咬着敌人的一只耳朵。我立即令预备队 9 班出击，奋力夺回了 3 班阵地。这时又一股敌人冲上了 5 班阵地，班长吕文志一连刺死了三个美国兵，负伤倒在了阵地上，最后 5 班阵地上只剩下战士李海一人顽强地坚守着。

为挽救濒临灭顶之灾的第 8 团，美骑 1 师立即组织第 5 团在强大的空地火力掩护下，从博川方向向云山攻击前进。

担任阻援任务的 343 团于 1 日 10 时 30 分由明堂洞出发，进至龙城洞至龙头洞之间公路附近高地时，与美骑 1 师第 5 团迎面遭遇，双方随即展开了激烈战斗。

185.5 高地位于龙头洞北一公里处，正处在志愿军前进的道路上。若被敌人占领，可居高临下，封锁云山至博川的公路，将 343 团压制在沟里不能前进。

团长王扶之命令 3 营 9 连不惜一切代价，先敌抢占 185.5 高地。许多年后，王扶之在《龙头洞阻击战》一文中回忆道：

> 9 连是个红军连，也是 3 营的主力连，屡屡打胜仗，这一仗也不负众望，在敌火力封锁下奋勇向前，一鼓作气，先敌一分钟抢占了 185.5 高地主峰，以密集火力将敌人赶下了山。敌人退到了龙头洞村里，在山峰上则留下被打死打伤之敌 30 余人。

不甘心失败的敌人发起了疯狂的反扑。

343 团坚决阻击，寸步不让。

美军动用飞机、重炮、坦克狂轰滥炸，对志愿军坚守的阵地上洒上汽油，投下火箭弹、燃烧弹，使整个阵地变成了一片火海。

英勇的志愿军战士浴血拼杀，死战不退。在 343 团 3 连的阵地上，空中是美军几十架战斗

志愿军在云山战斗中缴获的美军汽车

机在扫射轰炸，地面上是一波又一波的坦克配属步兵的冲击，阵地上原本茂密的树林已经变成了一片焦土。全连160人，打到最后只剩下几十人，依然死死地守住了阵地。

激战两昼夜，343团打退美骑1师第5团10余次进攻，将其阻于龙头洞以南，击毙团长约翰逊上校以下400余人。

严酷的现实使美骑1师师长盖伊认识到：任何企图救援第8团的努力都将是徒劳的，而且可能会给整个师带来更大的危险。他不得不做出了一个痛苦的决定：放弃救援，让他们自行突围。

2日黄昏，西线美军、南朝鲜军开始向清川江以南撤退，云山地区守军残部亦向南寻路突围。

然而，在志愿军铁桶般的包围和勇猛的攻击前面，敌人的任何突围努力无疑都是徒劳的。激战至3日晚，被围的云山守敌被全歼。现代化装备的美骑1师遭到了它"历史上第一次令人沮丧的失败"。

5日晚，美军主力撤至大宁江以西、清川江以南，云山战斗结束。

此战是中国人民志愿军首次同美军直接交战。在这场王牌军的对决中，志愿军第39军获得完胜，以劣势装备歼灭具有现代化装备的美军骑兵第1师第8团大部和南朝鲜军第1师第12团一部，击溃美军骑兵第1师第5团和南朝鲜军第15团，共毙伤俘敌2040余人，其中美军1840余人，击落飞机3架、缴获4架，击毁和缴获坦克28辆、汽车176辆、各种火炮119门以及大批军用物资。

彭德怀在战后总结会上高度评价了云山之战："39军在云山打美军骑兵第1师打得很好……起初我们还担心在没有制空权的情况下，和美军作战，我们要吃亏。现在看来，这个困难是可以克服的，一样可以打仗，打胜仗！美国军队没有什么了不起，我们不只打了韩军，也打了美国的'王牌师'，这个师在美国很有名又一直没有吃过败仗，这回吃了败仗，败在我们39军的手下嘛！"

39军战史里有一段记录：

云山战斗中，美军运尸体的8辆"道奇"大汽车被我们截住，车上每层 10 具尸体，头脚颠倒放置，一共装了 5 层，共计 50 具，8 车共 400 具，每具都穿一套全新的白线衣裤。以此来推算，美军在我师正面上伤亡即在 1200—1600 人以上，而这个数字只是按其收容的数字计算的。实际情况还有许多死伤者被遗弃在战场上。因此，实际伤亡人数将远远超过 1400 人。因美军伤亡主要是被我轻武器所致，故伤的比例较大。

大卫·哈伯斯塔姆写道：

这次战斗结束后，8 团原有的 2400 人中死伤 800 余人。时运不济的 3 营原有的 800 余人，只有近 200 人成功突围。迄今为止，这是朝鲜战场上美军伤亡最惨重的一次败仗。美军经过 4 个月的苦战，眼看就要胜利在望时，战场形势却突然逆转。这一结果对于一向战无不胜的美军来说尤其让人感到痛心疾首。中国军队仿佛突然从天而降，转瞬之间就将美军的一个精英师打得溃不成军。在云山战役中，8 团死伤过半，还损失了许多先进武器，包括 12 门榴弹炮、9 辆坦克、125 辆卡车与数十支无后坐力步枪。

虽说在云山战役中美军伤亡数量上中美双方还存在着较大的差异，但这并不能否认此战是美骑 1 师在其辉煌军史上第一次惨败，该师第 8 团 3 营更是几乎被全歼。11 月 6 日，美国陆军被迫撤销了这个营的番号。

美国王牌军在朝鲜战场上被中国人民志愿军部队击败的消息震动了白宫，震惊了世界，在西方军界引起了强烈的反响。时任美国陆军参谋长的乔·柯林斯在回忆录中写道："作为乔治·巴顿将军的部属，霍巴特·盖伊怀着沉痛的心情，咽下了一杯苦酒。"

美国总统杜鲁门的女儿玛格丽特在《哈里·杜鲁门》一书中写道："在朝鲜开始发生了惊人事件，第八骑兵团几乎溃不成军。"

后来接替麦克阿瑟出任"联合国军"总司令的李奇微在他的回忆录中写道：

云山进攻战斗示意图

　　当李承晚节节败退之际，为了挽回失败的态势，这时麦克阿瑟和第8集团军军长沃克中将决心起用位于二线的"王牌师"骑兵第1师。这个师在独立战争时期是常胜师。二次世界大战中，也是号称常胜师。该师技术装备先进，然而被小米加步枪、加点小炮装备的中国人民志愿军打败。这是麦克阿瑟和沃克中将用兵中不可测到的惨败。……中国人对云山西面第 8 骑兵团第 3 营的进攻，也许达到了最令人震惊的突然性……天明以后，只剩下 66 名军官和 200 名士兵还能战斗。在工事周围方圆 500 码的环形防御圈内，发现有170 名伤员，阵亡人数没有计算。冲进去救 3 营的努力白费了。

日本陆上自卫队干部学校编著的《作战理论入门》，将云山战例编入书中，不得不承认志愿军第 39 军与美军初次交战，战术运用得当，对孤立的美军集中了绝对优势的兵力进行包围，并积极勇敢地实施了夜战、白刃战，取得了圆满的胜利。

03 德川、宁远进攻战斗

【交战时间】1950 年 11 月 25 ～ 26 日

【交战双方】中国人民志愿军第 38、第 42 军，南朝鲜军第 2 军团第 7、第 8 师

【指挥将领】韩先楚、刘载兴

【战　果】志愿军歼南朝鲜军第 2 军团第 7、第 8 师大部

1950 年 11 月初，中国人民志愿军入朝参战，取得抗美援朝战争第一次战役的重大胜利，宣告"联合国军"在感恩节前占领全朝鲜的计划彻底破产，初步稳定了朝鲜战局。

9 日，美国国家安全委员会召开紧急会议，从维护其称霸世界的战略利益出发，确定在未完全判明中国军队参战意图前，继续坚持以军事进攻迅速占领全朝鲜的原定计划，同时批准"联合国军"总司令麦克阿瑟"在军事方面可以相机行事"，及其关于轰炸鸭绿江上所有桥梁的计划。

此时，"联合国军"虽已察觉志愿军入朝参战并在第一次战役中遭受重创，但气焰依然十分嚣张，同时对中国参战力量估计不足。麦克阿瑟坚持认为"中国人不会大规模卷入这场战争"，只是"象征性出兵"，着手准备发动"最后的攻势"。

麦克阿瑟，1880 年生于美国阿肯色州小石城一个军人世家。

曾就读于西得克萨斯军校中学。1899 年以第一名考入美国陆军军官学校，即著名的西点军校。四年后，他以优异成绩毕业，到工程兵部队任职，赴菲律宾执勤。曾随其父到日本、中国、印度及东南亚地区考察军事，回国后一度兼任总统随从副官。1912 年调陆军部任职。1917 年，任陆军第 42 师参谋长，赴法参加第一次世界大战。1919 年任西点军校校长。三年后调任菲律宾马尼拉特区司令。1925 年回国任第 3 军区司令。1928 年任美军驻菲律宾司令。两年后升任美国陆军参谋长，大力促进美军现代化改革。1935 年任菲律宾军事顾问，翌年被授予菲律宾陆军元帅称号。1937 年，57 岁的麦克阿瑟退出现役。

第二次世界大战的爆发，使麦克阿瑟的军事生涯达到顶峰。1941 年 7 月，他复入军界，出任远东美军司令。太平洋战争开始后，曾在菲律宾指挥美菲军抵御日军进攻。1942 年出任西南太平洋盟军总司令，指挥盟军取得了巴布亚战役的胜利，随后挥师西进，运用"蛙跳"战术多次实施两栖登陆，至 1944 年 7 月夺取新几内亚，12 月晋升陆军五星上将。1945 年率部攻占整个菲律宾群岛，8 月出任盟军最高统帅，执行对日占领任务。9 月 2 日，代表盟国接受日本投降。

第二次世界大战中的辉煌使原本心高气傲的麦克阿瑟更加目空一切，迷信美军强悍的武力，压根儿没有把"小米加步枪"的中国军人放在眼中。他计划先以地面部队进行试探性进攻，查明志愿军实力和行动企图，以航空兵摧毁与封锁鸭绿江上所有桥梁和渡口，阻止中国继续向朝鲜战场增兵；然后以美军第 10 军在东线经长津湖西进，美军第 8 集团军在西线由清川江北上，两军在江界以南武坪里会合，再向北推进，赶在鸭绿江冰封前抢占全朝鲜。

为实现这一计划，麦克阿瑟将在汉城的美军第 25 师和新到朝鲜的土耳其旅、英军第 29 旅调至西线，将新到朝鲜的美军第 3 师调至东线。这样，"联合国军"在前线的地面部队增至 5 个军共 13 个师 3 个旅另 1 个空降团，计 22 万余人，比第一次战役时增加了 8 万多人；空军也增加了 2 个新式喷气战斗机团，拥有各型飞机 1200 余架。

就在第一次战役即将结束时，中国人民志愿军司令员兼政治委员彭德怀判断"联合国军"可能重新组织进攻，在给中央军委的电报中提出"拟采取巩固胜利，克服当前困难，准备再战的方针"，"如敌再进，则让其深入后歼击之"。

11月5日，毛泽东复电同意彭德怀提出的方针，并指出：下一步作战，德川方面甚为重要，志愿军必须争取在元山、顺川铁路线以北区域创造一个战场，在该区域消耗敌人的兵力，把战线推进至平壤至元山一线，而以德川、球场、宁边以北以西区域为后方，才能对长期作战有利。同时确定第9兵团（辖第20、第26、第27军计12个师）立即入朝，在东线担任江界、长津方面的作战任务。

为配合彭德怀的诱敌深入行动，毛泽东在第一次战役结束后让新华社以"朝鲜北部某地"的名义在国内发表一则简短的消息："在中国人民志愿部队参加下，十一天朝鲜人民军歼敌6000，收复广大地区。"

麦克阿瑟果然上当了，傲慢地宣称：中国人"不是一个不可侮的势力，兵力最多不过六七万人"。随即决定要以此战"消灭最后一批残存的北朝鲜人民军，平定朝鲜半岛"。

6日，"联合国军"以一部兵力开始实施试探性进攻。

彭德怀电令各军主动后撤。志愿军按预定计划以部分兵力节节抗击，主力向后转移，7日开始先后放弃黄草岭、飞虎山、博川和德川等地。

9日，毛泽东再次指出，志愿军应争取在一个月内，东西两线各打一两仗，歼敌七八个团，将战线推进至平壤、元山一线。

据此，志愿军采取内线作战、诱敌深入、各个击破的方针，计划在西线将"联合国军"诱至大馆洞、温井、妙香山、平南镇一线，集中6个军歼灭之；在东线将敌诱至旧津里、长津一线，由第9兵团歼灭之。

此时，志愿军入朝参战兵力已达9个军30个师38万余人，在东西两线均形成优势兵力。为开展敌后游击战以配合正面作战，经志愿军与人民军商定，由志愿军第42军2个营和朝鲜人民军1个联队组成游击支队，渗透到孟山、阳德、成川之间地区，破坏交通运输，袭扰敌人，并联络在敌后的人民军部队。

10日，"联合国军"全线向北推进，但行动比较谨慎，前进速度缓慢。

原来，在第一次战役中遭到志愿军重创的美军第8集团军司令沃克中将此时还心有余悸，头脑要比麦克阿瑟等人清醒得多。他命令各部在北进中要密切保持与友邻部队的协同，避免孤军冒进，一旦遇到中国军队的主力或顽强阻击，立即就地转入防御。

至 16 日，西线美军第 8 集团军仅向北推进了 9 ～ 16 公里，南朝鲜军第 1、第 7、第 8 师，英军第 27 旅，美军第 24、第 2 师等主力还位于新安州至军隅里清川江两岸及东至德川地区。东线美军陆战第 1 师更是行动迟缓，每天只向前推进 1 英里，仍在下田隅里、古土里地区徘徊。

为诱敌尽快进入预定战场，分散兵力，彭德怀果断下令："电令各军，再主动后撤十几公里，放弃一切形式的阻击、反击，大步后撤，注意，不要露出破绽！"

麦克阿瑟被志愿军继续后退所迷惑，亲自飞临战场督战，狂妄地声称：此次攻势是"最后的攻势"，并断言战争在"两个星期之内就会结束"，有些部队可以"回家过圣诞节"。

这下，"联合国军"备受鼓舞，又肆无忌惮起来，加快了进攻速度。

至 21 日，西线部队进至嘉山、龙山洞至德川、宁远一线。东线部队进至长津湖地区。其中，美军第 7 师先头部队更是长驱直入，在未遇到任何抵抗的情况下，进抵鸭绿江畔一个名叫惠山的小镇。这是朝鲜战争中，"联合国军"到达中朝边境的第一支也是唯一一支部队。

美军第 10 军军长阿尔蒙德少将闻讯后，当即驱车 30 英里赶去拍了一张临江眺望中国东北的照片。

麦克阿瑟也是喜不自禁，致电阿尔蒙德："最衷心地祝贺，内德，转告戴维·巴尔的 7 师中了头彩！"

时任美军第 7 师师长的戴维·巴尔少将，还有个中文名字，叫巴大维。此人曾在解放战争时期出任美国驻国民党政府军事顾问团团长，是中国人民解放军的老对手了。

这次率部向鸭绿江畔全力猛进，巴大维获得了麦克阿瑟的嘉奖，却对他的顶头上司阿尔蒙德一肚子不满，曾私下对美军陆战第 1 师师长史密斯少将大发牢骚："是他逼着我不顾一切地前进的，没有侧翼的保护，天气极其恶劣，我手头上的补给从来没有超过一天的用量，好像占领鸭绿江边的一个前哨阵地，就赢了这场该死的战争。"

在"胜利"喜讯的鼓舞下，"联合国军"完全放松了警惕，于22日开始大举北进。

而此时，志愿军主力已全部转移至预定集结地域，西线第50、第66、第39、第40、第38军和第42军主力分别到达定州西北、龟城、泰川、云山、德川以北及宁远东北地区，东线第9兵团的十万大军在美军飞机空中侦察的眼皮底下，神不知鬼不觉地从辑安、临江入朝，全部进抵长津湖地区。

抗美援朝第一次战役期间，志愿军在黄草岭构筑工事，阻击敌人

还有几天就是美国的传统节日——感恩节，美军后勤部门着实下了一番功夫，把大批火鸡、酸果酱罐头、南瓜馅饼从美国国内运到朝鲜，让美国大兵在冰天雪地的前线吃了一顿丰盛的感恩节大餐。

24日，"联合国军"于东西两线发起圣诞节结束朝鲜战争的总攻势。西线，美军第8集团军指挥美军第1、第9军和南朝鲜军第2军团等部共8个师3个旅，分三路向鸭绿江推进。其右翼为刘载兴指挥的南朝鲜军第2军团，在清川江以东地区展开进攻。东线，美军第10军（辖第3、第7师和陆战第1师）并指挥南朝鲜军第1军团（辖首都师、第3师），全部进入长津湖地区，继续向北推进。

令麦克阿瑟无比兴奋的是，在整个100多公里宽的战线上，进攻部队几乎未遇到任何阻力。这天上午，他踌躇满志而又神态轻松地出现在美军第9军军部里，向前来欢迎的众人说："你可以告诉他们，赶到鸭绿江，全都可以回家，他们能够同家人共进圣诞晚餐。"

几个小时后，自以为胜券在握的麦克阿瑟公布了他的"圣诞节攻势计划"：

联合国军在此朝鲜对新投入战斗的赤色军队实施的大规模包围，目前正接近决定性的阶段。我们的各种空军部队在钳形突击中担负着封锁敌人的任务。最近成功地切断了来自北方的敌补给线。东路部队正向前推进，目前已抵达北朝鲜中部对敌进行包围的位置。西路部队准备向前推进并完成钳形合围。此举如果成功，将达到结束朝鲜战争的目的。

25 日，美国各大报刊都在显著的位置上登出标题为"麦克阿瑟将军保证圣诞节前结束战争"的文章，报道称：中朝人民武装已经无力交战，在"联合国军"强大的火力打击下，狼狈地逃入了白雪茫茫的森林里……

这时，"联合国军"在西线推进至纳心亭、安心洞、延兴洞、五峰山、新兴洞、牛岘洞、丰田里和直上地区，东线推进至社仓里、柳潭里、新兴里等地区。其中，西线美军推进速度较快，把右翼南朝鲜军第 2 军团远远甩在大同江两岸。南朝鲜军第一梯队第 7、第 8 师进至德川以北牛岘洞、宁远以北丰田里、凤德山一线，第二梯队第 6 师主力位于北仓里地区，呈兵力分散、翼侧暴露、后方空虚态势。

志愿军在冰天雪地中向作战地域进发

据此，志愿军将战役突破口指向了西线战斗力较弱的南朝鲜军。彭德怀在志愿军总部召开作战会议研究决定：东线，由第9兵团司令员宋时轮指挥所辖第20、第26、第27军，担负江界、长津一线的作战任务。西线，以第38、第42军从翼侧攻击南朝鲜军第2军团第7、第8师，发起德川宁远进攻战斗；以第40军向球场以北的新兴洞、苏民洞地区美军第2师进攻，尔后直插德川以西杜日岭、西昌，阻击美军东援；以第50、第66、第39军，分别在定州、泰川、云山地区从正面攻击美军第1军所属第24师、英军第27旅和南朝鲜军第1师。

但仅仅打开战役突破口还不行，必须迂回包围，才能实现歼灭美军1至2个师的战役目的。因此，担负突破任务的第38、第42军能否迅速歼灭德川、宁远的南朝鲜军第7、第8师，尔后实施穿插，断敌退路，就成为整个战役成败的关键所在。

志愿军第38军原为第四野战军头号主力，由东北野战军第1纵队改称。要知道东北野战军12个纵队中没有一个是吃素的，能被列为第1纵队，可见其战斗力之强悍。该部参加过解放战争东北战场上几乎所有的重大战役，所向披靡。在平津战役解放天津的作战中，38军与39军共同担负由西向东主要突击任务，攻占国民党军天津警备司令部，生擒中将司令官陈长捷。后随四野主力南下，相继参加宜沙战役、衡宝战役、广西战役、滇南战役，从冰天雪地的东北黑土地一直打到四季如春的云南昆明，硬是用两条腿走过了大半个中国。

彭德怀虽然是第一次直接指挥这支部队，但对38军的勇猛善战早有耳闻，因此在第一次战役中对其寄予厚望。然而出乎所有人的意料，38军在这次战役中却栽了一个大跟头。

按战前部署，38军并指挥42军125师直插熙川，歼灭南朝鲜军第8师主力，一举击垮敌人西线右翼，然后迅速穿插迂回到敌人左翼背后，将西线敌军合围歼灭于清川江以北地区。

很明显，这是一项非常艰巨且关系全局的任务。彭德怀毫不犹豫地把这一重任交给了38军。

10月25日，战役打响后，志愿军打得顺风顺水，屡有上佳表现。唯独

38 军一反常态，直到 28 日才赶到熙川，比原定计划晚了大半天。

更令军长梁兴初窝火的是，前锋 112 师因得到"熙川有美国黑人团"的误报，没有贸然发起进攻。结果一直等到 29 日黄昏时分才开始攻击，十分轻松地占领了熙川。

不过战机已失，南朝鲜军第 8 师抢先一步弃城南逃。38 军得到的是一座空城，战果仅仅是毙伤俘敌军 19 名。

彭德怀命令梁兴初赶快追击敌人，在电话中吼道："梁兴初，你误了军机，我饶不了你！你给我追，向院里、军隅里攻击前进，切断敌人退路！"

见其他兄弟部队打得风生水起，而 38 军仗打得竟如此窝囊，梁兴初懊恼无比，马上下令："分兵两路南下，113 师先打新兴洞，尔后攻击球场，逼近院里、军隅里；112 师拿下苏民洞，攻占飞虎山，直接威胁军隅里，绝不能让敌人撤到清川江以南。"

112 师 335 团奉命长途奔袭苏民洞。刚刚新婚燕尔的团长范天恩是条山东大汉，作战勇猛、足智多谋，也是梁兴初麾下的一员爱将，人称"范老虎"。在日本人编写的《朝鲜战争名人录》里，范天恩是唯一一名入选其中的志愿军团长。

"范老虎"原在军里任作战科科长，入朝前夕主动要求到作战部队任职。梁兴初禁不住范天恩的软磨硬泡，就把他调到 335 团任团长。在入朝前的誓师大会上，范天恩喊出了"创造模范团"的口号，并向兄弟部队提出挑战，挑战的条件是"以我一个团消灭敌人的一个团"。

领受任务后，范天恩立即率全团官兵冒着似雪非雪的冷雨，跑步接近目标。经过激烈战斗，一举抢占苏民洞，随后进逼飞虎山。

飞虎山位于价川东北，俯瞰价川、军隅里，与两地形成等边三角形，距离均不过 10 公里。由于价川和军隅里都是朝鲜北部的交通枢纽，南通顺川、平壤，东连德川、古城江，西抵龟城、新义州，北接军隅里、球场、熙川、江界、满浦，"联合国军"若向鸭绿江进犯，军隅里是必经之地，同时也是北进的补给总站。志愿军若控制了军隅里，就等于卡住了北进之敌的脖子，也切断了敌人的后路。因此，飞虎山的地理位置十分重要。这里地势险要，进可攻、退可守，扼制平壤至满浦公路。

11 月 4 日拂晓时分，335 团拿下飞虎山主峰。

此时，第一次战役即将结束。美军第 8 集团军在志愿军的连续打击下，于 3 日起全线撤退。至 4 日，西线"联合国军"除以一部兵力扼守清川江北滩头阵地外，主力全部撤至清川江以南地区，并占领沿江有利阵地。

彭德怀判断"联合国军"可能重新组织进攻，提出了巩固胜利、克服当前困难、准备再战的方针，如敌再进，让其深入后歼击之。

果然，麦克阿瑟下令西线"联合国军"各部队开始试探性地北进，其中在价川和军隅里地区的前进最为迅速。

价川和军隅里都是"联合国军"配合东线美军第 10 军完成麦克阿瑟"钳形攻势"的必经之路，也是迂回到江界的必经之路。为了打通南北通道，并解除其侧后威胁，美军第 8 集团军立即组织南朝鲜军第 7 师及美军一部，向飞虎山发起猛攻。

为了不让"联合国军"北进的速度太快而影响志愿军的调动和威胁志愿军的侧后，335 团必须据飞虎山之险，坚决阻击住敌人，不能后退一步。

从 4 日下午起，敌人出动数百架次飞机轮番轰炸，步兵在大量坦克和 60 余门火炮的掩护下，以密集队形向飞虎山实施轮番攻击。

范天恩指挥 335 团英勇奋战，寸步不让。在缺粮少弹，连续作战十分疲惫的情况下，335 团的指战员们凭借顽强的斗志，依托临时构筑的简易工事，打退了敌人一次又一次的冲锋，整整坚守了 5 个昼夜，把敌人死死地卡在了飞虎山以北，出色地完成了阻击任务。

第一次战役结束后，志愿军司令部召开总结大会。会议由志愿军副司令员兼副政委邓华作关于第一次战役总结和第二次战役计划报告。他首先通报了战果，并特别表扬了 39 军和 40 军。

随后，他话锋一转，批评道："我们有些同志还不懂得把自己的主力插到敌人的侧背攻击，包围歼灭敌人。特别是熙川战斗，南朝鲜两个团本来已被我军截断了退路，但 113 师迟迟不发动进攻，结果让敌人跑掉了……有些军动作太慢，白天不敢行动，主要是怕飞机，夜里本来是歼敌的好机会，结果由于对敌估计过高，又不敢大胆地截断敌人的退路，贻误了战机。38 军未能按时到位……"

这时，满脸怒气的彭德怀吼道："梁兴初到了没有？"

梁兴初脸色铁青，站起身来。

彭总劈头盖脸地骂道："我问你，你 38 军为什么慢慢腾腾，我让你往熙川插，你为什么不插下去？你是怎么搞的？人家都说你是一员虎将，我彭德怀没领教过，什么虎将，我看是鼠将！老子让你们打熙川，你说熙川有'黑人团'，一个'黑人团'就把你给吓住了？这分明是临阵怯战。"

邓华见势，连忙解围道："38 军还是主力嘛，来日方长，这一仗没打好，下一仗一定要打好，一定要重振军威！"

"什么主力，主力个鸟！"彭德怀余怒未消地打断了邓华的话。

要知道，打铁出身的梁兴初人称"梁大牙"，从军 20 多年，素以能打恶仗著称，是员不可多得的虎将。入朝第一仗竟打得如此窝囊，梁兴初也感到莫大的耻辱，心里早就憋着一股无名之火，忍不住回敬了一句："不要骂人嘛！"

彭德怀正在火头上，梁兴初这一顶嘴无疑是火上浇油。

只见彭德怀用右手在桌子上猛地一拍："不要骂？你梁兴初没有打好，老子就是骂你！你贻误战机，按律当斩！骂你算客气的，我彭德怀别的本事没有，斩马谡的本事还是有的！"

此话一出，整个会场顿时鸦雀无声，噤若寒蝉。梁兴初低着头，不再吭声了。

散会后，志愿军总部作战处处长丁甘如见梁兴初还坐在那里发呆，便关切地叫他去吃饭。

梁兴初听后，站起来就往外走，气呼呼地说道："彭总要杀我的头，还吃什么饭？"

丁甘如忙劝道："刚才彭总见到我，知道我来找你，便对我说，你告诉他，会上我可能批评重了些，我彭德怀就是这个脾气，不要因为挨了批就泄了气，下一仗要打好！"

梁兴初不服气地说："泄气？我梁兴初是铁匠出身！ 38 军也不是纸糊的！下一仗不打出 38 军的威风来，我就不是梁兴初！"

顿了一下，梁兴初接着说："彭总批评人很厉害，我当时有点不服气，现在想想还是批评得对。38 军没打好，主要责任在我梁兴初，我对不起 38 军的人。错就错了，你告诉彭总，请他不要再生我的气了。我梁兴初是有骨气的，38 军不会是孬种。我回去就召开军党委会总结教训，拼出老命，也要打好下一仗!"

23 日黄昏，寺洞，志愿军 38 军军部驻地。

梁兴初正围着桌子上的军用地图转来转去，一支接一支地抽着烟，心事重重。自从上次大榆洞被彭总点名批评后，他就暗下决心一定要打个翻身仗。

怎样才能出奇制胜，完成断敌退路的任务呢?

突然，梁兴初在地图前停下，抄起一支红铅笔，在德川与宁远间的南朝鲜军第 7、第 8 师的接合部之间画了一个箭头。

"你们看，要是派一支先遣队从敌人这两个师的接合部穿插过去，在我主力向敌发起攻击前，把德川南面的武陵里大桥炸掉，敌人可就没有退路了。"梁兴初指着地图上的箭头对政治委员刘西元、副军长江拥辉解释道。

刘西元、江拥辉连声叫好，"这一下等于上了保险!"

夜里，梁兴初把军侦察科科长张魁印叫到指挥所，令他带一支侦察支队插入敌后。

梁兴初指着军用地图说："这里是德川，这里是宁远，你带着电台，潜入德川南面的武陵里，沿途要随时报告敌情、地形情况，炸毁德川通向顺川、平壤的公路大桥，时间不得晚于 26 日早 8 点。"

张魁印和 113 师侦察科科长周文礼带领一支由 38 军侦察连、113 师侦察连以及 2 个工兵排共 321 人组成的侦察支队，背着地图、电台和炸药，趁着暗淡的月光连夜出发了。

侦察支队化装成南朝鲜军，在敌人眼皮前大摇大摆地过了大同江，一路上巧妙地通过了层层关卡，终于在 26 日拂晓 5 时到达武陵里东侧附近。

武陵里是个有 30 多户人家的小村子。村西不远就是武陵里大桥。桥是钢筋水泥结构，约有百米长，距沟底很高。时值严冬，桥下的水早已结冰。桥四周地形险要，东面是绝壁，西面紧靠奔流湍急的大同江。敌人在桥头筑有碉堡、工事，并设有数道铁丝网。守桥的部队原是"联合国军"，两天前才换成了南朝鲜军，大约有 1 个连的兵力。

侦察支队决定由军侦察连负责炸桥，113师侦察连为预备队。战斗开始后，军侦察连1排、2排迅速接近，一个冲锋便将守桥的敌人击溃。2排6班副班长姜兴玉率爆破组直奔大桥，用软梯、树干和搭人梯的方法，将80公斤炸药送上了5米高的桥墩顶部。

天就要亮了，德川方向炮声隆隆，激战正酣。这时，敌人5辆满载弹药的卡车由南向北朝大桥急驰而来。就在卡车距桥还有50米时，姜兴玉拉着了导火索。

7点50分，随着一声惊天动地的巨响，武陵里大桥连同那5辆卡车被炸上了天。

几年后，新中国的电影工作者以此战例为素材，拍摄了军事教学片《奇袭武陵桥》，后又被改编成脍炙人口的故事片《奇袭》。

25日黄昏时分，一串串信号弹突然飞上天空，第二次战役打响了。

38军采取两翼迂回与正面突击相结合的战法，对德川地区的南朝鲜军第7师（辖第2、第5、第8团，附第6师第2团）发起进攻。

从右翼迂回的112师（欠1个团）于25日16时30分由中草洞、杜门洞地区出发，18时占领龙渊洞南侧高地和454高地，遂向灰岘洞、乡元里、德川方向前进。

在第一次战役中误报黑人团的师长杨大易下了一道死命令：路上谁也不准恋战，插到预定地点就是胜利。

途中，112师打垮了一支敌军补给队，缴了上万只活鸡。入朝以来就没吃过什么油水的战士们，忍痛扔掉了。俘虏的一大堆南朝鲜兵也就地释放了。抓到的美军顾问不能扔，可这些家伙死也不肯动，战士们就拿几条麻绳从头到脚一捆，扛着往前跑！

就这样一路猛跑，112师终于在26日5时按计划占领了德川以西钱山里、云松里、安下里地区，从而切断了南朝鲜军第7师撤往价川、安州的退路。

从左翼迂回的第113师于25日17时由巨门洞、松下里出发，从南朝鲜军第7、第8师的接合部插进。

一心想雪上次战役之耻的113师从战斗开始后就摆出决战的架势，每个团同时展开2个营做前锋冲击，劈出一条血胡同，向前猛冲。晚上9点，113

师进至新坪里大同江边。

其时天寒地冻，江上没有桥，江面也没有完全结冻，为争取时间只能徒涉。师长江潮、政治委员于敬山默默地将鞋袜棉裤脱下来缠在背后，率先跳进冰透骨髓的大同江中，向对岸冲去。战士们一个个热血沸腾，跟着师长、政委下水冲锋。

当南朝鲜军1个步兵营跑步赶到渡口防堵时，顿时被眼前的情景吓呆了：

一群群浑身结冰的中国军人从江面上溅起一路冰花，端着刺刀呐喊着冲向他们。有的竟然举着菜刀、抢着扁担往上扑，那是中国军队的炊事兵。

巨大的恐惧感瞬间就击垮了这个营。除了被打死的，几分钟之内，113师就俘虏了140多人。

过江后，113师的勇士们你扶着我，我拖着你，一刻不停地向莫滩里、左阳里、德川方向攻击前进，沿途打垮南朝鲜军5个营另2个连的阻拦，于26日8时进至德川以南遮日峰、济南里地区，切断了南朝鲜军第7师撤往顺川的退路。

从正面攻击的114师于25日20时在586.3高地东南侧、524.8高地同时展开，向新丰里、新下里进攻，24时将南朝鲜军第8团2个营击溃，前出到561.7高地和482高地、491高地一线，然后分左右两翼继续向德川方向发起进攻。

右翼341团在查明敌军炮兵阵地的位置后，组织精悍的小分队，冲破严密火力封锁，直插沙坪站，于26日7时在沙坪附近歼灭南朝鲜军1个榴弹炮兵营，击溃第5团一部，于9时占领460.5高地、葛洞东侧高地地区。

左翼师主力于26日6时在新下里击溃南朝鲜军第2、第8团各一部后，经三湘洞向德川方向攻击前进，至11时占领德川以北的葛洞、斗明洞、马上里一线。

至此，114师完成了由正面将南朝鲜军第7师压缩在德川的任务，并与从两翼迂回的112师、113师对其构成合围。

南朝鲜军第2军团得知第7师被包围后，深感情况不妙，立即命令其放弃德川，向顺川方向突围。

但这次，梁兴初是决不会让到嘴的肥肉跑了。38军原计划于当晚发起总攻，在发现敌人有突围迹象后，果断决定提前发起总攻。

14 时，38 军对被合围之敌展开围歼战。

15 时，南朝鲜军第 7 师师部及第 5、第 8 团余部共 5000 余人，在飞机支援下，分三路向德川西南之西仓、安山洞、长安里方向突围。

38 军 334 团、338 团立即实施截击。在嘹亮的冲锋号声中，志愿军战士们高喊着杀入敌阵。南朝鲜军顿时乱作一团，抱头鼠窜。

南撤不成，敌人转而向西逃窜。336 团迅速出击，抢占南坪站附近高地，封闭了敌军的退路。

在 112 师、113 师截击逃窜之敌的同时，114 师也从正面发起进攻，最终将敌人压缩于南坪站附近地域。

战至 19 时，38 军的 3 个师会师德川城内，取得了全歼南朝鲜军第 7 师师部及所属第 5、第 8 团，缴获 156 门火炮、218 辆汽车，俘虏包括美军顾问团上校团长在内全部 7 名美国顾问的辉煌战果。

在 38 军发起对德川之敌围歼战的同时，42 军在军长吴瑞林、政治委员周彪的指挥下，向宁远地区南朝鲜军第 8 师（辖第 10、第 16、第 21 团）发起进攻。

42 军决定采取正面攻击与侧后突击相结合的战法，分割围歼敌人。具体作战部署是：以 125 师由北向南进行正面攻击，首先攻占丰田里、松日德山、凤德里、麻撞潭里、直里一线，尔后向宁远城进攻；以 124 师（附 126 师 377 团）首先迂回至宁远以南德岩里、箕垈里、石幕里，尔后由南向北攻击，协同 125 师歼灭宁远地区的南朝鲜军第 10、第 21 团；以 126 师 376 团控制龙德里、南中里，378 团进至孟州里、芦田洞线，切断第 10、第 21 团南逃之路，阻击孟山、北仓、龙德里的第 16 团北援，并相机攻占孟山。

担任正面攻击的 125 师于 25 日 20 时进至都坪里以南山区集结，23 时发起进攻。担任迂回、堵截任务的 124 师、126 师，于 24 日黄昏由横川里、新邑出发，25 日 9 时进至讨论、咸温里地域集结，当晚向宁远侧后攻击前进。

负责开辟通路的 126 师 376 团先后在城齐里、蔼仓击溃南朝鲜军 2 个连，但在中里遭到南朝鲜军第 16 团的阻击。随后跟进的 124 师立即以 372 团投入战斗，协同 376 团经两个小时激战，突破敌军阵地。

随后，372 团迅速向宁远西南急进，于 26 日 2 时 30 分进至头下洞，堵歼由宁远南逃之敌一部。经审问俘虏得知宁远之敌已经南逃后，372 团不停顿地实施追击，最终在新粟里歼灭南朝鲜军第 10 团 1 个营。

与此同时，126 师 376 团和 378 团也向预定目标推进，于 26 日拂晓分别进至龙德里、孟州里。但由于中里战斗延误了时间，部队未能按时完成合围宁远的任务。

42 军侧后迂回部队开始行动不久，即被南朝鲜军第 8 师发觉。侧后出现志愿军部队，极大地震撼了敌人。南朝鲜军第 8 师决定收缩防御，以第 16 团坚守侧翼防线，师主力则开始向孟山方向收缩。

125 师趁敌混乱，突然于 25 日 23 时从三个方向对敌发起猛攻。担负 374 团尖刀连任务的 1 营 3 连在副营长孙光山的率领下，经过 20 分钟激战，攻占了凤德里。

随后，3 连马不停蹄地从敌军防御的接合部空隙搜入，以一往无前的气概，向敌纵深猛插，直扑宁远城。在击溃南朝鲜军 1 个连的阻击后，3 连冲入宁远城，与南朝鲜军第 10 团指挥所及直属队展开激烈的巷战，一举端掉了敌人的指挥所，活捉 30 多名南朝鲜军官，就连团长时天亮也成了志愿军的俘虏。

失去指挥的南朝鲜军第 10 团混乱不堪，官兵四散逃命。125 师其他各部趁势发动猛攻，将宁远以北的南朝鲜军第 10、第 21 团大部歼灭。

26 日凌晨，124 师、126 师在中里打破南朝鲜军第 16 团的阻拦后，向预定攻击、堵截位置急进，截歼了部分南逃敌人。拂晓，南朝鲜军第 8 师师部及第 16 团余部撤往北仓里。

当天，美国广播公司播发了一条来自朝鲜前线、令所有美国人都感到无比震惊的消息："大韩民国军队第 2 军团被歼灭，在中国军队的猛烈攻击下，在不到 24 小时之内业已完全被消灭，不复存在，再也找不到该部队的痕迹了。"

此战，志愿军第 38、第 42 军预先将主力隐蔽在南朝鲜军进攻队形之翼侧，作战中大胆实施迂回包围，迅速攻占德川、宁远，歼灭南朝鲜军 2 个师大部，割断了敌军东西线的联系，在美军第 8 集团军的战线翼侧打开了战役缺口，为向军隅里、顺川、肃川方向插进，扩张第二次战役战果，起到了关键作用。

04

三所里、龙源里阻击战

【交战时间】 1950 年 11 月 28 日～12 月 1 日

【交战双方】 中国人民志愿军第 38 军第 113 师；美军第 9 军第 2 师、骑兵第 1 师第 5 团等部

【指挥将领】 江潮、于敬山、刘海清等；凯泽

【战　　果】 志愿军共毙伤俘敌 3000 余人

　　1950 年 11 月初，中国人民志愿军入朝参战并取得第一次战役的胜利，使"联合国军"迅速占领全朝鲜的美梦彻底破灭了。

　　但骄横的"联合国军"总司令麦克阿瑟仍然错误认为：入朝的中国军队兵力并不多，而且装备陈旧。于是，他准备发动"最后的攻势"，计划先以地面部队进行试探性进攻，查明志愿军行动企图，并以航空兵摧毁与封锁鸭绿江上所有桥梁和渡口，阻止中国继续向朝鲜战场增兵；然后以美军第 10 军在东线经长津湖西进，美军第 8 集团军在西线由清川江北上，两军在江界以南武坪里会合，再向北推进，赶在鸭绿江冰封前抢占全朝鲜。

　　为实现这一计划，"联合国军"将在汉城的美军第 25 师和新到朝鲜的土耳其旅、英军第 29 旅调至西线，将新到朝鲜的美军第 3 师调至东线。至此，"联合国军"在前线的地面部队增至 5 个军共 13 个师 3 个旅另 1 个空降团，22 万余人，以及飞机

1200 余架。

6 日，麦克阿瑟为查清志愿军参战兵力和意图，为发动"最后的攻势"创造条件，命令部队开始北渡清川江，并以部分兵力进行试探性进攻；同时命令美国空军发动为期两周的"空中战役"，用最大力量摧毁中国通往朝鲜的所有交通工具和朝鲜边界地区的军事设施、工厂、城市和村庄。

这场空袭实际持续了整整四周。每天，美军出动各型飞机上千架，对所有认为有价值的目标进行狂轰滥炸。大片村庄被夷为平地，城市变成废墟，上百万朝鲜平民无家可归、流离失所，数十万人惨死在美机轰炸下。

9 日，美国国家安全委员会确定，在未完全判明中国军队参战意图前，继续坚持以军事进攻迅速占领全朝鲜的原定计划，同时批准麦克阿瑟关于轰炸鸭绿江上所有桥梁的计划。

对"联合国军"可能重新组织进攻的企图，彭德怀早有准备，提出了巩固胜利、克服当前困难、准备再战的方针，如敌再进，则放其深入后歼击之。

毛泽东同意彭德怀提出的方针，指出：德川方面甚为重要，志愿军必须争取在元山、顺川铁路线以北区域创造一个战场，在该区域消耗敌人的兵力，把战线推到平壤至元山一线，而以德川、球场、宁边以北以西区域为后方，才能对长期作战有利。同时确定第9兵团（辖第20、第26、第27军计12个师）立即入朝，在东线担任江界、长津方面的作战任务。

几天后，毛泽东再次电示彭德怀：志愿军应争取在一个月内，东西两线各打一两个仗，歼敌七八个团，将战线推进至平壤、元山一线。

据此，彭德怀决定采取内线作战、诱敌深入、各个击破的方针，计划在西线将"联合国军"诱至大馆洞、温井、妙香山、平南镇一线，集中6个军歼灭之；在东线将敌诱至旧津里、长津一线，由第9兵团歼灭之。

从11月6日起，志愿军按预定计划以部分兵力节节抗击，主力向后转移，相继放弃黄草岭、飞虎山、博川和德川等地。

10 日，"联合国军"全线向北推进，但行动比较谨慎，前进速度缓慢。志愿军为诱其尽快进入预定战场，分散其兵力，遂于16日停止阻击中的反击行动，继续北撤。

果然，志愿军且战且退，尤其是沿途故意丢弃一些破旧装备，迷惑了

"联合国军"，错误判断志愿军"怯战退走"，兵力"最多不过六七万人"。麦克阿瑟得意地对部下说："中国军队由于武器装备太落后了，不敢正面交战，被我们强大的飞机、坦克、大炮吓坏了，不战自逃了。"

"联合国军"胆子又大起来，加快了进攻速度。至 21 日，西线部队进至嘉山、龙山洞至德川、宁远一线，东线部队进至长津湖地区。见部队进展神速，如入无人之境，麦克阿瑟四处吹嘘道："毫无疑问，我们的弟兄们可以回家吃圣诞晚餐了。"

这时，美军第 8 集团军的进攻正面已经由最初的 80 公里扩大到 300 公里，各师之间出现了明显的空隙，右翼与东线美军第 10 军之间的巨大空隙不仅没有消除，反而在不断扩大，而且其几乎将全部兵力均集中于清川江一线，纵深兵力薄弱，整个布势呈兵力分散、侧翼暴露、后方空虚的态势。

而与此同时，志愿军主力已全部转移至预定集结地域，西线第 50、第 66、第 39、第 40、第 38 军和第 42 军主力已分别到达定州西北、龟城、泰川、云山、德川以北及宁远东北地区，东线第 9 兵团已全部到达长津湖地区。

由于志愿军部署巧妙、伪装严密，美军第 8 集团军对志愿军部队的位置和反击意图毫无察觉，仍在继续进攻。在德川、宁远地区，南朝鲜军第 2 军团以位于德川的第 7 师为左翼，以位于宁远的第 8 师为右翼，以第 6 师为预备队，企图首先前出至德仁峰、神奇峰、三巨里、百岭川一线，占领进攻出发线阵地，并与其左翼的美军第 9 军协同北进，夺取柔院镇、熙川一线，然后向鸭绿江突进。

11 月下旬，朝鲜半岛连降大雪，三千里江山披上了茫茫银装。

大榆洞，志愿军总部里，彭德怀召集邓华、洪学智、韩先楚、解方、杜平等人开会，研究反击对策。

在听取了大家关于敌我态势的分析后，彭德怀说："敌人的长蛇阵是个铜头、铁尾、豆腐腰，我们来个西线顶、东线攻、中间开刀的作战方针如何？"

大家交口称赞。

会议制定的具体作战部署是：东线，由第 9 兵团司令员兼政治委员宋时轮指挥所辖第 20、第 26、第 27 军，担负江界、长津一线的作战任务；西线，以第 38、第 42 军从翼侧攻击南朝鲜军第 2 军团第 7、第 8 师，发起德川、宁远进攻战斗；以第 40 军向球场以北的新兴洞、苏民洞地区美军第 2 师进攻，尔后直插德川以西杜日岭、西昌，阻击美军东援；以第 50、第 66、第 39 军，分别在定州、泰川、云山地区从正面攻击美军第 1 军所属第 24 师、英军第 27 旅和南朝鲜军第 1 师部队。

但仅仅打开战役突破口还远远不够，必须迂回包围，才能实现歼灭美军 1 至 2 个师的战役目的。因此，担负突破任务的 38 军、42 军如何形成一个拳头至关重要。

为保证第二次战役的胜利，志愿军司令部决定由副司令员韩先楚亲自到 38 军督阵，统一指挥 38 军和 42 军的作战行动。

临行前，彭德怀再三叮嘱韩先楚："一要插进去，二要堵得住。要接受上次战役的教训，不能再让敌人跑了。"

在 38 军军部所在地寺洞，韩先楚亲自向梁兴初下达任务：你们军先打德川，整个战役从你们这里开刀，拿下德川后迅速迂回敌后。为保险起见，准备派 42 军一个师先过来配合 38 军夺取德川，然后再去打宁远。

梁兴初一口拒绝了让 42 军助战的计划："打德川我们包了！一天时间解决战斗。"

韩先楚当即在电话里向彭德怀报告了梁兴初要"单干"的决心。

彭德怀听后，故意"激将"道："梁兴初的口气不小嘛，可不能赶得敌人放了羊，我要的是聚歼！"

梁兴初斩钉截铁地回答："请彭老总放心，保证完成总部交给的作战任务。"

24 日上午 8 时，"联合国军"和南朝鲜军在全线发起总攻势。22 万大军在飞机、坦克掩护下，大举向朝中边境推进。志愿军为进一步使敌人产生错觉，继续以部分兵力实施运动防御。

两个小时后，麦克阿瑟在东京发表公报称："联合国军"已在北朝鲜东、西两线完成对"新的赤色军的庞大压缩与包抄"，"两路部队正在完成这个压缩并合拢这个虎头钳"，圣诞节前便可结束朝鲜战争。

就在同一天，麦克阿瑟还亲自飞临朝鲜战地上空督战，命令美军第 8 集团军和第 10 军加速向鸭绿江边逼近。此时，麦克阿瑟和那些正做着回家过圣诞节美梦的美国大兵们不曾想到：他们正一步步走向志愿军早已布下的天罗地网。

当然，并不是所有的美国人都像麦克阿瑟那么乐观。

第 8 集团军司令沃克中将还没有从不久前遭受的打击中缓过神来。在他看来，两个星期前，那些从天而降的中国军队，吹着刺耳的喇叭，漫山遍野地向他的部队发起前赴后继的冲锋，在把他赶到清川江南岸后却突然从地面上销声匿迹了，只有少数部队且战且退，这其中会不会有诈？

志愿军向敌发起攻击

沃克的不祥预感没有错。仅仅过了一个月，他就在大撤退的仓皇行军中翻车送了命。

毕业于西点军校的沃克参加过两次世界大战。第二次世界大战中，曾任美第 3 装甲旅旅长、第 3 装甲师师长、第 4 装甲军军长，与名将巴顿一起，在欧洲战场上把德军打得丢盔弃甲。谁会想到，沃克竟成为美军在朝鲜战场上阵亡的最高职务的将领。

据说，沃克身亡前，杜鲁门总统已向国会提议授予他四星上将军衔。可惜沃克命运不济，遇到一个狂妄自大的上司——麦克阿瑟，使得他还没有来得及从总统手中接受这四颗星的军衔，便一命呜呼了。

25日黄昏，在弯弯的月亮挂在灰暗的天幕上，刺骨的寒风在山谷中呼啸之际，志愿军在西线发起反击，拉开了第二次战役的序幕。

26日上午11时，38军顺利占领了德川，并将南朝鲜军第7师团团围住。

被围的南朝鲜军第7师在飞机的支援下数次突围均未得逞，战至次日上午7时，除少数逃窜外，大部被歼。与此同时，42军也在宁远地区歼灭南朝鲜军第8师大部。

见中线被打开了一个巨大的缺口，沃克于27日急调土耳其旅由价川向德川方向、美军骑兵第1师由顺川向新仓里方向机动，以阻止志愿军继续前进。

为继续扩大战果，志愿军总部命令38军、42军分别向军隅里、三所里和顺川、肃川攻击前进，实行双层战役迂回，切断美军第8集团军退路，令清川江以西正面各军立即包围歼灭敌人。

韩先楚立即找来梁兴初布置任务：务必于今晚或明晨抢占嘎日岭、三所里，并再三交代这是敌人撤退的"闸门"。只有死死地锁住"闸门"，才能实现战役部署。

这时又传来一个不好的情报：土耳其旅的先头部队正从30公里外的价川，乘坐汽车向嘎日岭垭口开来。

38军离垭口最近的部队虽说只有18公里，但全靠步行，无法与敌人的汽车比速度。这使原本危急的局势更加危急。

如果不抢占嘎日岭、三所里，整个志愿军的努力将化为乌有。梁兴初当即命令113师轻装由德川西南沿安山洞、船街里、龙沼里直插三所里，切断美军经三所里撤往顺川的退路，阻敌增援和突围，配合正面进攻部队作战；112师和114师沿德川至价川的公路，抢占嘎日岭，然后向价川攻击。

27日黄昏，冰封大地，白雪茫茫。

38军兵分两路向嘎日岭和三所里疾进。他们要与时间赛跑，要用双腿与敌人的机械化部队赛跑，还要与严寒、饥饿和疲劳抗争。

嘎日岭位于德川以西20公里处，海拔600余米，处于814高地和805.1高地之间，有一道10余米宽的垭口穿过险峻的岭背，一条东西走向的公路穿过垭口，通往价川。

被沃克派到这里来堵缺口的土耳其旅，有 5000 多人，打仗凶狠野蛮，在"联合国军"中战斗力较强。果然，土耳其旅先头连乘车刚到嘎日岭，便与蜂拥而至的"中国军队"交上了火。一仗下来，土耳其人没费吹灰之力便"大获全胜"，不仅守住了阵地，还抓获了几百名"俘虏"。

事实上，与他们交手的根本不是志愿军，而是南朝鲜军第 7 师的溃兵。原来，这些土耳其人听不懂朝语，更分辨不出朝鲜人和中国人的长相。可怜刚刚从德川城里志愿军猛烈的攻击下逃出的南朝鲜士兵们，竟在嘎日岭下丧命于"联合国军"友军手中。

入夜后，土耳其士兵在嘎日岭燃起堆堆篝火、沉浸在白天的"伟大胜利"中。

114 师一路急行军，前卫第 342 团 3 营到达平地院西侧距嘎日岭 2 公里处

志愿军向敌人占据的山头发起攻击

时，天色已晚，并发现敌人已抢先占领了嘎日岭，正在垭口公路边生火取暖。

3 营决定采取偷袭，以 7 连从正面，8 连往侧后迂回，前后夹击夺占垭口；9 连、机枪连为预备队，在 7 连后跟进。

21 时 30 分，8 连开始迂回。这时，团指挥所也跟了上来。团长孙洪道、政委王丕礼亲自带着 7 连前进。

借着夜幕的掩护，7 连官兵们小心翼翼地踩着一尺多深的积雪向敌接近。当距敌 500 米时，战士们发现脚上的大头鞋踏雪声太大，为不惊动敌人，便脱掉鞋子，赤着双脚在雪地上继续前行。沉浸在"胜利"喜悦中的土耳其人压根儿就没有发觉悄悄包抄上来的志愿军。

在距敌 200 米处，2 排、3 排停止前进，等待 1 排发起攻击后投入战斗。当 1 排前进至距敌只有 20 米处时，随着孙洪道的一声令下，上百颗手榴弹如雨点般落入敌阵，轻重机枪也狂风暴雨般地射出愤怒的子弹。

土耳其人一下子被突如其来的攻击打蒙了。面对从天而降的中国军人，一个个惊慌失措，只顾四处逃窜，根本无力还击。

这时，8 连也从北侧山腰冲下来，将逃敌拦腰截住。仅仅过了 20 分钟，嘎日岭便被志愿军占领。

随后，342 团又粉碎了敌人 1 个步兵营和 1 个工兵连的阻击，歼敌 300 余人，缴获汽车 20 余辆，打开了主力向价川挺进的通道。114 师迅速通过嘎日岭，于 28 日 6 时攻占裴德站、瓦院东侧高地地区。

战后，有西方军事学者评价沃克此举是"用一个阿司匹林的软木塞去堵一个啤酒桶的桶口"。

与此同时，112 师经阳地站、三峰岭，连夜翻过月峰山、西木岭，于 28 日拂晓插至嘎日岭西南，占领于口站、碎木站地区。

嘎日岭顺利拿下，但韩先楚、梁兴初却高兴不起来。因为 113 师自出发后就失去了联系。他们能否先敌抢占三所里，关上敌人南逃的"闸门"呢？

原来，113 师领受任务后，师长江潮和政治委员于敬山、副师长刘海清等人研究决定为争取时间，不走大路，而是选择了一条山间小路；同时为了不让美军用无线电监听到行踪，命令部队关闭所有电台，保持无线电静默；途中如遇小股敌人，以尖兵连或前卫营予以歼灭或驱逐，若遇较大股敌人，则以一部兵力予以牵制，主力绕过，不与敌过多纠缠。

16 时，113 师按遭遇战要求编组队形，以 338 团为前卫，师直、337 团、339 团随后跟进，从德川地区的青龙里、当洞、松荫里出发，向三所里疾进。

官兵们忍受着连日行军作战的极度疲劳，边打边跑，一步也不停地向三所里狂奔，几乎达到了生理极限。一些战士跑着跑着就倒地长眠不起，一些战士疲倦至极点，躺倒在路中间，让战友将自己踩醒后接着跑。全师上下全凭一股精神力量在支撑，心中只有一个目标——三所里。

在这个惊心动魄的晚上，113 师的官兵们正在创造着世界军事史上的奇迹！

28 日清晨 6 时，338 团在刘海清的率领下进至松洞，距三所里只剩下 30 里了。

此时，天渐渐亮起来，周围的山野历历在目，路也好走了一些。已在雪野里疾行了一夜、早就困顿不堪的战士们精神为之一振。再走上个把小时，他们就可以到达三所里了。

然而就在这时，一个意想不到的情况出现了。

20 多架美军飞机突然飞临上空，在 338 团头顶上不停地盘旋。显然，美军飞行员对这支连绵数里的行军队伍产生了怀疑。

这是一个敌我双方谁都没有想到的问题：美军没有料到志愿军部队已钻入自己的后方；113 师也没有料到深入敌人腹地后会遇上美机侦察。

情况危急，稍有不慎，部队将遭受重大损失，一切努力就会前功尽弃。

关键时刻，刘海清急中生智，果断命令部队扔掉身上的伪装前进。因为继续伪装，美军飞行员就可能确认是志愿军部队，而大摇大摆地行进，反而能迷惑住美军飞行员。

果然，美机飞走了。

指战员们高兴地说："这个主意真好，把敌人骗了，敌机在掩护我们开进。"一个大胆而智慧的举动，为抢占三所里赢得了宝贵的时间。

上午 7 时，338 团终于赶到了三所里。他们硬是靠两条腿边打仗边行军，14 个小时前进了 140 多里，创造了世界步兵攻击史上的奇迹。需要说明一点，由于他们走的全是山路，实际距离要远比地图上标的长得多。

仅仅过了 5 分钟，美军骑兵第 1 师第 5 团先遣分队就乘车到达了三所里。

338 团发起突然攻击，将这股美军连同驻守此地的南朝鲜军 1 个治安连全歼，占领了三所里及其附近高地，并意外地发现了对方准备的"厚礼"——

热腾腾的大米饭和香喷喷的咸鱼。

"闸门"关上了。

西线指挥所，韩先楚收到了113师的密码电报"我已占领三所里"，一颗悬着的心终于放了下来，情不自禁大叫起来："这么快就到了三所里，一夜行军140里，奇迹！神速！"

同日，毛泽东致电志愿军总部，祝贺德川、宁远作战胜利，同时要求抓住战机，集中42军、38军、40军、39军歼灭美军骑兵第1师和第2、第25师等3个师主力。

这时，西线"联合国军"开始全线收缩。美军第1军撤至安州地区，准备经肃川向平壤方向撤退；第9军收缩至价川、军隅里地区，企图经三所里向顺川突围。

为集中主力围歼美军，志愿军总部命令113师要不惜一切代价堵住南逃之敌，38军主力速向113师靠拢；命令42军速向顺川、肃川攻击前进；命令正面各军速向安州、军隅里方向进攻。

志愿军各部随即发起猛攻，将美军第9军所属之第2、第25师、土耳其旅和美军骑兵第1师、南朝鲜军第1师各一部包围于军隅里南北地区。

113师到达三所里与前线指挥所恢复联系后，美军无线电侦听部门马上测出了113师所在的位置，并迅速报告给了麦克阿瑟。

麦克阿瑟自然清楚三所里是大同江上的重要渡口，为南北交通要道，三所里被中共军队占领，实际上就意味着卡住了第8集团军的咽喉，抄了自己的后路。他立即下令美骑1师第5团由价川南下，三所里以南的美军北上，企图南北夹击夺回三所里。

一场突围与反突围的恶战就此在三所里打响了。

10时许，美骑1师第5团在大批飞机、坦克和火炮的掩护下，向三所里发起猛攻。顷刻间，阵地上已是浓烟滚滚，烈焰熊熊。

激战至16时，338团一连打退了美军的10余次猛攻，并击退了由南向北接援的美军1个营，死死地守住了阵地。

17时，113师以337团、338团各1个营主动出击，利用暗夜向三所里以北鹰峰及其附近的美军实施反击，歼其一部，并占领了水洞站、仁谷里地区，控制了公路山口和阻敌继续南逃的有利地形。339 团 9 连则将三所里附近的大同江公路桥炸毁，切断了北援之敌的通路，使三所里成为美军无法逾越的一道"钢铁闸门"。

三所里战斗进行得异常惨烈，113 师战斗牺牲巨大。但为了整个战役的胜利，江潮等人给军长梁兴初发电表示："我们准备付出最大的代价，有决心、有信心把敌人堵住。"

18 时，美军在三所里已经连续猛攻了 7 个小时，仍毫无进展，不得不暂时停止了进攻，战场渐渐沉静下来。

113 师指挥所里，江潮终于长出一口气，总算把敌人堵住了。可就在这时，刘海清在地图上又意外地发现还有一条经龙源里通往顺川的简易公路。

龙源里地处丘陵地区，位于三所里的西面，不仅北通价川、军隅里，南通顺川、平壤，而且在它的北面有公路可与三所里相连，两地相距不过几十公里。

不好！美军在三所里受阻，必然会改道龙源里南逃。

在紧急召开的师作战会议上，刘海清认为：上级虽然指定三所里为 113 师的穿插位置，但不能机械地理解和执行上级交给的任务，应主动积极地领会战役意图，迅速穿插龙源里，不惜以最大代价，完成艰巨的任务。

江潮表示同意，立即命令 337 团火速抢占龙源里，堵住美军的最后一条退路。临行前，江潮下了道死命令："337 团拼死也要赶到龙源里，死死守住龙源里。"

几乎与此同时，彭德怀、韩先楚等人也意识到了这一点，急电 113 师：务必赶在敌人之前抢占龙源里。

果然，美军第 9 军见从三所里南撤无望，便改道从龙源里撤退，同时急调位于顺川的美军骑兵第 1 师主力及位于平壤地区的英军第 29 旅各一部向北增援接应。

当天，麦克阿瑟在东京召开了紧急军事会议。被前线糟糕的战局搞得焦头烂额的美军第 8 集团军司令沃克中将、第 10 军军长阿尔蒙德少将也由前线飞到东京。

为避免陷入全军覆没的绝境，会议决定全线撤退，其中第 8 集团军撤往

"可以最有效地保护他们部队的任何地方"，第10军撤往咸兴、兴南一线。

兵败如山倒。全线溃败的"联合国军"丢下大批辎重，潮水般向三所里、龙源里涌来……

此时，337团正在猛扑龙源里。担任左前卫的1营1连将尖刀排的重任交给了2排。在向龙源里进发时，2排官兵已经五天五夜没正经睡一觉了，加上中间两个昼夜的激战，战士们早已疲惫不堪，有的是一边走路一边睡觉，后面的战士常常撞到前面的战士才清醒过来。

在地图上用尺子量，三所里到龙源里的直线距离不到10公里，然而事实上，二者之间除了悬崖峭壁、荆棘丛生之外，根本没有一条可以走通的路。为了抢时间，部队硬是从荆棘中劈出了一条路。

上山难，下山更难。山陡路滑，又有积雪，排长郭忠田让大家把带的绳子接起来，拴在山顶的一块大石头上，一个接一个滑到山下。到达山下后，大同江却又横在了眼前，战士们二话不说，脱下棉裤，跳进冰冷刺骨的江水里……

29日凌晨4时，337团1营1连刚刚赶到龙源里以东的葛岘，就与蜂拥而来的由三所里改道南逃的美军第2师前卫部队遭遇。

1连立即抢占有利地形，以2个排先敌发起冲击，1个排迅速插到163.4高地南侧公路阻击敌人。经激战，将该股敌人击退，缴获15辆汽车。

随后，1营以1连、3连配置在葛岘岭南北地区，迅速构筑工事，准备抗击南撤和北援之敌；以2连4个班为营预备队。此时，在武陵里完成炸桥任务的军侦察支队也进至龙源里，协同1营作战。

113师派337团主动先敌抢占龙源里的消息传到志愿军司令部，彭德怀格外高兴，命令113师必须坚决堵住南逃北援之敌；为减轻113师的压力，命令38军主力迅速发展进攻，向113师靠拢；其他各军也应趁机迅速发展进攻，歼灭当面之敌。

由于三所里公路已被志愿军完全切断，龙源里又受志愿军顽强阻击，急于逃命的美军发起了疯狂的进攻，生死鏖战就此展开。

这是一场中国军队用十几门迫击炮、几百挺机枪、几千支步枪和刺刀，同美国军队百余架飞机、上百辆坦克、数百门大炮展开的决斗！

8 时，美军第 2 师第 38 团满载步兵的百余辆汽车和坦克由军隅里进至龙源里东侧。337 团 1 营首先以集束手榴弹将美军先头坦克炸毁，堵住后面的车辆，继之以密集火力向美军步兵猛烈射击。

美军遭此突然打击后一片混乱。经短暂整顿，即出动 1 个营的兵力，在 20 余架飞机和大量火炮、坦克的掩护下，向 1 营阵地连续猛攻，均被击退。

10 时许，337 团主力赶到，即以 2 营接替军侦察支队防守 143.3 高地，以 3 营进至芦田站以东地区为团预备队。2 营、军侦察支队狠狠地侧击敌人，减轻了敌人对 1 营的正面进攻压力。

11 时，敌人又出动几十架飞机沿公路一线在各个山头上狂轰滥炸。1 连 2 排长郭忠田派 5 班到阵地右翼约 200 米的葛岘岭主峰挖假工事，以迷惑敌机。

这一招果然收到奇效。敌机上当了，一窝蜂似的朝假工事俯冲扫射，投掷炸弹、凝固汽油弹足有半个小时之久。

在随后的战斗中，郭忠田指挥全排以灵活的战术、勇猛的动作，在友邻部队的配合下，创造了歼敌 200 余人，缴获 6 门火炮、58 辆汽车，而我方无一伤亡的辉煌战果。战后，2 排被志愿军总部授予"郭忠田英雄排"称号，郭忠田荣立特等功，获"一级战斗英雄"称号。

龙源里战斗打响后，彭德怀不断询问战斗情况。13 时，他让志愿军司令部直接与 113 师通话："彭总要你们注意，敌人全退下来了，涌向你们那个地方去，你们到底卡得住卡不住？"

"请彭总放心，全体指战员决心付出一切代价，完成这个光荣任务！" 113 师的回答坚决果断。

午后，337 团 1 营又击退了由顺川北援的美军 1 个营的进攻。

17 时后，113 师以 337 团、338 团共 4 个营的兵力，趁天色昏暗之机，分四路向当面南逃之敌发起反冲击，将敌击溃。

30 日，被围美军调数十架飞机和百余辆坦克支援，以 1 个营至 1 个团的兵力与由顺川北援的 1 个营相配合，向龙源里 337 团 1 营、2 营阵地连续猛攻，企图打开经此南撤的通路。

为了逃命，敌人几近疯狂，炮弹带不走了，全部打出去！美军一个支援炮兵营在 22 分钟里就发射了 3200 余发炮弹，炽烈的炮火把龙源里志愿军阵地上坚硬的岩石整个"翻耕"了数遍。

337团在腹背受敌的情况下，依托有利地形和临时构建的野战工事，以少数兵力扼守防御前沿，主要兵力疏散隐蔽在机动位置上，采取坚守和反击相结合的战法，打退美军多次进攻，如钢钉一般钉在阵地上，岿然不动。

15时，美军倾其全部火力向1营3连阵地猛轰，然后发起集团冲锋。

激战中，3连3排的前沿阵地被美军占领，连长张友喜带领10多人就冲了上去。敌人向他们疯狂射击，不断有人倒在敌人的枪口下，但没有人退缩。凭着不怕牺牲的顽强斗志，他们冲上了阵地，用手榴弹、刺刀硬是把50多个敌人赶下山去。

就这样，3连英勇地守住了阵地，最后全连只剩下50余人。志愿军总部授予3连"二级英雄连"称号，并记集体特等功一次。

当时，南撤与北援之敌相距不到1公里。然而就是这1公里，南北之敌始终可望而不可即。刘海清回忆道：

> 30日，龙源里战斗异常激烈，自凌晨5时起，敌机在龙源里上空投下成吨炸弹和凝固汽油弹，成千上万发炮弹呼啸而落，坦克炮疯狂轰击，将337团阵地炸成一片火海。美2师在坦克引导下，向龙源里337团阵地发动了几十次猛攻，我337团虽伤亡很大，但全体指战员英勇顽强，顶住了敌人的疯狂轰击，一次次将敌人打退，使南逃北援之敌相距1公里却未逃脱半步，直至12月1日19时战斗胜利结束。

黄昏时分，113师以338团接替337团的防御，继续进行阻击作战。

血战至12月1日8时，美军第9军见从三所里、龙源里突围无望，不得不遗弃大量辎重和漫山遍野的尸体，转向安州方向突围。

此战，38军立下大功，既圆满完成了志愿军司令部交给的从左翼突破、打开战役缺口的任务，又大胆穿插，克服重重困难，坚决堵住美军第9军撤往顺川的退路，保证了整个西线作战的胜利。全军共毙伤敌7485名，俘敌3616名，其中美军1042名，缴获各种炮389门，汽车1500余辆，坦克30余辆，电台 51 部。其中，113 师穿插三所里、抢占龙源里的突出战例成为世界战争史的典范，被拍成了电影《飞虎》。

中国人民志愿军在第二次战役中用铁的事实打破了美军不可战胜的神话，全世界为之震惊。军事专家们把此次战役称为 20 世纪最杰出的战役之一。而美联社、合众社则不无伤感地称：这是美军历史上"最丢脸的失败"。美国参、众两院更是痛斥麦克阿瑟为"蠢猪式的指挥官"。

12 月 1 日，志愿军总部。

韩先楚激动地向彭德怀报告了 38 军的战况：

> 38 军进至三所里、龙源里后，与南逃的美 2 师、25 师及伪 1 师进行了激战。尤以 337 团龙源里战斗和 335 团松骨峰战斗最为壮烈！坚守在龙源里阵地前沿的是 337 团 3 连，坚守在松骨峰阵地的是 335 团 3 连。敌人向这两个阵地轮番用飞机大炮轰炸，用坦克掩护成团的兵力进攻。激战了 6 个多小时，敌人未能前进一步。我们的战士在子弹打光后，就用枪托砸，用石头、用牙齿和敌人拼！有的战士身上被汽油弹打着了，就把枪一摔，带着火扑向敌人，抱着敌人一同被火烧死……
>
> 战斗结束后，打扫战场时，烈士们的遗体保持着各种各样的姿势：有抱住敌人的，有掐住敌人脖子的，有的被敌人的火焰喷射器烧焦了，手还端着上了刺刀的枪，保持着向敌人冲锋的姿势……

听完汇报，彭德怀的眼睛湿润了，亲笔起草嘉奖令：

> 梁、刘转 38 军全体同志：
>
> 此战役克服了上次战役中个别同志某些过多顾虑，发挥了 38 军优良的战斗作风，尤以 113 师行动迅速，先敌占领三所里、龙源里，阻敌南逃北援。敌机、坦克各百余，终日轰炸，反复突围，终未得逞，至昨（30 日）战果辉煌，计缴仅坦克、汽车即近千辆，被围之敌尚多。望克服困难，鼓起勇气，继续全歼被围之敌，并注意

阻敌北援。特通令嘉奖，并祝你们继续胜利！

就在参谋要将电报拿去发出时，彭德怀重新要过文稿，挥笔写下："中国人民志愿军万岁！ 38 军万岁！"

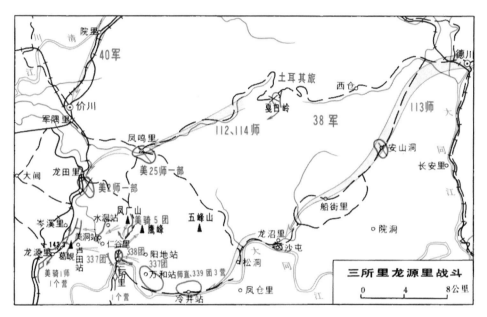

三所里龙源里战斗示意图

05 清川江围歼战

【交战时间】1950年11月27日～12月1日

【交战双方】中国人民志愿军西线部队第38、第39、第40、第42、第50、第66军等部，美军第9军第2、第25师、美军骑兵第1师、英军第29旅、土耳其旅、南朝鲜军第一师等部

【指挥将领】彭德怀，麦克阿瑟

【战　果】志愿军给予美军第2师歼灭性打击，消灭土耳其旅大部和美军第25师、美军骑兵第1师、英军第29旅、南朝鲜军第1师一部

1951年4月11日，《人民日报》刊登了著名作家魏巍撰写的反映抗美援朝战争的报告文学——《谁是最可爱的人》。文章的开头是这样写的：

> 在朝鲜的每一天，我都被一些东西感动着；我的思想感情的潮水，在放纵奔流着；它使我想把一切东西，都告诉给我祖国的朋友们。但我最急于告诉你们的，是我思想感情的一段重要经历，这就是：我越来越深刻地感觉到谁是我们最可爱的人！

文章刊出后立即在神州大地引起了巨大的轰动，激励了几代中华儿女的爱国热情。文中所讲述的故事，就发生在抗美援朝战争第二次战役期间著名的清川江围歼战。

清川江围歼战是一场具有决定性意义的战役，给予美军重创，粉碎了"联合国军"圣诞节前结束战争的狂言，在中国人民志愿军战史上书写下浓墨重彩的一笔。

1950 年 11 月 25 日黄昏，志愿军在西线发起战役反击。以 38 军、42 军从翼侧攻击南朝鲜军第 2 军团第 7、第 8 师，发起德川宁远进攻战斗；以 40 军向球场以北的新兴洞、苏民洞地区美军第 2 师进攻，而后直插德川以西杜日岭、西昌，阻击美军东援；以 50 军、66 军、39 军分别在定州、泰川、云山地区从正面攻击美军第 1 军所属第 24 师、英军第 27 旅和南朝鲜军第 1 师部队。

至 26 日，38 军、42 军占领德川、宁远地区，歼灭南朝鲜军第 7、第 8 师大部，打开了战役缺口。

当晚，在第一次战役云山战斗中重创美军王牌部队骑兵第 1 师的志愿军 39 军渡过九龙江，对位于上九洞地区态势突出的美军特遣队发起进攻。这支美军特遣队是由美军第 25 师的 2 个步兵连、1 个坦克连、1 个侦察连、1 个巡逻连以及其他分队组成的。

被俘的美军官兵

39 军兵分三路实施攻击。右翼 117 师进至桂林洞，切断了美军的退路；左翼 115 师先后歼灭美军 2 个连，从东南方向对上九洞构成包围；从正面突击的 116 师在向上九洞攻击过程中，347 团将美军第 25 师第 24 团第 65 工兵战斗营 C 连（黑人连）包围于柴山洞附近。

第 24 团是美军历史悠久的王牌部队，其历史可以追溯到美国南北战争时期。1900 年八国联军侵华时，该团号称首先攻入北京城。

然而时过境迁。当年侵略军之所以在中国土地上横行霸道，是因为面对的是腐朽没落的清王朝和不堪一击的八旗兵。而在朝鲜战场上，与侵略军对阵的是中国共产党领导的勇猛坚强的志愿军将士。这次侵略军成了名副其实的"纸老虎"。

在志愿军强大的军事攻势和政治瓦解面前，C 连 115 名官兵放下武器，集体投降。这是自美国独立战争以来美军第一次出现成建制向外国军队主动投降的整编连队。

消息传出，举世震惊。美军战史称其为一个奇耻大辱。不久，根据美军第 25 师师长基恩少将的建议，国防部部长马歇尔批准了一项改编计划：拆散黑人单独编队，实行白人和黑人混编，解散第 24 团，另将第 14 团补入该师。第 24 团的番号从此在美国陆军序列中消失了。

此时，清川江以北的"联合国军"惧怕被志愿军各个歼灭，纷纷向南退缩。为堵住南朝鲜军被歼后暴露出的翼侧缺口，麦克阿瑟急调土耳其旅由价川向德川方向、美军骑兵第 1 师由顺川向新仓里方向机动，以阻止志愿军继续前进。

志愿军领导人决定抓住美军右翼暴露的有利战机，集中志愿军西线部队以侧后迂回结合正面进攻的战法，在清川江南北地区对美军第 8 集团军展开全面进攻。首先力争歼灭美军第 9 军 2 个师，尔后在美军撤逃的过程中全线猛追、侧击，最大程度地消灭敌人有生力量。

27 日，志愿军司令部命令 38 军主力向军隅里、价川和三所里实施迂回，堵击军隅里、价川之敌；42 军经北仓里、假仓里向顺川攻击前进，并准备进攻肃川，切断美军第 8 集团军退路。同时命令清川江以西正面的 39 军、40 军、50 军和 66 军，向当面之敌展开猛烈进攻。

28 日，40 军和 39 军分别逼近球场、宁边；66 军进至古城洞、龙山洞；50 军进至五龙洞。担任外层迂回任务的 42 军攻占北仓里，继续向假仓里方向前进。担任内层迂回任务的 38 军在戛日岭、于口站地区击破土耳其旅的阻击，占领装德站、瓦院地区。38 军 113 师于 27 日晚从德川出发，沿小路向三所里迂回，14 个小时前进 70 余公里，于 28 日 8 时到达三所里，切断了美军第 9 军由军隅里经三所里向顺川南逃的退路。

同日，毛泽东致电志愿军领导人，祝贺德川、宁远作战胜利，同时要求抓住战机，集中 42 军、38 军、40 军、39 军歼灭美军骑兵第 1 师和第 2、第 25 师等 3 个师主力。

志愿军随即调整部署，继续进攻。

战至 29 日晨，42 军在月浦里全歼南朝鲜军 1 个营，进至新仓里时被美军骑兵第 1 师所阻。38 军主力进至凤鸣里，途中歼土耳其旅一部；113 师在三所里打退美军骑兵第 1 师 10 余次冲击，又抢占龙源里，切断了美军第 9 军由军隅里通往顺川的另一条退路。39 军、66 军进到宁边以南地区，40 军进至院里地区，50 军进到埔川以西地区。

至此，美军第 9 军第 2、第 25 师，土耳其旅和美军骑兵第 1 师，南朝鲜军第 1 师各一部陷入志愿军的三面包围之中。清川江南北地区的美军第 8 集团军部队只剩下由安州逃往肃川的道路尚未被截断。

也就在这一天，麦克阿瑟终于坐不住了，把正在前线忙得焦头烂额的沃克和阿尔蒙德等将领紧急召到东京开会。这是朝鲜战争中麦克阿瑟唯一一次把前线将领召集到东京开会。

后来，美国和日本的军事专家把这次会议称为"最奇怪的会议"——前方战事吃紧，战线崩溃在即，而最高指挥官竟跑到后方开会。

29 日，西线"联合国军"按照"最奇怪的会议"做出的决定，开始全线退却，以摆脱面临的危局。其中，美军第 1 军由清川江北岸撤至安州地区，准备经肃川向平壤方向撤退。美军第 9 军收缩至价川、军隅里地区，在大量航空兵及坦克的支援下，企图沿军隅里经龙源里、三所里向顺川的两条公路向南突围。同时，在顺川的美军骑兵第 1 师和位于平壤附近的英军第 29 旅各一部北援接应，企图打开由价川南逃通路。

志愿军领导人决定充分利用美军后撤混乱的有利时机，全线出击，力争在清川江以南地区首先聚歼美军第 9 军部队，然后乘胜追击，扩大战果。

西线志愿军部队遵照志愿军总部的指示，在清川江畔西起新安州，东至军隅里、价川，南至龙源里、三所里地区，对美军第 8 集团军发起猛烈攻击。其中，38 军 113 师坚决阻击南逃与北援之敌，军主力迅速向 113 师靠拢；42 军向顺川、肃川攻击前进；其余正面各军向安州、军隅里方向进攻，重点围歼困于该地区的美军第 9 军。

29 日，38 军主力在凤鸣里地区歼灭美军第 25 师 1 个团大部。113 师在三所里、龙源里顽强抗击，在遭敌南北夹击的不利情况下浴血奋战，坚守住阵地，使南北之敌相距不足 1 公里，却始终未能会合，从而粉碎了美军突围与北援的企图。

在这场艰苦卓绝的战斗中，涌现出了大量可歌可泣的英雄事迹，其中最为著名的就是魏巍笔下的松骨峰阻击战中的 38 军 112 师 335 团 3 连。

这天，美军第 9 军第 2 师强突志愿军防线整整一个白天未果，死伤惨重。入夜后，美军组织部队乘汽车从新兴洞方向南逃。

志愿军坚守阵地

为痛歼逃敌，3连奉命抢占敌人南逃的必经之地松骨峰，进行截击。

松骨峰位于龙源里东北，与三所里、龙源里成鼎足之势。它北通价川，东北可达军隅里，主峰高288.7米，从山顶往东延伸到书堂站无名高地。山脚下公路东侧有一条南北铁路，一条小河紧贴铁路。由于坡度小，又无树木，不容易隐蔽，伏击作战难度较大，但因为这条公路是美军第2师向三所里南逃的交通要道，所以战略意义十分重大。

30日拂晓，335团在团长范天恩的率领下插向松骨峰，1营负责占领松骨峰及其以南地区。这时，1营发现大批敌人已沿着公路逃来，立即命令3连火速抢占松骨峰东南侧书堂站无名高地。

6时30分，当3连的战士们爬上这个光秃秃的山包，还没来得及喘口气，就听见隆隆的马达声由远及近，一眼望不到头的敌军汽车、坦克和步兵蜂拥而来。这是在军隅里遭40军痛击后败退下来的美军第2师的部队。一场激烈的搏斗就此开始了。魏巍写道：

> 敌人为了逃命，用了32架飞机、10多辆坦克配合着发起集团冲锋，向这个连的阵地汹涌卷来，整个山顶的土都被打翻了，汽油弹的火焰把这个阵地烧红了。勇士们在这烟与火的山冈上，高喊着口号，一次又一次地把敌人打死在阵地前面。敌人的死尸像谷个子似的在山前堆满了，血也把这山冈流红了。可是敌人还是要拼死争夺，好使自己的主力不致覆灭。

战斗越来越残酷，敌人意识到逃生的唯一希望就是从松骨峰边上的公路突出去，于是对3连阵地进行了狂轰滥炸，投下了大量的燃烧弹和汽油弹。

顿时，阵地上浓浓烟雾直冲云霄，火光四起。炮弹、炸弹犁起了斑驳的弹坑，黄土变成了黑土，石头炸成了粉末，前沿堑壕、掩体都被夷为平地。

3连的重机枪枪管都被美军投掷的燃烧弹烧弯了，备用的又换不上。子弹打光了，战士们就拼刺刀，刺刀拼弯了，就用枪托砸，枪托砸碎了，就赤手空拳与敌人肉搏，一次又一次地击退了敌人的进攻。

战后美军第2师的军官曾回忆："我们甚至看到了增援而来的土耳其坦克

上的白色星星。可我们最终也没能会合在一起。"

在敌人的疯狂进攻下，3 连的伤亡不断增加。排长牺牲了，班长来代理，班长牺牲了，战士来接替。战斗间隙，连长戴如义、指导员杨少成召集剩下的所有战士，当面烧毁了所有文件和笔记本，决心与阵地共存亡。

中午，2000 余名美军在 32 架飞机、18 辆坦克和几十门榴弹炮的掩护下，发动了第五次冲锋。阵地上烟火弥漫，像刮起 12 级台风似的，地动山摇，苦涩的瓦斯热气顶住嗓子眼，使人透不过气来，整个松骨峰犹如一座"火焰山"。

戴如义跃出阵地，用刺刀连续捅死几个敌人。战斗中，他被一发炮弹击中，炸断了左腿。他强忍着剧痛，在阵地上爬着，继续组织战斗，不幸再次中弹，壮烈牺牲。

杨少成在硝烟翻滚、弹片嘶叫的火海里，一面挥动手枪向敌人射击，一面鼓舞战士们英勇战斗。

子弹打完了，杨少成捡起牺牲战友的步枪，一刺刀捅进敌人肚子里。这个敌人死攥住步枪不松手，另一个敌人从后边又拦腰抱住了杨少成。杨少成机警地把枪一松，猛地一蹲，双手往身后一推，敌人从他背上翻了过去。他趁势扑上去，用手榴弹对准敌人的后脑勺狠狠地砸了下去。

没等杨少成站起来，六七个敌人围了上来，他环视一下整个阵地，拉响了手榴弹，高喊："同志们，守住阵地。"与敌人同归于尽。

连长、指导员的英勇牺牲，激励着 3 连勇士们的斗志。他们不畏强敌，不怕牺牲，死死坚守阵地。魏巍是这样描述的：

> 这场激战整整持续了八个小时。最后，勇士们的子弹打光了。蜂拥上来的敌人占领了山头，把他们压到山脚。飞机掷下的汽油弹把他们的身上烧着了。这时候，勇士们是仍然不会后退的呀，他们把枪一摔，身上帽子上呼呼地冒着火苗，向敌人扑去，把敌人抱住，让身上的火，也要把占领阵地的敌人烧死……

战到最后，全连只剩下 7 名战士，但毙伤美军 500 余名，松骨峰阵地依然在 3 连手中。

夜幕终于降临了。

黑夜是朝鲜战场上"联合国军"的噩梦。志愿军主力部队从四面八方冲杀过来，将截住的敌人全部消灭。3 连的官兵们以鲜血和生命，创造了世界战争史上的一次奇迹，谱写了一曲革命英雄主义的赞歌。魏巍写道：

> 这个连的阵地上，枪支完全摔碎了，机枪零件扔得满山都是。烈士们的遗体，保留着各种各样的姿势，有抱住敌人腰的，有抱住敌人头的，有掐住敌人脖子把敌人摁倒在地上的，同敌人倒在一起，烧在一起。还有一个战士，他手里还紧握着一颗手榴弹，弹体上沾满脑浆；和他死在一起的美国鬼子，脑浆迸裂，涂了一地。另有一个战士，嘴里还衔着敌人的半块耳朵。在掩埋烈士们遗体的时候，由于他们两手扣着，把敌人抱得那样紧，分都分不开，以致把有些人的手指都掰断了……

正当 38 军在三所里、龙源里与美军大战之际，40 军向军隅里地区发起攻击。

别看军隅里不大，但它既是定州到满浦的铁路枢纽，又是连接泰川、博川、德川、顺川等各条公路的交汇点，是个不折不扣的战略要地。

美军第 8 集团军在这里构筑了储备给养的仓库群，是西线美军的重要补给基地。第二次战役打响后，美军第 2 师师部和 1 个团退守军隅里，镇子外围特别是南山和柑子山有重兵驻守。

29 日，40 军 118 师对军隅里的美军展开攻击。时任 118 师 353 团团长的黄德懋回忆道：

> 拂晓 2 连接敌，迅即到达军隅里 7.5 公里处的最后一片高地，再往前已是一路平原，直达军隅里镇。天大亮，美军便派出飞机掩护。据此，经与王建青政委研究，我们大胆决定改变夜战昼停的作战习惯，实行白天作战。于是，我命令 1 营坚持白天战斗。1 营领

导认为："只有靠近敌人，使敌机顾忌安全距离而无法发挥火力，才能扬长避短，减少损失。"2 连彭连长于是急令战士立即扔掉伪装，迅速贴住敌人。战士们立刻按命令紧紧咬住敌人，边追边打，不给敌人任何喘息机会。就这样，我军和美军几乎搅和在一起。敌机虽然还在空中盘旋，却因双方距离太近而无法发挥火力。因而战士们幽默地说："你（飞机）在天上转，我在地上照样干。"

在军隅里战斗中，志愿军战士冲向敌阵

傍晚时分，353 团攻进了军隅里镇内，随后又拿下了镇外的柑子山。

30 日拂晓，约有 1 个营的美军沿清川江向军隅里溃退过来。黄德懋当即命令 1 营长卢兆俭率 2 连、3 连和机炮连占领沿江高地，截击这股逃敌。

1 营刚就位，美军约一个营的溃退之敌在四架轰炸机的掩护下已接近我阵地前沿，卢营长一声令下，全营轻、重武器一起开火，顿时将这股溃军打得四处逃窜。此时敌机增至二十余架，疯狂对我部队扫射、轰炸，并在美军外围形成一道火力屏障，企图阻我围歼该敌。1营利用昨天2连向军隅里追歼逃敌的经验，令2连、3连迅速下山冲入敌群，与敌缠在一起厮杀。敌机顿时失去攻击目标，威风全无。经激战，我1营很快就歼灭了这股逃敌，并俘虏美军两百余人。

30日，40军主力继续向安州方向前进。39军、66军先后由宁边东南渡过清川江，继续向南攻击前进，会同38军歼击被围的美军第9军所属部队和南朝鲜军第1师。50军从博川东南逼近清川江，继续向安州方向前进，截击美军第1军正在退却的部队。42军仍受阻于新仓里。

12月1日，被围的美军第2师等部在西线志愿军部队的协同攻击下，伤亡大半，余部丢弃重型装备辎重向安州逃窜。美军第9军见从三所里、龙源里突围无望，下令其他部队转道安州南撤。

志愿军各部继续攻击，追击、侧击、围歼美军，但由于外层战役迂回部队前进受阻，延误了插向顺川、肃川的时间，致使美军第9军得以经安州、肃川退向平壤。

当晚，40军占领安州，清川江地区围歼战就此结束。

此战，志愿军给予美军第2师歼灭性打击，消灭土耳其旅大部和美军第25师、美军骑兵第1师、英军第29旅、南朝鲜军第1师一部，战果辉煌。志愿军领导机关授予335团3连"攻守兼备"锦旗一面，记集体特等功，38军授予3连"英雄部队"称号。

魏巍在文章中饱含深情地写道：

> 假若需要立纪念碑的话，让我把带火扑敌和用刺刀跟敌人拼死在一起的烈士们的名字记下吧。他们的名字是：王金传、邢玉堂、井玉琢、王文英、熊官全、王金侯、赵锡杰、隋金山、李玉安、丁振岱、张贵生、崔玉亮、李树国。还有一个战士，已经不可能知道他的名字了。让我们的烈士们千载万世永垂不朽吧！

读过这段文字的人，心灵无不被志愿军勇士们的壮举强烈地震撼着。可是有谁会想到，40 年后，这个 13 人的烈士名单中有两人竟然还活着！

1990 年 4 月 21 日，新华社播出了一条题为"《谁是最可爱的人》中的'烈士'李玉安还活着，40 年在平凡岗位上为国家默默奉献"的独家新闻。

消息一发出，首都和各地几十家媒体争相转载，"李玉安还活着"的消息很快传遍全国，传到国外，连朝鲜的《劳动新闻》也刊载了这一消息。

更令人没有想到的是，"烈士"李玉安出山引起的轰动还没有平复，又一条爆炸新闻传播开来：松骨峰战斗中的又一位"烈士"井玉琢也活着！

原来，李玉安还活着的消息传出后，黑龙江省七台河市党史部门的同志在感奋之余，隐约记起本市红旗乡也有一位在松骨峰战斗中被误当为"烈士"的井玉琢。井玉琢的事迹和李玉安一样感人，却从未做过宣传报道。于是党史办主任带人到红旗乡对井玉琢的事迹进行挖掘整理，并很快在当地的党史刊物和电台作了报道。

更为巧合的是，李玉安和井玉琢一样，都是闯关东谋生路的山东贫苦农民，从小就吃苦耐劳，忠厚本分；二人又都是在解放战争时期参军入伍，先后被分配到同一支英雄部队的同一个连队当兵。

松骨峰战斗时，井玉琢是 3 排班长，李玉安是 3 排副班长。两人负伤后被送往救护队，与原部队失去了联系，因而被误认为烈士。于是，两人的名字被镌刻在松骨峰烈士纪念碑上，又被魏巍写入了《谁是最可爱的人》。

回国复员后，两位老战士又都隐功埋名，在平凡岗位上默默为国家作贡献。几十年来，谁也没有主动透露自己是"活烈士"的身份。

所不同的是，李玉安是子弹贯通伤，前胸后背都留下碗口大的疤。井玉琢是烧伤，满脸疤痕，面目皆非，手指被烧成鸡爪状。

1990 年 8 月 20 日当李玉安在黑龙江电台的早间新闻中听到井玉琢也活着的消息后，当即提笔给失散 40 多年的老战友写了一封信："得知你也没有死，还活着的消息时，心情是何等激动！回想起朝鲜战场松骨峰一战，怎能不叫我心情沉重，我是多么想那些同一战壕的战友！想到牺牲的同伴，我只有很好地工作，这是对他们的最好的怀念。我想你之所以也没有出头露面，这些年默默生活，也是这种思想的支配吧？"

31 日，井玉琢在给李玉安的回信中，表达了和李玉安同样的心情。他写道："想起牺牲的战友，幸存的我就增加了无形的力量和责任感，心中总有一个念头：把自己的毕生精力全部奉献给祖国社会主义建设，以慰藉我对战友的怀念之心。"

两年后的 1992 年深秋，李玉安、井玉琢与他们的老营长王宿容，还有魏巍笔下那位"像秋天田野里一株红高粱那样淳朴可爱"的志愿军战士马玉祥，四位朝鲜战场上的老战友，在黑龙江省军区召开的抗美援朝志愿军出国作战 42 周年纪念大会上相会了。魏巍也应邀参加了这次难忘的相见。几位当年风华正茂的热血男儿，再见面都已是满头白发的老人了。

面对鲜花和掌声，两位"活烈士"一再声明，自己只不过是一名普通的志愿军战士，做的都是该做的事。可是一谈起牺牲的战友，谈起组织对自己的培养，说起家乡政府和乡亲对自己的关爱，他们又都滔滔不绝、热泪盈眶……

他们是活着的"烈士"，是真正的英雄。

1996 年 8 月，井玉琢与世长辞。半年后，李玉安也因病驾鹤西去。

他们和所有志愿军烈士将永远活在人民的心中，他们无愧于"最可爱的人"的称号。

长津湖战役

【交战时间】1950 年 11 月 27 日～12 月 12 日

【交战双方】中国人民志愿军第 9 兵团,"美军

第 10 军等部

【指挥将领】宋时轮;"阿尔蒙德

【战　果】志愿军歼敌 13916 人,给予美军

陆战第一师和步兵第 7 师一部歼

灭性打击

在朝鲜东北部高寒的盖马高原上有两大湖泊。一个是长津湖,发源于黄草岭一带崇山峻岭之中的长津江;另一个是赴战湖,向北流淌为赴战江,为长津江的最大支流。两湖相距 30 多公里,河谷地带夹在两条重峦叠嶂的山脉之间,被称作长津湖地区。

这一地区是朝鲜北部最为苦寒的山区,海拔在 1000～2000米。群山连绵起伏,森林密布,道路崎岖狭窄,人烟稀少,气候寒冷,白雪覆地。每年冬季来自西伯利亚的寒流,顺着两条山脉之间的谷地,向南直抵咸兴附近的日本海,最低气温可达零下 40 摄氏度。

雪寒岭、荒山岭、黄草岭、死鹰岭……仅从这些地名就能看出长津湖地区的苦寒贫瘠。雪寒岭终年积雪,荒山岭荒无人烟,黄草岭夏天刚萌芽的青草转眼间就变为枯黄,死鹰岭更是

连老鹰都飞不过去的绝地。据当地人讲，鹰能飞到这个岭上的已经不太多，即使是飞到了岭的上空，也会因血结冻而死在岭上，故曰死鹰岭。

70多年前，在这里曾发生过一场惊心动魄的激战。交战的双方是中国人民志愿军第9兵团和美军的两支王牌劲旅——陆军第7师和陆战第1师。这场战斗与同时进行的清川江之战，是抗美援朝战争第二次战役的东西两线。因此，西方军事学术界也把此次战役称为清长之战。

1950年，朝鲜迎来了百年不遇的严冬。刚到10月底，长津湖地区就开始普降大雪，气温急剧下降。至11月下旬，气温已降到零下30摄氏度，四处全是白雪覆地，地冻天寒。

天空中，一架美军运输机从湖面掠过。机舱内，第10军军长阿尔蒙德少将欠起身，舒展了一下胳膊，透过飞机舱窗出神地向下望去。被冰雪覆盖的长津湖就像一块巨大的白色镜片，静静地平放在崇山峻岭之间。

志愿军第9兵团向长津湖地区挺进

"如果在这里的雪地上潜伏半小时的话，无论是什么人都会被冻死的，当然也包括中国人……"这位久经战场的将军喃喃自语。

就在3个月前，美国远东战区参谋长阿尔蒙德兼任新组建的第10军军长，负责东线战事。第10军下辖第7师和陆战第1师，均为美军王牌劲旅。连同归属美军第 10 军指挥的南朝鲜军第 1 军团，"联合国军"在东线集结了 5 个师、1 个工兵旅、1 个陆战团和 1 个陆军航空兵联队的兵力，总人数达 10.3 万余人。

麾下有如此精锐的部队，阿尔蒙德可谓踌躇满志，深信朝鲜战争很快就要结束了。

11 月中旬，美军第 7 师和陆战第 1 师共 4 万余人，连同 200 多辆坦克、600 余辆汽车，沿着咸兴、江界公路向北迅速推进。阿尔蒙德赶到前线视察部队，铿锵有力地给手下人助威打气："如果中国大规模参战的话，早就被美国空军侦察到了，残留的零星武装，根本不足为惧！"

但这次，阿尔蒙德失算了。他做梦也没想到，就在自己从飞机上俯视长津湖地区时，下面竟然潜伏着一支规模庞大的中国部队——宋时轮率领的中国人民志愿军第 9 兵团。

9 兵团原是第三野战军的主力兵团，下辖 20 军、26 军、27 军共 12 个师 15 万余人，驻扎在华东沿海，担负着准备解放台湾的战略任务。由于朝鲜战局紧张，10 月下旬接到入朝参战的任务，立即开始向东北机动。

11 月 5 日，毛泽东电示彭德怀："江界、长津方面应确定由宋兵团全力担任，以诱敌深入寻机各个歼敌为方针。尔后该兵团即由你处直接指挥，我们不遥制。9 兵团之一个军应直开江界并速去长津。"

9 日，毛泽东再次指示："争取在本月内至十二月初的一个月内东西两线各打一二个仗，共歼敌七八个团，将战线推进至平壤、元山间铁路线区域。"

据此，9 兵团到达鸭绿江后，未及休整即入朝参战，担任东线江界、长津方向的作战任务。虽说是准备仓促，但指战员们士气高昂，求战情绪高涨，表示要首战必胜，打好出国第一仗。

然而进入战场后，所有人都惊住了……到处白雪皑皑，迎面寒风刺骨，战士们身上薄薄的棉衣根本抵挡不了风雪的肆虐。

9 兵团长期在气候比较温和的华东地区驻扎和作战，缺乏高寒战区生活和作战的经验，也不了解战区气候特点，防寒准备严重不足。加之入朝时间仓促，各种准备工作均不充分。

为了与敌人抢时间，9 兵团战士们连防寒服装还来不及换，就穿着薄薄的棉衣、解放鞋，戴着大盖帽，走进了自然条件异常恶劣的朝鲜东线战场。27

军军史是这样记载的：

> 当时军事工作准备不足，缺乏现代条件下作战的技术战术素养，组织指挥水平尚难适应现代战争要求，武器装备与当面之敌相比更是优劣悬殊。后勤保障亦有严重困难，因仓促北上，部队中一部分御寒冬装未及发齐，药品、粮食及油料等物资短缺。但当前朝鲜战争的严重局势已不允许我军再做充分准备。特别是当时正值寒流袭来，气温骤降，大雪飞舞。部队顶风冒雪向预定作战地区长津湖、赴战湖一带挺进，一路遇到许多始料未及的严重困难。对当地社会情况和行军道路生疏，加上连日雪飞冰冻，部队吃饭、宿营和行军极为艰难，非战斗减员（主要是冻伤、冻病）大量出现，物资供应亦发生困难。

当时，9兵团各部每个班10多人只有一两床棉被。在滴水成冰的漫长冬夜里，战士们只好将这一两床棉被铺在雪地上，十几个人挤在棉被上互相搂抱着取暖御寒。

一些老战士后来回忆说，因为部队长期驻扎在温暖潮湿的南方，大部分战士适应不了东北寒冷的冬季，刚到东北没几天，就出现大面积的人员冻伤。部队到达沈阳苏家屯车站休整时，经过统计，好多连队冻伤达到15%，最多的是冻脚。先是冻麻后来就发紫发黑，有的脚指头都冻掉了。还有耳朵，也冻肿了，淌着血水。后来出发的时候，每节车厢扔上两箱子大头棉鞋，没什么号不号的，拿到啥穿啥，拿不到的就只有穿力士鞋。时任27军政治部保卫干事的王明清回忆道：

> 1950年11月下旬，我们从临江入朝后，连续五天五夜的急行军，不少战士被冻坏手脚、耳鼻，非战斗减员近1/3。冻伤倒下的战士自觉地爬到路边，留出大路让部队前进。一位山东籍的排长，手指和脚趾都冻坏了，硬是咬着牙让战士拖着他向前爬，他说死也要死在战场上。一位文弱秀气的上海姑娘，是当初闹进部队来当护

士的。现在她的脸和手都冻走了样，红肿破皮，两条腿肿得上下一样粗。同志们劝她撤回去，她说什么也不干，后来硬是拽着拉药品的那头骡子尾巴一步一滑地到达目的地，沿途美军动用上千架飞机轮番轰炸，丝毫也未阻止我军前进的步伐。

最为严重的是后勤供应跟不上。

长津湖地区山高路险，9 兵团的物资又要到几百公里以外的国内运输。在美军飞机的狂轰滥炸下，兵团仅有的百余辆汽车没过几天便损失了大半，粮食、被服和弹药根本运不上去，就地筹措粮食又十分困难。为了防止敌机空袭，部队在冰天雪地里行军露宿，不能生火做饭，几天都吃不上一顿热饭，经常是吃一口炒面就一口雪，连热水都成了奢侈品。

越来越多的部队断粮了，战士们体力下降严重，减员也日渐增多。时任 26 军 77 师 231 团报话机台台长的李志勇回忆道：

在山上，大雪有半米多深。野草、树林，全被厚厚的大雪覆盖，我们的肚子空空，想挖草根野菜充饥也无法找到。我用小刀剐了块树枝，放在嘴里嚼了嚼又苦又涩，嘴发麻，赶快吐了。这里的气温在零下 40 摄氏度以下，手碰到铁的部件，皮肤就会粘在上面。土冻得和石头一样坚硬。……天亮后大批敌机贴着树梢作超低空飞行侦察，盲目地向树林里扫射。我们都反穿大衣白里朝外，敌机没有发现我们。这一天我们又粒米未进。到了晚上为了取暖避风，我们几个人的背包都放在雪地上，背靠背地坐在上面。饥寒交迫，个个都冻得缩着脖颈直打哆嗦，根本没有办法入睡。一夜过来，手脚都冻得红肿麻木了。

经过 200 多公里的徒步行军，9 兵团的将士们以惊人的毅力，克服了千难万险，躲过了美军全天 24 小时不间断的空中侦察，极其隐蔽地进抵长津湖地区，埋伏在预设战场，达成了战役突然性。战后，就连美国舆论界都惊呼这是"当代战争史上的奇迹"。

志愿军通过长津湖大桥

　　志愿军第一次战役胜利后，美国政府依旧坚持以军事进攻迅速占领全朝鲜的计划。"联合国军"总司令麦克阿瑟决定在朝鲜战场发动"总攻势"，计划先以地面部队进行试探性进攻，然后以美军第 10 军和第 8 集团军分别在东西两线，向北发起总攻，企图在圣诞节前结束朝鲜战争。

　　按照麦克阿瑟的计划，美军第 10 军的任务是，以主力向鸭绿江和图们江畔朝中、朝苏边境线推进，同时以一部兵力经长津湖地区向西线江界实施迂回进攻，切断志愿军的后方交通线，与西线美军第 8 集团军部队会合，构成对西线志愿军主力的合围。

　　阿尔蒙德决定以美军陆战第 1 师担负向西线迂回的任务，首先占领长津湖畔的柳潭里，随即向西攻击前进，占领江界，与第 8 集团军会合，然后转向西北，向鸭绿江攻击前进；以美军第 7 师在长津湖以东地区，向鸭绿江推进；以南朝鲜军第 1 军团指挥的首都师、第 3 师沿东海岸公路和端川西北之白岩继续向朝中、朝苏边境推进；以美军第 3 师和南朝鲜军第 1 陆战团守备元山、兴南后方地域。

　　21 日，美军第 7 师的先头部队库珀特遣队长驱直入，未遇任何抵抗，进入鸭绿江畔的惠山镇。阿尔蒙德闻讯大喜，特意驱车 30 英里，赶到惠山镇拍了一张临江眺望中国东北的照片。

这时，美军陆战第 1 师已全部进入长津湖地区。其中，第 5 团和第 7 团位于柳潭里、新兴里和下碣隅里，师部率第 1 团位于古土里。

宋时轮据此决定：以 2 个师切断长津湖美军与两翼第 7 师和第 3 师的联系；集中 5 个师的兵力，首先歼灭美军陆战第 5 团和第 7 团，然后视情况歼灭陆战第 1 师增援部队，以及位于新兴里以东的美军第 7 师第 31 团；鉴于战役准备尚未完成，进攻日期推迟至 26 日以后。

25 日黄昏，志愿军首先在西线发起战役反击。

26 日，为加强向西线实施侧后迂回的力量，支援西线第 8 集团军作战，并增强侧翼安全，阿尔蒙德命令陆战第 1 师全部沿长津湖西岸公路，向西攻击前进；美军第 7 师派出 1 个团进入新兴里地区，接替陆战第 1 师的防务，并保护陆战第 1 师的右翼安全；美军第 3 师一部向社仓里开进，保护陆战第 1 师侧后安全。

对于这样的部署，阿尔蒙德自信十足，亲自给陆战第 1 师指挥所打电话，只说了一句话，"前进吧，士兵们，不要让一帮中国洗衣工挡住你们的步伐。"

此时，9 兵团部队已基本进入指定位置。其中，20 军隐蔽进入柳潭里以西以南地区，27 军主力隐蔽进入柳潭里、新兴里以北地区，完成了进攻准备；26 军主力也于 26 日由厚昌向战场靠近，开往长津东南地区。

宋时轮决定抓住美军兵力分散、尚未发现志愿军部队集结的有利时机，于 27 日晚向长津湖地区的美军发起全线反击，集中 20 军（欠 60 师）及 27 军主力，首先歼灭美军陆战第 1 师主力于下碣隅里、新垈里、旧津里、柳潭里、新兴里之间地区。成功后，视机歼击增援之敌。

27 日，东线战场的天气异常恶劣。

风越来越大，夹杂着漫天飞舞的大雪，刮得人连眼睛都睁不开。天也越来越冷，气温降到零下 30 摄氏度，滴水成冰。在风雪严寒中，一场空前惨烈的"冰血长津之战"拉开了序幕。

当晚，9 兵团 20 军、27 军的 8 个师突然对长津湖地区的美军发起猛烈攻击。

当冲锋号吹响时，已经被冻得有些神志不清的志愿军战士迅速从雪地里爬起来，借着夜色的掩护，顶风冒雪，向美军阵地实施疾风暴雨般的冲击。一夜之间将美军第 7 师和陆战第 1 师截为五段。

20 军 4 个师担负从侧后攻击美军的任务。攻击发起后，58 师于 28 日凌晨 3 时进至下碣隅里以南之上坪里、富盛里，并从东、南、西三面包围了下碣隅里之敌；59 师攻占下碣隅里西北之死鹰岭、西兴里，歼敌 400 余人，割断了柳潭里与下碣隅里敌人的联系；60 师占领了乾磁开、小民泰里一线，切断了敌人的南逃通路，并以一部向古土里及其以南黄草岭前进，准备阻击由兴南北援之敌；89 师则逼近社仓里。

27 军担负正面进攻的任务。80 师并配属 81 师 242 团，以 2 个团从正面突击新兴里，2 个团从翼侧分别突击内洞峙、新垈里。经激战攻占新垈里，包围内洞峙，切断美军南逃西撤的退路，控制了新兴里四周的有利地形，将敌压缩至不足 4 平方公里的狭小地域；79 师 3 个团由西向东一字排开，猛攻柳潭里北山诸高地，歼敌一部后，与 20 军 59 师协同，完成了对柳潭里地区之敌的合围；81 师主力占领了位于赴战湖西侧的小汉垈、广大里地区，割裂美军第 7 师与陆战第 1 师的联系，保障了军主力的侧翼安全。

被围的美军部队毕竟是久经沙场，又刚刚经历过第二次世界大战的洗礼，表现了出色的应变能力，很快就从遭遇志愿军突然袭击的慌乱中镇静下来，立即用 200 余辆坦克在三处主要被围地域组成环形防线，用强大的火力抵挡志愿军潮水般的进攻。

由于志愿军基本全是步兵，缺少反坦克武器，每个团只有八九门老式火箭筒，很难冲破坦克防卫圈。用于火力突击的重炮连一门也没有，只有中小口径的迫击炮掩护步兵冲锋，但迫击炮的炮管因受不了零下 30 摄氏度的酷寒，2/3 打出去的炮弹成了哑弹。战士们只能靠丰富的战斗经验和顽强的战斗意志，把手榴弹作为"重武器"，尽可能地隐蔽接近到手榴弹的投掷距离，突然投出大量手榴弹，然后用步枪、冲锋枪和刺刀去冲击敌人的钢铁堡垒。

战至 28 日清晨，第 9 兵团虽未能歼灭当面之敌，但已完成了对长津湖地区美军的分割包围，将第 7 师一部和陆战第 1 师分别包围于柳潭里、新兴里、下碣隅里等地，割断了美军相互之间的联系。

见势不妙的麦克阿瑟下令突围。美军为打破被分割包围的状态，恢复其相互间的联系，对志愿军发起凶猛的反击。

拂晓时分，柳潭里的美军陆战第 1 师在航空兵、坦克和炮兵猛烈的火力

志愿军爬冰卧雪攻击敌人

支援下，开始攻击志愿军第 20 军 59 师 175 团死鹰岭阵地。随后，下碣隅里的美军也开始向西兴里发起攻击。

西兴里坐落在长津湖西岸，海拔 1376 米的高山雄踞于下碣隅里通往柳潭里的公路一旁，层峦叠嶂，丛林茂密。扼守此地的是 59 师 177 团，时任该团 2 营副营长的周文江回忆道：

> 十几架飞机轮番向我阵地轰炸，炸弹、凝固汽油弹倾泻下来，阵地一片火海。在炮火掩护下，敌人一个加强营（四百多人）分三路由坦克开路，冲向我阵地。……敌人一辆坦克突破 1 排防线，3 班副班长刘佩山高呼："反坦克小组跟我上！"冲向坦克。2 班机枪手龚振华，端起机枪瞄准坦克瞭望孔射击，掩护反坦克小组前进。美军坦克手被打死了，坦克瘫痪了，但龚振华也身中五弹倒下了。又一辆坦克冲上来，刘佩山拿起手雷向坦克冲去，不幸负伤，但只见他高举手雷昂首挺立在敌坦克面前。或许敌人以为他身上有什么秘密武器，或许敌人被他的英雄气概所吓倒，敌坦克掉头逃跑了。

苦战竟日，志愿军付出重大牺牲，死死地围住了柳潭里之敌。

与此同时，泗水里、后浦里的美军从南面攻击 27 军 80 师新岱里阵地；古土里的美军攻击 20 军 60 师小民泰里、乾磁开一线阵地。

入夜后，志愿军一面坚决抗击美军的反扑，一面对被围美军继续进行攻击。

27 军 80 师 240 团猛攻内洞峙美军 1 个营。激战至 29 日拂晓，美军弃尸 300 余具、榴弹炮 4 门，窜至新兴里。80 师主力继续对新兴里之敌展开两面攻击，一度突入新兴里。但由于美军凭借村内房屋和工事，以坦克作为活动堡垒，拼死抵抗，进攻部队伤亡较大，于 29 日拂晓撤出战斗，巩固原占阵地。

20 军 58 师向下碣隅里之敌发起攻击。由于西线美军第 8 集团军正在溃败，右翼第 7 师第 31 团遭到围攻，下碣隅里便成为美军陆战第 1 师生死存亡的关键。师长史密斯少将毫不犹豫地发出指令："死守下碣隅里，决不让中国军队踏上半步。"

高度现代化的美军陆战队工兵仅用三天时间，就在下碣隅里这个四面环山的小山谷中，修建了一条可以通行坦克的道路。几天后，一座可以起降 C-47 运输机的临时机场也建成了。美空军出动大批飞机，给陆战第 1 师运来了急需的弹药、食品、药物、防寒服装、油料。运送来的物资堆积如山，以至美军在撤离时还有数以千吨的剩余物资无法带走，便动用推土机、坦克碾压，并浇上汽油焚烧。

29 日凌晨 3 时，58 师从东、南、西三面包围了下碣隅里，拂晓前完成攻击准备。实事求是地讲，这完全是一场意志的比拼。美国陆战队史学家蒙特罗斯后来写道：

> 陆战队从未见过如此众多的中国人蜂拥而至，或是一次次地顽强进攻。夜空时而被曳光弹交织成一片火网，时而有一发照明弹发出可怕的光亮，把跑步前进的中国部队暴露无遗，使他们按原来的部署成堆地卧倒。陆战队的坦克、大炮、迫击炮和机关枪大显身手，战果赫赫，但是中国人仍然源源而来，他们视死如归的精神使陆战队肃然起敬。他们有时会冲进手榴弹投掷距离内，然后又被打倒。陆战队员们不断地叫喊着："海浪，他们就是海浪，可尽头在哪？"

经过前仆后继的冲锋，58 师终于攻占下碣隅里以东的全部山地。然而，美军以大量坦克为先导拼命反扑，拼死争夺丢失的阵地。随着弹药的耗尽和人员的伤亡增多，58 师于拂晓时分撤出战斗，在下碣隅里东南一线山地构筑工事，巩固阵地。

在志愿军的猛烈攻击下，东线美军不得不由进攻转为防御。在成群的美国飞机掩护下，美军第 10 军开始竭力往后收缩，企图先聚集到下碣隅里，然后再往南逃。

为保持通往长津湖以南地区的道路畅通，并加强下碣隅里的防御力量，史密斯令古土里的陆战第 1 团主力不惜一切代价，北上增援下碣隅里。

29 日上午，陆战第 1 团以配属该团的英国皇家陆战队第 41 突击队为主，加强美军 2 个步兵连，共 1000 余人，组成德赖斯代尔特遣队，由真兴里经古土里北上。

由于沿途不断遭到志愿军的袭击，特遣队到达富盛里时已接近黄昏。在 30 余架飞机的掩护下，向富盛里、小民泰里一线阵地发起进攻。

扼守此地的是 20 军 60 师。该师以 178 团在富盛里以南公路两侧高地构筑工事，以 179 团部署在 178 团阵地以北地区。

战斗进行得十分残酷。由于缺乏反坦克武器，志愿军战士为阻挡美军坦克的进攻，只能是腰捆数颗手榴弹，仰卧在公路上，以自己的血肉之躯堵住敌人的铁甲战车。

就这样，178 团、179 团与敌激战 4 个多小时，除一部敌军在坦克引导下突破志愿军阵地，进至上坪里被 58 师围歼之外，其余大部被阻于乾磁开南北地区。

当晚，60 师在夜幕的掩护下对残敌发起猛烈反击。经数小时激战，将敌军分割为数段并严密包围。德赖斯代尔特遣队陷入绝境，士气尽失。

60 师以军事打击与政治争取相结合，一面紧缩包围，对被围之敌施加军事压力，一面利用俘虏喊话，迫敌投降。在志愿军强大的军事和政治攻势之下，被围敌军于 30 日 8 时全部放下武器，向志愿军投降。

此战，美军陆战第 1 师德赖斯代尔特遣队除小部坦克突出下碣隅里之外，大部被歼。志愿军部队俘虏美、英军 237 人，击毁、缴获坦克、装甲车、汽车 74 辆，各种火炮 20 余门。战后，美国人将这条充满死亡气息的山谷恐怖地称为"地狱之火谷地"。

在德赖斯代尔特遣队向北进攻的同时，下碣隅里的美军也向南发起攻击，企图南北对攻，打开通往古土里的通道。

战后，我军人员参观被击毁的美军坦克

下碣隅里外围1071高地扼制公路，是美军南撤的必经之路。扼守高地东南屏障小高岭的是20军58师172团3连的1个排。

战前，营长向3连长杨根思布置任务时说："这个制高点是下碣隅里向南的唯一通道。卡住公路拐弯处，等于把匕首插进敌人的咽喉，你们的任务是不许敌人爬上小高岭半步，把敌人坚决消灭在小高岭之前。"

杨根思是位新四军老战士，作战勇猛，曾被评为"华东一级战斗英雄"。两个月前，刚刚出席在北京召开的全国战斗英雄代表会议。他向营长保证：人在阵地在，坚决完成任务。

领受任务后，杨根思亲自率3排上了小高岭。刚进入阵地，美军的飞机、大炮就开始对小高岭进行狂轰滥炸。为了抢占高地，美军倾泻下成吨的炮弹、炸弹和燃烧弹。阵地上硝烟弥漫，烈火熊熊，大部工事被炮火摧毁。

杨根思指挥3排的勇士们，用轻重机枪、步枪、手榴弹、刺刀，甚至是石头，一次次打退了敌人潮水般的进攻，巍然屹立在山头。时任 3 连指导员的陈文宝回忆道：

杨根思

战斗越来越激烈，杨根思排剩下的人不多了。勇士们仍互相鼓励着："坚决守住阵地，敌人上来一个，就消灭他一个。"29 日中午，打退敌人第八次进攻的战斗打得最艰苦。这时弹药已经耗尽，刺刀、枪托、石头都用上了。这时小高岭上只剩下杨根思和营里配属的重机枪排排长和两个负伤的战士。杨根思令重机枪排排长带着重机枪和两个负伤的战士撤回主峰，由他一人坚守阵地。

敌人发起第九次、也是最后一次进攻时，四十多个美国兵以为山头上没有志愿军了，可以轻松地占领山头了。他们没有想到，还有一位志愿军英雄——杨根思在坚守阵地。杨根思等敌人靠近时，先用驳壳枪里最后一颗子弹，把一个摇着指挥旗的美国兵击毙。这时他把枪往腰里一插，红绸穗随风飘动。然后抱起一包十多斤重的炸药包向敌人冲去。

就这样，杨根思与爬上阵地的敌人同归于尽，以鲜血和生命保住了阵地，谱写了一曲革命英雄主义的壮丽赞歌。

战后，志愿军总部给杨根思追记特等功，授予"特级英雄"称号，命名他生前所在连为"杨根思连"。朝鲜民主主义人民共和国最高人民会议常任委员会授予杨根思"朝鲜民主主义人民共和国英雄"称号和一级国旗勋章、金星奖章。

美军陆战第 1 师主力和美军第 7 师一部在长津湖地区被分割包围的消息，震惊了美国朝野上下。美国参谋长联席会议直接干预作战指挥，要求将第 10 军与第 8 集团军连为一体。但麦克阿瑟拒绝执行此命令，下令第 10 军向咸兴、兴南地区收缩，摆脱被隔离和围困的不利局面。

根据麦克阿瑟的命令，阿尔蒙德于 30 日在下碣隅里召集陆战第 1 师师长史密斯、第 7 师师长巴大维开会，强调要迅速将部队从长津湖地区撤至兴南地区，并授权史密斯在部队撤出长津湖地区时，可以销毁任何延迟其行动的装备，并直接呼叫所需要的空中支援。

史密斯和巴大维经过协商之后，决定首先将柳潭里的陆战团撤回下碣隅里，然后派出一支强大的解围部队由下碣隅里北上，营救被围困在新兴里的第 7 师第 31 团级战斗队。

经过几天的激战，9 兵团对长津湖地区被围诸点的美军兵力有了新的了解，判断在柳潭里、新兴里、下碣隅里地区被围之敌，共有 1 个师部、4 个团、1 个坦克营、3 个炮兵营，共 1 万余人，比战前对美军兵力判断的数量多出了一倍，有的地区甚至多出三至四倍。

据战后美国海军陆战队官方战史透露，在长津湖地区作战期间，仅美军陆战第 1 师的兵力即达 2.5 万余人，加上美军第 7 师所属第 31 团等部，实际兵力接近 3 万人，远远超出志愿军的估计。

面对敌我极其悬殊的物质条件，为避免战斗胶着，9 兵团决定修正预定的作战方案，集中兵力逐次各个歼灭被围之敌。首先集中绝对优势兵力歼灭新兴里之敌，尔后再转移兵力逐个歼灭柳潭里、下碣隅里之敌。

30 日晚，27 军集中 80 师和 81 师主力，对新兴里之敌发起进攻。激战至 12 月 2 日晨，全歼美军第 31 团级战斗队 3100 余人，创造了志愿军在朝鲜战场上以劣势装备全歼现代化装备美军 1 个加强团的模范战例。

美军第 7 师第 31 团组建于第一次世界大战期间，参加了 1918—1920 年在苏联西伯利亚地区的作战，因战功卓著获得"北极熊团"的称号。第二次世界大战期间，该团参加了太平洋战场上的阿留申群岛、马绍尔群岛和冲绳岛等战役，取得了一系列的辉煌战绩，是美国陆军战斗力较强的一个团。

谁也不曾料到，在冰天雪地的朝鲜战场上该团吃了败仗，而且败得如此之惨，竟然是全军覆没，就连那面印有北极熊图案的团旗也被志愿军缴获，至今仍在中国人民革命军事博物馆里展出。

"联合国军"在东西两线遭到沉重打击后，麦克阿瑟于 12 月 3 日命令部队向"三八线"实施总撤退。

西线美军第 8 集团军向肃川、顺川一线退却。东线美军全线动摇，第 10 军孤悬在朝鲜半岛东北一隅之地，且兵力分散，特别是陆战第 1 师在长津湖地区陷入志愿军的分割包围之中，随时都有全军覆没的危险。阿尔蒙德命令所有部队立即向朝鲜东海岸的元山、咸兴、兴南地区实施总退却，同时命令陆战第 1 师立即将柳潭里的部队收缩至下碣隅里，然后在美军第 3 师的策应下，向南突围。

决不能让敌人逃走。

根据中央军委和志愿军总部关于集中全力"加紧歼灭被围之敌"的指示，9 兵团决定采取围追堵截的战术，以 20 军 59 师据守死鹰岭一线阵地；以 27 军攻击柳潭里之敌；以 20 军主力在下碣隅里至黄草岭地区设置阵地，阻止美军南撤北援；以 26 军迅速南下，攻击下碣隅里之敌，全力以赴争取在长津湖及其以南地区歼灭美军。

长津湖地区山高林密，连日的降雪使地面上的积雪厚达几尺。天气也出奇的冷，似乎要把整个大地连同它上面的一切都冻结在一起。

9 兵团的指战员们还穿着单薄的衣服，加上连日的行军和频繁的战斗，各部队减员严重，粮弹供应极度困难。但接到命令后，他们仍以顽强的战斗意志，发扬不怕艰难困苦，不怕流血牺牲，连续作战的作风，对南逃之敌展开围追堵截。

从 12 月 1 日起，柳潭里的美军陆战第 1 师主力便丢弃卡车及重型火炮等装备，在飞机、坦克、火炮支援下，开始由长津湖地区向南撤退。

20 军 59 师顽强坚守死鹰岭、西兴里、泗水里一线阵地，打退了陆战第 5、第 7 团的多次猛攻。周文江在《西兴里鏖战七昼夜》一文中写道：

> 美军在加大狂轰滥炸的同时，步兵由过去正面进攻改为侧翼冲击。我们也逐渐适应了美军的战术，当敌人轰炸时我们进入工事，派出观察哨；炮火一停，我们立即进入前沿阵地坚决阻击。直到 12 月 4 日敌人又发动了十多次进攻，我们用智慧和胆量，将敌人打退。5 日，也是我们坚守阵地的最后一天，战斗极其激烈和残酷。北面美陆军 1

师被我军围歼在即，为了逃窜拼命向南突围。南面美军疯狂北上增援。我们处在两边夹击之下，形势险恶。上级命令我们不让敌人南北合拢。此时，5连包括伤员在内只剩下五十多人。我们与敌人展开浴血奋战，整整一天，打得天昏地暗，最终我们守住了阵地。

为围歼柳潭里的美军，27军命令79师和94师主力迅速出击，对敌实施两面夹击。

2日拂晓，79师攻占泗水里以西高地，94师主力攻占泗水里以东高地，对南窜之敌形成两面夹击。美军陆战第1师拼命反击，并以一部沿山间小路向东运动。27军立即命令81师主力由荷坪里通过冰封的长津湖，于3日拂晓控制了长兴里、文川里地区，截断了敌人东窜之路。至此，南撤美军被完全包围于柳潭里以南地区。

在志愿军的猛烈进攻之下，美军陆战第1师四面受困，伤亡严重。

3日，急于突围摆脱困境的美军在50余架飞机掩护下，以坦克群为先导，倾全力进行突围，猛攻志愿军死鹰岭、獐项里、西兴里一线阵地。下碣隅里美军也以一部向西攻击，接应柳潭里的美军。

腹背受敌的59师顽强战斗，与美军反复争夺阵地。但终因连日作战，弹药不济，冻伤及战斗减员较大，阵地终被美军突破。

27军即令59师巩固占领公路以南阵地，同时令81师243团控制西兴里、獐项里阵地，正面堵击美军。

当晚22时，243团进至指定位置，对正向西逃窜的美军展开冲击，截断美军队伍，迫敌大部退回西兴里地域。

4日，西兴里与下碣隅里的美军，在飞机、坦克的支援下，对243团阵地两面夹击。在付出重大伤亡后，柳潭里的美军陆战第5、第7团丢弃全部重型装备，逃到了下碣隅里。

从柳潭里到下碣隅里只有22公里。号称美军王牌部队的陆战第1师2个主力团，在志愿军的顽强阻击下，拼出全力，竟用了三天的时间才走完，平均每小时前进300米，速度堪比蜗牛，伤亡更是高达1500多人。

这场惨烈的较量使美军感到了前所未有的惧怕，并从内心里对这支衣衫褴褛、手拿简陋武器，却义无反顾地发起潮水般进攻的中国军人产生了敬意。时任美军第 57 炮兵营营长的曾顿斯中校回忆道：

> 陆战队员们从来没有见过如此众多的中国人蜂拥而来，中国人一次次顽强进攻，尽管陆战队的炮兵、坦克和机枪全力射击，但是中国人仍然源源不断地拥上来。他们视死如归的精神让陆战队肃然起敬。

6 日，美军陆战第 1 师主力毁坏全部重装备，由下碣隅里拼死南逃。为了营救出这支王牌劲旅，美空军出动大批飞机，不分昼夜地轰炸、扫射公路沿线所有目标。

志愿军官兵奋勇战斗，全力围追堵截南逃美军。7 日，26 军歼灭了下碣隅里残留美军，20 军主力则依托已占阵地对美军实施层层阻击。

从下碣隅里到古土里仅 18 公里。作为当时世界上机械化程度最高的部队，美军陆战第 1 师竟然整整走了 38 个小时，平均每小时前进 500 米。

这时，又传来了一个令美国大兵感到令人胆战、无比恐惧的消息——水门桥被炸，而且是连同桥基一起被炸掉了。

架设在长津湖引水管道上的水门桥是一座悬空的单车道桥梁，四周悬崖峭壁，桥下万丈深渊，是从古土里撤往咸兴的必经之路。

其实这已是志愿军第三次炸桥了，只不过前两次都被拥有现代化装备的美军工兵迅速修好了。为了彻底破坏美军南逃之路，志愿军干脆将桥基也炸掉了。

美国人自然不肯坐视这两支王牌军被志愿军全歼，立即展示了其强大的现代化战场保障能力，火速从日本调来 8 套车辙桥组件，空投到前线。不到两天，美军就又架起了一座载重 50 吨、可以通过撤退部队所有车辆的桥梁。

8 日，美军陆战第 1 师继续向南突围，在古土里以南隘路处，又被志愿军 58 师 172 团 2 个连阻截。

一心逃命的美军急红了眼。他们孤注一掷，一面在大量航空兵配合下，猛攻夺路；一面急调黄草岭、真兴里地区的美军部队北援接应。

2个连的志愿军官兵在零下30摄氏度的严寒中，顽强作战。在人员冻伤、阵亡严重，只有20余人可以战斗的情况下，仍坚守阵地，一步也没有后退。

美军陆战第1师是美军的王牌部队，有着160多年的建军历史，其前身可追溯到1846年美军为征战海外而专门组建的海军陆战第1团，称得上美国海军陆战队的"老字号"。1942年扩建为陆战第1师后，在美军太平洋战场的历次登陆作战中担负开路任务，所向披靡。尤其是在夺取"日本国门"冲绳岛之战中，以"拼死作战精神"名噪一时，是美军的"王牌师"，一等一的主力。可面对志愿军顽强的阻击，他们却一筹莫展，强攻了一个白天，除了付出数百具尸体外，硬是没有踏上阵地一步。

志愿军攻击长津湖美军机场

美军百思不得其解，中国人在这个小小的阵地上究竟藏了多少人马？他们强大的炮火和飞机轰炸明明已把山顶削去了一大截，明明已经是寸草难生的高地上，为什么总是有中国军人令人难以置信、源源不断地冒出来，给予他们每一次冲锋以暴风骤雨般的还击。

就这样，阻击战整整打了一天一夜，2个连的志愿军共歼敌800余人，最后全部战死或冻僵在阵地上。

战后，美国人充满敬畏地写道："这些中国士兵忠实地执行了他们的任务，没有一个人投降，全部坚守阵地直到战死，无一人生还。"

与此同时，60 师 180 团也将由真兴里北援的美军阻于堡后庄以南地区。

9 日，美军陆战第 1 师从临时架设的水门桥上通过，继续向南逃窜，与真兴里北援部队夹击堡后庄。

180 团在 179 团 1 个营的支援下，不顾一切地阻击逃敌。激战两日，最后全团大部冻伤、阵亡，阵地方为美军突破。

至此，志愿军第 9 兵团经近半月的激战，部队已经极度疲劳，特别是冻伤减员十分严重，情况最严重的 79 师战斗伤亡 2297 人，而冻伤减员高达 2157 人。最后，全师缩编为 5 个步兵连、2 个机炮连，难以继续实施大的作战行动。但为了争取整个战局的有利局面，9 兵团决定："不顾一切困难和代价，继续组织所有还能勉强支持的人员，力争歼灭南窜与援敌一部或大部。"

10 日，古土里美军部队越过黄草岭，继续南逃。

志愿军 89 师主力在真兴里以南水洞、龙水洞地区主动出击，截击南逃之敌，毙敌 300 余人，击毁汽车 30 余辆。随后又于尾追逃敌中，缴获汽车 60 余辆，歼敌 200 余人。

美军陆战第 1 师在志愿军的坚决阻击、截击、追击下，丢盔弃甲，步履艰难，狼狈逃窜。至 12 日，在由五老里北援的美军第 3 师接应下，最终逃出了志愿军的包围圈。随后会同美军第 3 师，由五老里仓皇逃往咸兴、兴南地区。

在长津湖地区的战斗中，一向所向披靡、风光无限的美军陆战第 1 师遭到志愿军的毁灭性打击，经历了该师历史上最惨痛的一次失败，战斗减员 4400 多人，非战斗减员高达 7300 多人。美国战史称："陆战队历史上，从未经历过如此悲惨的艰辛和困苦。这简直是一次地狱之行。"

志愿军第 9 兵团在极度艰难困苦的条件下，发扬人民军队英勇顽强，不怕艰难困苦，不怕流血牺牲的革命精神，同美军浴血奋战 10 余个昼夜，以巨大的代价歼敌 13916 人，予美军陆战第 1 师和步兵第 7 师一部歼灭性打击，打开了东线战局，并有力保障了志愿军西线部队的侧后安全。

12 月 17 日，毛泽东致电彭德怀："九兵团此次在极困难条件之下，完成了巨大的战略任务。由于气候寒冷，给养缺乏及战斗激烈，减员达四万人之多，中央对此极为怀念。"

07 新兴里进攻战斗

【交战时间】1950 年 11 月 27 日～12 月 2 日

【交战双方】中国人民志愿军第 27 军第 80、第 81 师；美军第 10 军第 7 师、第 31 团等部

【指挥将领】詹大南；"麦克莱恩、费斯

【战　果】志愿军全歼美军步兵第 7 师第 31 团团部和第 3 营、第 32 团第 1 营、第 57 野战炮兵营及坦克连、高射炮连、迫击炮连等加强分队

在中国人民革命军事博物馆里，收藏着一面缴获的美军团旗，蓝色的旗子上画有一只白色的北极熊，并用英文字母标着美军第 7 师步兵第 31 团。这就是号称美军王牌部队的"北极熊团"的团旗。

美军第 7 师是支鼎鼎有名的荣誉部队，特别是麾下的第 31 团更是战功累累。该团组建于第一次世界大战期间，参加了 1918—1920 年在苏联西伯利亚地区的作战，因战功卓著获"北极熊团"的称号。第二次世界大战期间，该团参加了太平洋战场上的阿留申群岛、马绍尔群岛和冲绳岛等战役，取得了一系列的辉煌战绩。

但谁也没有想到，这支战功显赫、战斗力超强的部队竟然在朝鲜战场上被打败了，而且是全军覆没。创造这一神话的是中国人民志愿军第 27 军。

27 军是一支具有光荣传统、能征善战的主力部队，其前身是以山东军区所属胶东军区部队和机关一部组成的华东野战军第 9 纵队。先后参加过莱芜、泰蒙、孟良崮、潍县、兖州、济南、淮海、渡江等战役，为新中国的诞生南征北战，立下了赫赫战功。孟良崮战役中，担任主攻，抢占马牧池，攻克雕窝，断敌退路，为全歼国民党军五大主力之一的整编第 74 师作出了巨大贡献。济南战役中，参加攻城东集团，担任主攻，所部第 25 师第 73 团在城东南角突破城垣，首先攻入市区，被中央军委授予"济南第一团"的称号。渡江战役中，该军侦察营数次渡江侦察，提供情报。脍炙人口的电影《渡江侦察记》便是根据这一传奇故事改编的。

1950 年 11 月初，27 军随 9 兵团入朝参战，担任东线江界、长津方向的作战任务。25 日黄昏，志愿军首先在西线发起反击，抗美援朝战争第二次战役就此打响。

27 日，美军陆战第 1 师主力和美军第 7 师一部进入长津湖地区。

9 兵团果断决定：由 27 军 79 师和 20 军 59 师进攻柳潭里；20 军 58 师和 60 师进攻下碣隅里；27 军 80 师附 81 师 242 团共 4 个团进攻新兴里，81 师（欠 242 团）保障 80 师左翼安全。94 师为 27 军预备队，26 军为兵团预备队。由于战前 80 师师长张铚秀已调任 26 军副军长，兵团决定由 27 军副军长詹大南亲自赶到 80 师指挥新兴里作战。

位于朝鲜东北部的长津湖地区山高林密，平均海拔在 1300 米以上。时值严冬，加上连日大雪，气温降至零下 30 摄氏度以下。由于入朝参战时间紧急，准备仓促，第 9 兵团的官兵们还没有来得及换上防寒衣物，就穿着薄薄的冬装，戴着大檐帽，走上了冰天雪地的朝鲜战场。他们克服冻伤减员严重、粮弹供应不上等困难，以顽强的战斗意志，向美军发起进攻。

27 日 16 时，80 师以 4 个团 12 个步兵营在漫天纷飞的大雪中，向新兴里地区美军发起突然攻击。其中 2 个团从正面突击新兴里，2 个团从翼侧分别突击内洞峙、新垡里。

新兴里是位于朝鲜北部高寒山区长津湖畔的一个平凡小村庄。北部山势平缓，南部山岭突兀。险峻的地势，加之冰雪的肆虐，使得这一带显得格外狰狞。

驻守该地区的美军便是由大名鼎鼎的"北极熊团"——陆军第 7 师第 31 团主力组成的团级战斗队，包括第 31 团团部和第 3 营、第 32 团第 1 营、第 57 野战炮兵营及坦克连、高射炮连、迫击炮连等加强分队，共 3100 多人，相当于 1 个加强团。

"北极熊团"是奉美军第 10 军长阿尔蒙德少将的命令，为加强由长津湖向江界方向的进攻力量，于 26 日赶到新兴里地区，接替美军陆战第 1 师部队防务，并负责保护柳潭里、下碣隅里地区沿长津湖西岸向北推进的陆战第 1 师侧翼安全。没承想，刚到新兴里即遭到志愿军主力的大举围攻，被打了个措手不及。

战斗打响后，238 团（附 240 团 4 营）迅速从新兴里北侧沿山沟谷地发起进攻。时任 238 团团长的阎川野回忆道：

> 我们团 3 营和 240 团 4 营在新兴里二沟与一股美军遭遇，经激战歼敌百余人，并攻占了 1324 高地以东。我们团 1 营 3 连发现了美 31 团的榴弹炮阵地，官兵们用机枪扫，用手榴弹炸，使美军的榴弹炮成了一堆废钢烂铁。
>
> 天亮时，我爬上新兴里旁的一座山头，用望远镜向山下望去，发现凹地中一座房子附近有一群美军在活动。我对身旁的炮兵参谋说，快把炮兵调上来。一会儿四门迫击炮被抬到山上，每门带了 10 发炮弹。我指了指山下的目标，四门迫击炮齐射，40 发炮弹接连砸下去，美军死伤惨重。

更令"北极熊团"惶恐不安的是，他们的指挥所遭到了中国军队的突袭，损失惨重。

原来，志愿军 239 团 4 连发起进攻前进至 1200 高地西山腰时，发现几顶帐篷内大约有 1 个排的美军正在呼呼睡大觉。4 连 1 个排迅速包抄上去，果断开火，将美军全部击毙。另外 2 个排立即向纵深穿插，轻重机枪一阵猛扫，顿时把美军打得人仰马翻。

如梦初醒的"北极熊团"立即组织反击，强大的火力把 4 连的进攻压制住了。4 连果断改变战术，以少数兵力在正面牵制敌人，主力从两侧迂回上去，悄悄接近敌人守卫的一座大房子，用手榴弹和机枪朝屋内一阵猛打。

这座大房子正是"北极熊团"的指挥所。

屋里的美军被打蒙了，有的举手投降，有的抱头鼠窜，负隅顽抗的统统被击毙，团长麦克莱恩上校也当场毙命。那面象征着"北极熊团"无上荣誉的团旗也被缴获。

战后，4 连被授予"新兴里战斗模范连"称号。

"北极熊团"一时群龙无首，组织不起有效的抵抗。志愿军 238 团 3 营趁势突破敌防御阵地，夺占了新兴里的最后一个制高点 1250 高地。

与此同时，240 团（欠 4 营）向内洞峙新兴里西侧实施攻击，连续攻下 4 个山头，毙敌 50 余人，切断两地美军的联系；242 团迂回占领了新兴里南侧 1221 高地及高峰等高地，控制了后浦至新兴里的公路。至此，志愿军切断了"北极熊团"南撤西逃的通路，将其压缩在不足 4 平方公里的狭小地域，完成

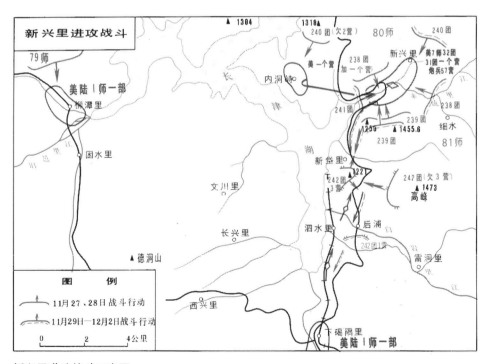

新兴里进攻战斗示意图

了对新兴里地区的合围。

仗打得异常艰苦。因为志愿军没有支援火力的炮火准备，也没有自动火器的火力掩护，只能在纷飞的鹅毛大雪中隐蔽接敌，用近战和夜袭的方式进攻敌军。这就使志愿军对当面之敌的情况不会掌握得那么清晰，而且对志愿军将士们的身心考验也是非常严峻的。

战前，志愿军侦查得知新兴里地区的美军仅为1个加强营。随着战斗的展开，根据审讯战俘才得知驻守该地区的美军为1个加强团，而且是美军的王牌部队"北极熊团"。

由于对敌情掌握得不够准确，战斗打响不久，志愿军攻击部队就误认为敌人已被全歼，遂着手打扫战场。藏匿于新兴里各个角落和附近山沟里的美军，趁机重新集结并发起反冲击，给志愿军造成了很大的伤亡。

万幸的是，志愿军始终牢牢地控制着新兴里地区外围诸高地。激战一天，终于把这头张牙舞爪的"北极熊"关进了一个狭小的"铁笼子"里。

28日，美军航空兵在新兴里地区给这支被围困的王牌部队空投了大批粮弹。

上午9时30分，下碣隅里的美军陆战第1师部队在多架飞机的配合下，以12辆坦克为先导，沿公路向新垈里志愿军81师242团阵地猛攻，企图打通与"北极熊团"的联系。

242团顽强抗击，坚守阵地。战斗中，3营9连8班副班长叶永安带着他的战斗小组埋伏在公路东侧，趁美军坦克驶近路障减速时，用火箭筒抵近攻击。

行驶在最前面的美军坦克连中两枚火箭弹，伴随着巨大的爆炸声燃起了冲天大火。刚才还横冲直撞、疯狂开炮的"钢铁怪兽"立刻瘫在雪地里，无法动弹了。

紧跟在后面的第二辆坦克被挡住了前进的道路，只好减速停了下来，一名美军士兵从车里探出身来观察情况。

说时迟那时快，战士阚立田甩手投出一枚手榴弹。手榴弹在空中划出一条美妙的弧线，不偏不倚地飞进了坦克车的炮塔里。"轰"的一声，从车里腾起一股黑烟。这辆坦克也报销了。

接连两辆坦克被击毁，美军阵脚有些慌乱。叶永安趁机冲出战壕，在敌人还没有缓过神来时，将一个炸药包塞进了第三辆坦克的尾部履带里。随着一声巨响，第三辆坦克被炸翻了。

后面的坦克连同步兵见势不妙，掉头就往回跑。战后 8 班荣立"集体特等功"，叶永安被授予"反坦克英雄"荣誉称号。

激战竟日，242 团顽强地坚守住了阵地，粉碎了美军打通下碣隅里与新兴里联系的企图。

此时，天渐渐暗了下来。

经过一昼夜的激战，志愿军参战各部伤亡很大，4 个团减员都在 1/3 以上。为消灭残余之敌，80 师决定利用夜幕的掩护对新兴里和内洞峙的美军再次发起攻击。具体部署是：238 团从新兴里东南侧突破；239 团从新兴里正南、西南进攻；240 团攻击内洞峙。

内洞峙有美军 1 个营驻守，并配属有部分坦克和炮兵，与新兴里之敌形成相互支援的犄角之势。80 师决定首先攻下内洞峙，切断"北极熊"的一只臂膀。为增强火力支援，将师直属炮兵营的 6 门七五山炮全部配属给 240 团。

战斗打响后，240 团向新兴里与内洞峙之间猛插。4 连在连长李耘田和指导员汪金兰率领下直扑公路大桥，首先捣毁敌营指挥所，占领了公路大桥。随后又击退了敌人的三次反扑，守住了大桥。

团主力乘胜猛攻内洞峙美军固守的据点——3 座独立院落。

担任主攻的 3 连 2 个排的战士，冒着枪林弹雨，前赴后继，奋勇冲击。当他们攻下第一个据点后，由于后续部队未能及时跟上，加之地形平坦不便隐蔽等因素，受到敌人火力的三面夹击。

3 连指战员与敌展开激战，在炸毁 1 辆坦克后，向第二个据点冲去。战斗中，连长、指导员倒下了，副指导员和 20 多名战士也倒下了……

当夺下第二个据点时，全连仅剩下 16 个人。在副排长马日真的率领下，他们又向第三个据点冲击。子弹打完了，就扔手榴弹；手榴弹甩光了，就拼刺刀；刺刀拼弯了，就用铁锹、石块、木棍、手脚甚至用牙齿，与敌人肉搏。最后全连只剩下了 1 名战士，第三个据点终于被攻下来了。美军遗尸 300 余具、榴弹炮 4 门，残部在飞机掩护下逃往新兴里。途中又遭 240 团 7 连截杀，最后逃到新兴里的敌人不足 300 人。

此时，238 团、239 团已先后突破美军前沿阵地，杀入新兴里村中，与敌人展开逐壕逐屋的争夺。

"北极熊团"毕竟是美军的一支主力部队，装备精良，训练有素，战斗力颇强。面对志愿军凌厉的攻势，在继任指挥官费斯中校的指挥下拼死抵抗。美军凭借村内房屋和工事，以坦克作为活动堡垒，发挥坦克火炮、无后坐力炮等大口径火器的火力隔断作用，企图封闭志愿军预备队的前进道路，并以多联装高射机枪和各种轻重自动火器的火力优势，压制志愿军的进攻。

夜幕下，小小的新兴里到处都是爆炸和火光，以及曳光弹划出的红色弹道。阵地前，美军的机枪喷吐出上百条的火舌，筑起一道弹雨构成的铜墙铁壁，不断有志愿军战士中弹倒下。可志愿军攻击部队仍以散兵线队形，如波涛一样源源不断地涌上来。美军被眼前的这一幕震撼了，回忆道：

> 在地面密集的炮火和各种火器编织的密不透风的封锁下，大批中国士兵一波一波地进攻潮水般涌来，在照明弹惨白的光芒中，联合国军士兵惊恐地看着这些后面的士兵踏着前面士兵的尸体毫不畏惧地向他们冲击而来，这些中国士兵义无反顾，毫不退缩。

美军的火力真是一个猛呀。"机枪打得呜呜的，就像刮风！""朝鲜那山上都是灌木丛，那个密啊，我们上高地时裤角被刺划开，都露出棉花。可是一个白天下来，敌机炸，大炮轰，炸光了，烧光了。冻土就像被犁过，松了。山头焦黑，大雪都盖不住啊！"许多年后，参加新兴里战斗的志愿军老兵们还记忆犹新。

天空渐渐露出鱼肚白，天就要亮了。

攻入村中的志愿军 2 个团的突击部队通宵血战，在美军强大的火力下，进攻屡次受挫，竟没有占领一块阵地，伤亡反而比预想的要大得多。白天是美军飞机的天下，志愿军被迫于 29 日拂晓主动撤出战斗。

就这样，中美两支王牌部队在新兴里打成了白热化，攻守胶着，犬牙交错。

白天，美军凭借其强大火力和空中优势，进行疯狂反扑，企图夺路而逃。志愿军在严寒、饥饿、疲劳和武器装备低劣的极端不利的条件下坚守阵地，顽强作战。夜间，志愿军则由守转攻，主动出击，围攻美军。

经过两天两夜的激战，志愿军参战部队冻伤减员和战斗减员已高达 2/3，各团不得不合并建制并整顿各级战斗组织。其中损失最严重的两个团——238 团缩编为 6 个步兵连，每连 4～6 个班，每班仅有六七人；239 团缩编为 3 个步兵连、1 个迫击炮连和 1 个重机枪连。

这时，第 9 兵团对长津湖地区的敌情有了进一步的了解，发现被围美军部队多达 1 万余人。于是调整部署，决定采取集中兵力逐次歼敌的方针，首先歼灭新兴里地区的"北极熊团"。

鉴于 80 师在前两天的战斗中损失很大，27 军决定集中 81 师主力（241 团、242 团），协同 80 师，进歼新兴里地区美军，并以 79 师牵制柳潭里美军。具体部署是：以 80 师 238 团由东南向新兴里进攻；以 240 团由东北向新兴里进攻；以 239 团由南面向新兴里进攻；以 81 师 241 团由正西和西南向新兴里进攻；以 242 团担任阻击援敌和截击逃敌的任务。

"北极熊团"的末日终于来临了。

30 日，由于志愿军对柳潭里和下碣隅里的围歼压力增大，迫使美军陆战第 1 师无暇他顾，放弃了对新兴里的救援，南退下碣隅里。这对志愿军聚歼"北极熊团"增加了胜算。

当晚，新兴里围歼战斗打响了。

天公不作美，再降大雪，气温骤降，志愿军冻伤减员大幅度增加。时任238 团 7 连副连长的宋协生回忆道：

> 那天营长向我交代任务，话没说完就睡着了，那个累啊！教导员领着我就上去了，连长带 1 排，我带 2 排和 3 排。村子里壕沟中时时见到我们的战士，端着枪，眼瞪着前方，一身的雪，一动不动，那是冻死的，像塑像一样啊！

23 时，志愿军集中 2 个师的炮兵进行了 15 分钟的炮火急袭，随后各部从

新兴里战斗中，志愿军机枪阵地

四面同时发起攻击。指战员冒着密集的炮火，奋勇杀敌。

战至 12 月 1 日拂晓，4 个团先后突破美军前沿阵地，攻入村内，与敌展开逐壕逐房地激烈争夺。但在纵深作战中，遭到美军密集火网和坦克火炮的阻拦和杀伤，特别是 241 团 2 营、3 营以纵长密集队形冲击时，伤亡尤为严重。指挥部果断改变了作战队形，继续猛攻。

天渐渐亮了，空中飞来了数十架美军轰炸机。地面上，激战一夜的两军部队早已在新兴里村中打成了一锅粥，双方犬牙交错，相互缠绕。敌机在战场上空盘旋许久，因怕误伤自己人，始终不敢投弹。

志愿军将士见没有了空中威胁，士气倍增。为扩大夜间作战的胜利，不给敌人喘息机会，决定白天继续进攻，紧缩合围圈，终于将残敌压缩于新兴里村内狭小地域。

费斯中校看到部队伤亡惨重，外援无望，又无空中火力支援，继续困守下去将有全军覆没的危险，便命令毁掉所有的火炮及重型装备，准备夺路逃命。命令下达不久，费斯中校就被志愿军战士扔出的手榴弹炸死。

11 时，伤痕累累的"北极熊团"在 40 余架飞机掩护下，以 10 余辆坦克为先导，沿公路向下碣隅里方向突围。

志愿军立即展开拦阻和追击作战。242 团 3 营依托 1221 高地及公路以东一线高地，对突围之敌猛烈射击，并炸毁公路上的桥梁，将敌拦截于 1221 高地前。242 团 2 营和 80 师各团不顾美军飞机的狂轰滥炸，依托公路东侧的有利地形，从敌队形的侧面、正面和后尾猛烈冲击，将"北极熊团"残部大部歼灭于新兴里、新垡里地区。

战斗中，一股残敌乘坐 20 多辆汽车和坦克逃离公路，直奔白雪皑皑的长津湖。

谁知，冰层不能同时承受这么多辆汽车和坦克的重压，随着一声天崩地裂的巨响，湖冰塌陷，车上的敌人全部掉入冰冷刺骨的湖水里，冻溺而亡。后面的美军见势不妙，惊恐万分地折回公路，几十辆坦克和汽车首尾不分，像一群无头苍蝇，乱作一团。

时任 27 军政治部保卫干事的王明清在《创造军事史上奇迹的人》一文中写道：

　　　　夜幕降临，敌军想乘机窜逃。关键时刻，我 242 团 1 营的战

新兴里战斗模范连指战员合影

士们炸翻了前面开道的坦克和汽车，切断了敌军的退路。几百名志愿军战士冲下公路两侧的山头，如猛虎下山一般，与敌展开了肉搏战，击毙敌人 300 多人，俘虏近两百人。

2 日晨，新兴里战斗胜利结束。此战历时五天四夜，27 军 80 师、81 师拼尽全力，付出了极其惨痛的伤亡代价，在零下 30 多摄氏度的冰天雪地里，靠着"一把炒面一把雪"和步枪、手榴弹，全歼美军王牌部队"北极熊团"。

据战后统计，志愿军共歼敌 3191 人，其中毙伤 2807 人，击毙了团指挥官麦克莱恩上校和继任指挥官费斯中校，俘虏 384 人，缴获汽车 184 辆、坦克 11 辆、各式火炮 137 门、枪 2345 支（挺），击毁坦克 7 辆、汽车 161 辆，创造了志愿军以劣势装备全歼现代化装备美军 1 个加强团的模范战例。这一世界军事史上的奇迹被当作神话传遍了全世界。

20 年后，彭德怀在自述中写道：

> 一般包围美军一个团，全部歼灭要两天时间，原因是我军装备太落后，他的空军和地面机械化部队拼命救援。全歼美军一个整团，一人也未跑掉，只在第二次战役中有过一次。9 兵团 27 军创造了这样的范例。

⑧ 高浪浦里东南突破临津江战斗

【交战时间】1950 年 12 月 31 日～1951 年 1 月 1 日

【交战双方】中国人民志愿军第 39 军第 116 师；南朝鲜军第 1 师

【指挥将领】汪洋；白善烨

【战　果】志愿军突破临津江，毙伤俘南朝鲜军 1040 余人

1950 年 12 月 24 日，抗美援朝第二次战役胜利结束。

此役，中国人民志愿军和朝鲜人民军沉重打击了"联合国军"，彻底粉碎了其占领全朝鲜的企图，解放了朝鲜北半部除襄阳外的全部地区，收复了平壤，将战线推至"三八线"，并占领以"三八线"以南瓮津半岛和延安半岛，从根本上扭转了朝鲜战局。

作战中，志愿军克服武器装备落后、后勤供应不上，以及气候恶劣等种种困难，把穿插迂回战术发挥得淋漓尽致，再次狠狠地教训了"联合国军"，基本歼灭南朝鲜军第 7、第 8 师，歼灭土耳其旅大部和号称"北极熊团"的美军第 7 师第 31 团级战斗队，给予美军第 2 师、陆战第 1 师以歼灭性打击，重创美军第 25 师、骑兵第 1 师，共毙伤俘敌 3.6 万余人，其中美军 2.4 万余人，美军第 8 集团军司令沃克中将也在撤退的路上因车祸命丧异国。志愿军还缴获与击毁"联合国军"各种火炮 1000 余

门、汽车 3000 余辆、坦克与装甲车 200 余辆，缴获飞机 6 架。此役被世界军事专家们公认为 20 世纪最杰出的战役之一。

战前麦克阿瑟吹嘘的所谓"圣诞节结束朝鲜战争的总攻势"变成了总退却，"联合国军"全线崩溃，几乎丢弃了所有的重型装备，轻装南逃，一口气狂撤 300 公里，直到"三八线"及其以南地区才稳下神来，转入防御。失败的悲观情绪深深地笼罩着躲在工事里的所有"联合国军"士兵。

狂妄自大的麦克阿瑟也被战局弄得焦头烂额，连忙发表声明："百万中共军正向北韩境内集结，联合国军面临新的战争。这种事态，已超出前线司令官所能管辖的范围，应当通过联合国或者外交途径加以解决。"朝鲜战场上的噩耗传回美国，舆论一片哗然。

美国合众社在 1950 年 11 月 28 日的一篇电讯中哀叹："现在前线自战壕而至第 8 集团军司令部人人都知道，圣诞节回家的希望已被粉碎，因此士气比寒暑表降落得更快。48 小时以前乐观口吻的圣诞节回家的攻势，也遭到朝鲜战争以来的最恶劣挫折。"

《时代》杂志则称："我们吃了败仗——美国历史上最惨重的败仗。"

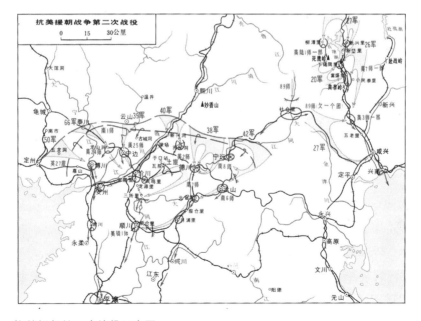

抗美援朝第二次战役示意图

《新闻周刊》认为这是"珍珠港事件后美国最惨的军事败绩"，"可能会成为美国历史上最糟糕的军事灾难"。

美联社也不无伤感地称：这是美军历史上"最丢脸的失败"，是"最寒冷、黑暗的年终……"

美国政府对战争失败的责任问题互相攻讦，对是否坚持朝鲜战争意见分歧，吵成了一锅粥。有的大骂麦克阿瑟愚蠢无能、情报错误、指挥失当，是"最伤心的笨蛋""蠢猪式的指挥官"，要求立即撤他的职；有的则认为是政府决策失误，猛烈抨击杜鲁门的外交政策；甚至有的议员干脆提议要国会罢免杜鲁门总统。

面对如此复杂严峻的朝鲜战局，美国最高决策层也乱作一团，艾奇逊、马歇尔、布雷德利等军政高官束手无策，只得通宵达旦地在五角大楼里开会，商议对策。有人提议可否先与中国人谈判，实现临时停火，使美军得以休整、稳住阵脚。可一旦停火，美军势必要从朝鲜半岛撤军，这当然是美国人所不愿看到的。杜鲁门竟然在记者招待会上称美国"一直在积极考虑使用原子弹"。

随着在朝鲜战场上接二连三遭受惨败，美国同其仆从国家之间的矛盾也日益加深。

英国人首先表示出极大的不满，矛头指向"联合国军"总司令麦克阿瑟，大骂他是"闯进了瓷器店的牛"，让英国士兵白白丢掉了性命。英国防大臣辛威尔不无讽刺地说："有一段时间，麦克阿瑟似乎是超出了我们在事件开始时所了解的目标，结果我们走进了驻有庞大中国军队的满洲边境。……他的情报弄错了。我们的处

1951年11月下旬，中国代表伍修权（左一）在联合国安理会上谴责美国武装侵略中国领土台湾和武装干涉朝鲜的罪行

境实在可怕，欺骗自己是没有用的。"

对杜鲁门提出的要在朝鲜战场上使用原子弹，英国人更是慌了神。100 多名议员联名上书首相艾德礼，坚持反对在"任何情况下使用原子弹"。

法国人也抱怨美国被仁川登陆的胜利冲昏了头脑，错误地估计了形势，低估了中国军队的实力。他们担心美国一意孤行，卷入一场旷日持久的战争，把兵力陷在朝鲜半岛而削弱其在欧洲的防务力量，因而主张战争在"三八线"停下来。

此时，世界爱好和平的人民反对侵略战争的呼声一天天高涨起来。美国陷于军事、政治两面不利的困境中，经过权衡利弊，美国军政首脑们最终做出了继续而不扩大战争的几个原则：战略重点在欧洲；不能卷入亚洲的持久战争；不向朝鲜增派军队；保持"三八线"的稳定；恢复"三八线"战前的状态……

当然，这一切的前提是"联合国军"能否守住"三八线"。

12 月 14 日，美国在与英国磋商后，操纵联合国通过了所谓亚洲十三国提案，成立"朝鲜停战三人委员会"，鼓吹交战双方先停火，然后再谈判解决朝鲜问题。

毫无疑问，美国人是在争取喘息时间，企图重整军队，准备再战。对此，周恩来代表中国政府郑重声明："中国人民亟望朝鲜战事能得到和平解决。我们坚持以一切外国军队撤出朝鲜及朝鲜内政由朝鲜人民自己解决为和平调处朝鲜问题的谈判基础，美国侵略军必须退出台湾，中华人民共和国的代表必须取得联合国的合法地位。这几点不但是中国人民和朝鲜人民的合理要求，也是全世界一切进步舆论的迫切愿望。"

美国人从其全球战略出发，自然不会答应从朝鲜撤军的。

15 日，美国总统杜鲁门就迫不及待地发表广播演说，宣称美国愿意谈判解决朝鲜问题，但决不向"侵略"屈服，也不"姑息"苏联统治势力造成的巨大威胁，并宣布自 12 月 16 日起"全国进入紧急状态"，同时决定扩大征兵计划，把美军由 250 万人增加到 390 万人，加紧军工生产，在一年之内把飞机、坦克的生产能力分别提高 5 倍和 4 倍以上，迅速增强军事力量。

22 日，周恩来再次代表中国政府发表声明，指出："凡是没有中华人民共和国的合法代表参加和同意而被通过的联合国的一切重大决议，首先是有关亚洲的重大决议，中华人民共和国中央人民政府都认为是非法的，无效的。因此，中华人民共和国政府及其代表不准备与上述这个非法的'三人委员会'进行任何接触。""在没有一切外国军队撤出朝鲜及朝鲜内政由朝鲜人民自己解决作基础，来讨论停战和谈判，都将是虚伪的，都将适合美国政府的意图，而不可能达到世界爱好和平人民的善良愿望。"

26 日，美国陆军副参谋长李奇微中将接替几天前在败退途中因车祸丧命的沃克，出任美军第 8 集团军司令。

李奇微，1895 年生于美国弗吉尼亚州门罗堡。1917 年毕业于美国陆军军官学校，即著名的西点军校。曾在西点军校和本宁堡步兵学校任教官，后在中国、尼加拉瓜、巴拿马、玻利维亚、菲律宾、巴西和美国等地服役，并先后进指挥与参谋学院和陆军战争学院深造。第二次世界大战中，在陆军参谋部作战计划处任参谋、处长等职。1942 年，出任第 82 步兵师师长，主持将该师改编为第 82 空降师。1943 年 7 月，在西西里岛登陆战役中，指挥该师实施美军历史上第一次大规模夜间空降作战。1944 年 6 月率部参加诺曼底登陆。2个月后升任第 18 空降军军长，参加"市场—花园"战役、阿登战役和鲁尔战役，进抵易北河。在美国军界中，李奇微素以"坚强意志和指挥才能"著称。

说来也巧，麦克阿瑟和李奇微都是西点军校的高才生。1899 年，麦克阿瑟以第一名的成绩考入西点军校时，李奇微才刚满 4 岁。1919 年，也就是李奇微从西点军校毕业两年后，39 岁的麦克阿瑟出任西点军校校长。

可以说，麦克阿瑟不仅比李奇微大 15 岁，而且在美国军界中的资历更是高出李奇微许多，但李奇微对这位在第二次世界大战中曾大出风头的校长并无好感，认为他具有"夸大其词和自吹自擂的恶习"，"把子虚乌有之事归功于自己的癖好"。

上任伊始，李奇微就表示一旦实力允许便立即恢复攻势。然而当他兴冲冲地来到冰天雪地的朝鲜战场上，心里顿时凉了半截。让这位美军勇将心寒的不仅仅是朝鲜半岛上空飘落的鹅毛大雪，第 8 集团军从上至下弥漫的低落、厌战的士气更令他感到无比沮丧。

一个月前，这支军队还自信心爆棚，要在圣诞节前结束战争，但现在整个部队到处充斥着悲观失望、动荡不安、大难将临、惊恐未定的气氛。就连堂堂第8集团军司令部的餐桌上也铺着肮脏的床单，盛饭的器皿竟然是一个个大小不一的瓦罐。

在李奇微眼中，这简直就是一种污辱。他大发雷霆，命令手下把这些破烂儿统统扔进垃圾箱！后来，他在回忆录里写道："如果他们的军队老祖宗看到这支军队的现状，一定要气得在坟墓里打滚！"

由于经过志愿军两次打击，尤其是在第二次战役中遭受到前所未有的重创，美军对志愿军由轻视转为畏惧。眼下的第8集团军如同一盘散沙，士兵不相信指挥官，指挥官也不相信能打胜仗，一心只想早点离开这个该死的鬼地方。第8集团军上上下下已完全丧失了斗志，对中国军队更是充满着畏惧。

为重整士气，李奇微把前线指挥官召集起来训话："你们看看中国军队，他们总是在夜间行军，他们习惯过清苦生活，甚至吃的是生玉米粒和煮黄豆。这对你们来说，简直是饲料，是不可忍受的！他们能用牛车、骡马和驴子来运送武器和补给品，甚至用人力肩扛背驮。可我们呢？我们的军队离开了公路，就打不了仗，不重视夺占沿途高地，不去熟悉地形和利用地形，不愿离开汽车，结果他妈的连车带人一起完蛋！"

李奇微的语气越发严厉起来，"要记住你们是步兵！你们必须学会走路！要知道中共军队并不是什么天兵天将，他们也是人，靠的是两条腿和步兵武器作战。他们的坦克和大炮数量少得可怜。他们没有制空权，他们的粮食和弹药供给几乎都是靠人力和畜力运送的，这必然会影响他们连续作战的能力。第8集团军不能采取一味退却的战术，而是应代之以进攻。找到他们！咬住他们！打击他们！消灭他们！"

除了给手下人训话打气外，李奇微一口气换了5个师长，总算是稳定住了人心慌乱的第8集团军。

李奇微认为志愿军不会在"三八线"停止前进的脚步，可能随时会发起第三次大规模的攻势。为此，他马不停蹄地到前线部队视察，督促各部在临津江沿线加紧抢修地堡工事，在江边、道口密布地雷，在阵地前沿设置铁丝网，同时加强空中侦察，企图在临津江上构筑起一道"铜墙铁壁"。

29日，美国参谋长联席会议电令麦克阿瑟：以保存"联合国军"力量为主，进行逐次防御作战。

31 日，李奇微命令其部队防卫一条从临津江到"三八线"的总战线，如被迫放弃阵地，则有秩序地按照调整线实施后撤。

当时，"联合国军"在横贯朝鲜半岛约 250 公里的正面和 60 公里的纵深构筑了两道基本防线。第一道防线称作 A 线，西起临津江口大洞里，经汶山、舟月里，沿"三八线"附近向东至长存里。第二道防线为 B 线，西起高阳，经议政府、加平、春川、自隐里至冬德里。

为加大防御纵深，"联合国军"还在第二道防线以南至三十七度线，预设了三道机动防线，分别称为 C、D、E 防线。C 线是沿汉江南，经杨平、横城至江陵；D 线是从水原经利川、骊州、原州、平昌至三陟；E 线是沿三十七度线，从平泽经忠州至三陟。

这时，"联合国军"在朝鲜的总兵力达到 34 万多人，一线兵力为 5 个军 13 个师另 3 个旅，约 20 余万人。另外，美军第 10 军（辖第 3、第 7 师和陆战第 1 师）在大田、大丘、釜山地区整顿，并转归李奇微的第 8 集团军统一指挥。其部署特点是：南朝鲜军位于第一线，美军和英军在第二线，并大部分集结于汉城周围和汉江南北地区的交通要道上，明显摆出了一副能守则守、不能守则随时撤退的架势。

早在 12 月初，随着志愿军在第二次战役中连战连捷，"联合国军"向"三八线"节节败退，毛泽东对朝鲜战局作出了精辟的分析：战争有可能迅速解决，但也可能拖长，我们准备至少打一年。美国有可能要求停战，我们认为敌人必须撤出朝鲜，而首先撤至"三八线"以南，才能谈判停战。

彭德怀立即召集邓华、洪学智、韩先楚、解方、杜平等人开会，研究落实毛泽东的指示。

在认真听取了大家的发言后，彭德怀说："根据敌我情况，第三次战役可考虑放在明年二三月间，因为敌人部署在第一线的兵力共 20 余万人，我第一线兵力加上人民军，只有 30 万人。又接连经过两次战役，指战员们相当疲劳，急需休整补充。"

兵法云：一鼓作气，再而衰，三而竭。彭德怀自然深知其中的道理，但他认为要迅速发动第三次战役问题很多，困难很大。

13 日，毛泽东致电彭德怀，要求志愿军克服和忍受一切困难，协同朝鲜人民军打过"三八线"。他指出：我军连续进行了两次战役，已取得战场主动权，迫敌暂时转入防御，在"三八线"与"三七线"之间构筑防线，有利于我歼敌。目前美、英各国正大肆宣传，企图操纵联合国诱使我军停止在"三八线"以北，以利其再战。因此，我军必须越过"三八线"。如到"三八线"以北就停止进攻，这将在政治上对我不利。

虽说志愿军接连取得了两次战役的胜利，辉煌的战果早已超出了人们的预料，但困难也接踵而至。

部队战斗和非战斗减员已达 10 万人，其中损失最为严重的 9 兵团不得不到朝鲜北部休整补充，至少两三个月内无法参战。随着战线不断向南延伸，

志愿军后勤部队在夜间向前线运送物资

后勤供应更加困难，志愿军的汽车全部加起来只剩下 260 多辆，而朝鲜半岛又进入严冬季节，气候异常寒冷，风雪交加，山路崎岖。在美军飞机的狂轰滥炸之下，原本脆弱的交通线根本无力保障前线部队的粮弹供应。志愿军将士们只好穿着单薄的衣物、饿着肚子、拿着从敌人手里缴获的武器，发起冲锋。

彭德怀十分清楚志愿军面临的困境，在与解方、洪学智等人商量后，致

电毛泽东："拟在'三八线'以北数十里停止作战，让敌占'三八线'。待我充分准备，以便明年再战时歼灭敌主力。"基于当时战场内外的政治形势，毛泽东决心立即越过"三八线"再打一仗，指出："美英正在利用'三八线'在人们中存在的旧印象，进行其政治宣传，并企图迫我停战，故我军此时越过'三八线'再打一仗然后进行休整，是必要的。"

毛泽东以其军事家、政治家的敏锐洞察力，识破了美国人围绕"三八线"做文章，企图搞假停战、真备战，以挽回战争败局的阴谋。因此建议彭德怀将越过"三八线"的战役提前至 1951 年 1 月，防止休整时间过长，引起资本主义和民主阵线各国对志愿军意图的无端揣测。

为孤立美军，激化参战各国间的矛盾，毛泽东特意指出：这次作战仍应以南朝鲜军为主要打击对象，如果能于 1 月上半月打一个胜仗，争取歼灭伪军几个师及美军一部，在政治上则能带来较正面的影响。

据此，彭德怀决心集中志愿军 6 个军实施进攻，在人民军 3 个军团的协同下，突破"联合国军"的"三八线"既设阵地防线，寻机歼敌，尔后再进行休整，准备春季攻势。

为统一协调中国人民志愿军和朝鲜人民军的作战行动，经中朝两国领导人商定，成立了中国人民志愿军和朝鲜人民军联合司令部，决定"凡属作战范围及前线一切活动"，均由联合司令部指挥。

根据"联合国军"转入防御后战线缩短、兵力集中的情况，中朝联合司令部确定此次作战采取"稳进"的方针，首先集中兵力歼灭临津江东岸迄北汉江西岸地区第一线南朝鲜军，如发展顺利即相机占领汉城，如发展不顺利即适时收兵。具体部署是：

以志愿军第 38、第 39、第 40、第 50 军并加强炮兵 6 个团组成志愿军右纵队，由志愿军副司令员韩先楚指挥，在高浪浦里至永平地段突破，向东豆川、汉城方向实施主要突击，并分别从两翼向七峰山、仙岩里迂回，断敌退路，歼灭南朝鲜军第 6、第 1 师。

以志愿军第 42、第 66 军并加强炮兵 1 个团组成志愿军左纵队，由第 42 军军长吴瑞林、政治委员周彪指挥，在永平（不含）至马坪里地段突破，分别向中板里、济宁里方向实施突击，以主力歼灭南朝鲜军第 2 师一部，得手后向加平、清平里方向扩张战果，切断汉城、春川间的交通；另以1个师向春川以北佯攻，牵制南朝鲜军第5师，策应人民军第2、第5军团南进。

人民军第1军团主力于东场里以东向汶山方向佯攻，配合志愿军右纵队作战，并保障其右翼安全；第2军团（欠2个团）、第5军团1个师，于战役发起前越过"三八线"，在洪川东南隐蔽集结，准备配合正面进攻；第5军团主力和第2军团2个团由杨口、麟蹄间突入，向洪川方向进攻，配合志愿军左纵队作战。

中朝两军的总兵力为31万余人，战役发起时间定在1950年12月31日。

为达成战役的突然性，志愿军各部队从180公里外向作战地区隐蔽开进，主力在战役发起前一周开始秘密占领进攻出发阵地。

30日黄昏，朔风怒号，大雪纷飞。"三八线"地区银装素裹，气温骤降至零下30摄氏度。志愿军的3个炮兵师悄悄进入阵地，连夜用树枝和积雪巧妙地伪装起来。

志愿军冒雪向"三八线"挺进

多事之秋的1950年即将过去，难以预测的1951年就要来临。

20世纪上半叶的最后一天，1950年12月31日16点40分，暮色刚刚垂临，按照预定计划，志愿军在约200公里的宽大正面上全线发起攻击。

随着一串串耀眼的信号弹飞向阵地上空，上百门大炮同时怒吼，成群的炮弹暴雨般飞入"联合国军"阵地。

伏在战壕里的志愿军战士们兴奋地欢呼起来："看，炮兵，咱们的炮兵！"

这是抗美援朝战争中志愿军第一次大规模使用炮兵。只见，一束束闪动着的红光如利剑刺破长空，伴随着一阵阵天崩地裂似的轰鸣，敌人的工事、火力点、暗堡、雷区、铁丝网以及各种障碍物统统飞上了天，临津江南岸的大地在颤抖！

短促的炮火准备后，高亢嘹亮的军号声震荡着冰河与山林，志愿军将士从战壕里一跃而起，向敌阵冲去。在朝鲜东西海岸间沿"三八线"绵亘 200 公里的战线上，枪炮齐鸣，战火纷飞，敌我双方近 60 万大军展开了激烈的厮杀搏斗，抗美援朝第三次战役就此打响了……

临津江是朝鲜中部的一条大江，全长 254 公里，流域面积 8118 平方公里，航程 121 公里，河宽达百余米。由于受海潮的影响，江水时深时浅，涨潮时水深齐岸，落潮时水深也有 1 米以上，两岸高山蜿蜒起伏。它穿过"三八线"折回西南，中游一段横泻在"三八线"上，这里正是志愿军前进的突破点。

为阻止志愿军过江，敌人在沿岸构筑工事，阵地前沿横置屋顶形铁丝网，江边、道口密布地雷，树枝上高挂串串拉雷，在陡壁绝崖的山峦上还构筑了大大小小的地堡。敌机不停地在江北岸巡逻，远程炮火盲目地轰击江面，企图凭借临津江天堑，严防死守，把中朝军队阻挡在"三八线"以北地区。

志愿军右纵队把突破临津江的重任交给了 39 军 116 师。该师原为东北野战军中头等主力第 2 纵队第 5 师，是第一批入朝参战部队，有着丰富的攻坚突破经验。经过两次战役的锻炼，在胜利鼓舞下，全师士气高昂、求战心切。师长汪洋回忆道：

> 我 39 军担任由元堂里至石湖地段突破临津江的任务，军首长最初的决心是以 116 师、117 师两个师并肩实施突破。我师受命后，于 1950 年 12 月 13 日，率师主力夜渡水流湍急、冰冷刺骨的大同江，披星踏雪，急行军五个夜晚，行程 200 余公里，抵达临津江北集结。面前的江段位于临津江下游，宽 100～150 米，深 1～2 米。

负责防守此段江岸的是战斗力较强的南朝鲜军第 1 师，师长是刚满 30 岁的白善烨准将。

虽说这位白师长年龄不大，指挥作战却是相当老练沉稳。在朝鲜战争爆发之初，他曾率部在汉山至临津江南岸的一个小村庄里，拼死抵抗朝鲜人民军的猛烈进攻，受到了美国军事顾问的高度评价。此后，白善烨飞黄腾达、步步高升。1951年晋升为少将，任第1军军长；1952年晋升为中将，任陆军总参谋长兼戒严司令；1953年晋升为上将，成为韩国历史上最年轻的上将。2009年6月，被国会授封为韩国建国以来唯一一位名誉元帅。

尽管在第一、第二次战役中，南朝鲜军第1师遭到志愿军的沉重打击，士气低落，但经过休整，兵员基本补齐。白善烨以第11、第12团配置在松村、马浦里地区，凭借临津江天然屏障，构成纵深约9公里的三道防御阵地，组成以支撑点为骨干的防御体系；以第15团为师预备队。

阵地前沿设置在临津江南岸长坡里、松村、玄石里、斗只里、舟月里、新津浦、马浦里一线。在基本阵地内，除沿江陡崖有一道连续的堑壕外，各高地均构筑有堑壕和土木质发射点，从而构成环形支撑点式防御。守备要点同样筑有地堡及暗地堡，纵深有交通壕和隐蔽部。此外，还在临津江两岸布设密集的地雷群，在车辆易通行的地段布设混合雷场。

凭借临津江天险和完备的防御工事，南朝鲜军第1师自以为这是一道绝对的"铜墙铁壁"，志愿军难以逾越。

为成功突破临津江，116师召开作战会议，听取了先遣团长和侦察科长对当面敌情、地形的分析判断报告。

经过初步侦察，东西各有一处地段可以作为突破口。东段为新岱至上井，西段为元堂里至戊滩浦，但两处地段各有利弊。

东段的有利条件是：此处为南朝鲜军两个团的接合部，防御较弱；志愿军一方地形起伏小，前沿还有几条深约1.5米的横向自然沟，稍加改造，即可隐蔽突击部队和炮兵；江对岸地形起伏，纵深约两公里处有两个并列高地，夺取这两个高地，就可突破敌人的第一梯队团阵地，从而完成突破任务。不利条件是：此处江河弯向敌方，水深流急，徒涉困难，有利于敌人两翼交叉火力的封锁；江对岸为7～10米高的峭壁悬崖，难以攀登。

西段的有利条件是：此处江弯向志愿军一方，使守敌东西两翼明显暴露，便于攻敌翼侧，而且易于攀登。不利条件是：志愿军一方地形平坦，没有起伏地和自然壕沟，难以隐蔽集结进攻部队。

"兵者，国之大事，死生之地，存亡之道，不可不察也。"毕业于陕北公学的汪洋是一位儒将，熟读《孙子兵法》，深知战争是一种特殊的社会活动，是敌我双方各种因素激烈对抗的过程。要想在敌人眼皮底下成功实现突破，谈何容易。如果作战方案出现漏洞，哪怕是在某一细节上出现小小的纰漏，其后果可能导致成百上千的志愿军将士无谓的牺牲。

志愿军向临津江前进

为此，汪洋亲自带着全师团以上指挥员到东西两个预定突破地段进行反复的、长时间的现场勘察。经分析对比，最终认为东段的有利条件占优势，决定在东段实施突破。

但又一个难题随之而来，东段江对岸的悬崖峭壁如何攀登上去？汪洋又带着警卫员跑到前沿阵地上，用望远镜对这段悬崖从左至右、从右至左，从上到下、从下到上，一小段一小段地仔细观察，这一看就是两三天，好像着了魔一般。

功夫不负有心人。汪洋发现这段悬崖虽然陡峭，但并非铁板一块，上面分布着大小长短不一的雨裂沟，形成高低不等的天然"台阶"。攀登时可用一只梯子爬上"台阶"，再用一只梯子攀上崖头，如此接力，就可登上悬崖。

突破口选定后，116师又召开党委会认真讨论，决定向军里建议只用116师一个师担任突破，以117师为第二梯队，养精蓄锐，待116师突破后立即跟进，提高穿插前进的速度。

经 42 军作战会议研究，这一作战方案和建议得到军长吴信泉的批准，明确由 116 师及炮兵 26 团、45 团为军第一梯队，突破南朝鲜军第 1 师防御阵地。116 师以 346 团、347 团为师第一梯队，在新岱至土井地段实施突破，向马智里、大村、直川里方向实施主要突击；以 348 团为师第二梯队。

兵法云"胜可知而不可为"，就是说战场上的胜利是可以预先知道的，但战斗中敌人有无可乘之隙，则不是由我方所决定的。

为确保万无一失，116 师于 27 日 24 时召开作战会议，进行突破临津江的战前部署，动员官兵们充分发扬军事民主，用"提困难、想办法"的方法解决突破任务中可能会遇到的各种难题。全师从上至下，开动脑筋，群策群力，想出了许多土办法。在战后总结会上，116 师副师长张峰汇报说：

> 临津江结了冰，部队要趟过 200 米的冰水，为了不使水渗进汗毛孔，防止冻坏腿脚，我们发动群众提困难想办法，就用凡士林涂在腿上，可哪来那么多凡士林呢，只好买猪炼油代替。没有靴套，我们就用雨衣做了几百个……

从某种意义上说，这次突破任务确实是一次冒险，毕竟志愿军只有这一次机会。

因为如果战役进程迟滞或者有较大反复，不仅消耗了仅有的物资储备，而且从临津江向北的平原地带无险可守，志愿军可能会由于粮弹不继无法抗击敌人的反攻，战局也有可能发生逆转。

汪洋认为，赢得这一战的关键，就是部队要做到迅速克服临津江天险，快速插入敌军纵深，不给对手组织反击的机会。而把大量的兵力、火器提前部署在接近敌军的进攻出发阵地前，可以保证战役发起的突然性。

但临津江只有 100 多米宽，江对岸就是南朝鲜军的前沿阵地。为阻止志愿军渡江，敌人严防死守，煞费苦心。每天上午 9 时开始，敌人便以排、连小分队渡江向志愿军阵地前沿实施战斗侦察，黄昏后则撤回江南。敌人的航空兵白天分批轮番侦察、轰炸、扫射江北前沿和纵深较大的村镇、交通枢纽、

桥梁、制高点，尤其
对高浪浦里以北高地
封锁较为严密。夜间
则交替使用照明弹、
照明雷、夜航机和探
照灯实施观察，严密
封锁江北岸渡口。

志愿军又如何在
敌人眼皮底下隐蔽部
队呢？汪洋回忆道：

突破临津江前，志愿军战士宣读决心书

> 我根据解放战争中攻坚战的经验，对进攻出发阵地的地形反复
> 观察，具体计算了工程量及所需人力和时间，决定提前三天抽调全
> 师 1/3 以上的人力，投入构筑阵地的土工作业。在距敌 150～300
> 米，正面宽约 2500 米，总面积 3.5 平方公里的进攻阵地上，利用雨
> 裂沟，突击构筑了可容纳 7 个步兵营的 316 个简易掩蔽部；在堑壕
> 和交通壕内挖了器材储备室，30 余个掘开式的炮兵发射阵地，50 余
> 个带有掩盖的炮兵发射阵地，若干个可容纳 400～500 人的伤员掩
> 蔽部；在约 3.5 平方公里的面积上隐蔽 7 个步兵营，6 个山野炮兵营，
> 8 个团属炮兵连及师、团指挥机构，计 7500 余人，70 门火炮。

计划制订出来了，接着又一个难题摆在 116 师官兵面前——这么庞大的
人员和装备怎样才能隐蔽好而不被敌人发现呢？

这也难不倒足智多谋的志愿军将士。他们采取我军惯用的声东击西的战
术，派出 348 团进到临津江北岸，控制主要制高点，进行战斗侦察，并在 115
师 344 团的配合下，对高浪浦里正面之敌发起佯攻。连攻 10 余日，摆出一副
在此渡江的架势。敌人果然中计了，把注意力全都集中在这里。

30 日天黑后，116 师连同配属的炮兵开始进入各自的进攻出发阵地。整
整忙活了大半夜，7500 多人马和装备全部就位。

真是天遂人愿。31 日凌晨，临津江地区突降大雪，整个江岸一片雪白，116 师阵地上覆盖了一层天然伪装。

拂晓前，各团司令部的参谋人员进行了仔细检查，密密麻麻的交通壕和阵地上的电话线已全部用冰块或积雪伪装好，就连炮车进入阵地时留下的车辙印也用白雪掩埋住。汪洋回忆道：

炊事员火线送饭

整个进攻阵地全构筑在地下，地面上不露一人一物，完全保持了自然地貌的原状。更巧的是，翌日凌晨下了一场雪，整个江岸一片雪白，使我方阵地覆盖了一层天然伪装。我第一梯队距敌仅 150～300 米，敌虽以航空兵终日低空盘旋侦察，刚接任美军第 8 集团军军长的李奇微中将，也亲自乘喷气式教练机在临津江北岸上空进行了观察，但均未发现我军迹象。这一大胆而巧妙的隐蔽伪装，取得了空前的、巨大的成功，是一段战争史上惊险完美的绝唱。

天刚蒙蒙亮，吴信泉便打电话给汪洋，再次强调这么多兵力和武器装备必须熬过整整一个白天，绝对不能暴露一人一马、一枪一炮。

为确保不被敌人发现或察觉，116 师想出了许多隐蔽的方法，并规定了严格的伪装纪律，如有暴露目标，严惩不贷。军史中是这样记载的：

将距阵地 1000 米内的电线、车辙印和稠密脚印等用白雪覆盖，交通壕内插上稻草，盖上一层薄雪，白天严禁人员、车马走动。隐蔽期间，各连炊事班于拂晓、黄昏或夜间，利用民房挡好门窗，修散烟灶制作熟食，通过交通壕将熟饭、热汤送到各班，既保证了热食供应，又防止了暴露目标。

对于每一名参加这次战斗的官兵来说，这一天是他们有生以来最漫长、最难熬的一天。张峰回忆道：

> 30 日晚上，部队进入阵地，一梯队、二梯队，包括炮兵，都各就各位，准备随时开火。师长、政委下了死命令：全师上至师长政委，下至每个兵，一夜都必须转到地下，转到地下就不准出来。白天要发现哪一个人出来，立即枪毙，毫不含糊。白天不准冒烟，不准烧开水，就是渴死也不行，阵地上看不见一个人。一直到天黑，敌人没有发现我们。

美国记者罗素·斯泊乐在《韩战内幕》一书中写道：

> 为防止中国军队集结兵力、发动新的攻势，李奇微便命令空军巡逻队加强空中侦察，31 日这天他本人也乘坐了一架喷气式教练机，做低空飞行，飞往 20 英里处的敌占区。返回后，他对中国军队的隐蔽惊叹不已——没有任何迹象表明他们在那里出现，没有烟火，没有汽车车轮，连雪地里也未留下大队人马经过时留下的脚印，中国人在这片毫无生气的荒原上发起了他们的元旦攻势，突击部队高喊着杀死美国佬。

志愿军右纵队总攻时间原定在 31 日下午 5 时。汪洋考虑到此时天近黄昏，能见度差，不利于炮兵瞄准目标，射击效果会受到很大的影响，便命令炮兵主任杜博和作战科长张常立于总攻前一周，校对日落和敌机飞离 116 师阵地上空的时间。

经过一连数日的观测，最后测定日落时间为 17 时 03 分，敌机飞离时间

志愿军大炮向敌阵地轰击

为 16 时 40 分。这中间的 23 分钟既无敌机，能见度又好，是一个极利于炮兵瞄准的绝好时间段。汪洋遂向上级建议将总攻时间提前 20 分钟，并获得批准。

为了让寂静的阵地不引起敌人的怀疑，116 师用早已布置好的机枪，不时进行零星射击，以迷惑敌人。同时，39 军派出 115 师、117 师各 1 个营，在砂尾川、石湖方向佯攻配合。

时间就这样一分一秒地过去，敌人始终没有察觉到在他们眼前竟埋伏着志愿军的千军万马。总攻的时间终于来到了。

16 时 40 分，志愿军开始炮火准备，向敌前沿滩头阵地及防御纵深发射数千发各种口径的炮弹，摧毁了敌人几十个火力发射点和多层障碍物，压制了敌纵深炮兵火力。

10 分钟后，志愿军炮兵群开始直瞄炮轰敌人第二批目标。在迫击炮火的协助下，最终在敌人雷区、铁丝网中开出了两条长 40 公尺、宽 6～10 公尺的步兵冲击通路。

在总共 20 分钟的炮火准备中，志愿军共摧毁了敌人地堡、火力点 40 余个，歼灭美军一个黑人防坦克炮兵连，炮弹命中率达到 80%。

与此同时，各突击连障碍排除组利用炮火烟雾，迅速排除江北岸残存的地雷。在排爆战斗中，346 团 4 连 3 班班长张财书冒着炮火，连续排除 4 处集群地雷。在部队已经发起冲锋的紧要关头，他果断撇下已被炸碎的自制扫雷杆，毅然冲入雷区，用手抓住弹雷索，拉响了最后一群地雷，以自己身负重伤的代价为冲锋部队打开了通路。战后，张财书被授予"一等功臣"。

17 时，志愿军炮火开始延伸。

3 分钟后，汪洋发出冲锋信号。在三发绿色信号弹升空后，两挺美式重机枪朝天同时交叉发射 500 发红色曳光弹。只见两条闪烁金红光芒的火龙射向天空，在苍茫暮色中显得格外壮美。

在嘹亮的冲锋号声中，40 多挺轻重机枪喷射出数条火龙，射向对岸敌军阵地。埋伏整整一个白天的志愿军战士跃出堑壕，冒着猛烈的炮火和严寒，发起冲击。

左翼 346 团 1 连、4 连跑步通过冰封的临津江，迅速消灭残存火力点内负隅顽抗的敌人，胜利占领了南岸登陆场。时间是 17 时 08 分，仅用时 5 分钟。

右翼 347 团 5 连、7 连的战士们纷纷跳进临津江。战斗前，大家就做好了涉水破冰的准备，又饱餐了一顿辣椒牛肉。趁着牛肉和辣椒激发的热乎劲儿，战士们在冰冷刺骨、深及胸腰的江水里不顾一切地往前冲。身上的棉衣虽然全都湿透了，刺骨的寒流一阵阵涌上胸口，浑身已经麻木，战士们仍勇敢地向对岸冲击。

这时，敌人从惊慌中清醒过来，重机枪疯狂地向江面扫射。但为时已晚，5 连副排长王殿学带领的尖刀班冲上了岸边。战士们甩掉雨布套裤，一鼓作气攀上 10 米高的悬崖。

敌人的 18 号地堡还在做最后挣扎。王殿学带着战士唐洪斌迂回到地堡旁，把手榴弹从机枪射孔里扔进去。随着一声巨响，机枪哑巴了，里边的敌人鬼哭狼嚎地叫起来。敌人的前沿阵地被占领了，时间是 17 时 14 分。

战后，一名被俘的南朝鲜军第 6 师军官在供词中一连用了三个没有料到——"没有料到你们集中那么多的火炮，密度那么大，打得那么准。没有料到你们在难以攀登的新岱、土井突破。而我们一直在加强高浪浦里方向的防御，增强那里的火力。也没有料到你们那么快地占领了我们的前沿阵地。"

17 时 55 分，347 团和 346 团的突击营歼灭南朝鲜军反冲击分队后，在师、团炮火支援下，密切协同，先后攻占敌人基本阵地和团预备队阵地之间的主

志愿军向敌发起进攻

要支撑点 147.7 高地和 182 高地，歼敌 2 个连大部，牢牢地控制住了南岸滩头阵地，为后续部队渡江创造了有利条件。

第二梯队 348 团渡江后，以 1 个营接应 115 师渡江，团主力随 347 团前进。

至 22 时，347 团主力在 346 团 1 个营协同下，攻占纵深要点马智里。随后各团继续向纵深发展进攻，占领南朝鲜军团预备队阵地，歼其一部。

1951 年 1 月 1 日 6 时许，116 师进占卢坡洞、大村及新村、直川里，13 个小时前进 12 ～ 15 公里，毙伤俘南朝鲜军 1040 余人，胜利完成突破任务，在世界军事史上写下了浓墨重彩的一笔。就连李奇微也不得不沮丧地承认："真没想到中国军人在这片毫无生机的荒原上发起了元旦攻势。"

6 日，志愿军司令部、政治部发出通报，表彰 116 师在此次突破临津江战斗中的出色表现。通报中写道：

> 我 39 军 116 师此次战役前克服各种困难，做好充分的攻击准备工作，严密地组织对敌阵地侦察，故攻击顺利，仅 10 分钟即将敌防线突破，使该军后续部队顺利投入战斗。该师在突破敌阵地后，迅猛地向敌纵深攻击，击破敌人的抵抗，并于 4 日 16 时进占汉城，迅速地占领了汉江南岸滩头阵地，并及时地报告了敌情及汉江情况。

这种认真负责、英勇果敢的积极的战斗作风，值得全军学习。特通令表扬。

25 日，中国人民志愿军和朝鲜人民军高级干部联席会议在朝鲜君子里志愿军总部举行。

116 师副师长张峰汇报了他们突破临津江的战斗经验，受到了彭德怀司令员、金日成首相以及其他与会高级将领的一致好评。志愿军副司令员陈赓将此次战斗经验总结为"三险三奇"：

> 一是突破口选得险，但很奇。即敢于把突破口选在临津江弯向敌方的地段，一反兵家的常规，出其不意而制胜；二是进攻出发阵地选得险，但很奇。即大胆地把近 8000 人的进攻部队和武器提前一天隐蔽在进攻出发阵地上，而没有被敌人发觉，起到了出奇制胜的效果；三是炮兵阵地选得险（近），但很奇。即大胆地把 50 余门火炮设置在距敌前沿 300 米处进行直瞄射击，准确地摧垮了敌人的工事。

1957 年，时任南京军事学院院长的刘伯承元帅在听取战役系将校级学员关于强渡临津江战例后，称赞 116 师部署及突破口的选择都是正确的。他说："应该给 5 分！"

09

突破『三八线』

【交战时间】1950年12月31日~1951年1月8日

【交战双方】中国人民志愿军第38、第39、第40、第50、第42、第66军及朝鲜人民军3个军团等部∶『联合国军』及南朝鲜军

【指挥将领】彭德怀∶李奇微

【战　果】志愿军、人民军突破『三八线』，共歼敌1.9万余人，解放汉城

　　1950年12月31日黄昏时分，在朝鲜前线敌我双方对峙的"三八线"上，突然炮火连天，中国人民志愿军和朝鲜人民军共30余万人，分为左右两个纵队，向"联合国军"发起了全面进攻。抗美援朝战争第三次战役就此打响了。

　　"三八线"，即北纬38度线。这条原本没有任何政治、军事含义的纬度线竟成为朝鲜半岛的南北分界线，并埋下了战争的隐患。这条线的始作俑者是美国陆军部一个名叫迪安·腊斯克的上校参谋。

　　1945年8月，日本法西斯投降在即。尽管"在朝鲜没有长远的利益"，但美国人仍想插足其中，希望"朝鲜成为阻止苏联进攻日本的缓冲地带"。于是，美国国务院、陆军部、海军部三部协调委员会在华盛顿召开紧急会议，研究在朝鲜的日本军队的投降问题。

出于政治上的考虑，美国政府认为接受日本投降的区域要尽可能往北推移，以阻止苏联控制朝鲜全境。然而把日本军队在朝鲜的投降区域划到什么位置，才能既满足美国政府的需要，又能使苏联人接受呢？就这个问题，与会人员争吵了几个小时仍不能达成一致。

最后，腊斯克上校在朝鲜地图北纬 38 度线上划了一道直线，解释说：美国在这条线以南接受日本投降比较合适，它可以把朝鲜半岛大体上分为两半。最重要的是，朝鲜的首都汉城被划在美军的受降区内。

"三八线"方案最终获得了通过，并得到杜鲁门总统的批准，而苏联政府竟然也没有对此提出异议。就这样，一个完整的主权国家的命运在这个从来没有到过朝鲜的美军参谋手里改变了。

这条长约 300 公里的分界线斜穿朝鲜，将朝鲜半岛人为地一分为二。就连美国人都承认"这条横穿朝鲜的刻板的纬度线，是任意武断的，有悖于'自然'的国界"，"事实上，这是一条不顾实际情况臆造出来的分界线"。

8 月 15 日，日本裕仁天皇表示接受《波茨坦公告》，宣布无条件投降。

西南太平洋地区盟军总司令麦克阿瑟立即发出关于受降的总字第 1 号命令，其中明确在朝鲜的日军以北纬 38 度线为界，"三八线"以北的日军向苏军投降，以南的向美军投降。

随后，美苏两国军队为了接受驻朝鲜日军的投降，以北纬 38 度线为界，分别进驻南北朝鲜。

就这样，"三八线"以北是苏联支持的金日成领导的朝鲜民主主义人民共和国，以南则是美国政府扶植的李承晚担任总统的大韩民国。战争的乌云很快又在这片饱经战火蹂躏的土地上空聚集。

1950 年 6 月 25 日，朝鲜内战爆发了。

10 月 19 日，中国人民志愿军跨过鸭绿江，开赴朝鲜战场。在短短的两个月内，接连取得第一、第二次战役的重大胜利，把"联合国军"打回了"三八线"及以南地区，从根本上扭转了朝鲜战局。

"联合国军"在朝鲜战场上屡遭重创，引起美国及其"盟友"的极度不安。为挽回败局，美国政府于 12 月 14 日操纵联合国大会通过成立所谓"朝鲜停战三人委员会"的决议，打出"先停火，后谈判"的幌子，企图争取时间，整军再战。同时还抛出准备在朝鲜战场上使用原子弹，对中朝两国进行"核讹诈"。

彭德怀考虑到志愿军入朝参战后虽然取得了两次战役的胜利，但是尚未大量歼灭敌人有生力量，而且志愿军部队减员严重，连续作战非常疲劳，供应十分困难，急需休整一段时间，准备等到明年春季再进行新的战役。

毛泽东则认为不能给"联合国军"以喘息时机，为在政治上争取更大主动，指示志愿军立即越过"三八线"。

12月15日，彭德怀召集朴一禹、洪学智、韩先楚、解方等人开会研究。

会上，彭老总表示：既然政治形势要求我们打，既然毛主席下了命令要我们打，就是有天大的困难也要克服，一定要打过"三八线"去。会议决定放弃原定过冬休整的计划，发动第三次战役，一举打过"三八线"。

鉴于美英军集中在汉城，志愿军计划先集中兵力打南朝鲜军，牵制美军。首先歼灭南朝鲜军第1师，尔后相机打击南朝鲜军第6师。如果战役进展顺利，再打春川之南朝鲜军第3军团；如进展不顺利，则改变作战方针。彭德怀领会了毛泽东的战略意图，指出："突破就是胜利，就是对敌人和谈阴谋的有力打击。"

中朝联合司令部人员合影（1951）

此时，败退到"三八线"以南地区的"联合国军"总兵力为 34 万余人，基本防线的兵力为 13 个师另 3 个旅 20 余万人，在横贯朝鲜半岛 250 公里正面和 60 余公里纵深内，组成两道基本防线：第一道西起临津江口，经汶山里沿"三八线"至东海岸的襄阳；第二道西起高阳，经议政府、加平、春川、自隐里至东海岸的冬德里。

此外，在第二道防线至北纬 37 度线之间，"联合国军"还准备了三道机动防线。其部署特点是：置南朝鲜军于第一线，美、英军于第二线，并大部集结于汉城周围及汉江南北地区之交通要道上，能守则守，不能守则随时准备撤退。

遵照中央军委和毛泽东的指示，彭德怀与金日成商定，决定集中志愿军 6 个军和朝鲜人民军 3 个军团发起第三次战役，彻底粉碎敌人在"三八线"既设阵地的防御。

为使中朝军队有效地配合作战，经中朝两党协商，于 12 月上旬成立了中国人民志愿军和朝鲜人民军联合司令部，决定"凡属作战范围及前线一切活动"，包括志愿军和人民军在朝鲜境内的一切作战与作战有关的交通运输、粮秣筹措、人力物力动员等事宜，统由联合司令部指挥。联合司令部由彭德怀任司令员兼政治委员，朝鲜方面金雄为副司令员、朴一禹为副政治委员。

在中朝联合司令部作战会议上，彭德怀说："第三次战役会比上两次战役打得好，因为敌人已是惊弓之鸟，士气低落，连招架之力都不足。我们是进攻部队，战争的主动权掌握在我们手里，从上到下都摸到了敌人的老底，信心足，士气旺，这就是我们胜利之本。"

经过充分讨论，中朝联合司令部于 12 月 22 日制定了作战部署：全军分为左右两个纵队。

右纵队以志愿军第 38、第 39、第 40、第 50 军并加强炮兵 6 个团组成，由韩先楚副司令员指挥，首先歼灭南朝鲜军第 6 师，再求歼南朝鲜军第 1 师，尔后向议政府方向发展胜利。人民军第 1 军团主力向汶山方向实施佯攻，配合志愿军右纵队歼灭南朝鲜军第 1 师，另以一部在海州地区警戒海上敌人，保障右翼安全。

左纵队以志愿军第 42、第 66 军并加强炮兵第 44 团组成，由第 42 军军长吴瑞林、政治委员周彪指挥,首先歼灭南朝鲜军第 2 师 1 至 2 个团,尔后切断汉城、春川间的交通;另以一个师向春川以北佯攻,牵制南朝鲜军第 5 师,策应左翼人民军第 2、第 5 军团南进。

会议决定把战役发起时间选在 12 月 31 日夜晚。这是因为根据入朝后的作战经验,志愿军没有制空权,敌机白天轰炸很厉害,只能在有月亮的晚上,发挥志愿军近战、夜战的优势,打击敌人。阳历 12 月底恰逢阴历 11 月中旬,是月圆期;12 月 31 日又是阳历新年的除夕,敌军对过新年感兴趣,过了圣诞节,就要过新年。选择这天发起进攻,更能出其不意。

两天后,毛泽东致电彭德怀:

> 目前伪军及美军一部在三十八度至三十七度之间站住脚跟,组成防线,对于我军各个歼灭该敌,最为有利。目前伪军集中于我有利,分散则于我不利。因此,不但我军于此次战役后收兵休整可以向后撤退一步,使伪军又能集中起来,构成防线,以利下一次歼击,而且对于原定人民军第二、第五军团深入敌后分散敌人兵力的计划,值得重新考虑。该两兵团在此次战役后暂时和志愿军一同休整,不要南进,待下一战役后再行南进,似较适宜,究应如何,请你酌定。

在第三次战役中,中朝两军要跨过临津江、汉滩川、永平川,还要攀越海拔 600～1000 米的道城岘、峨洋岩、国望峰、华岳山、高秀岭等。在这种冰天雪地、呵气成霜的恶劣天气里和山高沟深、道路崎岖的复杂地形下作战,对于缺乏现代化交通工具的志愿军而言,困难确实太大了。

为加强志愿军的运输能力,中央军委决定尽快补充 2000 辆汽车;命令 1 个工兵团火速入朝,担负修建定州至平壤的公路、桥梁及扫雷任务;命令铁道兵桥梁团和独立团立即开赴朝鲜前线,执行抢修大同江桥等铁路桥梁任务。

29 日上午,"三八线"地区大雪纷飞,气温骤降。

指挥志愿军右纵队的韩先楚副司令员向中朝联合司令部报告:"突破'三八线'歼灭南朝鲜六师作战,决定于 31 日黄昏开始总攻击。第 38、39 军

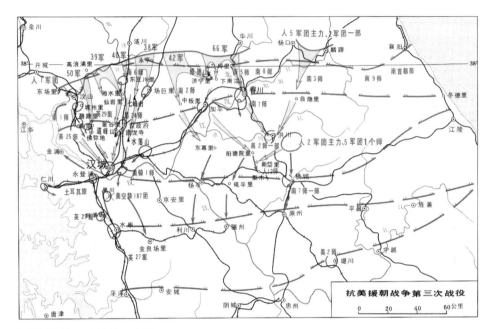

抗美援朝第三次战役示意图

统于 31 日 16 时 40 分开始炮火袭击，17 时步兵开始攻击；第 40 军于 31 日 20 时开始攻击。步兵突破成功后，即组织一部分炮火渡过临津江，以便继续支援步兵纵深作战。"

1950 年 12 月 31 日，是一个值得后人永远铭记的夜晚。志愿军以锐不可当之势突破了"联合国军"的第一道防线，迅速向敌人防御纵深发展进攻。

志愿军右纵队方面，39 军 116 师仅用 11 分钟就在高浪浦里东南新岱至土井地段突破临津江，于 1951 年 1 月 1 日 6 时许进占卢坡洞、大村及新村、直川里，前进 12～15 公里。

担任右纵队右翼迂回任务的 39 军 117 师沿途打破南朝鲜军五次拦阻，于 1 日晨突入敌人防御纵深 15 公里，攻占湘水里、仙岩里地区，割裂了南朝鲜军第 1 师与第 6 师的联系。

担任右纵队左翼迂回任务的 38 军突过汉滩川后，军主力向抱川发展，进至抱川西侧的新邑里。抱川之敌弃城南逃，114 师于 1 日天明后继续前进，但因走错了路，直至 12 时才突入敌防御纵深 20 公里，占领七峰山，未能与 117

师构成合围，使南朝鲜军第6师大部乘隙逃走。

担任右纵队正面进攻的40军突过临津江和汉滩川后，119师于1日拂晓进至东豆川里以西的安兴里、上牌里，并以1个连占领了东豆川里东山。与此同时，人民军第1军团也渡过了临津江，向坡州里前进。

战至2日中午，志愿军右纵队和人民军第1军团推进到坡州里、仙岩里、七峰山及议政府东北一线，突入敌防御纵深达15～20公里。

志愿军左纵队方面，担任迂回任务的42军涉过永平川，一举突破南朝鲜军道城岘、峨洋岩阵地。

该军124师于1日3时许，按遭遇战编组队形，沿道城岘至济宁里斜贯南朝鲜军第2师防御纵深的公路前进。124师以372团2营4连为尖刀连，规定于中午12点以前插到济宁里。时任4连2排副班长的冷树国回忆道：

> 我们不歇脚地走了一夜，跑到"三八线"附近第一个大村子——巨林川时，已是1951年第一个早晨的7点20分。只剩下四个多小时的时间了，而我们离济宁里还有25公里左右。连长王秀清马上命令赶到的2排转为尖刀排，迅速南插。王连长指示2排："敌人不打我们，我们就不还手；敌人要打我们，还要看看值不值得打，千万不可与敌人纠缠。你们只管插不管打，早一分钟插到济宁里，敌人就少跑掉一些。"
>
> 按照王连长的命令，我们2排的战士们一线式前进。……我们尖刀组的四个人跑到了连队的最前面，成了"尖刀连"名副其实的"刀尖"。……冲过了一段又一段起伏地，我看见远处的小山包上有股敌人正在布防。我带着战友们跳进河滩，潜行到距敌人很近的地方，一阵猛打，打散了敌人。
>
> 向前望，看见前边不远处一排排瓦房顶。"济宁里！"我大喊一声："快跑！"可是我们前面还有一条河挡住了去路。我们卧倒在河边仔细观察着。河两岸结着冰，河中间还漂着冰块。如果能从河里直插进去，比绕道近多了。时间紧迫，不能犹豫，我果断地一摆手："咱们从河里插进去，堵住敌人。"

　　就这样，4 连不顾山高雪深和空中敌机威胁，边打边进，8 个小时前进 40 余公里，进行大小战斗 10 余次，硬是用双脚跑过了敌人的汽车轮子，终于在 12 点前赶到了济宁里。

　　1951 年 5 月底，42 军军长吴瑞林与其他三位首批入朝作战的军首长奉命回国，向毛泽东主席汇报朝鲜战况和作战经验。

　　据吴瑞林回忆，毛泽东在会谈中问他："看了一个报告说，你军有个小分队，双脚能跑过汽车轮子，是怎么回事？"

志愿军抢占华岳山

我回答说："我军一从道城岘突破，敌人就混乱不堪了，纷纷溃逃。南朝鲜2师美上校顾问惊慌失措，乘吉普车向汉城逃跑，因沿途盘山公路弯曲，又加河流多，冰雪阻碍，他欲速不能。我军372团4连的白文林、冷树国战斗组，每人均穿上美军、伪军的服装，伪装起来，翻山越岭滑坡走直线，直插济宁里，断敌退路，伏击敌人。在公路上截击并俘虏了企图向汉城逃跑的南朝鲜军第2师美上校顾问等三人，截住了退逃的敌人，打退了敌人的多次反扑。"

4连刚到济宁里，就与南朝鲜军700余人及20余辆汽车、炮车遭遇。4连立即组织进攻，一阵猛打猛冲，将这股敌人击退，切断了南朝鲜军第2师的退路。

16时，124师主力到达，以372团和371团分别占领城隍堂、济宁里附近高地，370团占领济宁里以西以南各高地，准备阻击逃敌和从加平方向北援之敌。

22时，南朝鲜军第2师第32团1个营由北向南撤逃，在济宁里以西被370团歼灭。

2日4时，124师配合由正面进攻的66军围歼被堵击的南朝鲜军第2师第31团和第5师第36团，以372团主力和371团分别向蝉川、美洞和上南淙、柳洞、内新堂进攻。战至5时左右，歼其一部，并与66军会师。随后124师展开2个团进行搜山清剿。

济宁里战斗，志愿军共毙伤俘南朝鲜军2300余人，缴获各种炮92门、汽车49辆。

42军主力在突击中于加平以北花岘里、中板里、赤木里地区歼灭南朝鲜军第2师1个多营，随后向加平方向发展进攻。

担任左纵队正面攻击的66军主力踩着两尺多深的积雪，克服敌人设置的雷区和铁丝网、鹿砦等障碍，连续突破了国望峰、华岳山、高秀岭等阵地。

196师587团3连班长张续计在突破国望峰以南龙沼洞阵地的战斗中，1人连续夺取5个地堡，为部队开辟了前进的通路，荣立特等功。586团4连担任突破华岳山的尖刀连，经5小时激战，攻占华岳山主峰，获"首破'三八线'英雄连"锦旗一面。

66 军主力向南朝鲜军防御纵深猛突，至 2 日先后占领修德山、上红碛里、下红碛里、上南涂、下南涂地区，在 124 师的协同下，歼灭了该地区的南朝鲜军第 2 师第 31、第 32 团和南朝鲜军第 5 师第 36 团大部，以及南朝鲜军 1 个炮兵营，共毙伤俘 3200 余人，缴获各种火炮 60 余门，各种枪 1500 余支（挺）。

随后，左纵队乘胜发展进攻，占领加平、春川。与此同时，人民军第 2 军团主力、第 5 军团第 12 师共 5 个师，相继越过"三八线"，分别向洪川、横城、原州方向渗透迂回前进，威胁敌人后方，迫使南朝鲜军第 3 师南逃。

中朝军队进攻之凶猛程度着实让李奇微吃惊不小。

整整一夜，告急的电话和电报纷至沓来，由西到东几百里阵地，纷纷被中共军队突破，第一线的南朝鲜军 6 个师均岌岌可危，第 1、第 6 师更是溃不成军……

号称"铜墙铁壁"的临津江防线，为何在中共军队面前如此不堪一击，数小时内便土崩瓦解。坐在汉城指挥所里的李奇微百思不得其解。

1 月 2 日，中朝军队经过两天两夜的战斗，已经全线突破敌人防御纵深 20 多公里，将敌人整个部署打乱了。扼守在"三八线"上的南朝鲜军竞相南逃，防线全面崩溃。

由于第一道防线南朝鲜军的迅速崩溃，美、英军东部翼侧完全暴露出来，汉城更是无险可守。李奇微为避免十几万"联合国军"部队拥挤在汉江北岸背水作战，立即下令全线撤退，以最快的速度撤至汉江以南 15 公里的预设阵地，只留少量部队在汉城以北高阳、道峰山、水落山一线进行掩护，企图阻止中朝军队继续进攻。

许多年后，李奇微在他的回忆录中追述了当时南朝鲜军从"三八线"溃逃的真实情景：

> 敌人的攻势在大约除夕黄昏后两小时到来了。那一夜，南韩第一师和第六师的败讯，不断传进我的指挥所。元旦上午，我驱车由北面出了汉城，结果见到了一幅令人沮丧的景象。南朝鲜士兵乘坐

一辆辆卡车，正川流不息地向南涌去。他们没有秩序，没有武器，没有领导，完全是在全面败退。有些士兵是依靠步行或者乘着各种征用的车辆逃到这里来的。他们只有一个念头——逃得离中国军队愈远愈好。他们扔掉了自己的步枪和手枪，丢弃了所有的火炮、迫击炮、机枪及数人操作的武器。

其实，在中朝军队的勇猛攻击下，"联合国军"的狼狈状况比南朝鲜军也好不了多少。《韩国战争史》是这样记载的：

> "联合国军"的士兵扔掉所有的重炮、机关枪等支援武器，爬上卡车向南疾驰。车上的人挤得连个小孩子都不能挤上去了，甚至携带步枪的人也寥寥无几。他们只有一个念头：把那可怕的敌人甩掉几英里。拼命跑呀！跑呀！控制不住的后退狂潮蔓延开了，扩大开了……

彭德怀估计敌人有可能放弃汉城，或退守汉江南岸，甚至有可能继续南撤，当即决定乘胜追击，向汉城进军。

2日晚，志愿军右纵队50军149师以445团、446团各1个加强营组成先头追击分队，直插高阳。

高阳位于议政府到汉城的公路上，距两地各为30公里，地理位置十分重要。志愿军如拿下高阳，既可威胁汉城侧背，又可截断议政府敌军退路。高阳以北1公里处有一个名叫碧蹄里的小村子，由美军第25师第34团1个营据守。

志愿军先头追击分队发起猛攻。激战20分钟，攻占了碧蹄里，俘美军28人。美军残部狼狈逃回汉城，驻守议政府地区、担负掩护任务的英军被完全暴露出来，陷入志愿军的天罗地网中。

碧蹄里既下，志愿军先头追击分队乘胜追击，向高阳东南仙游里发起进攻。仙游里位于议政府至汉城公路以西，英军的一支掩护分队在此据守。

3日拂晓，志愿军先头追击分队以2个连的兵力向仙游里发起攻击。已成惊弓之鸟的英军没有抵抗多久，便仓皇撤逃，甚至连联络飞机的信号板都没有来得及带走。志愿军随即攻占高阳以南佛弥地的 195.3 高地，完全截断了英军退路。

被围英军是第 29 旅皇家奥斯特来复枪团第 1 营和第 8 骑兵（坦克）团直属中队。皇家奥斯特来复枪团是一支能征惯战的部队，第二次世界大战期间曾在蒙哥马利元帅的指挥下打过不少硬仗、恶战，战功卓著。第 8 骑兵（坦克）团直属中队更是英军的一支王牌装甲部队，装备有几十辆重达 40 多吨的"百人队长"式坦克。

为夺路而逃，英军在坦克和大炮的掩护下，轮番向 195.3 高地反扑。

坚守高地的志愿军奋勇抗击。他们头戴着缴获的英军钢盔，手里摆弄着联络飞机的信号板，指挥美军飞机猛炸高地周围的英军，连续击退了敌人的数次进攻。战士们兴高采烈地说："眼看着敌人打敌人，真是让人开心啊！"

当晚，英军准备突围撤往汉城。149 师先头追击分队随即发起攻击。激战 3 个多小时，全歼被围英军，毙伤 500 余人，俘虏 189 人，缴获和击毁坦克 31 辆、装甲车和汽车 24 辆。

战斗中，志愿军战士们充分显示了高度的创造性和大无畏的精神，以弱克强。他们首先炸毁先头坦克，将道路堵死，然后将英军行进纵队拦腰斩断，趁敌混乱之际，扛着炸药包、提着爆破筒甚至是举着集束手榴弹，冲入坦克群中实施攻击。仅 5 连就缴获、击毁敌坦克 12 辆、装甲车 1 辆，并生俘英军少校队长以下 32 人。

在向汉城进军中，志愿军英雄辈出，发生了许多可歌可泣的事迹。

右纵队 39 军在议政府西南回龙寺与美军第 24 师第 21 团遭遇，歼其一部，后又在议政府以西釜谷里歼灭英军第 29 旅 2 个连。

该军 116 师 347 团 3 连、7 连在釜谷里战斗中担任阻援任务。7 连司号员郑起在连长身负重伤、指导员牺牲后，挺身而出，代理连长指挥，打退敌人多次进攻，毙伤 60 余人，最后全连只剩下 7 名战士。这时，敌人以 1 个营的兵力在 6 辆坦克掩护下猛烈进攻。郑起回忆道：

敌人冲上来了，50 米、40 米、30 米……战士杨占山、爆破手史洪祥两人将一根爆破筒拉着了，投向敌群。敌人距我40多米时，我的子弹打光了，最后一颗手榴弹扔出去时，我负伤了。鲜血往外流，可用于包伤的衬衣也没了（给伤病员用了）。在危急的情况下，我吹响了冲锋号。敌人听到嘹亮雄壮的号声后，立即仓皇逃窜。我们乘胜追击，敌人溃退了。

战后，郑起荣立特等功，被授予"二级战斗英雄"称号。

与此同时，38军、40军追至议政府东南水落山地区，击溃美军第24师第19团。左纵队42军主力和66军1个师分别由加平、春川渡过北汉江向洪川方向追击。人民军第2、第5军团则继续向洪川、横城方向进攻，截歼南逃之敌。

面对中朝两国军队的凌厉攻势，要求撤退的告急电报不断从"联合国军"各个防御地段飞向李奇微在汉城的指挥所。

李奇微再也坐不住了，决定亲自去阻击溃军，把他们赶回前线，然而形势令人绝望。许多年后，他在回忆录中写道：

> 我乘吉普车想去找这支溃退的部队。要是可能的话，我想方设法阻止它一个劲儿冲到后方去。在汉城北面几里路，我碰上了第一批败兵，他们想尽快南逃往汉城。他们把武器抛掉了，只有几个人还带着步枪。我把吉普车横在路中心，阻止这条人流，然后设法找出他们的长官来。以前我从来没有这种经验，我希望以后再也不做这种事，因为要设法拦住一支败军，就等于拦一次雪崩一样……

现在唯一有效的办法就是让他们往南撤，一直撤到汉江以南15公里的预设防御线。

尽管李奇微知道此举非常危险，因为将汉江以北众多的部队和火炮、坦克及各种车辆撤过乱兵阻塞的汉江，无疑是一种大规模的复杂军事行动。一旦撤退，因中国军队的迫近轰击而延误在汉江以北，损失将是巨大的。

但除此之外，他别无选择。

3 日，李奇微请美国驻南朝鲜大使莫西奥通知李承晚：第 8 集团军准备立即撤出汉城，要求南朝鲜政府仍留在汉城的部分机构必须于下午 3 时以前撤离汉城；自下午 3 时起，汉江大桥和来往要道，仅供军队通过，民间车辆和行人一律禁止通行。

很快，李奇微就接到莫西奥大使的电话，转达了李承晚的质问："李奇微将军讲过，你是准备长期留在朝鲜的，可现在你刚到朝鲜一个星期，就要撤离汉城，难道你指挥的军队只会撤退吗？"

"请您告诉那位可爱的总统"，李奇微在电话上对莫西奥大使说："最好请他到前线听听中共军队进攻时吹起的刺耳的军号，看看成千上万的中共军队用不堪入耳的英语喊'缴枪不杀'和蜂拥冲锋的情景，再看看他的军队是怎样像羊群一般的溃逃吧！"

"大使先生，请你也帮我考虑考虑，这样的军队怎能实施我的突击计划？而坚守阵地就等于送死！"李奇微越说越生气，最后在电话中对莫西奥咆哮道："请你转告李承晚，我李奇微现在只是撤离汉城，并没有准备离开朝鲜！"

朝鲜人民军某部进入汉城

放下电话后，李奇微把第 1 骑兵师师长帕尔默准将叫来，命令他亲自赶到汉江大桥，全权负责交通管制。

"你要以我的名义，采取一切必要的手段，保证第 8 集团军顺利通过。从下午 3 时起，禁止非军方以外的一切车辆和行人通行，以免堵塞交通。我最担心的是，汉城的数十万难民涌上大桥，那可就给中共军帮大忙啦！"

撤离汉城前，李奇微还特意把他的一件睡衣钉在办公室的墙壁上，并且写下了一句话："第八集团军司令官谨向中国军队总司令官致意。"

后来，李奇微回忆道：

> 我们已经竭尽全力了。……背靠冰封的江河进行战斗……能够给敌人以严重的损失，收到了最大的迟滞效果。……我是担心过退却的命运，即担心退却时容易出现的错误和溃败，但得知取得了以上成果，感到极大的满足。
>
> 从汉城撤退时，美军采取了同平壤撤退时一样的破坏行动——凡是认为敌人可能利用的设施全都焚毁。

金浦机场储存的 50 万加仑航空燃料和 25000 加仑凝固汽油弹被点燃了，冲天的黑烟飘浮在汉城那布满雪云的上空，久久不散。美国报纸曾作了如下描述：

> 警察已撤走，汉城的大街成了掠夺之城。……1 月 4 日夜间的汉城，巨大的黑烟在寒风中飘动，喧闹的机枪声不时地响彻寂静的夜空。汉城已是三次改换其主人了。

4 日，志愿军 39 军、50 军及人民军第 1 军团各一部先后进入被美军完全破坏、仍笼罩在一片烈火浓烟和爆炸声中的汉城。

志愿军攻克汉城的消息传回中国，全国人民沸腾了，成千上万的群众自发走上街头，热烈欢呼，天安门广场上的庆祝活动通宵达旦。

5 日，50 军及人民军第 1 军团主力渡过汉江，继续追击。50 军于果川、军浦场歼美军空降第 187 团和土耳其旅各一部。

志愿军向汉城独立门搜索前进

志愿军右纵队其余3个军在汉城东北地区集结待命。7日,50军进占水原、金良场里；8日，人民军第1军团收复仁川港。

志愿军左纵队于4日占领洪川、阳德院里后，42军继续追击，6日进占砥平里，并在横城西北梨木亭歼美军第2师一部，8日攻占骊州、利川。与此同时，人民军第2、第5军团占领横城、原州。

"联合国军"在中朝军队的沉重打击下，仓皇撤至北纬37度线附近的平泽、安城、堤川、三陟一线。

这时，彭德怀察觉"联合国军"的后撤似有计划进行，企图诱使中朝军队深入后实施反击，而志愿军正面临着前所未有的困难。

彭德怀果断决定停止追击，第三次战役遂告结束。

此役，中国人民志愿军同朝鲜人民军并肩作战，迅速突破"联合国军"的"三八线"既设阵地和纵深防御，粉碎其争取时间、整军再战的企图，毙伤俘敌1.9万余人，其中志愿军歼敌1.2万余人，占领汉城，将战线推进到北纬37度线附近地区。

10 汉江南岸阻击战

【交战时间】1951 年 1 月 25 日～2 月 15 日

【交战双方】中国人民志愿军第 50、第 38 军等部；美军第 1、第 9 军等部

【指挥将领】曾中生、梁兴初；李奇微

【战　果】志愿军毙伤俘敌 2 万余人

1951 年 1 月初，"联合国军"在中朝军队的打击下，弃守汉城，仓皇败退至北纬 37 度线附近地区。

朝鲜战场上一连串的失利使"联合国军"内部矛盾日益加剧，失败情绪愈发严重，简直就是乱成了一锅粥。

以美国共和党首脑塔夫脱为代表，认为这是"美国从未遭受过的最严重的失败"，尖锐地抨击杜鲁门政府奉行了"使美国在世人眼中威信扫地的政策"。英国则为在朝鲜的失败担心会影响到以后的自身利益，于 1 月上旬举行英联邦总理会议，公开提出"不应使美国的政策把联邦牵累太深"，主张同中国政府进行停战谈判。

对朝鲜战争的战略问题，是撤还是守，美国政府内部又一次展开激烈的争论。

在短短两个多月的时间里，中国人民志愿军接连发起三次

战役，重创以美国为首的"联合国军"，让嚣张的麦克阿瑟尝到了苦头。

巨大的失败耻辱也让这位五星上将彻底疯狂了。他歇斯底里地要美国政府扩大对中国的战争，不仅空袭中国东北，封锁中国海岸，还要把败退到台湾的国民党军编入"联合国军"中，赴朝直接参战，并要国民党军大举窜犯中国东南沿海，进行骚扰破坏，牵制中国的力量。

立即向杜鲁门政府表示"愿意供给适合于平原或山地作战的富有作战经验的部队一个军约 3.3 万人用于南朝鲜"。

据杜鲁门后来回忆说，他的"第一个反应就是应当接受蒋委员长的这番好意"。

蒋介石对出兵朝鲜"热情"异常，绝不是出于对美国献殷勤，也不是他所说的"中华民国政府军队距离韩国最近，是能够赴援最快的友军"，归根结底是为了实现其"反共复国"的梦想。蒋介石认为赴朝参战一举三得：一是挑起美国与中共之间的大战，甚至是第三次世界大战就此爆发，中国人民解放军自然无力进攻台湾；二是可以把朝鲜作为反攻大陆的前进基地；三是国军可以从朝鲜进攻东北，同时在东南沿海开辟第三次世界大战场，南北夹击大陆。

然而，就在蒋介石摩拳擦掌、准备到朝鲜战场上大显身手之际，从华盛顿传来了令他无比心寒的消息——美国政府拒绝了他的请求。

原来，美国务卿艾奇逊坚决反对国民党军入朝参战，认为如果蒋介石出兵，朝鲜问题将变得更加复杂化，可能引发美国与中国的全面战争，甚至会引起苏联参战。这样一来，美国就不得不从欧洲抽调重兵到亚洲。同时在两个战场与两个强敌作战，这是美国的能力所不及的。

美国的主要盟友英国，由于已经宣布承认中华人民共和国并建立起代办级的外交关系，因此不希望看到蒋介石的军队出现在朝鲜半岛。而加拿大等国也反对使用蒋介石的军队。如果美国同意蒋介石出兵朝鲜，必然导致西方主要盟国的分裂，甚至欧洲集体防务的解体，危及欧洲的战略利益。毕竟美国的战略重点在欧洲。

经再三权衡利弊，美国政府认为朝鲜战场的局势即使再严重十分，也不能动用蒋介石的军队。蒋介石的军队一旦入朝作战，无论是从军事战略还是从政治、外交的角度来看，都是让人无法接受的、不明智的举动，非但无助于问题的解决，反而会使问题变得更加复杂。因此，尽管美国人在朝鲜战场上连吃败仗，还是决定谢绝蒋介石的出兵请求。

空欢喜一场的蒋介石气得在台北的"总统府"里大骂杜鲁门"娘希匹"。

虽说美国人不愿冒扩大战争的风险，但仍坚持不退出朝鲜的方针。为争取时间，恢复攻势，挽回其失败影响，1月13日，美国操纵联合国大会第一委员会通过了所谓"立即安排停火"的"五步方案"，即先停火后谈判的方案。

在国内，美国政府继续加紧扩军备战。

1月6日，杜鲁门签署了增拨200亿美元作为国防费用的法案，使年度军事预算一下子上升到450亿美元，较1950年增加了80%。3月9日，美国国会又通过了"军事人力法案"，将征兵年龄从19岁降到18岁，并延长了服役期限；将国民警卫师编入现役，加紧后备部队的训练；同时从美国本土和其他地区迅速抽调大批老兵补充在朝部队，并大力增加军工生产，要求每年生产5万架新式飞机和3.5万辆坦克。

在国外，为加强其全球战略部署，1月7日，艾森豪威尔到西欧各国，拼凑北大西洋公约组织统一领导的军队。25日，杜勒斯到日本活动，策划单独对日签订和约及加速武装日本的问题，并加紧筹划地区军事条约组织，以便镇压亚非拉正在兴起的民族解放运动和人民民主运动。

此时在朝鲜战场上，敌我双方的态势正在悄然发生着变化。

志愿军虽接连取得三次战役的胜利，士气高涨，但由于连续作战，部队十分疲乏，减员严重，尤其是冻伤手脚的官兵人数陡然增加，志愿军为此三次战役付出了巨大的代价。

最大的困难还是物资供应不上。原本十分脆弱的补给线在第三次战役后猛然向南延伸了上百公里，早已超出了志愿军后勤部门的保障极限。加之"三八线"地区经过长时间的残酷战争，朝鲜当地的老百姓跑了个精光，根本无法就地筹粮。志愿军20多万前线部队缺衣少食，每天都在为吃饭发愁，弹药也得不到补充。

鉴于此，中朝联合司令部决定从1月8日起转入休整，计划于3月发动春季攻势。韩国人编纂的《朝鲜战争》一书也认为：

敌粮短缺，是从 1 月攻势开始一直存在的问题。其主要原因，是我军撤出汉城时把敌之前出路线上的补给设施和补给品一扫而净，使敌军无法就地筹粮。因此，敌军不得不从距离 420 公里的满洲调运大量粮食，为此动员了几乎所有的运输部门，竭尽全力向前线运送。然而，由于美第 5 航空队的轰炸，运输量的 80% 在长途运输途中遭到损失。尤其是，渡过汉江进行运输更为困难。因此，敌军对汉江以南地区的中共军粮食补给成了最困难的问题。

相比之下，"联合国军"得到了充足的补充，很快就恢复了实力。

志愿军突破"三八线"后继续向南挺进

原来，李奇微利用美军良好的运输条件，迅速从美国本土及驻扎在欧洲、日本的军队中，抽调了一批老兵投入朝鲜战场，并加强了坦克和野战炮兵，改善了后方供应。同时把从元山撤回来的美军第 10 军调至北纬 36 度线附近地区，加入第一线的作战序列，使"联合国军"在前线的作战部队达到 25 万人。

在美军高级将领中，李奇微绝非泛泛之辈。他判断在第三次战役后，中国军队已是力竭气衰，忙于补充休整，无法迅速发起新一轮攻势。而这正是"联合国军"实施反击的绝好机会。如果经此一举，既能遏制住中国军队的进攻势头，又可相应地向北推进，使不利的军事形势发生改观。

在与到朝鲜前线视察的美陆军参谋长柯林斯和空军参谋长范登堡交谈中，李奇微信誓旦旦地保证：中国军队因运输线延长，补给困难，已成强弩之末。"联合国军"正在集结兵力，准备实施一次强有力的大反攻。

李奇微认为事在人为，机会全在于你是否能及时地把握它。聪明的指挥员与愚蠢的指挥员的区别就在于此——前者能及时发现并抓住机会，后者却视而不见。

机不可失，时不再来。进攻，一定要进攻！

话虽说得铿锵有力，但李奇微心里并无十足把握。毕竟他已在战场上领教过中国军人视死如归的高昂斗志。为人谨慎的李奇微可不像他的老校长麦克阿瑟那样狂妄自大，冒冒失失地把自己的部队投入到中国军队埋伏的巨大陷阱里。

为避免重蹈"圣诞节攻势"的覆辙，确保反击成功，1月15日，李奇微命令"联合国军"出动1个加强团的兵力，采取"磁性战术"，在水原至利川间实施试探性进攻。

所谓"磁性战术"，就是每天用汽车搭载步兵，配合少量坦克，采取多路小股的方式，在宽大正面进行火力搜索。一旦遇上志愿军主力就立刻后退，然后出动空军和炮兵，以强大的火力轰击志愿军阵地。如果发现志愿军阵地薄弱，即采取强攻，抢占要点。

李奇微是想依恃其现代化装备机动快、人力强的优势，像磁铁一样始终与志愿军粘在一起，最大程度地消耗志愿军，并查明志愿军的真实情况，以便发动更大规模的进攻。

与此同时，李奇微在指挥所里反复查阅近期的作战地图和与志愿军交战的记录，试图从中揭开这支军队的神秘面纱！

志愿军入朝参战以来，共与"联合国军"进行了三次大的战役。"联合国军"前两次为进攻方，后一次为防御方。美军的作战笔记簿上是这样记载的：

　　第八集团军第一次向鸭绿江的进攻，从1950年10月25日遭到中共参战部队的埋伏攻击，大规模战斗从26日开始，至11月2日第八集团军主力撤至清川江以南为止，历时 8 天；第八集团军第二次向鸭绿江的进攻，从 11 月 25 日夜开始遭到中共军的攻击，战至 12 月 2 日，中共军就停止了对溃败的联合国军的攻击，历时 8 天；第三次是中共与北朝鲜军队于 12 月 31 日黄昏全线向联合国军发动大规模进攻，战至 1 月 8 日，中共军队即停止了攻击，历时 8 天。

3 次攻击都持续了 8 天，而且每次又都在夜里发起攻势，这难道仅仅是巧合？

李奇微思考再三，终于恍然大悟——原来中国军队并不具备长时间进攻的能力。

第三次战役中，志愿军冒着炮火渡过汉江

显而易见，由于"联合国军"的空军优势，使得中国军队的后勤运输时断时续，甚至不得不依靠原始的人力、畜力，沿着崎岖的山道，肩扛背驮。在紧张的进攻战斗中，中国军队的弹药、粮食几乎完全依靠作战士兵自身携带，一旦粮弹消耗完毕而补给又跟不上，那么进攻就不得不停止。这就是说中国军队只能维持 8 天攻势，典型的"礼拜攻势"。

至于中国军队为何每每在夜里发起攻击，李奇微认为这也很好解释：中国军队没有空军，缺乏空中支援，为避免遭受空中打击，只能发挥夜战优势。

在仔细翻看了日历后，李奇微又惊喜地发现三次战役都发生在满月之时。这就更加充分说明了中国军队只能打夜战，必须依靠月光的照明发起大规模的攻势，典型的"月光攻势"。

既然已经摸清了中国军队的作战规律，找到了中国军队装备劣势和供应困难的致命弱点，李奇微一改过去分兵冒进的战法，要求各部队互相靠拢，齐头并进，稳扎稳打，步步为营，以避免被中国军队分割包围。

除了继续运用"磁性战术"外，李奇微还特别强调实行所谓的"火海战术"，即依恃其优势的炮兵、航空兵火力，以及坦克的火力进行密集猛烈的火力突击，以杀伤中国军队的有生力量。

25 日，随着李奇微一声令下，美军第 1、第 9、第 10 军和南朝鲜军第 1、第 3 军团共 16 个师又 3 个旅、1 个空降团，计 23 万余人，由西至东逐步在全线发起大规模进攻。

这次进攻，李奇微将主力置于西线（南汉江以西），向汉城方向实施主要突击，以一部兵力在东线（南汉江以东）实施辅助突击。他把这次精心准备的进攻命名为"雷击作战"。

在西线，美军第 1 军指挥土耳其旅、美军第 25 师和第 3 师、英军第 29 旅为第一梯队，在野牧里至金良场里约 30 公里的正面上展开，向汉城方向实施主要突击；南朝鲜军第 1 师于乌山里地区为预备队。美军第 9 军指挥美军骑兵第 1 师、美军第 24 师、英军第 27 旅为第一梯队，在金良场里至骊川约 38 公里的正面上展开，向礼峰山方向实施突击；南朝鲜军第 6 师位于院湖里地区为预备队。

在东线，美军第 10 军指挥美军第 2 师、美军第 187 空降团、南朝鲜军第 8 师和第 5 师为第一梯队，在骊川至平昌共 67 公里的正面上展开，向横城、阳德院里、清平川方向实施突击；美军第 7 师位于堤川地区为预备队。南朝鲜军第 3 军团以第 7 师为第一梯队，在乌洞里至北洞里约 30 公里的正面上展开，向下珍富里、县里方向突击；第 3 师位于宁越及其以东地区为预备队。南朝鲜军第 1 军团指挥第 9 师和首都师在北洞里至玉溪 30 公里的地段上展开，沿东海岸向北配合进攻。

除了东西两线兵力配置外，美军陆战第 1 师、南朝鲜军第 11 师分别位于义城、大丘地区为战役预备队。南朝鲜军第 2 师在忠州、丹阳、永春等地区担任警备和掩护后方交通运输任务。

大家都没有料到李奇微的反扑会来得如此之快、如此之猛。

当时，彭德怀正在组织召开中朝两军高级干部联席会议，志愿军大部分军师团长甚至都已回到东北沈阳，参加苏联顾问主办的联合兵种作战训练班，为换装苏式武器进行现代化战争做准备。时任志愿军副司令员的洪学智在回忆录中写道：

> 第四次战役我们是被迫打的，彭总对此次战役的后果是很担心的。他在 1 月 31 日给毛主席的电报中曾明确指出："第三次战役即带若干勉强性（疲劳），此次战役则带有更大的勉强性，如主力出击受阻，朝鲜战局有暂时转入被动的可能。"

摆在彭德怀面前的困难实在是太大了。

中央军委已决定入朝的 19 兵团尚在东北换装苏式武器，3 兵团还在出川的途中；东线宋时轮的 9 兵团因在第二次战役中冻伤减员太大，正在元山、咸兴一带休整，短期内难以立即投入作战。彭德怀手里能投入作战的部队，除了朝鲜人民军的 3 个军团 7 万人外，志愿军就只剩下首批入朝的 6 个军 21 万余人。但这些部队一连参加了 3 次战役，早已是人困马乏，连排骨干几乎都拼光了，国内原定补充的援兵还没有到位。

这样，中朝两军不仅在技术装备上处于绝对的劣势，而且在兵力数量上也失去了往日的优势。

面对"联合国军"突如其来的大举反扑，彭德怀万般无奈之下，只得下令部队立即停止休整，按照"力争停止敌人前进，稳步打开战局，并从各方面加紧准备，仍作长期艰苦打算"的方针，转入防御作战。

针对李奇微把进攻重点放在西线，美军主力也多集中于此，而东线多为南朝鲜军，中朝联合司令部研究决定采取"西顶东放"的打法，即以一部兵力在西线组织防御，抗击"联合国军"向汉城方向的进攻，牵制敌主要进攻集团；在东线有计划地后退，待"联合国军"一部态势突出、翼侧暴露时，集中主力实施反击，争取歼灭敌人（主要是南朝鲜军）1 至 2 个师，进而向敌纵深发展突击，从翼侧威胁西线敌人主要进攻集团。如反击得手，可制止敌人的进攻；如反击不顺利，则准备退至"三八线"以北地区，给敌人以坚决回击。

具体部署是：西线由志愿军副司令员韩先楚指挥第 38、第 50 军和人民军第 1 军团（简称韩集团），在金浦、仁川及野牧里至骊州以北 68 公里的地段

志愿军在汉江以南帽落山与敌激战

上组织防御，抗击"联合国军"向汉城方向的进攻；东线由志愿军副司令员邓华指挥第 39、第 40、第 42、第 66 军（简称邓集团），在人民军前线指挥部司令官金雄指挥的第 2、第 3、第 5 军团（简称金集团）配合下，在东线横城地区伺机实施反击。

从 25 日起，美军第 1、第 9 军的第一梯队共 4 个师 3 个旅，在大量坦克、飞机、火炮的支援下，对志愿军第 50 军和第 38 军第 112 师野牧里至骊州一线阵地实施多路猛攻。

与前三次战役不同，这次西线志愿军打的不是拿手的运动战，而是摆开架势打阵地防御战，与强敌进行针尖对麦芒的较量，拼实力、拼消耗。

毫无疑问，这对装备落后又缺粮少弹的志愿军来讲，是多么大的考验。首当其冲的就是曾泽生的 50 军。

50 军克服天寒地冻、工程器材缺乏、粮弹供应不上等困难，依托临时构筑的野战工事，顽强坚守阵地，以突然、猛烈的火力配合阵前反冲击。战斗进行得异常激烈，指战员们前仆后继，不怕牺牲，打得很英勇，也很艰苦。每一要点都要同敌人进行反复争夺，使敌人付出重大代价。其中最为著名的就是白云山阻击战。

汉江南岸的白云山，左边是光教山，右边是帽落山，三山互为依托，扼制着从水原通往汉城的铁路和两条公路，为敌我双方争取的战略要地。50 军149 师 447 团担负着白云山至东远里正面约 9 公里、纵深约 6 公里地域的防御任务。

27 日拂晓，美军第 25 师以 1 个营的兵力，在 5 辆坦克配合下，分三路向白云山扑来。447 团以 3 个连在前卫阵地兄弟峰下的杜陵等地设伏，一举将该股敌军击溃，毙伤 60 余人。

美军随即发起更大规模的进攻，激战至 29 日晨，才费尽九牛二虎之力攻占了 328 高地和西峰。当天下午,447 团组织力量对立足未稳的美军实施反击，一举夺回了西峰阵地。

30 日，美军集中 3000 余人，在 80 辆坦克、20 余架飞机、30 多门火炮支援下，猛攻 447 团阵地。进攻前，美军进行了长达 1 小时的炮击，炽烈的炮火炸翻了土地，烧红了山岩。

坚守 261.5 高地的一支小分队，在与美军激战 4 个小时后，弹药殆尽，全部阵亡。扼守东峰的 6 连，轮番进入阵地。激战竟日，打退了美军 8 次冲锋，最后只剩下指导员和 3 名战士，仍牢牢地守住了阵地。

几天来，战斗几乎如出一辙。

空中，无数敌机在志愿军阵地上空扔下成千上万吨的炸弹；地面上，敌军各类火炮昼夜不停地倾泻着弹药。炽烈的炮火犁遍了志愿军阵地上的每一寸土地。炮火过后，黑压压的美军跟在成群的坦克后面开始发起冲锋。被打退后，继续轰炸、炮击，而后再冲锋。志愿军伤亡惨重，不少阵地都是战至最后一人，才被美军占领的。

31 日夜，447 团调整部署，主动撤出兄弟峰阵地，集中兵力，加强白云山主阵地的防御。

2 月 1 日拂晓，美军 2 个连在 20 余架飞机、30 多门火炮的掩护下，进攻光教山。

在此据守的 4 连与敌激战竟日，终因寡不敌众，伤亡巨大，阵地失守。447 团立即组织反击，仅用半小时就把美军从阵地上赶了下去。

围绕光教山，双方展开了拉锯式的反复争夺。

美军投入了更大的兵力和更猛烈的炮火。激战至 3 日，500 多名美军攻占了光教山阵地。随后，美军以光教山为依托，以一至两个营的兵力，在炮火掩护下，向白云山志愿军阵地发起疯狂冲锋。

447 团指战员以"人在阵地在"的决心顽强抗击，一次次打退美军的进攻。至 5 日晚，447 团完成了阻击任务，奉命撤出白云山阵地。

根据 50 军实施防御作战的情况和经验，志愿军总部及时向全军发出了战术指示，强调进行野战阵地防御，必须做好工事，采取疏散的纵深的兵力配备，每一阵地只以少数兵力加强轻火器进行防守，主要兵力疏散配置在纵深机动位置上，以最大程度地减少伤亡，保持防御的稳定性；必须以短促、突然、猛烈的火力配合阵前反击，以有效地阻止敌人的进攻；必须做好对敌实施反击的充分准备，较大的反击必须于夜间进行，以收到最大的效果；同时还特别强调，不能死守一地，在争取到一定时间或无力防守时，应主动转移阵地，并尽力坚持夜间转移，以减少伤亡。

战至 2 月 3 日，美军突破了第一道防御阵地，志愿军转至第二道防御阵地继续防御。此时，西线志愿军已连续作战 10 昼夜，在敌绝对优势的炮兵和航空兵火力猛烈突击下，伤亡较大。

为了保持汉江南岸阵地，继续钳制敌人主要进攻集团，保障志愿军主力在东部战线实施反击，志愿军总部决心缩小 50 军防御正面，将南泰岭、果川、军浦场及其以西 14 公里的防御阵地交人民军第 1 军团防守，加强纵深防御力量。同时以 38 军主力进至汉江以南加强 112 师的防御。

仗打到这个份儿上，美国人对中国人的打法已经不陌生了，甚至也开始仿效对手的战法，打起夜战，搞迂回穿插。

4 日夜，美军第 24 师第 19 团一部大胆穿插，竟迂回到 38 军 113 师侧后的山中里、洗月里地区。

情况万分危急，38 军命令不惜一切代价消灭这股敌人。338 团连夜奔袭，将敌包围。一场恶战下来，这股美军大部被歼，但 338 团也所剩无几。

战至 7 日，"联合国军"占领了虎岘、安养里、内飞山、鹰峰、国主峰一线阵地，14 个昼夜仅向前推进了 18 公里，平均每天付出近千人的代价才前进1.3 公里。

这时，天气突然转暖，汉江局部地段已开始解冻。由于汉江以南作战地区狭小，为避免背水作战，当日晚，汉江西段的 50 军将主力撤至汉江北岸组织防御，留一部兵力坚守南岸桥头阵地；汉江东段的 38 军仍坚守原阵地，继续牵制"联合国军"主要进攻集团，以隔断东、西线敌人的联系，保障东线反击作战得以顺利进行。人民军第 1 军团主力也撤到汉江北岸进行防御。

8 日，西线几乎所有的"联合国军"都将攻击的矛头指向了留在汉江南岸孤军奋战的 38 军。

38 军军史上最为残酷、激烈的一仗打响了。

在已连续战斗 10 多天、食物和弹药都十分缺乏的困境中，指战员们以"人在阵地在"的决心，"一把炒面一把雪"，顽强作战，同敌军反复争夺每一个阵地。有的阵地失而复得多达五六次，始终守住了汉江以南的武甲山、南治岘一线阵地。

但自身伤亡实在太惨重了。尤其是 112 师的 334 团和 336 团更是付出了巨大的牺牲，连排干部几乎打光了。全军一半以上的步兵连不足 40 人，每个班只有三四支步枪还能打响，其余的战士只有手榴弹可用。

在 38 军血战汉江、阻挡美军重兵集团进攻的掩护下，11 日晚，东线邓集团向横城地区发起了反击。激战至 13 日晨，全歼南朝鲜军第 8 师 3 个团及第 3、第 5 师和美军第 2 师各一部，共 1.2 万余人，迫使"联合国军"后退 26 公里。

随后，邓集团以 6 个团的兵力对被围于砥平里的美军第 2 师第 23 团和 1 个法国营、1 个炮兵营、1 个坦克连共 6000 余人，发起了猛攻。

正当东线砥平里激战正酣之际，西线担负阻击任务的韩集团也进入最为残酷的关键时刻。

38 军军长梁兴初连日来处于高度紧张状态：各主要守备阵地不断告急，部队损失一天天加重，兵员极度缺乏。他只能紧咬牙关，命令各级指挥员："上级交给的任务，没有二话！我们 38 军历来就是这样。为了保证东线部队胜利出击，我们就是要血战汉江南岸！"

38 军 112 师 335 团 1 营 3 连，也就是在第二次战役中血战松骨峰的那个英雄连队，奉命坚守汉江南岸的 580 高地南坡。

连长命令 1 排、2 排、3 排由主峰依次由上往下进入阵地。3 排 8 班在左前方，9班在右前方，7班处于全连阵地的最前沿。7班的机枪手名叫马玉祥，曾被魏巍写入《谁是最可爱的人》一文里：

> 在汉江北岸，我遇到一个青年战士，他今年才21岁，名叫马玉祥，是黑龙江青冈县人。他长着一副微黑透红的脸膛，高高的个儿，站在那儿，像秋天田野里一株红高粱那样淳朴可爱。不过因为他才从阵地上下来，显得稍为疲劳些。

对于这场战斗的惨烈，马玉祥是这样描述的：

> 太阳出来时间不长，敌人的飞机就在我们阵地上空投弹扫射，并轮番投掷燃烧弹，同时敌人的大炮坦克也向我们袭来。……敌人撤到山底下时，有人将下撤的敌人拦住，再次组织进攻。一天进攻七八次。……到了第二天，敌人还是轮番向我阵地进攻，每次进攻前都是先打炮后进攻。我们还是坚持敌人不到跟前不打。打到下午两点钟左右时，我们打反击的火力就弱了，因为很多战友牺牲了。敌人的炮弹将8班长的肚子炸开了，肠子露了出来。我看到他把肠子往肚子里按，然后用毛巾堵上。只听到他大呼数声，时间不长就牺牲了。8班长是抗日时期参加八路军的，是老共产党员。……打到3点钟左右时，敌人把9班前沿阵地占领了，这说明9班同志都牺牲了。这时我瞄准敌人，看他是否还上来，如果还上来我就打；不来我就不打了，因为子弹要打完了。这时我盼望着部队来支援，一直盼到天黑也没有来。

最后，当3连完成阻击任务，接到上级命令撤退时，100多人的连队从阵地上只走下了指导员、马玉祥和另外1名战士3个人了。

38军还有一个3连打得也同样惨烈。

在第二次战役中，113师337团3连参加了著名的龙源里阻击战，扼守价（川）顺（川）公路的咽喉——龙源里东葛岘山。在美军兵力、火力均占绝对优势且前后受敌的情况下，全连英勇沉着，和兄弟连队一起在南逃与北援之敌中间进行两面阻击，打退了美军 5 个营在百余架飞机、数十门火炮、上百辆坦克支援下发起的 20 多次进攻。激战两天一夜，毙伤敌 200 余人，为战役胜利做出了贡献。

此次汉江南岸阻击战中，该连负责扼守西官厅北山。

这里是 3 条公路的交会处。美军第 24 师为打开北进通路，自 2 月 1 日起，先后以 1 个排至 4 个营的兵力在飞机、坦克和火炮的支援下，向 3 连阵地实施连续进攻。3 连在连长郭忠田指挥下，依托构筑的工事，与十倍于己的敌军展开血战。在阵地工事被毁、人员伤亡大半的情况下，全连指战员以"誓与阵地共存亡"的坚强决心，苦战四昼夜，打退美军 10 多次进攻，毙伤敌 260 余人，阵地寸土未丢。战后，该连被授予"二级英雄连"称号，并获"屡战屡胜"锦旗一面。

112 师 342 团 1 营扼守京安里东山。山下是利川、龙仁、水原三条公路通往汉城的汇合交叉点，是敌我必争之战略要地。营长曹玉海把主阵地设在主峰 350.3 高地上，由 3 连防守，前沿阵地设在 276.8 高地上，由 2 连防守。

2 月 11 日晨，大雾尚未散去，美军就向 276.8 高地发起了猛烈的进攻。敌人的炮火把整个山头轰得没有一处完整的工事。2 连顽强抗击，打退了敌人的多次进攻，伤亡也越来越大。

14 时，曹玉海命令 2 连撤到营主阵地上。这时 2 连阵地上只剩下了 5 个人了。班长潘学仕是个彝族小伙儿，双腿被炮弹炸断，鲜血把身下的土地都染红了。接到撤退命令后，潘学仕毅然留在了阵地上，掩护其他 4 名战友转移。

不一会儿，一群美军蜂拥而上，攻占了 276.8 高地。潘学仕在射出最后一颗子弹后，拉响了手榴弹，与敌同归于尽。

12 日拂晓，美军精锐骑 1 师以 1 个团的兵力，在 24 架飞机、52 辆坦克、50 门大炮的支援下，向 350.3 高地发起猛攻。

敌人先是对 350.3 高地进行毁灭性轰击，炸弹、炮弹、燃烧弹如冰雹一般铺天盖地，3 连的阵地完全湮灭在硝烟烈火中。

炮火向后延伸，步兵开始冲锋。美国大兵们满以为，在那片被炮火犁过数遍的废墟上根本不可能再有任何生命存在。但就在他们冲到离阵地只有二三十米时，不可思议的一幕出现了。

一群志愿军战士好像从地底下突然冒了出来，射出一阵疾风暴雨般子弹，夹杂着数十枚手榴弹，将美国兵连滚带爬地打了下去。

整整一个上午，3连在连长赵连山的带领下，打退了美军4次进攻，阵地前留下了200多具美军尸体，而阵地上的人员也越来越少。山下公路上，美军的汽车来来往往在运兵、运弹药和拖走伤员、死尸，坦克则不停地向3连阵地开炮。

战斗愈发激烈。黑压压的敌人又从四面八方围攻上来。六〇炮手傅国良一连打出百余发炮弹，炮筒都打红了。突然一发炮弹在他身边爆炸，巨大的气浪将傅国良冲倒在地，六〇炮也被炸飞了，炮盘被炸碎了。傅国良挣扎着起来，找到炮筒，毫不犹豫地用手扶着炮身继续进行简便射击。滚烫的炮筒立刻就把他的手烫起了水泡。

机枪手牺牲了，敌人趁机涌上来。1班长涂金跃出工事，抱起机枪就打。敌人被堵住了，涂金胸前连中数弹，倚在大石前壮烈牺牲，双手仍牢牢地抱着机枪，保持着射击的姿势。

志愿军在汉江南岸阻击战中

中午时分，敌人分五六路从后面迂回过来，包围了营部。曹玉海率半个班的预备队冲上阵地，一阵猛冲将敌人打下山去。战斗中，曹营长不幸中弹牺牲。

15 时，争夺 350.3 高地的战斗仍在继续，3 连阵地上还有 4 个人。负伤在营部休息的机枪 1 连副指导员孙德玉带着营部勤杂人员前来支援。在一连打退了敌人的 6 次进攻后，阵地上只剩下赵连山和 1 班副刘占清两个人了，弹药也所剩无几。

这时，敌人又发起了第 7 次进攻。

教导员方新带着通信班长王青山冲上阵地，用六〇炮弹掷击敌人。一阵炮火袭来，方新的左腿被炸伤。敌人从四面八方涌上来，方新抱起一颗迫击炮弹冲入敌群，与敌同归于尽。

1 营的勇士们用鲜血和生命守住了 350.3 高地，歼敌 680 余人，全营也基本上拼光了。战后，志愿军司令部、政治部给 1 营记集体一等功。

其实，在整个 38 军里，像这样的部队还有很多很多。

美军虽有着数百倍于 38 军的火力，9 倍于 38 军的兵力，但在 38 军将士们坚如钢铁的意志和舍生忘死的斗志前，畏惧了，退缩了，始终未能越过雷池一步。

就这样，38 军苦苦支撑到 16 日晚上，终于等来了撤到汉江北岸的命令。坚守 580 高地的 335 团团长范天恩接到撤退命令后，紧张多日的神经一下子放松下来，竟昏倒在地……

日后，这位铁骨铮铮的山东汉子说："以后有人要问我什么日子显得最长，最难熬，那就告诉他：汉江南岸的日日夜夜……"

经过 20 多个日日夜夜的奋战，志愿军第 50、第 38 军以无比顽强的防御将美军第 1、第 9 军牵制于西线，共毙伤俘敌 2 万余人，有力地保障了志愿军主力在东线的反击作战。

11

横城反击战

【交战时间】1951 年 2 月 11～13 日

【交战双方】中国人民志愿军第 42、
第 66 军和第 40、第 39 军
各一部；南朝鲜军第 8 师
和美军第 2 师一部

【指挥将领】邓华；崔荣喜

【战　　果】志愿军歼南朝鲜军第 8 师
3 个团和美军第 2 师第 9
团一部

　　1951 年 1 月 25 日，美军第 8 集团军司令李奇微指挥"联合
国军"16 个师又 3 个旅、1 个空降团共 23 万余人，由西向东发
起大规模进攻。正在"三八线"地区休整的中国人民志愿军和
朝鲜人民军，立即转入防御作战，抗美援朝战争第四次战役就
此打响了。

　　这次进攻，"联合国军"有备而来，一改过去分兵冒进的战
术，各部队齐头并进，稳扎稳打，步步为营，以"磁性战术"
和"火海战术"，向志愿军发起猛烈的攻势。

　　在西线，美军第 25、第 3 师、英军第 29 旅、土耳其旅在野
牧里至金良场里约 30 公里的正面上展开，向汉城方向实施主要
突击；南朝鲜军第 1 师位于乌山里地区为预备队。美军骑兵第 1
师、美军第 24 师、英军第 27 旅在金良场里至骊川约 38 公里的
正面上展开，向礼峰山方向实施突击；南朝鲜军第 6 师位于院湖

里地区为预备队。

在东线，美军第 2 师、美军空降第 187 团、南朝鲜军第 8 师和第 5 师在骊川至平昌约 67 公里的正面上展开，向横城、阳德院里、清平川方向实施突击；美军第 7 师位于堤川地区为预备队。南朝鲜军第 3 军团第 7 师在乌洞里至北洞里约 30 公里的正面上展开，向下珍富里、县里方向突击；第 3 师位于宁越及其以东地区为预备队。南朝鲜军第 1 军团指挥第 9 师和首都师在北洞里至玉溪 30 公里的地段上展开，沿东海岸向北配合进攻。

针对敌人的大举反扑，中朝军队决心"西顶东反"：以一部兵力在西线组织防御，牵制"联合国军"主要进攻集团；集中主力于东线实施反击，从翼侧威胁西线敌人，制止其进攻。

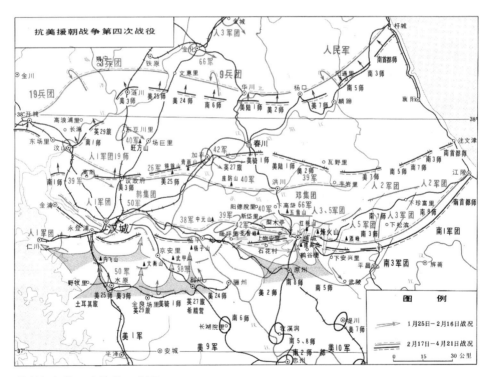

抗美援朝第四次战役示意图

西线由志愿军副司令员韩先楚指挥第 38、第 50 军和人民军第 1 军团（简称韩集团），在金浦、仁川及野牧里至骊州以北 68 公里的地段上组织防御，抗击"联合国军"向汉城方向的进攻；东线由志愿军副司令员邓华指挥第39、第40、第42、第66军（简称邓集团），准备向横城、原州方向实施反击。人民军前线指挥部司令官金雄指挥的第2、第3、第5军团（简称金集团）负责掩护邓集团集结，并准备在邓集团左翼向横城东南方向反击。

1月31日，东线"联合国军"集中8个师从原州、武陵地区向砥平里、横城方向发起进攻。

邓集团当即以第42军和第66军第198师节节阻击，诱敌深入。其中，第198师奉命在横城以北五音山地区担负防御任务，阻击"联合国军"进攻，掩护主力的战役集结和展开，进行反击作战准备。

2月5日，第198师进至五音山地区，立即构筑了基本阵地和预备阵地，并将全师编为两个梯队。

横城反击战前，志愿军指挥员在向部队布置任务

7日拂晓，南朝鲜军第8师师长崔荣喜准将以2个团的兵力向五音山发起猛烈进攻。第198师顽强抗击，先后打退了敌军的30余次攻势。

从8日起，"联合国军"为突破五音山阵地，进而夺取洪川，先后投入南朝鲜军第8师全部、第3师一部和美军第2师1个团，在4个榴弹炮营及飞机、坦克的支援下，向五音山轮番进攻。第198师先后击退敌军大小数百次进攻，在连续五昼夜的阻击战中，共毙伤俘敌军1500余人，守住了阵地。

此时，邓集团主力第39军、第40军、第66军已分别从高阳、东豆川里、金化地区向阳德院里及洪川以南地域迅速开进，准备进行反击。

就在西线第38军、第50军用血肉之躯阻击"联合国军"向北反攻的时候，东线向横城和砥平里地区北进的"联合国军"以快于西线的速度一路推进，至2月9日已进至砥平里、横城、下珍富里、江陵一线。其态势为：

美军第2师第23团和1个法国营、1个炮兵营、1个坦克中队被志愿军第42军阻击于砥平里地区；南朝鲜军第8、第5师和美军第2师一部进至横城以北约10公里的丰水院、上苍峰里、釜洞里、梅田里一线；南朝鲜军第7、第9师以及首都师则拖后于下珍富里、江陵一线。

此时，美军第2师第38团及荷兰营，美军第2师师部及第9团尚在原州，美军第7师及第187空降团在原州以南。这样，前进至横城的敌军翼侧暴露，态势从整个战线上突出了出去。

邓集团当即决定集中兵力在沓谷岘、上高垈至三巨里33公里的地段上，向横城西北方向实施反击，采取两翼突击与正面攻击相结合的战法，首先歼灭南朝鲜军第8师和美军第2师一部，以期由此打开缺口，然后向原州、牧溪洞方向发展进攻。

具体部署为：第42军配属第39军第117师及炮兵第25团第1营，以第124师、第117师为先头部队，向横城西北鹤谷里、上下加云防线进攻，切断南朝鲜军第8师的退路；以第125师前出至横城西南介天里、回岩峰地区，阻击敌原州方向可能出现的援助，并策应第66军作战；以第126师配置于砥平里以北地区，继续牵制砥平里之敌。第40军配属炮兵第29团第1营、第3营，由正面向横城西北的南朝鲜军第8师突击。第66军以第196师、第197师向横城东南方向突击，切断横城之敌的退路。第39军（欠117师）为预备队，配置于龙头里东南地区，逼近砥平里，保障主力右翼安全。如果反击作战开始后砥平里敌人南逃，予以坚决追击。

2月11日，邓集团主力先后到达进攻出发地域。17时，经短促火力急袭后，志愿军的4个军分多路向横城地区的敌军突然发起大规模的反击作战。

42 军突破后，124 师右翼迅速攻占上物安里、仓村、石子洞地区；左翼攻占 726.6 和 531 高地。至次日拂晓，124 师前出至鹰峰、鸭谷里和石子洞地区，继向福祚洞、广田攻击前进。

372 团 7 连在副连长姜新良的率领下，冒着大雪，向南朝鲜军第 8 师 1 个营据守的 780 高地发起反击。一口气攻下 4 个山头，最后攻上主峰，冲进敌指挥所。只见山上电线七零八落，军用物资撒满一地，一幅狼狈溃逃的景象。更奇怪的是指挥所掩蔽部外一小块地方，横七竖八地躺着六具南朝鲜军军官的尸体。一问俘虏才知这是美军督战队的杰作。

原来，美军督战队见阵地不保，大发雷霆，撤逃前把南朝鲜军的营长、连长找来一顿臭骂，最后每人"赏"了一颗子弹。

配属给 42 军的 39 军 117 师担负打穿插的任务，反击战打响后即从上吾安里敌人接合部的间隙进入战斗，沿药寺田、仓村里、琴堡里一线，向横城西面的夏日、鹤谷里实施穿插迂回。

按照战前部署，117 师务必于 12 日晨 7 时前占领夏日、鹤谷里公路西侧的有利地形，彻底切断敌人的退路，配合正面攻击部队歼灭安兴的南朝鲜军第 8 师及美军第 2 师一部。117 师决定以 351 团为前锋，攻占夏日公路，349 团负责攻占鹤谷里，350 团为师预备队。

11 日 17 时，117 师全体官兵携带了五天的干粮，配足了弹药，依照 351 团、师指挥所、349 团、350 团、机关、后勤分队的序列，开始了大规模的敌后穿插。

公路两边的民房在敌机的轰炸中燃烧着，凝固汽油弹的气味令人窒息。117 师沿着公路前进，如同在火海中穿行。半个小时后，117 师进入黑暗的山谷，悄悄地穿过南朝鲜军第 8 师第 16 团的阵地左翼。除了尖刀连不断与敌人排级规模的搜索队遭遇之外，一路上并没有发生大的战斗，117 师一刻不停地向夏日前进。

午夜时分，师长张竭诚突然接到前卫 351 团的报告：他们走错路了，决定翻山去夏日。

这时，邓华指挥部来电：正面攻击部队已突入敌人阵地，敌人开始向横城方向溃败，望穿插部队按规定时间到达阻击地点。

张竭诚命令师侦察队抓个俘虏查问情况。师侦察队在崎岖的山路上搜索了半天，可根本见不到一个人影儿。正在着急时，猛然发现雪地里有一根美式军用电话线。机警的侦察员们便顺着电话线前进，没走多远找到了一个小村落，在一间有亮光的房舍外听见里面有叽里呱啦的说话声，是美国人。

排长吴永章一挥手，侦察队员们冲了进去。战斗很快结束，活捉了30多个美军兵，是美军第2师第9团的1个黑人排，担负南朝鲜军第8师的后方警戒任务。

这些美国大兵站在雪地上直发懵，他们无论如何也搞不懂，中国士兵究竟是从哪里来的，自己怎么会在战线的后方被俘虏了。

117师继续前进，当攀上一座满是积雪的大山顶时，天开始放亮。往山下一看，一条公路延伸开来，这就是鹤谷里。公路上一片寂静，战士们知道，他们已经跑在敌人汽车轮子前边了。

原来前卫351团走错了路，却意外地俘获了一群溃退下来的南朝鲜士兵。经审讯，其中有个俘虏说有一条近路可以到夏日，于是就让他带路。这个俘虏还真的把351团带到了夏日。

刚到那里，就看见公路上行进的汽车一眼望不到头。美军第2师第9团和南朝鲜军第8师撤退下来的残部正在抢占公路边的高地。351团立即发起攻击，把这股敌人击溃，毙伤俘800余人，并迅速占领了公路两侧的高地。被打散的美军和南朝鲜军士兵则躲进了公路附近的一个山沟里。

此时的时间是12日晨6点30分，117师一夜前进30余公里，提前半个小时到达穿插目的地，从而卡死了南朝鲜军第8师从横城南逃的退路。

而125师主力也经居瑟峙、下物安里、石花村，于12日10时进至横城西南之介田里、回岩峰地区，截歼了来自横城的南朝鲜军一部。

至此，42军切断南朝鲜军第8师主力与在横城的师指挥所的联系，并占领梨木亭至陵谷公路以西以南地区。

40军负责从正面由下高垈、新垈里攻击南朝鲜军第8师。

军长温玉成和政委袁升平把118师和120师放在第一梯队的位置上，由打响抗美援朝战争第一枪的118师担任主攻，其任务是迅速割断南朝鲜军第8师的防线，前出至广田、碧鹤山、下草院里地区。

为此，温玉成不仅把军里主要炮兵力量统统配属给118师，还将作为预备队的 119 师主力团 355 团也加强给 118 师。120 师担负攻占圣智峰、梨木亭和 784 高地的任务，以牵制当面的南朝鲜军，支援 118 师向纵深发展。

118 师师长邓岳仔细察看地图，发现在主攻方向的正面，有一个两条公路汇合的"丫"字形路口，这显然是南朝鲜军溃逃的必经之路。要想不打成击溃战，更多地消灭敌人，就要派一支强大的部队穿插进去，死死地堵住这个"丫"字形路口。

考虑再三后，邓岳决定在攻击正面上摆出 3 个团的兵力，353 团在左，354 团在右，并肩突破南朝鲜军第 8 师第 21 团的防御阵地，352 团从两个团

志愿军向横城敌侧翼穿插

中间渗透进去，迅速揳入敌纵深，务必在黎明前占领那个"丫"字形路口，切断南朝鲜军的退路，并协同正面部队歼灭逃敌。

几年后，西方的军事史学家对邓岳这一反常规的战法仍称赞不已：两个团从正面并肩突破，一个团从中间穿插到后位。险棋！新奇！

战斗打响后，左翼 353 团在 1 个小时之内就突破了南朝鲜军 2 个连的防御阵地。右翼 354 团 2 营仅用半小时就攻占了当面的阻击阵地，歼灭南朝鲜军的 1 个加强连。

352团是118师的主力团，素以敢打敢拼而闻名。团长罗绍福是个老红军，曾是邓岳的老班长。趁353团和354团正打得激烈的时候，352团立即行动，从这两个团之间乘隙直插南朝鲜军第8师心脏——广田村。时任352团3营教导员的翟文清回忆道：

1951年2月11日16时，全营由新垈里等地出发，冒着敌机轰炸扫射的危险，沿下榆洞、地吾谷、谷村向敌人心脏广田村穿插。

我营主力进至上榆洞沿北侧十字路口时，遭敌纵深炮火密集拦阻。在3营指挥作战的战斗英雄、352团参谋长冷利华和他的警卫员小丁不幸牺牲。当尖刀7连进至上榆洞南侧时，与敌人一个排的兵力遭遇，8班是尖刀的尖刀，8班长周祥双即命令轻机枪向敌人射击，重机枪就地开火，将敌人打乱。3排长孙忠田机智勇敢地带领全排行进间向敌人冲击，与敌人格斗，迅速将敌人歼灭。首战获胜，为向敌纵深穿插撕开了口子……

18时30分全营通过地吾谷，沿着崎岖山谷小道，踏着一尺多深的积雪，奋力攀登700多米的高山。当爬上山鞍部时发现两侧山顶上都有敌人，营长命令7连在山鞍部两侧各放一个加强班，严密警戒监视敌人行动，掩护全营通过山口……

当到达谷村以南时，突然发现在我们前进的西南方向灯光闪亮，敌人的车队像长龙一般沿着由龙头到横城的公路向广田方向而来。当时我和营长认为前边不远就是广田，应加速行动，趁敌人不备突袭并占领广田。我们确定营长和副教导员带领7连、9连从北面首先夺取广田北山，然后向广田攻击；我带8连从西面夺取台峰，切断公路，由西向东攻占广田。

分工后，8连3排迅速抢占了台峰，切断了公路，歼敌一个班，占据了有利地形，并牢牢地控制了公路，同时8连1排、2排在连长吕玉俭指挥下，沿公路由西向东配合7连、9连夹攻广田。此时，支援南朝鲜军8师作战的美2师炮兵营被8连3排迎头拦住，在我轻重机枪突然而猛烈地射击下，行驶在前边的指挥车和几辆大卡车顿时起火，随后的炮车和运输车也全部被阻。当时敌车灯熄灭，车辆翻倒碰撞，乱成一团，纷纷弃车四散潜逃。两辆敌坦克从汽车群中冲出来，沿公路奔向我 3 排阵地，坦克炮和机枪火力猛烈向我军射击。3 排 8 班长周洪玉在我火力掩护下，从侧后冲向敌人坦克，将一枚磁性反坦克手雷投向敌人坦克，"轰"的一声坦克停止了。当时他们很高兴，刚冲到坦克跟前要迈腿爬上坦克时，坦克又突然发动狼狈地向东逃窜，当敌人坦克摇摇晃晃地逃到广田村西头时，又被我 8 连 5 班战斗小组长、共产党员于水林用反坦克手雷将其击毁。

12 日 1 时许，3 营攻占了广田村，完成了对敌穿插分割任务。随后，该营迅速攻占广田南山 536.7 高地，截断敌人退路。几乎与此同时，右翼 120 师相继攻占了圣智峰，梨木亭、784 高地，有力地支援了 118 师向纵深发展。

至此，40 军已完全占领横城至龙头里公路及广田以北地区，将该地区的南朝鲜军第 8 师第 10、第 21 团基本歼灭。

韩国国防部战史编纂委员会编写的《韩国战争史》中是这样记载当天的战斗的：

> 战况急剧变化，全师面临敌军一波又一波的攻击，虽然竭尽全力奋战，但战况时刻发生逆转，陷于敌之重围中苦战。
>
> 第 21 团在五音山、大三马峙一线同中共主攻部队第 66 军展开激战。当时，敌军 3 个步兵师在各种炮兵和坦克支援下发起夜袭，2 时已逼近阵前。在敌军强大攻击面前，全体官兵虽英勇奋战，集中全部步坦炮火力猛烈打击敌人，但始终未能阻止优势敌军的猛攻，战线一角被敌突破。团长河甲清上校决定立即收拢部队，坚守碧鹤山和台峰山之间要地。但敌军一部已趁夜暗深入我后方，炸坏下草院里（碧鹤山北 1 公里处）附近机动路，并实施大包围，使我方陷入四面楚歌的旋涡中。团长虽然命令坦克排为先导突破敌阵，但是因机动路已被敌人破坏，未能突破，5 时，在苍峰里附近收拢部队。团长下达命令："各营要破坏不能携带的全部装备，突破敌阵，到横

城集结。"遂各营开始突破重围撤退。

第 10 团和反坦克炮营在上榆洞、桃源里一线，也受到中共军大部队的攻击，展开激烈的战斗。敌军翻过葛基山，攻击第 10 团，同时猛打第 16 团左肩部阵地，潜入我后方，前后夹击，使我第 10 团和反坦克炮营在夜暗和混乱中陷于困境。这时团长权泰顺上校边收拢兵力边在阵前指挥战斗，不幸中弹，壮烈牺牲。各营便寻找出路，撤回师司令部所在地横城。

志愿军在横城以北的山地构筑工事，阻击敌人

66 军右翼 198 师由五音山突破后，于 12 日 6 时占领苍峰里，随即向草塘突击，途中歼南朝鲜军 1 个炮兵连，并俘美军 200 余人；左翼 196 师、197 师突破后，于 12 日 6 时占领阳地村、新村，一度占领红桃山。

12 日 8 时，南朝鲜军第 8 师余部和美军第 2 师第 9 团一部在航空兵掩护下，企图冲过鹤谷里、夏日，向横城方向撤逃。

117 师开始了顽强的阻击战斗。美军第 2 师第 9 团全力向 351 团 2 营阵地猛烈攻击。

4 连的阵地在最前面，打退了美军的多次进攻，2 排也付出了巨大的伤亡代价，阵地上只剩下了副排长和两名战士。这时，美军又冲上了阵地，他们与敌人扭打在一起，直到全部牺牲。4连把连队的文化教员、炊事员、司号员、通信员全都组织了起来，顽强地坚守在连队的主阵地上。5连干部全部牺牲后，司号员马德起代替指挥，坚守阵地。3连的弹药打光了，战士们就用石头、刺刀反击美军的进攻。

10时30分，从横城出动的南朝鲜军2个营北援接应。在118师的配合下，117师将这股援敌打退。而美军也始终未能突破351团的阻击阵地，汽车和坦克把数公里长的公路挤得水泄不通。

天渐渐黑了下来，空中升起了3颗信号弹，志愿军的总攻开始了。

公路上，此起彼伏的枪炮声响成了一片，尖厉的军号声令美军第2师和南朝鲜军第8师的官兵们感受着世界末日般的恐惧。美军的飞机在盘旋，扔下的照明弹把战场映成白昼。到处是汽车和坦克燃烧的大火，志愿军战士们冲上公路，与美军、南朝鲜军士兵混战在一起。

午夜时分，战斗结束。117师将被围于鹤谷里、夏日之间的敌人全歼，毙伤俘敌2300余人。李奇微在《朝鲜战争》一书中写道：

> 2月11日夜间，共产党发起了反攻。在中共军队进攻面前，美2师遭受重大损失，尤其是火炮的损失更为严重。这些损失是由于南朝鲜军第8师仓皇撤退造成的，该师在敌人的一次夜间进攻面前彻底崩溃，实际上是全军覆没。

美军战史资料对这次战斗的描述是这样的：

> 韩国一个团的溃败又一次导致了一场重大的伤亡。当时，美军一个炮兵连在一支护卫队的掩护下，正沿着横城西北三英里一条狭窄公路北上，显然没有任何侧翼保护。这支部队是去支援北面几英里处的韩国第八师的。夜间，中共部队进行反攻，韩国部队溃败逃跑，接着中国人突然向美军炮兵蜂拥扑来。500多人中仅3人幸存。幸存者中有一位下士，他战后回忆当时的情景时说："中国人在凌晨

两点向我们扑过来。那地方到处枪林弹雨。中国人打倒了最前面那辆车上的司机，整个一列车队都停止不前了。人人手忙脚乱，只要一个人倒下，中国人马上就来抢走他的武器。有人喊叫道：'这里有一个！'我就开了火，但那只是一棵树。有人又喊道：'我们从这里冲出去！'我晕头转向，好像整个世界在我的脚下爆炸了。真是血流成河。当时我知道我完蛋了……他们派我和另外 14 名步兵去保护那些大炮。我们帮忙把大炮弄到车队里去，但是我们只有 3 个人活着回来了。"

至此，邓集团将南朝鲜军第 8 师 3 个团全部歼灭。但由于 66 军进到红桃山、国士峰后受阻，未能及时插到德高山、曲桥里地区；42 军 125 师进到回岩峰后，也未能及时过蟾江控制要点，致使美军第 2 师一部、南朝鲜军第 8 师师部及第 3 师大部逃脱。

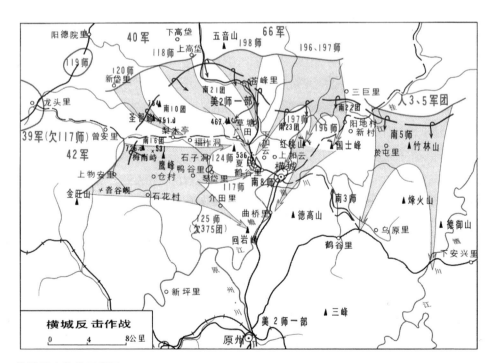

横城反击作战示意图

人民军第 3、第 5 军团由横城东北发起反击，13 日进至横城东南之鹤谷里、乌原里、下安兴里地区，歼灭南朝鲜军第 3、第 5 师各一部，有力地配合了邓集团的反击作战。

13 日晨，横城地区反击作战结束。

此战，志愿军邓集团和人民军第 3、第 5 军团经过 35 个小时激战，歼南朝鲜军第 8 师 3 个团及第 3、第 5 师和美军第 2 师各一部，共 1.2 万余人，其中俘敌 7800 余人，给"联合国军"以沉重打击，迫其后退 26 公里，对中朝军队完成战役防御任务起到重要作用。

12 雪马里战斗

【交战时间】1951 年 4 月 23 ～ 25 日

【交战双方】中国人民志愿军第 63 军第 187 师∶ "英军第 29 旅格劳斯特营及其配属的英军炮兵第 45 团第 7 连、哈萨斯骑兵第 8 连、重型坦克连等部

【指挥将领】徐信∶ 卡恩

【战　果】志愿军歼灭英军第 29 旅格劳斯特营及其配属分队，共毙敌营长以下官兵 129 名，俘敌副营长以下 459 名

　　1951 年 3 月下旬，朝鲜半岛的严寒终于过去了，积雪开始融化，冰封的大地渐渐解冻，一片万物复苏的景象，春天悄然而至。

　　这时，抗美援朝第四次战役已经接近尾声，"联合国军"再次将战线推进到"三八线"附近地区。对于是否再次越过"三八线"，以及用何种方式结束朝鲜战争，"联合国军"内部发生了争论。英、法等国一致反对同中国扩大战争，主张谈判解决。

　　毫无疑问，经过在战场上同中国人民志愿军几个月的较量，杜鲁门的高官们要比战争刚刚爆发时头脑清醒了很多，他们已经认识到朝鲜问题仅凭军事手段是无法解决的，而美国也绝不能陷入亚洲的一场持久战中，更不能消耗掉原应部署在欧洲的军事力量。因为他们最主要的敌人——苏联一直按兵不动，对欧洲虎视眈眈。

杜鲁门后来回忆道："我从来没有忘记，美国的主要敌人是苏联，只要这个敌人还没有卷入战场而在幕后操纵，我们就绝不会浪费自己的力量。"

美国参谋长联席会议主席布雷德利更是一语中的："把战争扩大到共产党中国，会把我们卷入一个错误的地方，错误的时间和错误的敌人进行一场错误的战争中。"

美国人继续打下去的信心已经开始动摇，但如何更体面地从朝鲜半岛的泥潭中抽身呢？

在与英、法等盟国磋商后，杜鲁门政府决定在不扩大战争范围的前提下，继续稳步北进，待军事上占据有利地位后，以实力政策为基础，或与中朝方面进行谈判，或继续其军事行动。

报纸上刊登的有关麦克阿瑟下台的消息

然而，"联合国军"总司令麦克阿瑟大唱反调，公开发表声明，对中国进行赤裸裸的威胁："赤色中国这个新的敌人缺乏进行现代化战争的一切必要手段，中国军队数量上的巨大优势抵消不了自己陈旧的战争机器的巨大缺陷"，"如果联合国改变它力图把战争局限在朝鲜境内的容忍决定，而把我们的军事行动扩展到赤色中国的沿海地区和内部基地，那么，赤色中国就注定有立即发生军事崩溃的危险。"

当杜鲁门看到这份声明后，气得暴跳如雷："我已经别无选择，我再也不能容忍他的桀骜不驯了。"

最令杜鲁门不能容忍的是，麦克阿瑟怂恿国民党军入朝参战，并对中国东南沿海地区实施大规模的窜犯袭扰。

4月5日，美国少数党领袖马丁在众议院宣读了麦克阿瑟的一封来信，建议把台湾的国民党军接纳到"联合国军"中，在朝鲜战场上与中共军队作战，以解兵力匮乏。

如果国民党军出现在朝鲜半岛，势必会把局势搞得更混乱更糟糕，这是杜鲁门绝对不能接受的。他被彻底激怒了，在日记中写道："麦克阿瑟又通过马丁扔出一颗政治的炸弹，这看来像是最后的致命一击，卑鄙下流地抗命不从……"

11 日，杜鲁门宣布撤销麦克阿瑟的一切职务，由李奇微继任"联合国军"总司令。

此时，"联合国军"再次越过"三八线"，计划从中朝军队侧后登陆，配合正面进攻，将战线推进到平壤、元山一线。但当李奇微发现志愿军后续兵团已经集结完毕，判断中朝军队可能于 4 月下旬或 5 月初发动攻势，遂决定以一部兵力继续在铁原、金化、金城地区保持进攻，其他方向暂时转入防御。抗美援朝第四次战役宣告结束。

中朝军队经过 87 天的浴血奋战，在极其艰难困苦的条件下进行坚守防御、战役反击和运动防御作战，共毙伤俘敌 7.8 万余人。其中，志愿军以伤亡 4.2 万余人的巨大代价，歼敌 5.3 万余人，使"联合国军"平均每天伤亡近千人才能前进 1.3 公里。

对此，就连李奇微也不得不沮丧地承认："主要目的在于俘虏和消灭敌军有生力量，缴获摧毁其武器装备。从这种意义上说，这次作战没有获得完全成功。"

两个多月的运动防御作战，达到了预期目的，为中朝军队赢得了时间，掩护了志愿军第二轮作战部队第 19、第 3 兵团全部和在朝鲜东北部休整的第 9 兵团主力抵达朝鲜前线，从而使志愿军第一线作战部队增至 3 个兵团共 11 个军 33 个师另 4 个炮兵师，加上人民军 3 个军团，总计 60 万余人，地面兵力重新占据绝对优势。

但志愿军仍面临着巨大的困难：新入朝兵团，对敌情、地形不熟，准备仓促；后勤保障尚无重大改善，只能维持最低限度的供应。

彭德怀根据毛泽东关于"战争准备长期，尽量争取短期"、志愿军后续兵团到齐后"再进行有力的新的战役"的指示，为避免两面作战，粉碎"联合国军"的登陆企图，经与人民军商定，决定发起第五次战役，消灭敌人几个师，重新夺回战场主动权。

在战役指导上，实行战役分割与战术分割相结合、战役包围迂回与战术包围迂回相结合。在部署上，集中志愿军 3 个兵团共 11 个军及人民军 1 个军团于西线，在汶山里至春川间实施主要突击；以其中一部兵力从金化至加平劈开战役缺口，将"联合国军"东西割裂，使其不能互相支援。以人民军 2 个军团在东线牵制美军第 2、第 7 师，使其不得西援。以志愿军 3 个军位于肃川、元山、平壤地区，人民军 2 个军团位于淮阳、沙里院地区，分别担任反登陆和反空降任务。

这时，"联合国军"的地面作战部队为 6 个军（军团）共 17 个师又 3 个旅、1 个团，计 34 万余人。第一线兵力为 12 个师另 2 个旅，第二线和后方兵力为 5 个师又 1 个旅及 1 个团。具体部署是：

美军第 1 军位于临津江两岸及涟川以西地区，第 9 军位于涟川以东至华川地区，第 10 军和南朝鲜军第 3、第 1 军团分别位于杨口、元通里、杆城地区。美军骑兵第 1 师、第 187 空降团及南朝鲜军第 2 师为预备队，分别配置于春川、水原、原州地区。南朝鲜军第 2 军团第 8 师位于大田。

4 月 22 日黄昏，中朝军队在全线发起反击。西线以 1 个兵团从正面突击、2 个兵团从两翼突击并实施战役迂回，分割围歼当面之敌。

志愿军第 3 兵团副司令员王近山指挥第 12、第 15、第 60 军，从正面突破后在涟川以北遭到美军第 3 师、土耳其旅抵抗，进展较慢，24 日晨进至哨城里、永平地区，与"联合国军"形成对峙。

志愿军第 9 兵团司令员兼政治委员宋时轮指挥 5 个军，从左翼迅速突破"联合国军"防御。至 23 日夜，第 20、第 27、第 26 军前出 15～20 公里，进占龙华洞、外药寺洞、白云山地区，歼美军第 24 师、南朝鲜军第 6 师各一部；第 40 军突入 30 余公里，前出到加平东北沐洞里地区，完成战役割裂任务；第 39 军前出到华川以南原川里地区，将美军陆战第 1 师隔于北汉江以东不得西援。

志愿军第 19 兵团司令员杨得志、政治委员李志民指挥第 63、第 64、第 65 军，从右翼实施战役迂回。第 63 军作为第一梯队，首先突破临津江。军长傅崇碧命令第 188 师在麻田里东西之间选择强攻突破口，第 187 师在高浪浦里以东选择突破口。

志愿军在炮火掩护下，抢占临津江滩滩头阵地

位于汉城以北 75 公里处的临津江是汉江的支流，发源于太白山脉北端西坡，西南流经汶山西侧，注入汉江。江南岸是连绵的群山，绀岳山、磨义山、道乐山是主要制高点。

对临津江，志愿军并不陌生。就在 1950 年的最后一天，志愿军发起抗美援朝战争第三次战役，39 军 116 师仅用时 10 多分钟便突破了临津江天险，创造了世界战争史上的奇迹。

第五次战役发起前，"联合国军"在临津江一线布下重兵防守，由东向西分别为美军第 3 师、英军第 29 旅、南朝鲜军第 1 师等部共 4.2 万余人，配备有各式火炮 1800 余门，坦克 400 多辆。同时，敌人还依托临津江南岸有利地形构筑了坚固的防御体系，堑壕、交通壕、地堡、铁丝网、地雷布满了大小山头，并以主力防守临津江南岸第一线高地及纵深诸要点，江面上架有坦克浮桥一座，沟通临津江南北，江中布满了铁蒺藜，其炮兵火力可以控制江面和江北诸要点及通路。

为确保强渡临津江一举成功，傅崇碧带着担任右翼主攻任务的 187 师师长徐信连夜赶到江边，观测地形、侦察敌情，并据此制订了作战方案。

21 时，187 师 559 团、561 团为第一梯队，分别从石湖、新堡开始偷渡临津江。20 分钟后，559 团 2 营、561 团 2 营首先到达南岸。等到敌人发现志愿军进攻时，为时已晚，第一梯队全部登陆，偷渡成功，第二梯队也开始了强渡。

此时，临津江两岸的炮火织成了密集的火网。片刻，成群的敌机飞临江面上空，黑压压的炸弹倾泻而下。江岸到处是飞扬的泥土、石块和烟雾；江中是林立的水柱和海浪般的波涛；对岸敌人的轻重机枪疯狂地扫射。志愿军的勇士们冒着敌人的枪林弹雨，跳入齐腰深的江水中，奋不顾身地向对岸冲去……

不到3个小时，187师4个团全部胜利突破临津江。过江后，63军各部在雪马里、弥陀寺等地与英军第29旅、南朝鲜军第1师等部展开激战。

雪马里，位于临津江南岸4公里处，北有235、314高地为屏障，南有414和675高地为依托，山势北低南高，易守难攻，是敌人防御前沿的一个强固要点。

守敌为英军第29旅格劳斯特营及其配属的英军炮兵第45团第7连、哈萨斯骑兵第8连、重型坦克连，共1000余人，有营属和配属火炮42门，纵深还有2个105榴炮营支援其战斗。

格劳斯特营是英军的王牌部队，已有150多年的历史，曾参加过两次世界大战。早在1801年英国征服埃及的殖民战争中，该营就以突破敌方重围、转败为胜的辉煌战绩受到英国女王的奖赏——全营官兵每人一枚写有"皇家陆军"字样的帽徽。因此，该营官兵佩戴两枚帽徽，号称"皇家陆军双徽营"。

23日凌晨，63军187师攻占江南要点绀岳山，随后以侧后迂回结合正面进攻的战法，对英军第29旅部队展开进攻。560团奉命攻歼格劳斯特营。

24日拂晓，围歼雪马里守敌的战斗打响了。担任主攻任务的63军187师560团2营及3营9连冒着敌机和火炮的轰炸，以迅速隐蔽的行

志愿军反坦克小组袭击敌坦克

动接近敌人，向雪马里东北 314 高地和以西的无名高地发起突击。

主攻部队在营长孟东元、教导员宋万平的指挥下，以 5 连向左迂回、4 连向右侧直插的战术，向 314 高地发起进攻。与此同时，6 连在连长杜国平、指导员韩顺通的带领下，向雪马里西北无名高地攻击。

格劳斯特营果然名不虚传，凭借强大火力，拼命顽抗。

6 连在连续四次突击均未奏效后，遂以 3 排迂回敌人右侧，协同主力攻击。3 排在排长牺牲、副排长腿被炸断的情况下，各班互相配合，密切协同，首先插入敌人纵深，打乱其防御部署，配合 6 连主力，终于占领了无名高地。

战斗中，3 排 7 班哥哥沙德喜一直冲锋在前，连续打掉了敌人的两个火力点，不幸中弹倒下。弟弟沙德广早已杀红了眼，抱起一箱手榴弹，在战友掩护下，冲到距敌前沿 20 米处，连续投出 20 多枚手榴弹，炸得敌人血肉横飞，后不幸被敌机枪击中，壮烈牺牲。

5 连向 314 高地发起攻击后，连续冲击八次未成，伤亡较大。2 营又以 9 连在 5 连左翼加入战斗，同时令 6 连 1 排从 5 连右翼实施攻击。英军在两面攻击下稍有动摇，2 营趁机突入敌阵，激战 30 分钟，终于攻占了 314 高地。

这时，560 团 1 营从雪马里侧后发起攻击。格劳斯特营遭志愿军前后夹击，终于支撑不住，便在纵深炮火及 335 高地敌人掩护下，于清晨时分趁大雾仓皇向南溃退。

当逃至雪马里南侧 2954 高地时，遭到志愿军 560 团 1 营的痛击，又掉头回窜。1 营以 1 连、3 连各 1 个排向敌发起勇猛追击，俘敌 60 余人，余敌退回雪马里。

英军第 29 旅得知格劳斯特营被围，十分焦急，一面令其固守待援，一面令航空兵空投食品和作战器材，并出动地面部队救援接应。

上午，英军以 1 个营的兵力在 10 多架飞机、20 余辆坦克的掩护下，从土桥场向雪马里开进，企图营救被围的格劳斯特营。

当敌人进至神岩里、新村一线，遭到志愿军 561 团 3 营的顽强阻击。

3 营以反坦克火器、炸药包首先将援敌两头的坦克炸毁，使 20 多辆坦克瘫痪在狭长险要的公路上。英军步兵失去坦克掩护，溃散而逃。3 营奋起出击，歼敌一部，缴获坦克 18 辆，汽车 10 余辆。

下午，英军以南朝鲜军第 65 团又 1 个营的兵力和菲律宾营、比利时营，再次沿着土桥场公路向雪马里增援。

志愿军 561 团 3 营凭借有利地形，放过援敌坦克，炸毁汽车，打击步兵，然后以反坦克小组从侧后攻击坦克。英军坦克见势不妙，倒车后撤。结果忙中出错，汽车与坦克、坦克与坦克互相倾轧。

为救出这支王牌部队，英军第 29 旅旅长早已杀红了眼，不顾增援部队——南朝鲜、比利时、菲律宾增援部队的伤亡，以数十门火炮猛烈地向双方短兵相接的阵地轰击，每门炮发射炮弹多达上百发。同时命令其后续部队采取多波次轮番冲击。

3 营以少摆多藏、轮流出击的战术，打退了敌人数次进攻。8 连 6 班守卫的无名高地，是敌人每次进攻的必经之地。在副班长杜根德的带领下，6 班连续击退了敌人 7 次冲锋，击毁敌人汽车、坦克各 1 辆。最后，阵地上只剩下杜根德 1 人，仍坚守阵地。他先后用手榴弹、爆破筒等武器，打退了敌人 5 次进攻，毙伤敌 30 名，坚守阵地 5 个多小时。

由于 3 营的顽强抵抗，敌人的援军离雪马里被围的格劳斯特营相距只有 5 里路，却始终不能会合。韩国出版的《朝鲜战争》一书是这样描述的：

> 在格劳斯特营遭到中共军第 63 军主力的集中攻击，展开苦战，午夜 1 时，敌边吹号边渡临津江攻打积城正面，其第一波次强袭积城南面的 A 连，连部被歼，连长安格少校被打死，连通信兵都空手参加搏斗，情况十分悲惨。接着，各连与敌展开白刃格斗，黎明，敌突破营的西侧 357 高地和东侧绀岳山（675 高地）绝壁处，在后方雪马岭切断积城至广水院公路，中共军以一个团继续攻击营正面，营补给所被歼，同旅部的有线通信线路被切断，陷入前门拒虎，后门进狼的困境。这时，该旅用无线电命令格劳斯特营死守阵地，并令第 45 炮兵营直接支援该营。该营在炮火支援下，继续与敌进行搏斗。炮营每门炮发射 1000 发以上炮弹，炮弹耗尽。下午，该营几乎弹尽粮绝。这时，美空军出动，轰炸包围该营之敌军，空投补给品，由于敌我混战，空军支援未能奏效。在这种情况下，该

营坚守阵地直到当日深夜。

　　这一天黎明，菲律宾营受英第 29 旅指挥，7 时 30 分开进广水院接受突破雪马岭（235 高地东南 3 公里处）的任务，目的是同格劳斯特营会合。10 时，该营 A 和 C 两个连在积城至广水院公路两侧展开队形并进，在这条公路上英第 8 营 1 个坦克连以 3 辆 M—24 坦克为先导试图突破雪马岭。A、C 两个连于 11 时接近雪马岭前方的两个高地（349、366 高地），但因敌依托高地进行顽强抵抗而受挫。公路上的坦克遇到敌军两个团的抵抗，突破再次受挫，离格劳斯特营只有 2.5 公里，未能会合，于 17 时 30 分返回广水院，该营虽然奋战一整天，但 253 高地的格劳斯特营丝毫没有摆脱困境。

　　敌军投入增援部队中共军第 188 师，向左翼英第 29 旅首脑正面施加压力。富基利俄营在阿尔斯特营的支援下，继续保持临津江南岸阵地。比利时营集结在广水院南面，做好支援格劳斯特营的准备。左翼格劳斯特营因后方公路被切断，处于被围困状态，但他们浴血奋战，死守阵地，该营 A 连在昨天的积城南侧战斗中几乎被歼灭。B 连只剩下 1 名军官和 15 名士兵。因此，营长令全营以雪马里

志愿军攻占绀岳山阵地

西山235高地的营部为中心编成环形阵地，缩小防御正面，这时已完全孤立在敌军之中，与旅部相隔7公里，但该营决心与阵地共存亡。

左翼格劳斯特营仍陷于敌包围内，6时虽接到撤退命令，但已经失去突围的良机，当时连伤员在内已减员到300人，弹药严重不足，因此，敌接近我阵地50米以内时，才许可开火。7时55分营长召集各连连长研讨撤退事宜，但没什么办法，只能请求炮兵和空军提供支援，掩护撤退。10时30分后，全旅已撤至"德尔塔"线，旅部通知："炮兵无法提供支援。"这时营长做出悲壮的决定，要求以连单位分散突围，到议政府集结，伤员留在阵地上。各连立即编组，A、B、C连向南侧雪马岭南下，D连沿着临津江方向逆流北上。营长卡恩中校、军牧雷维.S.戴维斯，军医H•P•希基上尉和卫生兵若干名同伤员留在235高地，目送战友撤退。

见从雪马里以南土桥场方向接应连遭失败后，英军改变方向，从西面朝鲜人民军战区向东横向攻击，企图从西面接应格劳斯特营。

25日拂晓，英军以8辆坦克夹护着6辆满载步兵的汽车，由神岩里西北侧向雪马里增援，被559团9连堵截。9连采取打头截尾、中间突破的战术。经十几分钟激战，将英军5辆坦克、6辆汽车当场击毁，全歼援敌百余人，有力地保障了560团全歼雪马里之敌。

在志愿军外围部队打援的同时，担任主攻雪马里任务的560团，已攻占了雪马里四周的几个阵地，将守敌压缩包围于235高地。

8时，560团向格劳斯特营主阵地发起攻击。1连利用缴获的4门迫击炮和6挺重机枪，掩护部队发起冲击，首先突破235主峰防线，杀入敌阵。随后，9连也从西面突入。两个连协同作战，一举攻占了235主峰，全歼守敌。

雪马里战斗，63军187师560团歼灭英军第29旅格劳斯特营和英军炮兵第45团第7连、哈萨斯骑兵第8连、重型坦克连等部，毙敌中校营长以下官兵129名，俘敌副营长以下459名，缴获各种火炮20门、坦克18辆、汽车48辆。

"联合国军"对雪马里之战曾做过这样记载：

左翼格劳斯特营仍陷于敌包围中，6 时虽接到撤退命令，但已失去突围的良机。这时，营长做出悲壮决定，要求以连为单位分散突围，向南突围的 A、B、C 三个连没有一人到达友军阵地，在突围过程中全部丧生。

就这样，有着 150 余年历史的英军王牌部队——"皇家陆军双徽营"在朝鲜战场上全军覆没。

13

县里围歼战

【交战时间】1951 年 5 月 16～19 日

【交战双方】中国人民志愿军第 20 军、朝鲜人民军第 5 军团等部∷南朝鲜军第 3、第 5、第 7、第 9 师等部

【指挥将领】廖政国∷刘载兴

【战　果】志愿军歼灭南朝鲜军第 3、第 9 师大部，击溃第 5、第 7 师，并歼灭美军第 2 师一部

　　1951 年 4 月 22 日，中国人民志愿军和朝鲜人民军发起全线反击，抗美援朝第五次战役打响了。

　　志愿军集中主力在西线汶山里至春川间地区实施主要突击，以第 3 兵团（辖第 12、第 15、第 60 军）实施正面突击，第 9 兵团（辖第 20、第 26、第 27 军，指挥第 39、第 40 军）和第 19 兵团（辖第 63、第 64、第 65 军，指挥人民军第 1 军团）实施两翼突击并进行战役迂回，分割围歼当面之敌；人民军 2 个军团在东线实施辅助突击，牵制美军部队，使敌不得西援。另以志愿军 3 个军和人民军 2 个军团位于后方地区分别担任反登陆和反空降任务。

　　经三昼夜的连续作战，至 25 日晚，中朝军队全部越过"三八线"，在加平方向打开战役缺口，对西线"联合国军"翼侧造成严重威胁，但战役发展形成一线平推，歼敌数量不多，

战果并不理想。

26 日，西线志愿军继续发动进攻，当天即占领"联合国军"第二线阵地的锦屏山、县里、加平一线。至 28 日，第 19 兵团攻占国祀峰、白云台地区；第 3 兵团进占自逸里、富坪里地区；第 9 兵团攻占榛伐里、祝灵山、清平川、加平、春川地区，逼近汉江。

面对志愿军的凌厉攻势，"联合国军"这次学乖了，迅速后撤以避锋芒，退至汉城及北汉江、昭阳江以南地区重新组织防御。美军骑兵第 1 师西调汉城，并于汉城周围构成绵密的火制地带。

鉴于在汉城以北歼敌机会已失，志愿军和人民军遂于 29 日停止进攻。

与此同时，东线人民军第 3、第 5 军团先后向麟蹄以北南朝鲜军第 5、第 3 师发起进攻，歼第 5 师第 36 团大部和北援之南朝鲜军第 7 师第 5 团大部，有力地配合了西线作战。

30 日，"联合国军"为查明中朝人民军队动向，并掩护其调整部署，以一部兵力转入反攻。至 5 月 8 日，进占高阳、议政府、于论里、麟蹄、龙浦里一线。此后转入防御，在勿老里至西海岸部署了美军 6 个师，英军、土耳其军各 1 个旅，南朝鲜军 3 个师，以汉城为重点，成一线密集配置。在勿老里至东海岸部署南朝鲜军首都师、第 3、第 5、第 7、第 9、第 11 师共 6 个师，

志愿军向加平之敌进攻

成一线配置。美军第 3 师、英军第 29 旅、美军第 187 空降团为预备队，分别配置于京安里、永登浦、金浦地区。

这样，"联合国军"的整个战线呈西南伸向东北的斜线态势，自隐里至东海岸一段的南朝鲜军第 1 军团刘载兴所部，态势突出。

志愿军和人民军为继续歼灭"联合国军"有生力量，使其难以抽出兵力实施侧后登陆，并多歼南朝鲜军以孤立美军，决定以第 3、第 9 兵团隐蔽东移，在人民军主力的协同下，实施第二阶段作战。

具体部署是：以志愿军第 9 兵团指挥第 20、第 27、第 12 军附 4 个炮兵团，与东线朝鲜人民军前线指挥部所属第 2、第 3、第 5 军团密切配合，首先歼灭县里地区南朝鲜军第 3、第 5、第 7、第 9 师，尔后视情再歼南朝鲜军首都师和第 11 师；以志愿军第 3 兵团指挥第 15、第 60 军和第 39 军 2 个师并附炮兵 1 个师又 2 个团，担负割裂西线美军与南朝鲜军联系、阻击美军第 10 军东援、保障东线作战任务。同时以志愿军第 19 兵团和人民军第 1 军团在汉城东西地区渡江佯动，第 39 军主力南渡昭阳江，掩护第 3、第 9 兵团东移。

16 日黄昏，志愿军第 9 兵团各部在人民军的配合下，按预定作战计划，采取正面突破、两翼迂回、多路切断、层层包围的战法，向县里地区南朝鲜军发起猛烈攻击。

志愿军跋山涉水向敌发起攻击

左翼 20 军奉命在麟蹄至九万里地段突破昭阳江，向富坪里、美山里实施主要突击，割裂南朝鲜军第 7、第 9 师的联系，抢占五马峙要点，协同人民军第 5 军团构成对南朝鲜军第 3、第 9 师的合围。尔后主力由南向北攻歼县里、龙浦地区之敌，另以一部协同攻歼南朝鲜军第 7 师。

由于战役开始时要强渡昭阳江，进攻正面达 16 公里，突破南朝鲜军防线后，又要实施长距离穿插，20 军的任务可谓十分艰巨。这时，军长兼政委张翼翔因病回国休养，指挥权交给了副军长廖政国。

廖政国深知自己肩上的担子沉重，战前反复研究，制订作战方案。为迅速突破敌防线，他决定集中优势兵力和火力用于主要进攻方向。把第一梯队 60 师、58 师及第二梯队 59 师共 8 个团的兵力，集中在兰田里至九万里 4 公里的正面上，并把炮兵 26 团、11 团和 17 团 1 个营配属给右翼担任主攻的 60 师，加上 60 师本身的炮兵和第二梯队 59 师的炮兵，使进攻方向每公里正面的火炮数量达到 80 ～ 120 门。而仅以 174 团在 12 公里宽大正面上以攻势防御牵制敌人。

16 时 30 分，战斗打响了。20 军以猛烈的炮火轰击昭阳江南岸九万里至富坪里一线南朝鲜军第 7 师阵地。短短几十分钟内，将敌军阵地全部摧毁。

17 时 40 分，主攻方向 60 师 178 团突击连 8 连开始强渡，以迅雷不及掩耳之势涉过宽 200 米的昭阳江，用时仅 9 分钟。7 连和 9 连随后跟进渡江，迅猛攻占了南岸 600、704.2 等敌前沿支撑点，打开了向纵深穿插的门户。

17 时 55 分，58 师 173 团 4 连开始突击。渡过江后，于 19 时占领 412.2 及附近 3 个高地。子夜时分，173 团全部过江。

担任牵制任务的 174 团攻占了 490.1、298 高地，并以一部兵力在开运里、加路里地段渡江，在 172 团一部的协同下，攻占了 363.4、613 高地，至次日中午进抵挞隐里地区。

这样，20 军在宽 15 公里的地段上，顺利突破昭阳江，攻占敌军第一线阵地，随即向敌纵深实施猛烈穿插。

60 师 178 团过江后，即以 2 营为尖刀，直插预定目标五马峙。

南朝鲜国防部战史编纂委员会编写的《韩国战争史》中将此战称为"县里地区撤退战斗"。书中是这样描述 5 月 16 日当天的战况的：

在中东部，敌人的主攻方向指向美第 10 军团地区的我第 7 师正面。敌人以前所未有的猛烈而准确的炮击，炮轰美第 10 军团的右翼师即我第 7 师。

……

敌军的炮击持续了两个小时，最终使第 5、第 8 两个团各营的指挥系统失灵。……23 时 45 分，位于所峙里的第 5 团指挥所遭敌攻击而被打散，第 5 团不得不各自分散撤退。

另外，第 8 团也遭敌人攻击，第 6、第 10 两个连被全歼，只好投入预备队支撑阵地。由于友邻第 5 团第 2 营未通报第 8 团撤退，第 8 团的主抵抗线也被突破。

这样，美第 10 军团右翼被突破之后，第 3 军团便也陷入了困境。

……

设在下珍富里的军团司令部，接到第 3、第 9 两个师关于敌人发动攻势的报告后，判断敌之主攻方向为美第 10 军团我第 7 师正面。军团作战参谋李周一上校根据以往难以对付敌之人海战术的经验，于 22 时向军团长刘载兴少将提出："与其阵地被突破带来混乱，倒不如采取迟滞战术返回上南线。"军团长同意这一建议，并通过设在江陵的陆军总部前言指挥所，向陆军总部和美军提出了建议。但得到的回答是："不管发生任何情况，绝对不能撤退。"因此，军团长只好根据战况的推移指挥作战。……第 9 师师长崔锡准将用电话向友邻部队第 3 师师长金钟五准将求援，要点如下：第 7 师第 5 团阵地被突破，其兵力向我第 9 师方向涌进，敌人继续南下，上南岭处于危险，请第 3 师堵住五马峙。

五马峙是东线敌人纵深内公路边上的一个山头，地势险要，南北走向的公路在这里绕了一个大弯，是县里经半岩里通向横城公路上的要隘，还是南朝鲜军第 3、第 9 师补给线上的要点。志愿军一旦攻下，便截断了县里、龙浦里南朝鲜军的退路。

2 营 5 连担任攻击五马峙的先锋，在连长毛张苗的率领下，以最快的速度穿越崎岖的山路。晚 11 时，当 5 连进抵亭子里时与敌人遭遇，被敌炮火阻拦。

毛连长立即指挥部队从两侧迂回攻击。不到 10 分钟，右翼的 7 班在山沟里歼敌 30 余名，俘虏 11 人；左翼的 9 班也攻下敌炮兵阵地，缴获 3 门迫击炮。残敌仓皇败退。

17 日凌晨 4 时许，5 连进至直洞以北高地，发现有一股敌人据守山顶，挡住了前进的道路。尖刀班立即发起偷袭，迅速占领敌前沿，并打退了敌人的数次反扑。这时 5 连主力也上来了，敌人见势不妙，向东南方向逃窜。

5 连乘势追击，又毙伤敌 30 多名，俘敌 23 人。此时天边已微微露出鱼肚白，5 连不顾一夜行军作战疲劳，继续攻击前进，于 7 时进抵五马峙，夺占两侧高地。

就在这时，公路上传来轰隆的汽车马达声，是敌人正在南逃。

5 连立即沿公路迎击，打了敌人一个措手不及。仅用半个小时，5 连就占领了五马峙，缴获汽车 61 辆、榴弹炮 3 门，还俘虏了 3 名美军顾问，截断了敌人南逃之路。

战后，5 连荣立集体一等功，连长毛张苗被授予"一级战斗英雄"光荣称号。

58 师 173 团在突破昭阳江后，经 412.1、822.6、863、865 高地，向鹰峰山、瓦家洞攻击前进。17 日 10 时，173 团进至瓦家洞，查明 774.4 高地以西山地驻有敌军 1 个营，立即以 3 营攻击，以 2 营向间岱、龙浦间、735.5、625 高地迂回前进。

当晚，173 团夺占 774.4 高地，残敌向东南芳台山逃窜。22 时，173 团占领间岱、龙浦间大路，至 18 日 1 时完全占领龙浦公路以西一线山地，牢牢控制了龙浦公路。

此时，朝鲜人民军第 5 军团第 6 师进至雪岳山、镇东里地区，与 173 团对县里之敌构成了合围态势。

在志愿军疾风暴雨般的攻势面前，南朝鲜军溃不成军，上上下下充满着失败的恐惧，一些部队还没有收到"毁装命令"或根本就没有下达过"毁装命令"，就已经开始"将车辆内胎放气或放火烧毁"，准备丢弃装备，轻装逃行。对此，韩国人在《韩国战争史》一书中也不得不承认：

向芳台山撤退，哪是作战，纯粹是溃退的洋相。两个师在县里、龙浦地区焦急地等待第18、第30两个团打开突破口。原想战斗力属第一流的被誉为"白骨部队"的第18团参加突破作战，整个撤退也许不会出现危险，但是经过敌我双方交战，枪炮声地动山摇，而且越来越近，炮弹集中落在摆开长蛇阵的龙浦、县里之间的公路两侧，在战况不明的夜暗中，部队处于进退维谷的境地。因此，在没有接到任何命令的情况下，出现擅自破坏火炮和车辆等妄动现象，导致了无秩序地溃退到芳台山的结果。

南朝鲜军第3、第9师仅留下1个营的兵力在龙浦企图掩护主力南逃，其余则争先恐后地溃退到江东一线，集结在芳台山。

这时，南朝鲜军完全处于一片混乱之中，营长们掌握不了自己的部队，也没有一个指挥官敢站出来指挥这样无秩序的部队，而且也无法指挥。大部分指挥官均拿掉军衔等一切标志，因此无法辨认谁是指挥官。

173团连夜过江，逼近龙浦，准备截歼该敌。

天亮后，173团正准备发起攻击，突然发现江东有敌人的数辆汽车和1辆装甲车由南向北疾驰而来。巧合的是，从县里南逃敌军的300多辆汽车、坦克刚好行至龙浦。于是，两股敌人在龙浦桥上迎面相撞，互不相让，乱作一团。

173团趁乱发起攻击，占领了龙浦南北山头，并在172团的配合下，截住了南朝鲜军第9师师部和第7师一部，俘敌200余名，缴获汽车、坦克200余辆，榴弹炮17门。

右翼12军按照作战计划，在突破昭阳江后，迅速攻占加里山，切断洪杨公路。

加里山位于朝鲜中部昭阳江南岸，海拔1050米，在群峦叠嶂中显得高大突兀，是"三八线"的天然屏障。敌人在此严密布防，从江边到山根15公里的山路上布满了雷区，在脊山顶的突出部建有交叉火力配置，只要是人能通过的地方都设有鹿砦和铁丝网。

12军决定由35师担任主攻，首先攻占加里山，切断洪川到杨口的公路，

志愿军在县里地区近战歼敌

然后以一部分兵力控制住寒溪、长坪里地区要点，师主力协同 34 师歼灭南朝鲜军第 5 师。为增强火力，12 军特意给 35 师配属了 3 个炮兵营。

夺取加里山，事关能否将县里之敌包围。东线总指挥宋时轮给 35 师师长李德生下了死命令：必须一天一夜拿下加里山。

李德生果断下令：103 团向加里山进击，104 团向寒溪、鹅湖、长坪里进击，105 团为师预备队。他特意叮嘱 103 团团长王西军：为减少伤亡，要单线接敌，拉大距离，伺机向两侧展开，寻找敌人弱点。

果然这是一块难啃的硬骨头。

103 团刚刚展开，敌人就开始实施疯狂的火力反击。空中 F-86 战斗机一批次又一批次地进行拦阻扫射轰炸，地面大口径火炮在志愿军前进道路上织成一堵堵火墙。

根据战前敌情通报，加里山守敌是南朝鲜军，数量也不多。但当突击队 3 营 7 连和 9 连在自下村与敌人的警戒分队遭遇后，才发现这股敌人不是南朝鲜军队，而是美军。

战士们立即向美军发起了冲锋，干净利落地消灭了警戒分队，随后向纵深挺进 7 公里，攻占了敌人设在山腰的前哨阵地。这时通过讯问俘虏，得知驻守加里山的敌人是美军的 2 个营。

103 团的将士们义无反顾地向前冲锋，不少人中弹倒下了，负伤的躺在弹坑里喊着鼓动口号。脚下到处是雷区，过去的人就撒上一把炒面警示后面的战友。攻到半山腰时已近午夜时分。

王西军命令 1 营、3 营立即向主峰发起冲击。由于敌人的火力凶猛，加之事先将山上的大树伐倒，形成一道密集屏障，上面布满挂雷和铁丝网，致使连续发起的三次进攻均受阻，103 团伤亡过半。

强攻不行，只能智取。李德生在电话中命令王西军："从两侧上。"王西军心领神会，立即给 6 连连长杨官保下达任务。杨连长组织火力把敌人的注意力吸引到中间来，命令 1 排、3 排沿加里山坡度最大、树林最密的西侧地带接近美军阵地。战士们顺着山谷间的小路向加里山主峰爬去。他们抓藤条、爬悬崖，过峭壁，神兵天降般手持钢枪出现在目瞪口呆的美军面前。美军做梦也没有想到志愿军会从他们头顶上下来。

战士们居高临下，一顿手雷砸过去，掀翻了敌人的地堡，接着左右夹击，发起猛冲，把敌人打得措手不及，弃阵而逃。6 连攻占了加里山主峰 1050 高地。与此同时，1 营 3 连也攻占了加里山东北坡的 941 高地。

李德生命令 103 团抓紧改造利用美军的工事，准备抗击美军的反扑，必须牢牢守住这两个突破口。

果然，15 分钟后，80 多个美军在 10 多架飞机掩护下，向 1050 高地和 941 高地反扑了过来。美军的炮火非常猛烈，把高地上的大树和巨石都炸飞了。3 连和 6 连的指战员英勇顽强地击退了美军的数次反扑，牢牢守住了阵地。

这时，104 团攻下了加里山西南侧的 790 高地。

天亮后，35 师迅速向美军纵深穿插。103 团在大小平月附近遭遇法国营，展开激战。法国大兵自恃有飞机和坦克撑腰，向 103 团多次发动攻击，但均被击退。

天黑后，103 团 2 营趁夜暗沿小路偷袭，法国营顿时乱了阵脚，被迫撤退。103 团迅速占领大小平川以东的高地和扇坪以北的高地，彻底切断了洪川到杨口的公路。

105 团越过加里山后，迅速占领毛老谷地区。

盘踞在自隐里外围的美军为夺回洪川到杨口公路的控制权，展开了疯狂的反扑。飞机轮番轰炸洪川到杨口公路两侧的高地，远程火炮不断对志愿军阵地轰击。

狂轰滥炸一番后，美军开始沿公路突围，以几十辆坦克打头阵，随后是 200 多辆汽车。

敌人没想到，等待他们的是志愿军 105 团梅永红反坦克小组在公路上埋设的地雷。只听"轰、轰……"一连串的巨响，美军车队的前 3 辆坦克被炸成了一堆废铁。后面的坦克急忙向公路两侧隐蔽，结果又被志愿军事先埋设的地雷报销了。

105 团和 103 团乘势出击，一时间冲锋号响彻山谷，喊杀声漫山遍野。

战斗异常惨烈。103 团一个连的干部在作战中全部伤亡，一时没有了指挥人员。司号员张学才见此情景，对战友们说："同志们，我是共产党员，大家跟我来，狠狠地杀敌人，为牺牲的战友们报仇！"他把全连剩下的 20 多个人分成两个班，继续坚持战斗。

美军抵挡不住，拼了命地向东南方向突围出去。35 师迅速展开追击。104 团 3 连在攻占松谷台主峰后，发现主峰东侧还有 200 多名美军正准备逃跑，就立即向这股美军发起了攻击。1 排坚守主峰阵地，从正面牵制住美军；2 排迂回到美军侧背后，前后夹击，把美军包了"饺子"，俘虏美军 170 多名。经过讯问才知道，他们是美军第 2 师第 23 团的一支掩护分队。

就在这时，12 军 34 师也赶了上来。师长尤太忠指挥 101 团和 106 团分别攻占了自隐里北侧的 410.4 高地和 410.7 高地，协同 35 师歼灭了美军 2 个营和法国营大部，击毁、缴获的坦克和汽车 251 辆。

担任中央突破任务的 27 军，从西起大同里东至九万里间 16 公里宽的正面上实施突破，以一部直插砥桥一带，抢占要点，切断砥桥以北之敌退路，割裂南朝鲜军第 5 师与第 7 师的联系，尔后会同友邻部队歼灭该敌。

战斗打响后，27 军顺利突破南朝鲜军防线，于 17 日 3 时进占桃水庵、美也洞、院巨里一线，一部攻占于论里附近地区。

为切断县里地区南朝鲜军第 3、第 9 师的南逃通道，27 军命令 81 师担任迂回穿插任务。

师长兼政委孙端夫亲自率领 242 团 2 营为先导，由南朝鲜军第 5、第 7 师的接合部插入，沿于论里、新修谷、柏子洞向砧桥迂回。途中，全营不停息地交互攻击前进，不惜伤亡、不为小股敌人所诱，猛打猛冲。经过大小 18 次战斗，于 17 日 5 时突入南朝鲜军纵深 28 公里，提前到达指定位置，抢占岩达洞公路两侧高地和砧桥、坊内里诸要点，并对南撤的南朝鲜军发起突然攻击，迫敌退回县里。

清晨时分，81 师主力赶到，全部控制了砧桥、岩达洞、坊内里诸要点，从而完全切断了县里地区南朝鲜军向西南方向的退路。随后，81 师会同 60 师在上南里地区，击溃南朝鲜军第 5、第 7 师，全歼 5 个营 3000 多人，缴获了大量装备物资，有力地支持了县里地区围歼战。

至此，志愿军和人民军通力合作，对县里地区的南朝鲜军构筑了三层包围圈。核心包围圈围绕着后坪里、美山里、旺盛谷一线，由志愿军第 20 军 1 个师和人民军第 5 军团的 1 个师构成；中间包围圈围绕着坊内里、长津坪一线，由志愿军第 27 军 1 个师和人民军第 2 军团一部分兵力构成；外层包围圈围绕着长坪里、束沙里一线，由志愿军第 12 军 1 个师和人民军第 2 军团一部分兵力构成。

南朝鲜军第 3、第 9 师等部的主力集结在广院里、三巨里一带。这里是内麟川和桂芳川汇合而形成的三角洲，也是开往苍村公路的始发战。

为避免被全歼，18 日晨，被围县里地区的南朝鲜军第 3、第 9 师分经龙浦、芳东里、镇东里向南及东南多个方向实施突围。韩国人在《韩国战争史》中是这样描述逃窜时的狼狈相的：

> 第 3 师第 18 团的一部和掉队人员经过连夜行军到达苍村三巨里，黎明时分渡过桂芳川的刹那间，遭到敌人的奇袭，2000 多人全被击溃。各部队的掉队人员混合在这个队伍中，没有人指挥，也没有人听指挥，真是一群残兵败将。这样一来，撤退部队在三巨里分成三大群，第一群主力部队退往苍村、下珍富里；第二群退往三巨

志愿军围歼县里地区之敌

里、五台山、月精寺、下珍富里；第三群退往三巨里、小桂芳山、桂芳山、下珍富里。

这时，军团前方指挥所开进三巨里。在苍村撤退的第一群主力部队由副军团长姜英勋准将直接指挥，根据指挥部的指示首先南下到苍村。但这里已被敌人占领，结果部队更加四分五裂，为打开血路，弄得筋疲力尽。尤其是没有粮食吃，只能找水喝。但到了山上找水也很困难，挖野菜充饥，个别人还吃了毒草而中毒。山里偶尔也有少数农民居住，因兵力太多，无法找到吃的，即使能找到一些充饥的，也只不过是玉米。

为防止南朝鲜军四处逃窜，志愿军第 20 军和人民军第 5 军团从两面进行猛烈夹击。

20 军以 60 师主力经大小开仁里向月屯谷前进，决心将敌围歼于内麟川以北地区；同时命令 58 师向县里地区攻击前进。

60 师先头 178 团于 19 日 3 时进至生屯里，强渡内麟川，俘敌百余人。11

时，进抵月屯谷，并控制 1008.4、737.7 附近高地。16 时，179 团在小开仁里一线歼敌 1 个连。

58 师 172 团于 18 日 11 时攻占下德桥，迅速向县里进逼。但还是晚了一步，敌人除 2 个团南逃外，余部化整为零，分散窜匿于芳台山、主亿峰一带山林内。

为扩大战果，20 军从 19 日拂晓开始，以主亿峰、芳台山为目标，进行重点搜剿，共俘敌 1000 余名，缴获南朝鲜军第 3、第 9 师等部全部重装备，胜利结束围歼作战。

县里围歼战共歼灭南朝鲜军第 3、第 9 师大部，击溃第 5、第 7 师，并歼灭美军第 2 师一部，圆满完成了预定作战任务。

14

涟川、铁原阻击战

【交战时间】1951 年 6 月 1～12 日

【交战双方】中国人民志愿军第 63 军、第 64 军第 194 师；"美军"第 1 军第 1、第 25 师，加拿大旅，南朝鲜军第 9 师等部

【指挥将领】傅崇碧，；范佛里特

【战　果】志愿军歼敌 1.5 万余人

1951 年 4 月 22 日，中国人民志愿军同朝鲜人民军发起全线反击，抗美援朝战争第五次战役打响了。

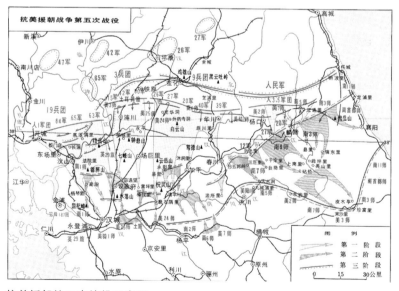

抗美援朝第五次战役示意图

至 5 月 21 日，经过一个月的连续作战，志愿军和人民军粮弹将尽，继续进攻已有困难，遂结束第五次战役第二阶段作战。

为集结休整，总结经验，造成尔后有利态势，志愿军和人民军决定主力北移"三八线"南北地区，各兵团留 1 个师至 1 个军的兵力，进行运动防御，迟滞敌人前进。

然而转移行动尚未开始，"联合国军"于 20 日即集中 4 个军 13 个师的兵力，以摩托化步兵、炮兵、坦克组成的"特遣队"为先导，在航空兵掩护下，沿汉城至涟川、春川至华川、洪川至麟蹄公路，多路向北快速推进，实施大举反扑。

志愿军和人民军对"联合国军"迅速实施全线反扑估计不足，转移的组织计划不够周密。担任运动防御的部队，有的尚未进入防御地区，有的虽已进入但没有很好地控制要点与公路，也没有组织起有效的交替掩护，以致全线出现多处空隙，使"联合国军"的"特遣队"得以乘隙揳入志愿军和人民军防线，部分部队被隔于敌后，遭受打击。

27 日，"联合国军"进占汶山、永平、华川、富坪里、麟蹄一线后，以美军第 1 军及其所属第 1、第 25 师，加拿大旅，南朝鲜军第 9 师等部直逼涟川、铁原。

涟川、铁原一线既有公路又有铁路，是朝鲜西部地区重要的交通线。而铁原又是志愿军物资的主要供应站，一旦被敌占领，就会切断志愿军东西战线的联系，直接威胁到后方乃至整个战局。

为此，彭德怀专门打电话给第 19 兵团司令员杨得志，再三说明：为确保涟川、铁原一线的安全和掩护兄弟部队转移，要求 65 军在议政府、清平川地区的阻击任务必须坚持 15 ～ 20 天。

65 军在粮弹和兵员消耗都比较大的情况下，已经顽强地坚守了 4 天。但面对数倍于己且有空军、坦克、炮兵支援的敌人，部队伤亡极大，有的阵地已经丢失，有的部队被迫向后撤退 20 ～ 30 公里，撤到汉滩川以北地区……

杨得志回忆道：

> 65 军的阻击是异常艰苦的，左右友邻部队已后撤 60 至 100 公

里，没有火力支援；后勤供应跟进困难，部队缺少粮食和弹药；有的师、团几次被敌包围。但是他们打得十分顽强。193 师师长郑三生同志率领部队坚守在议政府东南佛岩山、水落山、国赐峰地区，其中 579 团 2 营坚守佛岩山。2 营上阵地时是 299 人，苦战到 5 月 28 日奉命撤出时，仅剩 37 人。

一旦 65 军顶不住了，将会危及整个战局。杨得志预感到形势的严峻，果断决定把 63 军调上去，在涟川、铁原间抢筑防御工事，拼死也要阻止敌人沿公路向纵深推进。

63 军下辖 187 师、188 师和 189 师，是一支能征惯战的老部队，其前身为华北军区第 3 纵队，曾先后参加过正太、青沧、保北、清风店、石家庄、察南绥东、冀热察、察绥等战役。平津战役中，会同兄弟部队攻克新保安，全歼傅作义集团的王牌部队第 35 军。1949 年 1 月改编为中国人民解放军第 63 军，参加太原战役。随后调归第一野战军建制，执行解放大西北的任务，先后参加扶郿战役、陇东追击战、兰州战役和宁夏战役等。1951 年 2 月改编为中国人民志愿军第 63 军入朝参战。在第五次战役第一阶段作战中，187 师取得雪马里大捷，全歼号称英军王牌部队的"皇家陆军双徽营"——格劳斯特营。

自入朝参战以来，63 军已连续作战 1 个多月，基本上没有得到过休整和补充，战斗和非战斗减员相当严重，全军不足 2 万人；粮弹供应更是严重不足，甚至伤员每天也只能喝一碗炒面汤。而他们面对的敌人是来势凶猛的美军第 1 军指挥的 4 个师 4.7 万余人，还有 1300 多门火炮、400 余辆坦克和大量的飞机。

能否完成如此艰巨的阻击任务，杨得志不禁暗暗为 63 军捏了一把汗。

然而形势危急使志愿军没有任何可以选择的余地。彭德怀在电话里以不容置疑的口气对杨得志说："阻击战只能胜，不能败！告诉傅崇碧，他损失 1 个团，我给他补 1 个团；损失 1 个师，我给他补 1 个师！要不惜一切代价坚守住！"

未满 35 周岁的傅崇碧是 63 军军长，是志愿军中最年轻的军级领导。

1916 年 12 月生于四川通江，16 岁时参加红军。长征到达陕北后，于 1937 年入中国人民抗日军事政治大学学习，后在抗大任大队政治指导员、组织股股长，校政治部干部科科长等职。百团大战后，任抗大 2 分校大队政委、晋察冀军区 35 团政委、分区副政委等职。解放战争时期，先后任晋察冀军区 4 纵 10 旅政委、旅长，参加过清风店、石家庄、平津、太原、宁夏等战役。中华人民共和国成立后，任 64 军副政委、63 军军长。

28 日 17 时，彭德怀电令傅崇碧率 63 军并指挥 65 军 194 师在涟川、铁原之间，东起古南山、西至临津江畔，正面 25 公里、纵深 20 公里的地域组织防御，不惜一切代价，坚决阻止敌人 10 ～ 15 天，掩护主力转移。

傅崇碧清楚他的 63 军连同配属的 194 师在内总兵力只有 2.4 万人，仅仅是敌人的一半，既没有飞机，也没有坦克，全部火炮包括六〇炮在内仅有 240 余门，还不及敌人的零头。自入朝参战以来，经过一个多月的长途连续行军作战，部队减员很大，官兵们极度疲劳，加之粮食、弹药严重短缺，战斗力大大削弱，而他们面对的又是齐装满员、战斗力超强的美军第 1 军，以寡敌众，以弱抗强，坚持一两天还是有把握的，但要坚持 10 天以上困难太大了。

可如果丢掉了这块阵地，敌人将长驱直入，摧毁志愿军后方基地，对 19 兵团乃至整个战局构成重大威胁。因此，63 军必须要像一颗钉子似的牢牢钉

守卫在铁原地区的志愿军在阻击来犯之敌

在涟川、铁原一线，决不能让敌人突破这道防线。

自从南昌起义中国共产党有了属于自己的军队后，在长期处于敌强我弱的劣势情况下，这支军队不仅没有被摧毁被击垮，反而不断发展壮大，这与将士上下同心、不怕流血牺牲的精神是分不开的。

常言道：狭路相逢勇者胜。当实力不及对手时，拼命往往是解决问题最好的办法。

傅崇碧决定在兵力部署上，采取纵深梯次和少摆兵多屯兵的方法，并以多个战斗小组到前沿与敌纠缠，使敌人不能过早地迫近主阵地；在火力组织上，充分发挥各种火炮和短兵火器的威力；在战术运用上，采取正面抗击与侧翼反击相结合，并在夜晚派出小部队袭扰敌人，等等。具体部署为：

187 师负责玉女峰以东、涟川至铁原铁路、公路以西地域的防御，集中主要兵力兵器于铁路和公路两侧，防敌中央突破；189 师负责涟川至铁原公路以东、汉滩川以西地域的防御，依托有利地形阻敌北进；194 师负责铁原以西玉女峰、内洞、朔宁一带的防御；以 188 师为预备队，在铁原以西灵洞、驿谷川、楸屯里地域集结待命，并以 1 个营为反空降预备队，准备歼灭在铁原、大马里地域可能空降之敌。各部于 5 月 30 日前全部进入阵地，积极抢修工事，完成战斗准备。

6 月 1 日，美军第 1 军集中千余门火炮，并出动 20 余架飞机，对 63 军阵地进行猛烈轰炸，所有工事几乎在顷刻间就被炸得支离破碎。随后，美军在坦克引导下，分多路发起地面进攻。

一场空前悲壮而惨烈的阻击战打响了。

美军第 1 军军长范佛里特把进攻的重点放在 187 师防守的涟川口，企图以强大的兵力和火力，一举夺占涟川两侧有利地形，然后实施中间突破，直捣铁原。

在 187 师不足 3 公里的正面防御上，范佛里特集中了 2 个师的兵力，在飞机、大炮、坦克的支援下，以整连、整营、整团的兵力，进行多方面、多梯次的轮番攻击。

双方一交火，战斗便进入了白热化。

187 师打得异常艰苦而顽强，战士们高喊着"人在阵地在""誓与阵地共存亡"的口号，依托临时构筑的简易工事，凭借有利地形，居高临下英勇抗击。

有的阵地被敌人攻占后，立即组织反击夺回，一天之内竟反复几次，许多阵地都是在志愿军弹尽粮绝、全部牺牲后才丢失的。

就这样，187师苦战三天三夜，牢牢掌握着基本阵地。但有些阵地还是被敌人突破，部队伤亡很大，一些连排基本上打光了……

战斗最激烈的是位于涟川山口的榇田里北山、新村北山和162、167.1高地一带。这里是沿涟铁公路通往志愿军纵深阵地必经之地，自然也成为美军的进攻重点。

守卫这里的是561团3营。在营长罗金友、教导员温树风的指挥下，全营以数个班和战斗小组前出，迫敌提前展开，尔后进行节节阻击。

轰！轰！轰！炮弹接二连三地在3营阵地上爆炸。顿时，烟尘遮日，火光冲天；树林被削光了头，地面像被铁犁翻了个个儿；疯狂的敌人，毫不吝惜地倾泻着成吨成吨的钢铁……

炮轰刚一结束，黑压压的一大片敌人就开始发起了冲锋。奇怪的是，他们有的背着枪，有的挂着枪，有的扛着子弹箱，一个个大摇大摆，哼呀哈呀地朝上爬。原来敌人以为经过那么炽烈的炮火，阵地上再也没有能阻止他们前进的力量了。

敌人越来越近，阵地上的志愿军战士们一个个怒目圆睁，打开盖的手榴弹紧紧攥在手里。

只有20来米了……"打！"随着一声令下，上百枚手榴弹飞入敌群，猛烈地爆炸着。敌人受到这突如其来的打击，拔腿就往回跑。这时，机枪怒吼了，六〇炮响了，猛烈的火力打得敌人一片一片往下倒，剩下的连滚带爬地逃下去了。

就这样，3营以灵活机动的战术，依托有利地形，顽强抗击，打退了数倍于己的敌人10多次进攻，坚守阵地四天三夜，共毙伤敌1300余人，为稳定一线防御阵地发挥了重要作用。

战后，3营被志愿军总部授予"守如泰山"称号，记集体二等功。

敌人在187师阵地前屡屡碰壁，没有捞到半点好处，便把主要进攻矛头转向了 189 师阵地。

6月2日，敌人在以部分兵力继续进攻 187 师阵地的同时，集中 4 个团的兵力，在飞机、大炮的掩护下，向 189 师坚守的 233.2 高地和种子山阵地发起轮番冲击。

炮火连天，浓烟蔽日，弹痕遍地。经过几天激战，189 师阵地上的工事、掩体、堑壕早已被敌人的炮火夷为平地。战士们踏着一尺多深的浮土，利用弹坑和岩石掩护，坚守阵地，抗击潮水般涌上来的敌人。

激战整整持续了一天，敌人在付出了惨重的伤亡代价后，占领了种子山、五峰寺及以南阵地。

天黑后，566 团团长朱彪指挥 1 连、3 连各 1 个排在团炮火支援下，夜袭种子山，于 3 日凌晨夺回阵地，全歼守敌。

战至 3 日中午，189 师打得异常艰苦。

所有的营、连均已不成建制，师、团机关的勤务人员全部投入到一线参加战斗。有的营、连因伤亡太大，基本上丧失了战斗力，就重新编组，营编成连，连编成排，继续战斗；弹药打光了，就用刺刀、枪托拼杀，用石块、木头砸。无论轻伤还是重伤都不下火线，坚持战斗。许多指战员在陷入敌人包围后，拉响手榴弹与敌同归于尽……

有的阵地被敌人攻占后，志愿军就组织力量收复；敌人再占，志愿军再夺回。一天之内往往反复好几次，真是寸土必争、寸土不让。

天黑后，伤亡巨大的 189 师奉命撤出阵地，转入第二梯队。接防的 188 师进入前沿后，立即连夜抢修工事，准备迎接第二天敌人的疯狂进攻。

果然 4 日天刚亮，敌人以 1 个师的兵力，在地空交叉火力的掩护下，分多路向 188 师阵地实施波浪式攻击。

188 师指战员们依托工事、有利地形，避开敌人的炮火锋芒，待敌步兵进攻至距阵地前沿二三十米处时，机枪、步枪突然开火，成群的手榴弹抛向敌阵，大量杀伤敌人有生力量。

战至下午，在一连打退了敌人数次进攻后，188 师伤亡也越来越大，部分阵地被敌人突破，形势越发严峻。

铁原，一时成为志愿军各级首长关注的焦点。

彭德怀密切地注视着 63 军，亲自给杨得志打电话："部队表现不错。告诉傅崇碧，要爱护战士，爱惜战士，注意保存战斗力。"

杨得志把彭老总的鼓励和指示原原本本地传达给了傅崇碧，并提醒他："你们的任务是防御阻击，而不是固守某一阵地，应当允许部队有失有得，失而复得，得而复失，关键要在总体上顶住敌人！"

根据上级指示，傅崇碧决定改坚守防御为机动防御，下令前线部队且战

杨得志司令员（右一）和李志民政委（左一）在进行作战部署

且退，向位于细柳洞、207 高地、北台、古南山一线的第二道防御阵地转移。

5 日上午，敌人开始向第二道防御阵地发起攻击，并把主攻方向对准了 207 高地。

坚守在这里的是 563 团 1 营 1 连 2 排。1 营和 2 排都是英雄部队，曾在国内作战中获得过"钢铁营"和"特功排"的光荣称号。他们英勇顽强地打退了敌人 1 个营的两次进攻。

6 日，敌人改变战术，以一部在正面攻击，另以 1 个营的兵力分两路从侧

后迂回。这样，2 排就被敌人 2 个营的重兵三面包围于 207 高地，而他们的背后是悬崖绝壁。

阵地上早已是浓烟滚滚、火光冲天，2 排已经没有了退路，与上级和友邻部队的联系也已中断，只能孤军奋战。

在副排长李秉群的率领下，勇士们冒着敌人的猛烈炮火，面对数十倍于己的敌人，越战越勇，顽强地打退了敌人的两次进攻。

2 排被围牵动着团、师、军以及兵团领导的心。杨得志回忆道：

> 我们得知这一情况时，2 排已经和各级领导失去了联络。参谋李大权告诉我：从 563 团和 2 排的最后一次通话中知道，当时 2 排只有 8 个人，最高领导是副排长李秉群。我要大权把了解的情况及时向我们报告。时至午夜，大权告诉我，2 排坚守的阵地上仍然有火光，有枪声，这说明我们的 8 位勇士仍在战斗，阵地还在手里。这一夜一直下雨，淅淅沥沥的。雨声撞着我们的心。我思念着我那 8 位素不相识但使我夜不能寐的战士。

午夜时分，2 排弹药消耗殆尽，8 个人总共只有 15 发子弹，突围已经不可能了。这时，敌人又冲上来了。他们发扬一往无前的顽强精神，用刺刀、枪托和木棒、石头与敌人展开殊死搏斗，又一次打退了敌人的反冲。阵地上，8 个人的子弹全部打光了，仅剩下几颗手榴弹。眼看敌人又要发动新一轮冲击，李秉群对战士们说："情况大家都清楚，我们在敌人的三面包围之中，我们 8 个人要突围出去没有可能；要打，我们没有子弹；要和敌人面对面地拼，他们人太多，搞不好我们会成为俘虏。我们是'钢铁营''特功排'的战士，不能给英雄连队抹黑，更不能给伟大祖国丢脸，要让敌人知道中国人是硬骨头，志愿军战士是钢铁汉！我提议我们跳崖！死也不能当俘虏！"

战士们异口同声地响应："死也不当俘虏！"

于是，他们留下 1 位党员班长带 2 名战士掩护，李秉群带领另外 4 名战士坚定地走向悬崖……留下的 3 名战士在完成掩护任务后，也高呼着："胜利属于我们！祖国万岁！"纵身跳下悬崖。

8 名"狼牙山五壮士"式的英雄中,李秉群、崔学才、张秋昌、何成玉、孟庆修壮烈牺牲,翟国灵、侯天佑、罗俊成被崖下丛密的树枝托住,幸存逃生。当晚 3 人带伤穿过敌人的封锁线,一步一步地爬回自己的部队。

英雄的 2 排在两天两夜的战斗中,共毙伤敌 100 多人,用生命和鲜血在抗美援朝的战场上谱写了气壮山河的壮烈诗篇。

当 207 高地激战正酣之际,左邻坚守 255.1 高地和 200 高地的 8 连打得同样悲壮。连长郭恩志灵活使用兵力,机智运用战术,率领全连官兵以英勇顽强、坚忍不拔的战斗精神,连续打退了敌人多次大规模的进攻。

5 日,敌人在数次强攻不能得逞后,组织 1 个连的兵力向 1 排侧后运动。郭恩志立即调 3 门六〇炮、2 挺重机枪向敌猛烈射击,尔后实施反冲击,打得敌人满山逃窜。天黑后,郭恩志又派出战斗小组,袭扰疲惫敌人。激战一天,8 连共打退敌人的 4 次冲击,歼敌 200 余人。

6 日拂晓,敌人又以 1 个连的兵力发起进攻。冲击前,敌人照例又是一顿猛烈的炮轰。

这种进攻套路早已被 8 连官兵们摸透了。他们先是隐蔽在工事里,躲避敌人的炮火,待炮击停止后即进入战位,做好战斗准备。待敌人的步兵冲到阵地前沿二三十米处时,以猛烈的火力将敌人打下去。

敌人并不愚蠢,见正面强攻屡屡受挫,便改智取,兵分两路同时向 1 排、2 排阵地猛攻,并从两侧迂回,企图抄 8 连的后路。

郭恩志及时识破敌人的诡计,指挥各排全面防御,重点射击。激战一个多小时,敌人在阵地前陈尸累累,却始终不能前进一步。

恼羞成怒的敌人又增加了 2 个连的兵力,再次发起猛烈攻击。这时,8 连的弹药将尽,前沿部分阵地被敌人夺占。

中午时分,敌人以 1 个连的兵力向 8 连右翼迂回,并进至 255.1 高地侧后,另一部分兵力从左侧 8 连、9 连的接合部间进行渗透,步步逼近 255.1 高地,对 8 连形成三面包围之势。

危急关头,郭恩志沉着指挥,带领全连官兵顽强抗击。他端着冲锋枪边指挥边战斗,从 1 排打到 2 排,又从 2 排打到 3 排。连长身先士卒,战士们士气高涨,个个英勇,子弹打光了,就用刺刀捅、石头砸,顽强地坚守着阵地。

天又黑了。敌人的包围圈越来越小，兵力却在不断增加，而 8 连只剩下 13 发子弹和 1 枚反坦克手雷，与上级的联络也已完全中断，陷入了弹尽粮绝、孤军奋战的绝境中。

绝不能做俘虏，8 连官兵们掩埋好烈士的遗体，组织人员背运伤员，然后高唱战歌，从敌人较薄弱的西面跳崖，成功突围，转移到营主阵地 400 高地。

此战，8 连英勇拼杀，战术得当，以伤亡 16 人的代价，取得了歼敌 800 余人的辉煌战果，出色完成了上级交给的阻击任务。

第 19 兵团为 8 连记集体一等功。连长郭恩志也被志愿军总部授予"一级战斗英雄"称号，荣立特等功，并荣获朝鲜民主主义人民共和国"二级自由独立勋章"，曾先后四次受到毛泽东主席和三次受到金日成将军的接见。

8 日，敌人集中 2 个团、40 余辆坦克，在飞机、大炮狂轰滥炸后，向 560 团坚守的细柳洞高地发起猛烈攻击。

战至中午，敌人以高昂的代价，占领了细柳洞北山和怀玉洞阵地。志愿军炮兵 3 营立即以精准的炮火将阵地上的敌人炸得抱头鼠窜，肢体横飞。560 团趁机发起反击，又收复了阵地。

敌人见中间突破、左翼突击、全面进攻均遭失败后，又将重点转向东面，企图从 562 团阵地突破，然后居高临下，攻占纵深。

但敌人的如意算盘又打错了，63 军没有一支部队是吃素的。坚守 877 高地的 562 团 2 连，打退了敌人 2 个团和 40 多辆坦克的三次进攻。阵地最前沿的曹俊福小组，打退了敌人 2 个连的四次进攻，坚守阵地两昼夜。

9 日 8 时，敌人出动 1 个营的兵力，分三路扑向 877 高地，重点向曹俊福小组进攻。

曹俊福、杨士泉、陈占祥三人沉着机智地变换位置，使用各种武器打击敌人。子弹打光了，就用石头砸，最后三勇士烧毁身上的笔记本等物品，每人握着一枚手榴弹与冲上来的敌人同归于尽了。

10 日晨，美军第 10 军突破 63 军左翼 194 师防线后，铁原东面完全暴露。美军第 1 军趁机将机动部队隐蔽东移，突然向 564 团防御阵地疯狂进攻，企图偷袭内、外加山，迂回铁原。

守卫阵地最前沿的 564 团 5 连 1 排，面对敌军 3 个营、8 架飞机、40 余门重炮、11 辆坦克的轮番猛攻，以血战到底的英雄气概，与敌展开殊死拼杀，最后毙伤敌 250 多人，守住了阵地。

12 日，63 军接到了兵团的撤退命令，转向伊川休整。这场空前罕见的惨烈阻击战终于结束了。

63 军几乎以一军之力死死顶住了美军第 1 军指挥的 4 个主力师长达 12 天的疯狂进攻，共歼敌 1.5 万余人，为志愿军总部迅速调整新的战略部署赢得了极其宝贵的时间。

但同时，63 军也为之付出了巨大的代价。作为第一梯队的 189 师撤出阵地时折损大半，一些营、连基本上都打光了，全师临时缩编为 1 个团做预备队；而接防的 188 师同样打得惨烈无比，1300 多人的 563 团在撤下阵地时只剩下了 266 人。

彭德怀亲自穿越百里战区，赶到伊川看望 63 军将士。这在朝鲜战场上是绝无仅有的。

此时，63 军的指战员们刚刚从前线下来。一个个不知被烈火灼烧了多少遍，不知被荆棘划了多少次，身上的军装早已是衣不蔽体，一丝丝，一缕缕，上面布满了"窗户"。一个个蓬头垢面，血迹满身，胡子拉碴。

军长傅崇碧、政委龙道权率全军官兵列队，向彭老总行持枪礼。在一张张被战火熏黑的脸庞上，显露出坚毅的神情；从一双双布满血丝的眼睛里，放射出自豪的光芒。

彭德怀来到战士们中间，带着少有的微笑，疼爱地望着一个个勇士。他拍拍这个露出肩头的肩膀，抚抚那个络腮胡子的面颊，理理这个的破军装，摸摸那个的烂军帽，深情地和他们一一握手。

最后，彭老总站在子弹箱上，向指战员们行了一个庄重的军礼，激动地说："同志们！你们打得好，打得很好！你们血战铁原 12 天，掩护了东线部队的转移，掩护了我军全线转入防御，狠狠地打击了敌人的气焰，你们是一支真正的铁军，我要向毛主席汇报你们的英雄业绩。全党、全军、全国人民为有你们这样的英雄铁军而自豪。"

战士们振臂高呼："祖国万岁！一切为了祖国！"

　　面对穷凶极恶的敌人，看着身边朝夕相处的战友一个个倒下，他们没有掉过一滴眼泪，而此时却再也抑制不住，失声痛哭起来。这是英雄的眼泪，这是自豪的眼泪。

　　当得知 63 军伤亡很大，有的连队只剩下一两个人时，彭老总立即表态："给你们补，要给你们发新衣服、新装备，还有烟、酒和有各种罐头！"

　　不久，从西北地区和其他部队调来的 1.5 万名官兵补进了 63 军。

15

芝浦里阻击战

【交战时间】1951 年 5 月 30 日～6 月 7 日

【交战双方】中国人民志愿军第 15 军、美军第 3 师和第 25 师 1 个团，加拿大军第 25 旅等部

【指挥将领】秦基伟；范佛里特

【战　　果】志愿军歼敌 5700 余人

　　1951 年 5 月 21 日，抗美援朝战争第五次战役第二阶段作战结束，中国人民志愿军和朝鲜人民军经过连续作战，粮弹将尽，主力遂向"三八线"南北地区转移集结，准备进行休整。

　　然而，"联合国军"调集 13 个师的兵力，以摩托化步兵、炮兵、坦克组成的"特遣队"为先导，在飞机的掩护下，突然实施大规模的反扑，沿公路干线快速推进，揳入志愿军和人民军防线。

　　其实，中朝联合司令部对敌人的反扑行动还是有所警觉的，在 22 日曾预计："根据敌人以前习惯，利用高度机械化进行所谓磁性战，企图消耗疲劳我军，我主力北移休整时，敌尾我北犯是肯定的。但前进速度，要看敌人的兵力多少、我机动防御打得好坏而定。"

　　但由于对战局发展变化之快、敌人实施反扑之猛估计不足，

加上转移时组织不够严密，致使志愿军全线出现多处空隙，被敌"特遣队"乘隙而入，一些部队被隔于敌后，遭受损失。

战场形势风云变幻。转瞬之间，志愿军和人民军便由追击转为退却，由进攻变为防御，局势危急万分。

27日，"联合国军"占领汶山、全谷里、永平、华川、富坪里一线后，以美军第1、第9、第10军分别向铁原、金化、杨口大举进犯，南朝鲜军第2军团沿东海岸向北步步进逼。

向铁原方向进攻的美军第1军，分四路北进。其中，沿抱川、永平线向芝浦里攻击的部队有加拿大军第25旅，美军第20、第3师，南朝鲜军第9师等部约4万人，企图抢占芝浦里，配合涟川、华川北犯之敌，迅速占领铁原金化地区。

此时，志愿军和人民军尚有大量部队未及调整部署，其中有志愿军第19兵团的3个军、第3兵团第12军，人民军第1、第3军。

如果敌人迅速占领铁原、金化，中朝东线部队几十万大军将窝在那个狭长地带里，要打要守都施展不开，同时既无后方，也没供给，后果不堪设想。

为阻止敌人继续向纵深发展，志愿军5个军和人民军3个军团在临津江、汉滩川以北、芝浦里、华川、杆城地区与敌军同时展开激战。

按照中朝联合司令部的命令，志愿军第15军立即赶到金化以南芝浦里地区，在正面约17公里、纵深约19公里的地域里组织防御，坚决阻击由永平公路快速北上的"联合国军"，防敌向铁原、金化方向进攻。并命令规定15军必须克服一切困难，坚守7～10天。

15军下辖第29、第44、第45师，其前身是中原野战军第9纵队，参加过皖西、皖东、豫东、郑州、淮海战役。1949年2月改称为中国人民解放军第15军，隶属第二野战军第4兵团，参加渡江战役，挺进浙赣线上饶地区。后在第四野战军的指挥下，参加广东、广西战役。1950年1月进军云南，然后转进西康，参加西昌战役。11月，由川滇黔边开赴河北整训。1951年改为中国人民志愿军第15军，同年3月25日入朝参战。

时年37岁的军长秦基伟是位身经百战的老革命。1927年，只有13岁的秦基伟就参加了著名的黄麻起义。两年后加入红军，历任排长、连长、营长、团长、补充师师长、红四方面军总部参谋等职，参加过鄂豫皖苏区第一至第四次反"围剿"、川陕苏区保卫战。长征结束后，随部西渡黄河作战。抗日战争时期，任八路军第 129 师游击支队司令，晋冀豫军区司令部作战科科长、参谋处处长、新编第 11 旅副旅长，太行军区第 1 分区司令员等职，参加过磁武涉林战役、百团大战等。解放战争中，先后任太行军区司令员、晋冀鲁豫野战军第 9 纵队司令员、第 15 军军长等职，参加过平汉、陇海路破击战和洛阳、郑州、淮海、渡江、广东、广西等战役。

正是由于秦基伟有着丰富的作战经验，因此当他在第五次战役第二阶段后期接到向北撤退的命令时，并未慌乱，而是将手下所有的团长一个个叫来亲自交代回撤时间、路线，显示出惊人的组织、指挥能力。也正因如此，15军得以全身而退，并未遭受较大的损失。

当接到在芝浦里打阻击的命令后，秦基伟深知眼前的形势非常严峻，自己肩上的担子相当沉重。

因为 15 军自入朝以来，经过两个月的连续作战，部队伤亡不小，减员达1/3。步兵营以下减员过半，多数连队仅有 50 余人。粮食、弹药更为短缺，加上没有得到片刻休整和补充，官兵极度疲劳。而根据情报，他们面对的是来势汹汹的美军、加拿大军近两个师的进攻。以如此疲惫之师正面阻击敌军精锐之旅，仓促投入战斗，敌情不明，地形不熟，还要坚守 7～10 天，难度实在是太大了。

许多年后，秦基伟在回忆录中写道：

> 在战争中，我有个体会：大部队行动，组织进攻还相对容易些，有主动权，比较从容。但撤退就不那么从容了，组织得不好，几万人马，一退起来就如洪水决溃，一旦乱套，指挥就不灵了，可以说叫天天不应，叫地地不灵……敌大兵压境，我全线撤退，斗争焦点集中，仅我一点支撑、坚持数日并不是一件轻松的事。

但为了整个战役全局，为了不让敌人继续突入志愿军防御纵深，15 军必须死死地坚守住芝浦里地区。秦基伟立即与军里其他领导商议，决定不惜一切代价，不怕任何牺牲，为完成阻击任务，战至最后一兵一卒。具体部署是：

29 师和 45 师分别在角圪峰、朴达峰两处展开，构筑一线阵地，在芝浦里、广德山地区构筑二线阵地；44 师为军预备队，在初里洞、大德峰地区构筑三线阵地。并向各师发出紧急动员令，号召部队忍受艰苦、克服困难、誓与阵地共存亡，坚决顶住敌人的进攻。

30 日拂晓，敌军如潮水般涌向角圪峰、朴达峰，同时向两地发起猛攻。

角圪峰位于芝浦里南面金化通往抱川公路的两侧，直接扼制公路，是敌人北犯的必经之路、必夺要点。29 师把第一梯队 86 团摆在了这里。

进攻角圪峰阵地的是加拿大军第 25 旅。敌先头部队 3 个连在 7 辆坦克和 4 辆装甲车的掩护下，乘汽车沿公路由文岩里向北快速开进，企图冲破防线，为其主力攻占芝浦里开路。

86 团立即进行坚决阻击，封锁敌军车辆前线的道路，迫使敌人步兵下车展开。

12 时，加拿大军士兵在炮火的支援下，向 86 团阵地发起猛攻。86 团官兵沉着应战，依托临时构筑的工事，利用有利地势，充分发挥我军的近战优势，大量杀伤敌人，毙伤敌少校营长以下 150 余人。

加拿大军数次进攻均被击退，知道遇上了劲敌，又见天色渐暗，唯恐志愿军发动夜袭，只得丢下上百具尸体，拖着几十名伤员，狼狈地败退下去。

第一天的阻击战就这样结束了，15 军打得比较轻松，但秦基伟却高兴不起来。因为他清楚，敌人是不肯善罢甘休的，势必会发起更为猛烈的进攻，达到突破芝浦里、北上进犯金化的企图，更艰巨的战斗还在后面。

果然，次日一大早，美军第 25 师接替头一天大失利的加拿大军，出动 1 个团的兵力在飞机、重炮和坦克的支援下，向 29 师阵地展开攻击。

猛烈的炮火把阵地上碗口粗的大树齐腰切断，凝固汽油弹更是把阵地完全笼罩在一片火海中。29 师一面阻击美军 1 个连至 1 个营兵力的多次试探性进攻，一面抢修工事，调整部署，储备物资，加强防御准备。

激战持续了整整三天，美军第 25 师费尽九牛二虎之力，攻势一次比一次猛烈，炮火轮番轰炸，坦克轮番冲击，飞机数次俯冲，但始终没能突破角圪峰阵地。

6月2日，美军第3师气势汹汹地上来了。

3日，美军出动2个团，分三路围攻86团的阵地。

战斗进入白热化状态。由于86团已血战多日，弹药耗尽，伤亡过大，在连续击退敌人三次进攻后，阵地失守。29师立即组织反击，趁敌立足未稳，重新夺回了阵地。

4日6时，天刚蒙蒙亮，美军出动1个团，在30多架飞机和70多辆坦克的支援下，再次发起攻击。

守卫主峰的86团2营与敌人展开殊死搏斗。子弹打光了，英勇不屈的志愿军将士们就用手榴弹、六〇迫击炮弹以及石块投向敌人，最后以刺刀、枪托与敌拼杀。

下午3时许，敌人突上了主峰。半小时后，86团3营营长李天和率领仅剩下20多人的两个排，发起反击。在反复争夺后，终于将敌人赶下了阵地。

就这样，86团在六天里粉碎了敌人的数十次进攻，虽付出了巨大的伤亡代价，但完成了预定的阻击任务，奉命于4日夜从角圪峰撤下，转到芝浦里二线阵地。

在29师86团血战角圪峰的同时，45师134团在朴达峰也打得异常艰苦，几乎所有阵地打到最后都成了白刃战。

朴达峰位于芝浦里东南，与西面的脚歇峰相对，金化至都坪公路从其间通过，同样是敌人北犯的必经要口。

5月30日拂晓，134团1连刚刚进入朴达峰西侧无名高地，就发现敌军大约1个营的兵力，正在14辆坦克配合下，乘汽车沿公路向北迅速开进。

1连立即占据有利地形，等敌人前进至100米内时，突然开火，打了敌人一个措手不及。敌人连忙调整部署，在飞机、火炮的支援下，展开进攻。1连官兵坚守阵地两天两夜，大部牺牲。

6月1日拂晓时分，7连长郭新年率部接替1连阵地。

敌人以1个营的兵力，在炮火支援下分若干梯队向无名高地连续进攻。7连1个班依托有利地形，主动灵活地向前伸出100多米，依托石壁和有利地形，从侧翼以短兵火器和突然行动打击敌人，歼敌100余人，打退了敌人的进攻。

2 日 3 时，敌人在持续数小时的炮火轰击后，出动 2 个营围攻上来。7 连虽三面临敌，但英勇顽强，抗击敌军。

战斗中，郭新年下颚被打掉了一半，鲜血直流，昏死过去。苏醒后，他又重新投入战斗，指挥战士们打击敌人，并奋力向抵近之敌投掷手榴弹，直至壮烈牺牲。

双方激战至中午，7 连因伤亡过大，阵地大部被敌占领。身负重伤的副指导员刘汉和卫生员两个人用手榴弹又击退敌人的两次冲锋后，壮烈牺牲。

目睹连长、副指导员和战友们的英雄行为，19 岁的苗族战士刘兴文提起一箱手榴弹，主动会同机枪排负伤战士赵金平，坚守 2 排阵地。两人采取分工协作战术，远处之敌由赵金平用机枪消灭，抵近之敌由刘兴文用手榴弹和爆破筒消灭。同时经常交换战斗位置，迷惑敌人。

这样，二人从中午一直打到夜幕深沉，先后击退敌人 11 次冲击，毙伤敌 100 多人，守住了阵地。战后，刘兴文荣立一等功，并在当年被推选为志愿军国庆节归国观礼代表，后到祖国西南各地作报告。

3 日零时，7 个阵地上只剩下了 7 个人。危急关头，9 连 2 个排前来增援。他们分成 6 个战斗小组，分别从正面和迂回到敌人侧后进行攻击。经过 3 个小时的激战，收复了全部阵地。

上午，当面进攻的敌人因伤亡严重，失去战斗力，终于支撑不下去了，被美军第 25 师一部接替。

从 12 时起，美军的 1 个营又连续发起 6 次攻击，均被击退。

4 日清晨，美军出动了 1 个团的兵力，在飞机、火炮和坦克的支援下，采取逐次增加兵力的战术，向 7 连、9 连阵地发起潮水般的进攻。战至 12 时，阵地上只剩下 20 名志愿军战士。

14 时，敌人又以 3 个营的兵力分多路猛攻，7 连主阵地为敌占领，一线防御阵地有被突破的危险。

危急关头，带病在 3 营指挥战斗的副团长刘占华立即令该营组织 7 连、9 连剩余人员坚决阻击，同时乘敌立足未稳，以营预备队 8 连进行反击。

人称"武和尚"的 3 营营长武尚志立即组织反击。刚刚由师警卫连补充到 8 连的 7 班长柴云振，把全班所剩的 5 名战士分成两个战斗小组，从一侧插入主峰阵地，以猛烈突然的火力，将占领7连主阵地的美军打了下去。

夺回阵地后，柴云振发现溃逃之敌正龟缩在一个较高的山头上构筑工事。这个山头地势较高，便于敌人发挥火力，对我方阵地威胁极大。

必须干掉它。而此时他身边只剩下了3个人。柴云振毫无惧色，带领这3名战士乘敌立足未稳之机，突然冲入敌阵。冲在最前面的柴云振还没等敌人反应过来，手里的枪就已喷射出仇恨的子弹。

战斗中，3名战士全部负伤倒地。4个敌人见柴云振孤身作战，一齐朝他猛扑过来。柴云振挥枪打倒了3人，但1个美国兵还是冲到了跟前。

那家伙是个黑人，长得人高马大，冲上来就将柴云振拦腰抱住，二人扭成一团。柴云振瘦小单薄，一点也不占上风。杀红了眼的柴云振情急之中，就用手指抠挖"黑兵"的眼睛。敌人痛得嗷嗷直叫，竟张嘴咬断了柴云振的食指。

两人在地上滚来滚去撕打着。最后，柴云振在全身28处负伤的情况下，用一块石头把"黑兵"砸昏，但自己也昏死过去。

战后，柴云振荣获特等功，并被志愿军总部授予"一级战斗英雄"称号。但在庆功会上，奖章和证书却无人认领。

原来，在朴达峰西侧无名高地的战斗中，柴云振昏死过去后不久，3营就

志愿军指战员冲上高地

撤离了。友邻部队及时赶到，发现了身负重伤、昏迷不醒的柴云振，把他送到战地医院。

几天后，当柴云振苏醒过来时，已经被送回国内。在住了一年多医院养好伤后，柴云振被评为残疾军人，带着 1000 斤大米票证作为"复员费"，悄悄地返回家乡，从此和部队失去了联系。

柴云振回乡后，积极参加生产，先后担任生产队长、大队党支部书记、公社党委书记和乡长等职务。但他从未向别人提起当年自己在朝鲜战场上的英雄事迹。

直到 30 年后，已改编为空降军第 15 军的老部队在整理战史时，派人四处查找柴云振的下落，并在《四川日报》上连续刊登了寻人启事。

此事很快在群众中传开。柴云振的儿子也看到了报纸，觉得跟父亲的经历差不多，便要父亲前往部队联系。就这样，失去音讯多年的英雄终于"回家"了。

当组织上问他还有什么要求时，柴云振平静地回答："我那一个班的战友都牺牲了，只剩下我，我活在世上，应该代我的战友做点事，对组织没有任

被志愿军击毁的敌坦克

何要求。"

秦基伟回忆说：

> 一次，柴云振到北京来开会，我曾接他到家里来吃饭，望着这
> 个满脸生活风霜、朴实憨厚的农村汉子，我的眼前又浮现出那些生
> 龙活虎般活跃于朝鲜战场的小伙子们。是啊，那时候我们跨过鸭绿
> 江，就是为了保家卫国，个人生死完全置于脑后，当我们的战士们
> 同敌人进行殊死搏斗的时候，谁会想到以后去要个名要个利要个什
> 么官当呢？世界上最纯洁最美丽的，是战士的情感呵！我这个当军
> 长的，真为有这样的部下而感到骄傲。

2018年12月26日，92岁的柴云振安详逝世。2021年6月29日，中共
中央授予柴云振"七一勋章"。

在芝浦里阻击战中，不知还有多少像柴云振这样的英雄。志愿军正是靠
这种视死如归的精神和舍我其谁的气概，用简陋的武器，打退了"联合国军"
一次次疯狂的进攻，牢牢地守住了阵地。

1951年6月4日，朴达峰阻击战已经打了整整6个昼夜，134团完成了
预定的阻击任务，于当夜奉命转到二线阵地。

打到这时，美军也已是筋疲力尽，进攻成了强弩之末，被15军将士们死
死地挡在二线阵地前，不能再向前迈进一步。

至7日夜，15军完成了在芝浦里地区阻敌10天的任务，撤出战斗。

此战，15军以1200多人的伤亡代价，歼敌5700余人，击落击伤飞机4
架，击毁坦克13辆，粉碎了敌人攻占铁原、金化，截断志愿军东线主力退路
的企图。

对此，"联合国军"总司令李奇微无奈地承认："敌人再次以空间换取了时
间，并且在其大批部队和补给完整无损的情况下得以安然逃脱。"而美军再也
无法承受在攻击中越来越重的伤亡了，自10日起转入全线防御，空前惨烈的
第五次战役就此结束。

16

1951 年夏秋季防御作战

【交战时间】中国人民志愿军第 64、第 47、第 42、第 26、第 27、第 65、第 68、第 67 军，朝鲜人民军第 2、第 3、第 5、第 6 军团等部；美军骑兵第 1 师，陆战第 1 师，步兵第 2、第 3、第 7、第 24 师，英联邦第 1 师，南朝鲜军首都师和第 2、第 5、第 6、第 7、第 8、第 9、第 11 师，法国营、希腊营等部

【指挥将领】彭德怀；李奇微

【战　果】志愿军歼敌 11 万余人

经过五次大规模战役的殊死搏杀，至 1951 年 6 月中旬，中国人民志愿军和朝鲜人民军并肩作战，共歼敌 23 万余人，把"联合国军"从中朝边境的鸭绿江边一直赶回到"三八线"。

这时，交战双方整体作战力量趋于平衡，在"三八线"南北地区形成相持局面，并且都开始认识到他们遇到了以前从未遇到过的强硬对手，这场战争的结局注定不可能在短期内见分晓。

在武力取胜无望的情况下，西方阵营进一步分化，英国首相艾德里再三提醒美国总统杜鲁门：不要忘记我们的主要敌人苏联——它还四平八稳地安然坐在克里姆林宫，一根毫毛都没动。

仗打到这个份儿上，美国人付出了巨大的代价，前景却十分渺茫。美军陆军副参谋长魏德迈哀叹："朝鲜战争是个无底洞，看不到联合国军胜利的希望。"

作为世界头号军事强国的美国终于认识到：中国是决心把朝鲜战争进行下去，即使付出再大的代价也在所不惜。朝鲜战争注定是一场打不赢的战争。

既然不想深陷朝鲜战争的泥潭里，那就只有同中国人谈判，寻求"光荣地停战"了。但当时中美两国所有的联系渠道都已彻底闭塞。经过多方试探，美国政府最终通过中立国和苏联驻联合国大使马立克，向北京传递了愿意进行停战谈判的信息。

毛泽东、周恩来等中央领导人对朝鲜局势的判断实际而又客观：志愿军已取得了巨大的胜利，把"联合国军"赶回了"三八线"以南地区，但以中国现有的实力，要想把美国人彻底赶出朝鲜半岛，也是不现实的。既然如此，和谈无疑是最好的选择。

6 月 23 日，马立克在联合国新闻部发表演说，建议朝鲜交战双方谈判停火与休战，把军队撤离"三八线"作为解决朝鲜武装冲突的第一步。

两天后，杜鲁门在美国田纳西州表示："愿意参加朝鲜问题的和平解决。"

同日，中国《人民日报》发表社论：表示中国人民完全支持马立克的建议，并愿为其实现而努力。

30 日，"联合国军"总司令李奇微奉美国政府之命发表声明，同意进行停战谈判，并建议在元山港的丹麦伤兵船上举行。

次日，金日成和彭德怀通过广播答复：同意进行谈判，建议把双方会晤地点改在"三八线"上的开城地区。

世界战争史上最为艰难的谈判——朝鲜停战谈判就此拉开了帷幕。伴随着战场上的军事斗争和政治斗争互相交织，双方边打边谈，时断时续，经历了漫长而又曲折的两年零 17 天。

7 月 8 日，双方联络官商定了谈判日期和代表团成员。

朝中方面组成的代表团，由朝鲜人民军南日大将为首席代表，中国人民志愿军代表为副司令员邓华和参谋长解方，朝鲜人民军代表为前线司令部参谋长李相朝和第 1 军团参谋长张平山。

"联合国军"代表团由美国远东海军司令乔埃中将为首席代表，其他 4 位代表是美军巡洋舰分队司令勃克少将、远东空军副司令克雷奇少将、第 8 集团军副参谋长霍治少将和南朝鲜军第 1 军团军团长白善烨少将。

1951 年夏季，志愿军在修筑坑道工事

　　10 日，举世瞩目的朝鲜停战谈判在开城来凤庄——一处坐北朝南、古色古香的大庭院里，正式开始。

　　由于美国政府担心立即实施停战会动摇其在世界上的霸权地位，同时仍迷信其技术装备的强大优势，认为凭此可以同中朝军队抗衡，进行政治上的讹诈。因而从谈判一开始，毫无诚意的美方就采取了拖延政策，不愿公平合理地解决问题，反而常常节外生枝，制造矛盾，阻碍停战谈判的顺利进行。

　　这时，"联合国军"在战场上的行动方针是：在谈判期间"不实施大规模的进攻行动，而力求通过强有力的巡逻和局部进攻来保持主动"，以对志愿军和人民军施加压力；同时，视停战谈判的进展情况，随时准备恢复全面攻势作战，并预先制订了向朝鲜半岛蜂腰部平壤、元山一线推进的所谓"势不可挡行动计划"。

　　为此，"联合国军"一面加强防御阵地，一面积极进行发动局部进攻的准备。至 8 月中旬，从前沿至纵深建成了三道防线，每道防线均构筑了坚固工事，埋设了大量地雷，架设了数道铁丝网。同时还积极扩建金浦、水原、大丘等原有机场;靠近前沿阵地又修建了 18 个机场,增辟了 14 处海、空军运输补给基地。

另外,美军有 6 个师、南朝鲜军有 4 个师先后从一线撤至二线,进行了一到两个月的休整。7 ~ 9 月,从美国本土运往朝鲜进行轮换、补充的兵员达 12 万人。美军还将第 188 空降团和 2 个轰炸机联队由美国调至日本,并扩编了 3 个南朝鲜师和 1 个英联邦师,以增加其机动力量。这样,"联合国军"的总兵力达到 18 个师、1 个旅又 1 个空降团,共计 69 万余人。

对于停战谈判开始后可能出现的形势和"联合国军"的行动企图,中共中央和毛泽东主席早就作了充分的估计,深知美国虽因在战场中遇到严重困难而主动求和,但在谈判期间,极有可能玩弄种种阴谋伎俩,也可能趁机在战场上发动突然袭击。因此,毛泽东多次指示,要提高警惕,积极注意作战。

停战谈判开始后,"联合国军"的行动以及美方在谈判桌上的种种蛮横表现,使朝中方面更清楚地认识到,同美方进行谈判将是一场艰巨复杂的长期斗争。只有将政治上的揭露与军事上的打击紧密结合,尤其是军事上给予敌人以沉重的打击,才能迫使美国知难而退,使停战谈判按照有利于朝中人民的方向发展。

据此,志愿军和人民军采取"充分准备持久作战和争取和谈达到结束战争"的行动方针,在军事上坚持"持久作战、积极防御",积极构筑防御阵地,准备随时粉碎敌人的进攻。至 8 月中旬,志愿军和人民军总兵力达到 112 万余人,其中志愿军 77 万余人。在西起礼成江口,东至东海岸高城,构筑了绵延 250 公里的第一线防御阵地,部署了志愿军 8 个军、人民军 3 个军团;在第二线防御阵地和东西海岸部署了志愿军 9 个军、人民军 4 个军团。

7 月下旬,停战谈判进入军事分界线问题的讨论。"联合国军"方面拒绝朝中方面提出的以"三八线"为军事分界线的合理建议,以"补偿"其海、空军优势为由,提出将军事分界线划在志愿军和人民军阵地后方,企图不战而攫取 1.2 万多平方公里的土地。

这一无理要求当然被中朝方面严词拒绝。解方回忆道:

在讨论停战分界线问题时,美方提出,把分界线划到平壤、元山以北。当时双方部队都在"三八线"附近，如按他们划的分界线，那我们得撤退几百公里，给他 1.2 万平方公里土地。我们马上就把他们顶回去了，理由是：你们在战场上得不到的东西，想在谈判桌上得到是妄想。

美方首席代表乔埃公然进行军事讹诈，扬言："让炸弹、大炮和机关枪去辩论吧！"

在东京坐镇指挥的李奇微也狂妄地声称："用我们联合国军的威力，可以达到联合国军代表团所要求的分界线位置。"

此时，朝鲜北部连降大雨，暴发了 40 年未遇的大洪灾。山水下冲，河流漫溢，泛滥成灾。一般河流水位上涨三四米，最高达 11 米，水流速度达到每秒 4 ～ 6 米，最高达 7 米。洪水所到之处，交通中断，堤防溃决，房屋倒塌，物资冲走，装备毁坏，人畜伤亡。其水势之猛，持续时间之长，危害范围之广，为朝鲜几十年来所未有。

在洪水冲击下，志愿军的主要物资集散地三登里附近变成了一片汪洋，仓库、医院和高炮阵地全遭水淹，千辛万苦运上前线的物资装备被洪水冲走，安州、鱼波车站及平壤附近全被洪水吞没，后方几乎所有的路面被冲坏，路基被冲塌，205 座公路桥梁全被冲垮，无一幸免。栗里至逍遥里的沿河公路上连高高的电线杆都没入水中，交通中断了 20 余天。

更为雪上加霜的是，从 8 月中旬起，"联合国军"集中其空军和海军航空兵 4/5 的兵力，发动大规模的"空中封锁交通线战役"。

美国空军将这次行动称为"绞杀战"。就是以摧毁朝鲜北方铁路运输系统为主要目标，集中在远东的全部轰炸机和绝大部分的战斗轰炸机，在战斗截击机的掩护下，每日出动数百架次至上千架次，对朝鲜北方铁路分区分段进行毁灭性的轰炸，并派有专门的巡逻飞机，在夜间追打铁路和公路上的运输车辆。

李奇微计划用 3 个月的时间摧毁朝鲜北方的铁路系统，"尽可能做到使其铁路运输陷于完全停顿的地步"，企图以此来"窒息"志愿军前线部队，在谈判中接受他们提出的无理条件。事实上，美军在朝鲜战争中一直把轰炸破坏中朝军队的后方运输线，作为其战略上的重要组成部分。

由于志愿军入朝参战初期，没有空军，只有 1 个高射炮团，且装备落后，防空力量与美军强大的空中实力相比，几乎可以忽略不计。因此，美军的空中轰炸活动肆无忌惮，非常猖狂。无论白天黑夜，成群结队的美军飞机在朝鲜北方上空活动，到处狂轰滥炸和扫射。整个朝鲜北方的城镇几乎变成一片废墟，主要铁路车站和铁路、公路桥梁基本被毁，铁路时常处于瘫痪状态。朝鲜上空一度成为美军飞行员的自由天地，随心所欲，无所顾忌，几乎见到活动目标就打，甚至单个车辆、单个行人也不放过。飞行高度之低可使地面人员看到飞行员的眼睛和鼻子，经常擦房顶、掠树梢而过，甚至有的钻桥洞追打地面目标。

美国空军战史称，整个"绞杀战"期间，仅远东空军的飞机（不计海军飞机）执行这一任务，就出动了 8.755 万余架次，平均每天 300 余架次。

水灾和"绞杀战"给志愿军运输造成了极大的困难。至 8 月底，被炸毁和洪水冲坏的铁路桥梁 165 座次、线路 459 处次，整个铁路线处于前后不通、中间半通的状态。在"绞杀战"前，志愿军的后勤保障能力仅为 50%。经美军高密度轰炸后，志愿军后勤保障能力仅为 25%。部队作战和供应面临着前所未有的困难。当时分管后勤的志愿军副司令员洪学智后来回忆说：

志愿军和人民群众在抢修清川江大桥

　　一个是激烈的战争，一个是特大洪水，雪上加霜，困难上加困难。我作为兼后方勤务司令员，日不能安，夜不能寐，心急如焚！为战胜洪水灾害，保证运输畅通，保证前方物资供应和兵员，我和志后其他领导采取了一系列措施。首先是把不通的桥梁和能通的公路连接起来。为此，发动全军动手，另外，朝鲜群众和人民军也要参加，道路不通，大家都困难啊！

8月18日，"联合国军"在发起"绞杀战"的同时，出动地面部队实施夏季攻势。李奇微先后动用了美军2个师、南朝鲜军5个师的兵力，主要进攻北汉江东岸艾幕洞至东海岸高城约80公里的防御阵地。在该线防守的部队为朝鲜人民军第2、第3、第5军团。担任第一线防守的有6个师，第二线为3个师。

"联合国军"夏季攻势的目的很明确，就是为了夺取东线突出部阵地，拉平登大里、五味里至芦田坪地段的战线，以与其中部战线取齐，改善防御态势，并防止中朝军队举行战役反击，迫使朝中方面在停战谈判中让步。

志愿军攻占轿岩山

从18日起，"联合国军"以美军第2师，南朝鲜军第5、第7、第8、第11师和首都师各一部，共约3个师的兵力，在大量的航空兵、炮兵支援和坦克的配合下，向人民军第 5、第 2、第 3 军团的接合部，实施全面进攻。

战斗异常激烈，人民军在洪水为害、交通运输困难、粮弹供应不足等极端困难的情况下，利用野战工事，进行了顽强的阻击和积极的反击。激战至 31 日，共毙伤敌 2.4 万人，粉碎了敌人的进攻。

"联合国军"重新调整部署，将美军陆战第 1 师由洪川调至第一线，接替南朝鲜军第 8 师加里以西部分防务，南朝鲜军第 8 师则向北延伸至松枝谷一线；另将位于县里地区的南朝鲜军第 5 师一部调至第一线，接替美军第 2 师大愚山地区的防务。

人民军则以第 6 军团接替通川、高城至新炭里第 3 军团 2 个师的任务，缩短第 2、第 3 军团的防御正面。

从 9 月 1 日起，"联合国军"重新发起攻势，不断地以营、团兵力向人民军整个防御地段发起所谓"有限目标一连串进攻"。

人民军英勇作战，给敌人予以重大杀伤，共毙伤敌 2.2 万余人。至 18 日，"联合国军"除了在杜密里以北 851 高地至 1211 高地地段继续保持进攻并一直持续到 10 月中旬以外，在其他地段均被迫停止进攻。

在人民军粉碎敌人夏季攻势过程中，志愿军第一线部队积极配合，克服刚刚转入阵地防御、工事不坚、经验不多、粮弹供应不足和部队极度疲劳等困难，进行有限目标的战术反击。

位于北汉江以西的 27 军决定以 81 师 1 个团和 80 师一部兵力，加强轻火炮并组织远程火炮配合，于 8 月 28 日或 29 日向细岘里以东南朝鲜军第 6 师实施局部反击。

谁知天公不作美。从 26 日起，金城地区连降大雨，致使河水暴涨，反击战未能按计划执行。

在此期间，敌情也发生了突变。美军第 7 师接替了南朝鲜军第 6 师左翼美军第 24 师防务，并于 30 日向 27 军防守的金城以南黑云吐岭东西一线发动局部进攻。

敌变我变。27 军当即决定更改原先的反击计划，以 3 个团的兵力，在 5 个炮兵营的火力支援下，向黑云吐岭东西一线美军阵地实施反击。

9 月 1 日，战斗打响。

27 军第一次使用苏制喀秋莎火箭炮对美军阵地进行猛烈轰击，一举夺回了黑云吐岭等 3 个高地，攻占了注坡里以北 3 个高地。

次日，美军实施反扑。27 军与敌进行反复争夺，至 3 日，在大量杀伤敌人后主动撤离黑云吐岭高地。此战，27 军共毙伤俘敌 1900 多人。

5 日至 6 日，第 64、第 47、第 42、第 26 军各一部分别向涟川以西德寺里、铁原西南 3381 高地、铁原西北中马山、平康东南西方山和斗流峰等敌军阵地实施反击。除 42 军攻击中马山未能成功外，其余均达到预定歼敌目的，占领了西方山、斗流峰等要点，并改善了平康地区的防御态势。

中朝军队英勇奋战一个多月，胜利地粉碎了"联合国军"的夏季攻势。"联合国军"虽然突入东线阵地 2 ～ 8 公里，却付出了死伤 7.8 万余人（其中美军 2.2 万余人）的惨痛代价。

就连美国参谋长联席会议主席布雷德利对李奇微发动的夏季攻势也颇有微词，不无讥讽地说："这次的攻势是没选好时机，没选好地点，没选好敌人的败仗。"

9 月 4 日，志愿军党委在空寺洞再次召开党委扩大会议，对夏季攻势进行总结。彭德怀在会上指出：

> 自 8 月 18 日开始，敌人向东线人民军进攻，20 天前进 5 公里，伤亡至少有 5000 人。这仅仅是我整个前线 1/3 的地段。从目前前沿至滩川有 120 公里，我们又有 3 道纵深阵地，即需要 480 天时间及 30 多万人的伤亡。范佛里特吹嘘其东线攻势，要让我们在开城会议上去想一想，那么，这也要范佛里特去想一想，看他有没有本钱来干！

志愿军副司令员陈赓对这种积小胜为大胜的"零敲牛皮糖"的战法大加赞赏，指出："在目前情况下，我供给困难，进行大的战役，倒不如这样小打，虽然是小的歼灭战，但可积小胜为大胜，逐渐削弱敌人，打击其士气，打下进行大战役的基础。"

会议深入分析了朝鲜停战谈判开始后的战场形势，确立了在持久作战思想指导下，今后战争的样式主要是阵地攻坚和阵地防御。彭德怀指出：

第一，我们虽然胜利地打到了"三八线"附近，但我军的技术兵种差，特别是整个供应运输，由于敌空军的破坏，相当困难，直接影响到战役的连续进行。

第二，由于我军的胜利前进，使战场变得狭小，敌人兵力相对集中，我要大踏步前进，一下打到釜山是有困难的。

第三，敌人由于遭受了多次的惨败，也不敢大胆地冒进，在大规模的运动战中歼灭敌人的可能性也是较小的。

第四，朝鲜海岸线长，便于敌登陆作战，我如长驱直入，确有后顾之忧。

总之，朝鲜战场上阵地战的战争形式一天一天地明显，大踏步进退的运动战的机会已日益减小。我们必须学习阵地攻坚与阵地防御，坚持持久作战。

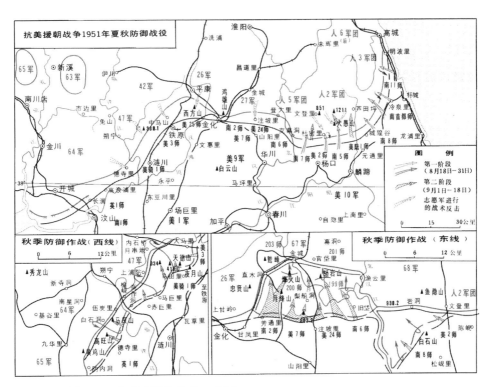

抗美援朝战争 1951 年夏秋防御战役示意图

曾任志愿军政治部主任的杜平后来回忆说：从这时起，朝鲜战场上精彩的运动战已经谢幕，代之而起的是长达两年之久的阵地战。如果说，以前 5 个战役解决了能不能打的问题，那么此后要解决的则是能不能守的问题了。

会议进行了认真的讨论，确定今后的作战指导方针是：在防御作战中应是积极防御，节节抵抗，对每一阵地必须进行反复争夺，不得轻易放弃阵地。要采取不断的阵地反击及小出击，歼灭出犯或突出部之敌，以求得以较小的代价杀伤更多敌人。

根据以往的作战经验，面对现代化技术装备的敌人的进攻，要保证防御的稳定性，关键是要有坚固的阵地工事。为此，彭德怀要求全军必须把进一步加强防御阵地工事作为战略任务来抓。

为增强防御力量，抵御"联合国军"可能再次发动的进攻，志愿军和人民军对作战部署进行了相应的调整：65 军调至开城地区；68 军从阳德地区调至洗浦里地区，准备接替人民军第 5 军团防务；以 67 军接替 27 军金城地区防务，27 军撤至马转里、阳德地区休整。

果然不出所料，"联合国军"并不甘心夏季攻势的失败，仍准备以军事进攻对朝中方面继续施压，以实现其在停战谈判中提出的无理要求。

29 日，"联合国军"发起秋季攻势，采取逐段进攻、逐步推进的战法，首先在西线发起进攻，企图迫使志愿军放弃临津江以东至铁原以西阵地，从而解除对涟川至铁原交通干线的威胁，并从侧翼威胁开城，为而后夺占开城创造条件。

当天清晨，美军第 3 师出动 2 个步兵团的兵力，在 100 余门火炮和 60 辆坦克的支援下，向志愿军 47 军 141 师防守的夜月山、天德山至大马里地段发起猛攻。

141 师集中兵力，扼守要点，激战 5 天，击退了美军的多次冲击，守住了除夜月山外的其他阵地。

10 月 3 日，美军 1 个师又 2 个团连同英联邦第 1 师等共 8 个团，在 160 余辆坦克和大量炮兵、航空兵的掩护下，对 64 军、47 军防守的 40 公里正面发起全面进攻。

其中，英联邦军第 1 师重点进攻临津江以西高旺山、马良山地区。在此坚守的是 64 军 191 师。经过五个昼夜的激战，英军以伤亡 2600 余人的惨重代价，向前推进 3 公里，占领了马良山，但再也无力前进，就地转入防御。

美军骑兵第 1 师等 5 个团重点进攻铁原以西天德山及 418 高地。防守该阵地的 47 军 141 师 422 团 1 个营，面对美军疯狂进攻，英勇抗击了三天三夜，平均每天击退敌军 10 余次冲击。

6 日后，美军每天以 1 个团以上的兵力，在飞机、火炮、坦克的支援下，对 334 高地至高作洞地段实施逐点攻击。47 军与敌展开了反复争夺，大量杀伤敌人，坚守至 18 日，主动放弃该线阵地。

经过 20 多天的激战，"联合国军"在西线只前进了 3 ～ 4 公里，却付出了伤亡 2.2 万余人的代价，不得不停止进攻。

在东线，美军第 2 师 2 个团、南朝鲜军第 8 师 1 个团，从 10 月 5 日起，在大量飞机、火炮和坦克的支援下，向人民军第 5 军团防守的文登里地区发动进攻。

7 日，志愿军第 68 军开始接替人民军第 5 军团防务。

第二天，"联合国军"突然把攻势重点转向北汉江东西地区的志愿军第 67、第 68 军防御正面，并在战斗中使用了大量的坦克，企图以"坦克劈入战"的新战法攻占北汉江以东文登里地区。

防守文登里地区的是 68 军 204 师和 1 个加强团、1 个炮兵团。该师一面迅速接防，一面集中全师反坦克兵器，以步兵防坦克歼击组、无坐力炮分队及工兵分队组成反坦克大队，利用山脚、塄坎、沟渠等自然地形设置反坦克工事，在便于坦克行进的道路、河床等地域布设地雷，开展反坦克作战。

经过 13 个昼夜的激战，68 军取得了毙伤俘敌 7600 余人，击毁坦克 28 辆、击伤 8 辆的战果。

从 10 月 13 日起，美军和南朝鲜军各 2 个师在 200 余辆坦克、14 个炮兵营及大量飞机支援下，向 67 军防守的阵地发起进攻。

67 军依托阵地顽强阻击，并组成反坦克分队，设置防坦克障碍物，抗击敌人的"坦克劈入战"。激战 3 天，毙伤敌 1.7 万余人。

"联合国军"在全面进攻受挫后，被迫于 16 日转为集中兵力、火力对金城以南志愿军月峰山等几处要点逐个进行重点攻击。

志愿军 20 兵团及时调整部署，以 67 军 201 师接替 199 师防务，以兵团预备队 68 军 203 师接替 67 军 200 师防务，采取昼间抗击、夜间反击的战法，与敌反复争夺每一处阵地。

激战至 21 日，"联合国军"在付出了伤亡 2.3 万余人、损失坦克 47 辆的沉重代价后，占领了梨船洞地区和烽火山、轿岩山等要点。

由于志愿军的顽强抗击，"联合国军"发动的秋季攻势不仅没有取得谈判桌上得不到的东西，反而损兵折将，连遭重创。在整个秋季攻势中，"联合国军"被毙伤俘 7.9 万余人，突入志愿军阵地 6 ～ 9 公里，平均每向前推进 1 公里，就要损失 9000 人。

对此，连敌人也十分懊丧地称："山连山，堡连堡，攻一座山头，攻一个地堡，都要付出很大的代价，得不偿失。"

布雷德利更是直言不讳地批评道："用这种战法，李奇微至少要 20 年的光景才能打到鸭绿江。"

志愿军在坚守阵地

22 日，疲惫不堪、伤痕累累的"联合国军"终于停下了进攻的脚步，美方也不得不宣布恢复停战谈判。

17

天德山防御战

【交战时间】1951 年 9 月 29 日～10 月 5 日

【交战双方】中国人民志愿军第 47 军第 141 师，炮兵第 2 师第 29、第 30 团及火箭炮兵第 202 团，防坦克炮兵第 404 团；美军骑兵第 1 师、第 3 师等部

【指挥将领】曹里怀

【战　果】志愿军歼敌 4500 余人

1951 年 9 月 29 日，"联合国军"在朝鲜战场上发起所谓的"秋季攻势"。

此次，美军第 8 集团军司令范佛里特采取逐段进攻、逐步推进的战法，首先在西线发起进攻，企图迫使志愿军放弃临津江以东至铁原以西阵地，从而解除对涟川至铁原交通干线的威胁，并从侧翼威胁开城，为之后夺占开城创造条件。

位于铁原地区附近的美军第 3 师 2 个团，在 20 余个重炮群和 60 余辆坦克的支援下，向夜月山、天德山至大马里一线阵地发起进攻，企图夺取临津江以东阵地，占领伊川。

夜月山、天德山位于铁原、涟川、朔宁三角地区，可俯瞰铁原、大光里、涟川主要交通线及敌人纵深，为志愿军在临津江以东的重要阵地。这一带周围地形起伏较大，河渠纵横，选择阵地及交通运输均比较困难。铁原至内外石桥，地形平坦，

观察条件好，能纵深梯次配置炮兵，且有公路至兔山、市边里和伊川。

在此防守的是志愿军第 47 军第 141 师并加强炮兵第 2 师第 29、第 30 团及火箭炮兵第 202 团，防坦克炮兵第 404 团。

29 日凌晨 4 时许，敌人开始向大马里、夜月山、天德山、345.6 高地、高作洞等地区实施炮击。

拂晓时分，约 1 个营的美军在 5 辆坦克及炮兵、航空兵掩护下，向白石洞地区 423 团 4 连阵地发起进攻。在连长赵无名的率领下，志愿军战士们英勇战斗，顽强抗击，激战 3 个小时，将敌人击退。

随后，美军 2 个连在 8 辆坦克的掩护下，向坚守 487.0 高地的 423 团 6 连 8 班阵地发起猛烈进攻。8 班与敌展开反复拼杀，5 次失守，4 次夺回。最终因寡不敌众，全班壮烈牺牲，阵地失守。

另一路美军则向 292.0 高地前沿阵地进攻。坚守该阵地的 6 班，在一个半小时内，连续击退敌人 2 个连发起的 6 次冲击。最后弹药耗尽，全班阵亡，阵地失守。

292.0 高地与夜月山之间高地全部被敌占领后，敌人 1 个营的兵力分两路向夜月山主峰发起冲击。坚守该阵地的志愿军只有约 1 个排的兵力，敌众我寡。激战近 3 个小时，在工事被敌人炮火全部摧毁的情况下，官兵们拼死血战，一连击退敌人 14 次冲击。最后，阵地被敌占领。

夜月山主峰是志愿军主要阵地，事关重大，决不能轻易放弃。

114 师立即组织 12 个山炮、野炮、榴弹炮连，向夜月山主峰及其纵深发起五次火力急袭，发射各型炮弹 2000 余发。在强大的炮火支援下，4 连 3 排向夜月山发起反冲击，进至距主峰约百米时，全歼守敌一个排，尔后与敌形成对峙。

随后，5 连 2 个排和天德山 423 团 2 个排在 10 余个炮兵连的支援下，再次向夜月山主峰发起反冲击。战斗进行得十分激烈，双方打成了拉锯战。志愿军曾连续 3 次占领主峰，但终因后续分队迷失方向未能及时投入战斗而失利。至 30 日天明，志愿军被迫转至 292.0 高地继续阻击。

清晨 8 时，敌人再次出动 2 个连的兵力，在强大的炮火支援下，向 292.0 高地发起冲击。激战两个小时，在连续打退了敌人的 7 次进攻后，坚守阵地的志愿军1个排全部壮烈牺牲。

美军在付出了800余人的伤亡代价后，占领了夜月山和292.0高地。釜沼洞、宋村洞等志愿军炮兵阵地，便暴露在敌人火力范围之内，于是被迫转移至二线阵地。

10月1日，美军第3师第15团和骑兵第1师出动1个营又2个连的兵力，在10个炮兵群、12架飞机和25辆坦克的配合下，向422团5连坚守的天德山主阵地发起进攻。

5连是一支有着光荣传统的连队，组建于1945年秋，在解放战争中英勇善战，屡立战功。1948年参加新开源战斗，涌现出"张殿有排""杨宝山班"等英雄集体。

这天正是新中国的两周岁生日。一大早，5连的官兵们就把一副崭新的对联"争取创造英雄班，不当英雄不下山"贴在了工事门口。对联是指导员阎成恩写的，连长杨宝山对战士们说："今年的国庆节可真是有意思。敌人既然

5连在坚守天德山的战斗中

要来，那我们就给国庆节备上一份厚礼——多杀他几个鬼子，也好让祖国人民过好这个节日。"

战士们齐声高呼："好！"

美军的飞机、重炮和坦克向天德山阵地疯狂轰炸扫射，阵地上的树枝被烧焦折断，泥土被翻卷起浪，工事也被完全炸塌，山头上不时腾起一柱柱黑烟……

美军的步兵出动了，首先向守在前沿的 3 排冲过来。8 班副班长尚玉芝命令身旁的战士："准备好家伙，把杜鲁门送来的'礼物'全部收下。"

只见美国大兵们一个个端着枪、猫着腰向山上慢慢爬来。在距离阵地 40 米时，随着尚玉芝投出第一枚手榴弹，战士们争先恐后地投出了手榴弹。紧跟着，密集的枪声响了起来。敌人刹那间被打倒了一片，剩下的连滚带爬地逃下山去。

敌人是不甘心失败的，随后立即发起了新一轮的进攻。

3 排长刘学武见敌人又爬了上来，立刻端起机枪跃出工事，一阵猛射，打死打伤 40 多个敌人。他一边射击还一边高喊："为了祖国，杀呀！"

战士们被排长的勇猛所感染，纷纷跳出战壕，用步枪、机枪和手榴弹、反坦克雷、爆破筒一阵猛打猛冲，把敌人打了下去。

敌人改变了战术，以 1 个营的兵力，分兵两路从正面和侧翼向 3 排阵地发起进攻……整整激战了 9 个小时，3 排共击退了敌人的 11 次冲击，毙伤敌 300 余人，顽强地守住了阵地。

战斗中，3 排长刘学武中弹倒地，战士谢丛恩立即跑过去拾起机枪继续射击。迫击炮手刘大力在迫击炮架被敌人打掉后，毅然用胳膊当炮架，连续发射 60 余发炮弹，朝着迎面之敌猛烈开火。由于没有炮架，刘大力的肩膀在多次承受强大的后坐力撞击后严重脱臼，但他仍然笑着对战友们说："没事，你们可别以为我已经废了，我还有另外一只胳膊呢！"

3 日拂晓时分，美军炮兵、坦克、航空兵又开始实施炮火准备。随后，美军骑兵第 1 师第 7 团向 418.0 和 312.8 高地，希腊营向大虎洞和 346.6 高地，美军第 3 师第 15 团向天德山及其以东无名高地，同时发起猛烈冲击。

141 师立即组织 15 个炮兵连共 60 门火炮，在敌进攻的宽大正面上，按火炮性能区分任务，以连为单位区分目标，以营为单位担任一定地区任务，实施了连续不间断地压制性射击和拦阻性射击。

在炮火的支援下，坚守阵地的各部队顽强抗击，进攻312.8高地之敌被击退13次，进攻大虎洞东山之敌被击退3次，进攻418.0高地之敌被击退5次，进攻天德山以东无名高地之敌被击退7次。

全线激战至黄昏，除天德山以东无名高地被敌占领外，其他阵地毫发未损。

4日，敌人一改往日战法，采取车轮战术，以美军第3师2个团在40多辆坦克、10架次飞机和几十门重炮的掩护下，多路轮番猛攻天德山及418.0高地。

面对美军连续实施的连、营集团进攻，5连官兵们抱定"不当英雄不下山"的坚定信念，发扬不怕流血牺牲和连续作战的战斗作风，舍生忘死，顽强抗击，越打越勇。

连长杨宝山利用战斗间隙进行宣传鼓动：誓死守住天德山，决不能给祖国人民丢脸。战士们纷纷表示：只要5连还有一个人在这里，天德山就是一道铜墙铁壁。他们用自己的行动和生命，捍卫和实践着这一朴实而崇高的诺言。

坚守天德山的8班勇士们

尚玉芝带领 8 班的勇士们打退了敌人的 5 次冲锋后，阵地上堆满了 40 多具敌人的尸体。工事早已被敌人的炮火摧毁，他们就灵活地转战跳跃在炮弹坑内，继续打击敌人。战士王兴福一个人用两支冲锋枪轮换射击；战士王克勤把敌人扔过来的正冒烟的手榴弹捡起来扔了回去；尚玉芝抱着一挺轻机枪，射击四周的敌人。

王兴福看到尚玉芝的头部负伤，鲜血直流，就跑过去接过他的机枪说："副班长，你负伤了，下去吧。阵地交给我，保证没问题。"

"负伤不要紧，要紧的是杀敌人。"尚玉芝说完，就又端起机枪向敌群扫射。

战斗进行到关键时刻,5 连的弹药打光了，战士们就用铁锹、枪托、刺刀、石头与冲上阵地的美军展开搏斗。

尚玉芝一个箭步跳出战壕，抢起枪托就朝一个美国兵头上砸去。敌人被打倒在地，可英勇的尚玉芝也被敌人射来的子弹击中，壮烈牺牲。

战士吴作忠身上多处负伤，一只眼睛被打瞎了，耳朵也被打掉了，但他仍以惊人的毅力跃出工事，和敌人展开肉搏。当他在炮火中与敌人同归于尽时，嘴里还咬着敌人的一只耳朵。

身负重伤的战士张祚美用尽平生最后的力气，把一个冲过来的敌人扑倒在地，死死掐住了敌人的脖子……

敌人终于被击退了，8 连也基本上打光了。连长杨宝山牺牲，阵地上只剩下指导员阎成恩和 2 名伤员、1 名通信员。敌人虽然付出了 800 余人的惨重代价，却仍未能占领天德山阵地一寸土地。

战后，8 连被志愿军领导机关授予"天德山英雄连"荣誉称号，并记集体特等功。

至此，422 团的 1 个营连同后来投入的 2 个连顽强固守天德山阵地，与美军血战了 6 个昼夜，平均每天都要抗击美军的 10 余次进攻，阵地全被炸成了焦土，人员大部伤亡，最终只剩下 10 余人，仍坚守阵地。

5 日 12 时，在天德山等阵地已三面受敌的情况下，422 团奉命撤至天德山西 344 高地及其以北葛岘洞、芝山洞、五里亭一线，继续抗击美军进攻。

天德山英雄连

　　此役，47 军 141 师在炮兵部队的支援下，顽强防御了近一周的时间，共毙伤敌 2300 余人。

18

马良山战斗

【交战时间】1951 年 10 月 3 日～11 月 7 日

【交战双方】中国人民志愿军第 64 军第 191 师及配属的炮兵第 8 师第 31 团和第 44 团各 1 个连、第 48 团 2 个连，火箭炮兵第 201 团，军炮团，第 192 师炮团，坦克团 2 个连，三七高射炮 3 个营等；英联邦第 1 师和美军骑兵第 1 师第 5 团一部

【指挥将领】谢正荣、罗立斌

【战　果】志愿军歼敌 4400 余人

　　1951 年 9 月底，"联合国军"为在朝鲜停战谈判中捞取政治资本，发起秋季攻势，妄图挽回败局。

　　10 月 3 日，英联邦第 1 师和美军骑兵第 1 师第 5 团一部，在 6 个炮兵营、120 余辆坦克及大量飞机的支援下，向临津江以西马良山、高旺山地区发起攻击。

　　马良山、高旺山地区位于开城东北约 40 公里。马良山海拔 317 米，是高栈下里新村、金尺洞、回山洞一带的制高点，也是临津江西岸江湾地带的主要制高点之一，地理位置十分重要。守住这一地区，可确保临津江西岸广大地区的稳定，同时也可保障志愿军第 47 军在临津江以东防守月夜山、天德山阵地的侧翼安全。担负马良山地区防御任务的是志愿军第 64 军第 191 师。

　　64 军前身是华北军区第 4 纵队。该部曾参加过晋北战役、张家口保卫战、易满战役、保南战役、清风店战役、石家庄战

役、察南战役、平津战役等。1949 年 1 月改编为中国人民解放军第 64 军，隶属第 19 兵团，下辖第 190、第 191、第 192 师，曾思玉任军长、王昭任政委。4 月，参加太原战役。6 月，随兵团调归第一野战军建制，执行解放大西北任务，先后参加扶郿战役、陇东追击战、兰州战役、宁夏战役。1951 年 2 月改编为中国人民志愿军第 64 军，17 日入朝参战。

在第五次战役第一阶段作战中，64 军进行战略迂回。所属的 190 师以 569 团 3 营加强 1 营机炮连组成先遣支队，向议政府东南的道峰山实施穿插迂回，以截断"联合国军"的退路。

4 月 23 日 18 时 30 分，先遣支队动身出发。他们以坚决、勇猛的动作迅速突破南朝鲜军第 1 师部队前沿阵地，沿加佐里、加野里、屯防、院基、高洞、东山里向道峰山前进。

当行进到金谷里时，突遭南朝鲜军部队的三面阻击。先遣支队的先头第 7 连集中火力猛打猛冲，仅用 8 分钟就将敌人击溃，抢占石岘附近要地，掩护支队主力迅速摆脱敌人。

当进至加野里附近通过公路时，支队与南撤的美军坦克部队遭遇。他们趁夜暗主动出击，以炸药包、集束手榴弹击毁、击伤坦克、汽车多辆，趁敌慌乱之机，迅速冲过公路。

经过 20 多个小时的穿插，先遣支队行进 60 公里，沿途冲破美军、南朝鲜军部队的 7 道封锁线，歼敌 320 余名，于 24 日 14 时占领道峰山。

这时，担负穿插任务的 64 军侦察支队也胜利到达道峰山，与先遣支队会合。随后，两支队并肩作战，顶住了美军与南朝鲜军的密集火力轰击和四面围攻，坚守阵地三天四夜，并不断派战斗小组主动出击，袭击南撤的"联合国军"部队。战后，3 营荣立集体二等功，并被志愿军领导机关授予"道峰山营"锦旗。

军长曾思玉，原名曾世裕，1911 年生于江西信丰。1930 年加入红军，历任师宣传队中队长、连政治委员、团政治委员、师司令部通信主任等职，参加了中央苏区第一至第五次反"围剿"和长征、直罗镇战役、东征战役。抗日战争时期，历任八路军第 115 师第 343 旅第 686 团政治处主任、鲁西军区政治部主任、教导第 3 旅政治委员、冀鲁豫军区第 8 分区司令员，参加了平型关、冀鲁豫边区 1942 年反"铁壁合围"等战斗。解放战争时期，历任晋冀鲁豫军区第 1 纵队副司令员、冀察军区副司令员、冀热察军区司令员、晋察冀军区第 4 纵队司令员、华北军区第 4 纵队司令员、第 64 军军长等职，率部参加了邯郸、清风店、石家庄、平津、太原、宁夏等战役。

1951 年 9 月中旬，64 军受领了在马良山地区组织防御的任务后，曾思玉向朝鲜停战谈判小组成员李克农、乔冠华汇报了部队备战情况。

乔冠华指出："现在敌人内部矛盾重重，在打还是谈的问题上，争吵不休。因此，停战谈判也很艰难。据了解，他们为了扭转战局，正在酝酿秋季攻势，你们要早有准备，狠狠地打，你们打得越狠，我们在谈判桌上就越有本钱。"

20 日，曾思玉把 191 师师长谢正荣、政委罗立斌找来，把守卫马良山地区的任务交给了他们，并一再交代：要与敌人不惜一切代价争夺马良山，守住马良山。打好这一仗，至关重要。

志愿军指挥员在马良山前线观察敌情

果然，马良山战斗从一开始就打得残酷激烈。

自 10 月 3 日战斗打响后，敌人每天以 1 ～ 2 个团的兵力，向 191 师防御阵地实施逐点、多梯队的轮番攻击。

191 师先后加强 15 个炮兵连、3 个高射炮兵营、2 个坦克连，依托重型掩蔽部和野战工事，控制前沿阵地，扼守纵深要点，抗击敌人进攻。各要点均经过反复争夺，阵地多次易手。时任 191 师作战参谋的王有翰回忆道：

> 4 日晨，英 29 旅、美骑 1 师一部共两个团的兵力，在 7 个炮兵群、坦克 64 辆、飞机 20 余架次的支援下，分多路向高旺山进攻。我 571 团 9 连打退了敌人一个团的两次冲击，8 连 1 排击退敌两个营的 3 次冲击。……因工事被毁，将阵地做了调整，集中兵力，防守马良山要点。同时抓紧抢修了工事，改进了战法，为击退敌人更大规模的进攻，做了充分的准备。

从 5 日起，敌人把进攻的重点指向了马良山主峰 317 高地及其西南 216.8 高地。平均每天向志愿军防御阵地发射上万发炮弹，集中 1 个团至 4 个营的兵力，在大量飞机和坦克的支援下分多路发起猛攻。

坚守 317 高地的 571 团 3 连、4 连奋勇杀敌，连续击退敌人 2 个营和 17 辆坦克的 7 次冲击，毙伤 100 余人，击毁坦克 3 辆；坚守 216.8 高地的 571 团 7 连，依托简易坑道式掩蔽部，顽强抗击三昼夜，击退英军 2 个营的 21 次冲击，毙伤 700 多人，自身仅伤亡 26 人。王有翰回忆道：

> 6 日战斗最为激烈，拂晓敌向我 216.8 高地，用炮兵疯狂轰击达 3 个小时之久，发射炮弹两万多发，同时以飞机 20 余架次，投掷大量的炸弹和凝固汽油弹，阵地主峰被削去一米多，形成一片火海。尔后敌以 3 个营的兵力向我发起进攻。我 7 连当时仅有战斗人员 20 余名，连长、政指负伤，副连长阎志刚负轻伤仍指挥部队作战，连的主力利用背敌倾斜面构筑的半掘开式屯兵坑道，隐蔽防护。当敌炮火延伸后，敌人进至我 20～30 米时，我各种轻武器突然猛烈开火，手榴弹、手投雷一起投入敌群。文书张豪、班长陈东兴、潘山在副连长阎志刚的指挥下，组成"三面铁墙"，打退敌人 13 次进攻，守住了阵地。

7 连官兵在马良山与敌激战

战后，7 连被授予"一等功臣连"。

8 日黄昏，191 师撤至黄鸡山、基谷里、白石洞一线，继续进行防御。

英军第 29 旅占领了马良山，在 12 公里宽的战线上向前推进 3 公里，但其伤亡高达 2600 余人，平均每前进一米就要付出伤亡一人的代价，有的连队幸存下来的人员已不足半数，基本丧失了战斗力。

9 日，曾思玉率军前进指挥所进至元洞山。在与政委王昭、参谋长马卫华、政治部主任袁佩爵等人商议后，曾思玉决心乘敌伤亡严重、立足未稳之际，以 191 师预备队并配属炮兵 8 师，反击马良山，夺回阵地。

这时敌情发生了变化。

191 师师长谢正荣向曾思玉报告：573 团从英军俘房口供中得知，英联邦第 1 师第 28 旅苏格兰皇家边防团的 4 个步兵连、2 个火器连已接替伤亡惨重的第 29 旅防务，正在构筑工事，团部位于马良山 317 高地主峰侧后凹里无名高地。英联邦第 1 师主力和美军骑兵第 1 师第 5 团等部在纵深支援。

曾思玉判断敌人有新的企图，便果断命令：各部队原地待命。随后曾思玉把敌情变化向兵团司令部作了汇报，并提出自己的看法：从战略全局出发，反击马良山对配合停战谈判有着重要意义，是一场政治仗，应暂时放弃小反击作战行动，重新调整部署，进行一次大规模的反击战。

杨得志司令员当即指示：积极准备，抓住战机，攻下马良山，配合开城谈判。

据此，曾思玉命令谢正荣："你师加强炮火，支援 573 团坚守马良山西北次峰阵地防御，坚决同敌人对峙激战，消耗敌人的有生力量，创造战机。师主力立即调整部署，抓紧时间做好大反击的准备工作，强攻马良山，歼灭英军 28 旅边防团，巩固马良山阵地，伺机扩大战果。"

10 日，64 军召开了紧急作战会议，决定以 191 师和配属炮兵 8 师强攻马良山，得手后立即转入固守，坚决歼灭反扑之敌；以 192 师为军预备队。同时为消耗和麻痹敌人，造成敌人的错觉，192 师、190 师一线部队有计划地不断袭击马良山、高旺山之敌，积极开展打冷枪、打冷炮活动。

转眼 20 多天过去了。191 师在马良山地区与英军对峙，虽枪炮声不断，但一直没有爆发大规模的战斗。

深知志愿军厉害的英军第 28 旅苏格兰皇家边防团日夜加修工事。根据马良山的地形特点，英军采取了一个制高点为一个支撑点，彼此以火力相连接，构建了强大的火力防御体系。同时还主动向志愿军"学习"经验，在各制高点上构筑了错综复杂的地堡群和散兵坑、掩体，将指挥所、弹药所和救护所等都进行了伪装。

精心构筑的工事，仍不足以让英军官兵们放心。在布置了众多机枪火力点后，他们还是没有安全感，不知是谁突发灵感，竟然把坦克配置于前沿，作为固定的装甲火力点。

经过 20 多天的苦心经营，英军马良山阵地构筑了防御前沿 10 公里以外由飞机进行火力控制，10 公里以内用炮兵火力封锁，再近则以步兵轻、重火器打击，并结合工事和障碍物，形成了自认为天衣无缝的火力防御网。

除此之外，英军还在防御阵地前沿 50 米，依据地形设置了多道铁丝网。铁丝网上均系有照明雷和罐头盒，并埋设了各式各样的地雷，以防志愿军接近。

英军自攻占马良山后，一个多月内未见志愿军发动大规模的进攻，加之构筑了"牢不可破"的防御工事，便产生了错觉，误以为志愿军伤亡严重，已无力争夺马良山了。

然而，敌人做梦也没有想到：就在这平静的表面下，191 师正全力为大反击做准备。572 团、573 团从峰火山分别向前挖掘了 15 里长的战壕、火炮掩体和隐蔽洞，各攻击分队在敌前沿 200 ～ 500 米距离的进攻出发地上，利用夜暗秘密构筑了 5 个步兵连的屯兵洞和相应的指挥所。

至 11 月初，战场准备工作基本就绪。

曾思玉把军前进指挥所干脆搬到了烽火山，正式下达 35 号作战命令：以 191 师强攻马良山，歼灭守敌，巩固马良山阵地，配属炮兵 8 师 31 团和 44 团各 1 个连、48 团 2 个连，火箭炮兵 201 团，军炮团，192 师炮团，坦克团 2 个连，三七高射炮 3 个营等。

接到作战命令后，191 师及其配属部队对马良山地区英军的火力点、暗堡、炮兵阵地，进行了严密侦察，做到了如指掌。同时精确制订了协同作战计划，对步炮协同、步坦协同、通信联络都进行了周到细致的准备，进一步细化了作战方案。

4 日拂晓前，191 师攻击分队 3 个步兵营 1200 人和 14 辆坦克秘密进入阵地，经过严密伪装后，在敌人的眼皮底下悄悄埋伏起来。时任志愿军坦克 1 师 1 团政委的李高升回忆道：

> 3 日晚，驾驶员关闭了车灯，轻踩着油门，驾驶着铁马，其他乘员在地下给驾驶员引路，炮长观察敌人动向，时而快速行进，躲过敌人的炮火封锁，时而稳健慢行，顺利开过一个个弹坑。黑暗中我们的坦克稳步向马良山下移动。经过 4 小时的连续行军，人车安全到达预定坦克掩体中，大家又都忙着为坦克做伪装，构建工事，观察地形，擦拭炮弹，做好战前的一切准备。11 月 4 日上午 9 时，敌人的侦察机低空飞行近两小时，竟没有发现埋伏在他们鼻子底下坦克的一点蛛丝马迹。

15 时，马良山反击战斗打响了。

令"联合国军"大吃一惊的是：一向在夜间发动进攻的志愿军居然在明亮的阳光照耀下，气定神闲地对据守马良山的英军发起了攻击。更令他们感到无比惊讶的是：在这次战斗中，志愿军第一次组织步、炮、坦、工诸兵种协同作战。

志愿军首先进行炮火准备，以山炮、坦克炮进行破坏射击，以直瞄射击摧毁英军前沿的防御工事，以榴弹炮、野炮压制敌人纵深炮兵，以高射火器配置在炮兵和坦克阵地附近，担负对空防御作战任务。

只见一发发炮弹从志愿军炮兵阵地上腾空而起，拖着欢快的叫声，像长了眼睛一样，扑向英军阵地上的一个个目标。英军花了无数心思，耗费大量人力物力建起来的工事，如腾云驾雾一般，在空中散开了花，成为一片废墟。

40分钟的炮火急袭后，志愿军以部分炮火进行延伸射击，同时各种步兵火器向敌前沿猛烈开火。

英军上当了，以为志愿军步兵就要发起冲锋，在长官的督促下，纷纷走上已被炸得面目全非的防守阵地。一阵忙乱后，展开队形，架好枪，做好迎击志愿军步兵冲锋的战斗准备。直到这时，英军官兵们才猛然发现，阵地前面空荡荡的没有一个人！

正当丈二和尚摸不着头脑之时，只听空中传来了令人窒息的炮弹撕裂空气的声音。对马良山阵地上的英军来说，这却是来自地狱的召唤声。

刹那间，炮弹精准地在敌群中炸开了花。英军万万没有料到，志愿军炮兵在急袭之后的火力转移，以及前沿步兵的猛烈射击，都是事先设计好，用来引诱他们走出掩体的。

志愿军的第二次火力急袭获得成功，予敌以大量杀伤，打得英军鬼哭狼嚎，四散奔逃躲避炮火。据统计，两次猛烈准确的炮火射击，摧毁了敌人前沿阵地上90%的堑壕、地堡等工事和地雷、铁丝网等障碍物，为步兵冲锋开辟了道路。

战后，被俘的英军中士班长尤恩说："你们的炮火打得厉害，我们实在难以应付。"

另一名俘虏补充道："在第一次猛烈炮火停顿后，听到步机枪的射击，我们以为是步兵冲上来了，不料刚探出头来，更厉害的炮火又打过来，不少人被炸死。等你们冲上来，我们还抱着脑袋躲炮弹，连举手缴枪都来不及了。"

16时05分，炮火向纵深延伸，10多辆志愿军坦克轰隆隆开到前沿阵地，对英军火力点进行直瞄射击。李高升回忆道：

我们的 14 门坦克炮，向马良山高地发起了猛烈的轰击。402 号坦克炮长李阳生，只打两炮，就把敌人的指挥所打垮了。201、203、209、403 号坦克炮打得准，打得狠，马良山主峰 317 高地敌人的地堡工事被打得稀巴烂，火光一片，烟雾漫天，敌人死的死，伤的伤，乱作一团。

志愿军出动坦克掩护步兵冲锋，对"联合国军"来说，这还真是第一次面对。英军营长急忙指挥 4 个炮群一齐开火，炮弹如狂风暴雨般飞向志愿军坦克。

多辆志愿军坦克被英军燃烧弹击中，燃起了大火。此时，离步兵向主峰发起冲击还差 2 分钟。

坦克连连长董来扶一声令下，英勇的志愿军坦克兵纷纷跳出坦克，不顾敌人的炮弹在身边猛烈爆炸，任凭敌人射来的子弹在身边"啾啾"作响，全然不顾大火烧掉了眉毛、烤焦了头发、点着了衣服，拼命地扑打着坦克车上的火苗。炮手则始终没有停止射击，将一发发坦克炮弹精准地射向英军工事。

在朝鲜战场上被"联合国军"称为"金日成大嗓门"的"喀秋莎"火箭炮也开始怒吼了，一枚枚火箭弹准确地砸向了英军炮兵阵地，直炸得人仰炮翻，死伤惨重。

眼看顶不住了，英军急忙呼叫美军飞机前来助战。美军倒也挺讲义气，马上派飞机赶到马良山支援。13 架敌机连续 5 次扑向战场，打算向志愿军进攻部队轮番轰炸、扫射。

但美军飞行员却发现，这次"变天了"。空中到处是高射炮弹炸出的黑烟，几十门志愿军高炮已布成严密的防空火网掩护着进攻地域的上空。

无奈之下，美军飞行员在空中无所作为的胡乱飞着，匆忙丢下炸弹，就掉头飞回机场了。

有了炮兵和坦克的助阵，还有高射炮兵打得敌机狼狈逃窜，志愿军的步兵们真是乐得嘴都合不拢了。以前都是敌人的飞机在我们头上耀武扬威，火炮压得我们抬不起头来。由于缺少反坦克器材，战士们经常拿着手榴弹去跟敌人的坦克拼命。现在好了，也让敌人好好尝尝被炮弹炸、被坦克碾的滋味。

在马良山战斗中，连续摧毁敌人 6 座工事的 420 号英雄坦克

这时，572 团、573 团攻击分队开始发起冲击。在坦克、炮兵的密切协同下，志愿军官兵们高声呐喊着冲向英军阵地。他们以正面牵制、翼侧攻击、分割包围、断敌退路的战法，迅速突入了敌阵，用步枪、冲锋枪、机枪、手榴弹、手雷一起向敌人开火。

573 团 5 连仅用 5 分钟就攻克 280 高地以西无名高地，全歼守敌 1 个连。

4 班战士赵发明从战斗一开始，就如下山猛虎般冲了出去。攻入敌军阵地后，他顺着敌人构筑的交通壕，端起枪边扫射边向前冲。子弹打完了、手榴弹也投光了，见前边还有敌人在地堡里负隅顽抗，就顺手抄起缴获来的一包手榴弹，向敌人的地堡冲了过去。

"轰"的一声，一个地堡开了花；"轰"的一声，又一个地堡消失了……就这样，赵发明一口气消灭了 4 个地堡。

5 班长赵再柱在四处负伤、腿被打断的情况下，仍咬紧牙关，爬上一个地堡，用手榴弹将里面负隅顽抗的敌人消灭。

战后，5 连荣获"一等功臣连"称号。

572 团 6 连同样打得干脆利落，仅用 13 分钟就攻克了 216.8 高地，全歼 1 个加强排。

战斗中，排长郝恩铎用英语喊话，向敌军宣传：志愿军是正义之师，在战斗中已取得了绝对优势，如果再顽抗下去，只会是死路一条，并讲解志愿军

志愿军在马良山防御战斗中发起反击

优待俘虏政策。

在强大的军事压力和政治攻势面前，16 名英军举起双手，走出阵地向志愿军投降，还主动上缴了 8 挺重机枪、10 挺轻机枪和 1 具火箭筒。

572 团 3 连官兵作战机智勇敢，在向 216.8 高地以北无名高地进攻时，针对守敌正面火力强、侧面力量弱，只顾头、不管腰的防守特点，有意避开正面，用少量人员吸引敌人注意力，出其不意地从侧面狠狠地一刀扎了下去。连长侯西林在炸毁 2 个地堡后连续打退敌人的两次反扑，战士杨朝银投出 5 颗手雷炸毁了 2 个地堡。

战后，3 连也荣获"一等功臣连"称号。

在 3 连出奇制胜的同时，572 团 4 连也顺利地攻占了 280 高地，歼敌 1 个连大部。

至 19 时，573 团 3 连最后攻占了主峰 317 高地。

整个马良山反击战用时不到 3 小时，191 师全歼英联邦第 1 师第 28 旅苏格兰皇家边防团 1 个营，500 余名英军官兵的尸体横七竖八地布满了马良山主峰，48 名英军举手投降。战后，在被坦克击垮的碉堡里，发现了英军营长的尸体。

针对敌人"有失有反"的特点，191 师连夜调整部署，以 573 团 2 连坚守马良山主峰 317 高地，以 572 团 2 连坚守 216.8 高地以北无名高地。各部立即组织火力，补充粮弹，抢修工事。

果然，5 日拂晓，敌人出动 2 个步兵团的兵力，以 4 辆坦克、百余门火炮猛烈轰击 216.8 高地和马良山主峰 317 高地，同时 20 余架飞机轮番轰炸和投掷凝固汽油弹，进行疯狂反扑。

时任 573 团政委的马瑛回忆道：

> 敌两个营在 4 辆坦克、20 余架飞机、各种火炮的支援下，向我反扑。其中一个营向 573 团 2 连防守之马良山主峰 317 高地连续冲击 6 次，均被我击退。敌另一个营向防守在 216.8 高地以北无名高地的 572 团 2 连发起猛攻。在连长、政指、1 排长牺牲，部分阵地被敌占领的危急时刻，2 排长赵清义挺身而出，指挥战斗。因枪支损坏严重，他就让两名新战士揭手榴弹盖，一连投了 90 多颗手榴弹，杀敌 20 余名，虽几处负伤，仍打退敌人 4 次反扑，夺回了阵地。

激战持续了整整一天，15 时 30 分和 23 时，64 军以火箭炮和 192 师炮兵向高栈下里、新村、幕岱洞东北山上集结的敌人预备队，分别实施了两次炮火急袭，打得敌人胆战心惊。571 团趁机发起突击，歼敌一部，并俘敌 26 人。

1 名俘虏兵供认："这个阵地上有美军第 3 师第 7 团 1 个营指挥所、1 个加强步兵连、1 个指挥排，被你们炮火击中，伤亡甚重。"

接着，他又连声说："美军第一次遭到你们的火箭炮轰击，厉害！厉害！"

6 日 8 时许，敌人再次出动 1 个步兵团的兵力，在坦克、炮兵和飞机轮番支援下，向 216.8 高地和 317 高地反扑。

坚守阵地的志愿军指战员沉着应战，待敌距前沿阵地 50 米时，以炮火实施突然压制射击，步兵适时组织反击。敌人伤亡惨重，丢下上百具尸体，狼狈逃下山去。

面对志愿军的英勇抗击，敌人望而生畏，终于停止了反扑。

在马良山防御和反击作战中，191 师各兵种密切协同，共毙伤俘英、美军 4400 余人，击落飞机 14 架，击毁坦克 6 辆，确保了临津江西岸广大地区的安全，有力策应了临津江东岸 47 军的防御作战。

马良山成了西线"联合国军"的"伤心岭"。战后，敌人惊呼：志愿军从国内来了有新装备的兵团，火力强，步炮协同密切，步兵勇敢惊人。

19 文登里反坦克作战

【交战时间】1951年10月8~20日

【交战双方】中国人民志愿军第68军第204师及配属的反坦克大队等部；美军第2师附法国营、南朝鲜军第8师等部

【指挥将领】陈仁坊

【战　果】志愿军共击毁美军坦克28辆、击伤8辆

　　1951年9月29日，"联合国军"发起秋季攻势，准备以军事进攻对朝中方面继续施压，以实现其在朝鲜停战谈判中提出的无理要求。

　　为增强防御力量，遏制"联合国军"的秋季攻势，中国人民志愿军和朝鲜人民军对作战部署进行了相应的调整：第65军调至开城地区；第68军从阳德地区调至洗浦里地区，准备接替人民军第5军团防务；以第67军接替第27军金城地区防务，第27军撤至马转里、阳德地区休整。

　　10月5日，美军第10军在大量坦克、飞机、火炮支援下，向北汉江以东地区的朝鲜人民军阵地发起进攻。美军凭借装备优势，在进攻中以集群坦克集中沿文登里谷地公路向北突击，实施所谓的"坦克劈入战"。

　　这个新战法是美军第8集团军司令范佛里特创造的。顾名

思义，就是用坦克劈开志愿军和人民军的防线。而位于北汉江以东的文登里地区，正是一条宽几十米到数百米不等的南北走向的山谷，杨口至末辉里的公路纵贯其间，极有利于机械化部队纵向行动。

其实，这并不是一个真正的新创造。早在第二次世界大战时期，北非、欧洲战场上，美军、德军、苏军经常出动数十、上百辆坦克协同步兵作战。尤以发生在 1943 年 7 月库尔斯克地区苏军与德军的坦克大会战最为著名。

当时，德军调集了"帝国坦克师""骷髅坦克师"和"阿道夫·希特勒坦克师"及坦克第 3 军的主要兵力，在这个坦克集团内有大量"虎"式重型坦克和"斐迪南"式强击火炮。德军企图由此突破苏军防线，然后再从东南实施突击，夺占库尔斯克。苏军也调集重兵对德军实施反突击。

7 月 12 日，双方在普罗霍夫卡相遇，爆发了第二次世界大战中最大的坦克遭遇战。双方在方圆只有 15 公里的普罗霍夫卡地区，参加交战的坦克和自行火炮多达 1200 余辆，还有大量飞机支援战斗。这场人类战争史上规模最大的坦克战整整持续了一天。在普罗霍夫卡草原上，到处是坦克的残骸。最终是以德军战败，损失 1 万多人，坦克约 400 辆告终。

志愿军在文登里公路上打击美军坦克

美军也擅长打坦克战。在第二次世界大战的北非战场上，有着"美国第一坦克兵"美誉的美军第 2 军军长巴顿，曾与号称"沙漠之狐"的德军元帅隆美尔多次进行过坦克交锋。巴顿笑到了最后，把德国人赶出了北非。随后，美军装甲部队在欧洲大地上横冲直撞，打得德军节节败退。

在朝鲜战场上，美军把坦克作为地面作战的主要突击力量，广泛使用坦克遂行各种作战任务。

进攻时，以坦克支援、掩护、引导步兵冲击；防御时，以坦克作为固定的或移动的火力发射点，协同步兵防守阵地或实施反冲击；被围时，以坦克为先导实施从内部突围作战或从外部增援解围；退却时，以坦克作为殿后掩护力量，以保障步兵部队快速撤离阵地；追击时，以坦克和摩托化步兵组成特遣队，快速推进，以分割、破坏志愿军部署。

美军如此依赖坦克，以至于有人说："美军的步兵离开了坦克就不会打仗"。这也难怪，美军的坦克太多了，1 个步兵师就拥有各型坦克 149 辆、装甲车 35 辆，还有配属作战的独立坦克部队。此外，美军有着丰富的坦克作战经验和引以为豪的战绩。

然而，美军万万没有料到他们在北非和欧洲战场上所向披靡的装甲部队，在朝鲜半岛文登里地区竟然遇到了克星，被"小米加步枪"的中国军队打得丢盔卸甲，颜面尽失。

当美军向文登里地区发起猛攻时，中朝两国军队正在进行换防。从 7 日起，68 军边接防边作战，于 10 日提前完全接替人民军的防务。

68 军的前身是华北军区第 6 纵队，参加过察绥晋东、察绥、平津等战役。1949 年 1 月改称中国人民解放军第 68 军，隶属第 20 兵团，下辖第 202 师、第 203 师、第 204 师，参加会攻太原；10 月，由山西移驻天津、唐山地区，担负海防任务。1951 年 6 月改编为中国人民志愿军第 68 军，入朝参战。

为增强防御阵地的稳定性，抗击"联合国军"集群坦克的进攻，68 军军长陈仁坊命令 204 师加强 1 个步兵团、1 个炮兵团坚守文登里地区。

文登里战斗打响时，恰好是抗美援朝战争一周年，志愿军较入朝初期已发生了较大的变化。

兵种更加齐全，不再是单一的步兵，而是炮兵、装甲兵、工程兵、铁道兵、通信兵等一应俱全、实力大增。在这次秋季防御作战中，第 47 军、第 64 军、第 67 军、第 68 军除军属榴弹炮团和师属山炮营外，每个军都配属了预备炮兵 1 ～ 2 个团的榴弹炮、1 个营至 1 个团的反坦克炮，有的军还配属了 1 个火箭炮团和 1 个坦克团。

炮兵是志愿军陆军建设的重点。入朝初期，志愿军仅有 9 个炮兵团（装备火炮 284 门）和 1 个高炮团，不仅型号陈旧，而且多由骡马牵引，机动能力差。队属炮兵主要装备小口径山炮、步兵炮和迫击炮。从 1950 年底至 1951 年春，国内紧急建立了 6 个炮兵训练基地，组建了 5 个地炮师和 4 个高炮师。这些部队全部采用苏式装备，进行 1 ～ 3 个月的突击训练，初步达到走得动、摆得开、打得响即入朝参战，以战代训，边打边学。

装甲兵则临时接收了苏军的坦克、自行火炮 500 余辆，都是第二次世界大战期间生产和使用过的 T-34 坦克、JS-2 坦克和 SU-100 自行火炮，经过苏军坦克乘员 3 个月手把手地教练，在刚刚能把坦克开得动、打得响时，就于 1951 年 3 月入朝参战。首批入朝的装甲兵部队是坦克第 1 师第 1 团、第 2 团，第 2 师第 3 团，第 26 师第 53 团。

步兵的武器装备也有很大发展，进行了大规模的换装。入朝初期，志愿军的装备是来自十几个国家的杂式武器，既有日制三八式步枪，也有美国造、捷克造、德国造，可谓"万国牌"。这是源于那时的中国是个积贫积弱的农业国，没有大规模的现代军事工业。"没有枪，没有炮，敌人给我们造"的人民军队只能依靠缴获来的武器装备自己，手中的武器型号自然杂乱且大都破旧，关键是没有弹药和零配件生产线。这无形中给后勤供给部门带来了巨大的麻烦，必须把各种口径、不同型号的枪炮弹一一分类后，再送给对应的部队，否则就不能使用。更为严重的是，朝鲜战争是一场高强度的现代战争，弹药损耗巨大，仅仅几个月就把国内军用仓库的储备造光了。于是，中央军委决定立即换装，统一装备苏制步枪、冲锋枪、机枪等轻武器。

反坦克武器更加丰富。入朝参战时，志愿军缺少反坦克兵器，每个军仅编有直射火炮 108 门、火箭筒 81 具，只能依靠步兵反坦克器材对付敌人的坦克。战斗中，步兵连临时建立若干个由 2 ～ 3 人组成的反坦克歼击小组，携带反坦克手雷、爆破筒、炸药包、集束手榴弹等攻击敌坦克。同时将数量不

志愿军反坦克炮阵地

多的战防炮、无坐力炮、火箭筒等反坦克兵器集中使用，采取山炮、野炮直
瞄射击和利用有利地形设置障碍物的做法，进行反坦克作战。尽管志愿军的
武器装备简陋，甚至许多战士在国内连坦克都没有见过，但他们以英勇无畏
的气概与敌人的坦克殊死搏斗，并在实战中逐步摸索出一套反坦克的作战经
验。在第三次战役中，50 军 149 师 446 团在高阳以南佛弥地，与英军第 8 骑
兵（坦克）团直属中队激战 3 个小时，击毁和缴获坦克 31 辆。但总体而言，
志愿军对敌人的集群坦克进攻尚无有效打击手段。为扭转反坦克作战的被动
局面，中央军委除增调大批炮兵和坦克部队入朝参战外，还专门增派反坦克
炮兵部队参战，并为步兵部队增配反坦克兵器，不仅有反坦克手雷、地雷，
还有专门对付坦克的无坐力炮和火箭筒。

有了新装备，志愿军反坦克作战的信心更加自信。204 师决定集中全师的
反坦克兵器，以 12 门口径 76.2 毫米加农炮、4 门山炮和 49 门（具）无坐力
炮、火箭筒，以及 1 个工兵连，组成反坦克大队，下辖 2 个反坦克中队和 6
个打坦克歼击组归 610 团指挥，专门对付美军坦克。同时在文登里、内洞、
下深浦、上深浦、柏岘岭公路两侧，利用山脚、塄坎、沟渠等自然地形构筑
了各种反坦克工事，在便于坦克行进的道路、河床等地布设反坦克地雷，形
成了纵深梯次的反坦克阵地。

从 8 日起，美军第 2 师附法国营、南朝鲜军第 8 师在大批坦克的引导下，
轮番猛攻志愿军阵地。

11 日，美军第 2 师以 10 余辆坦克在飞机、火炮支援下，引导步兵向 610 团坚守的阵地进攻。志愿军沉着应战，采取打头、截腰、斩尾的战法，打击敌军坦克。

首先由反坦克大队组织 76.2 毫米加农炮和山炮实施直接瞄准射击，一群群弹丸飞入美军坦克阵中，引发剧烈的爆炸；伴随着步兵作战的反坦克手，肩上扛着无坐力炮和火箭筒在阵地前沿游动，实施抵近射击，一枚枚破甲弹、火箭弹飞向美军坦克；同时，以打坦克歼击组迅速从侧翼向坦克隐蔽接近，在约 10 米的距离上，把一颗颗大头萝卜似的反坦克手雷投向数十吨重的铁乌龟。

激战一天，610 团反坦克大队初战告捷，共击毁坦克 2 辆，击伤 3 辆，打退了美军的坦克进攻。

12 日，美军先以航空兵、炮兵火力攻击 610 团防御前沿及纵深阵地，继之以 30 余辆坦克向前沿阵地进行约 1 个小时的破坏射击，然后以 48 辆坦克在炮火掩护下，成梯次队形沿公路引导步兵冲击，企图一举突破 610 团的防御纵深。

204 师首先以纵深炮兵实施拦阻射击。当美军先头坦克行进至阵地前沿时，反坦克大队立即出击，以无坐力炮隐蔽进入发射阵地，实施直接瞄准射击，一举击毁坦克 2 辆，击伤 1 辆。接着，利用美军先头坦克被击毁、后续坦克前进速度放缓、队形密集的有利时机，集中各种反坦克火器一起开火，又击毁坦克 3 辆、击伤 1 辆。

美军遭到迎头痛击后，以数辆坦克火力压制志愿军反坦克兵器，掩护抢修被击伤的坦克，集中 30 辆坦克继续向纵深冲击。

610 团则以步兵火力阻止美军修复被击伤坦克，反坦克分队迅速机动前进至发射阵地，加农炮、山炮实施直接瞄准射击，无坐力炮、火箭筒实施游动射击，又击毁、击伤坦克 7 辆。

美军坦克兵没有料到志愿军反坦克的战斗力如此之强，一个个心生惧意，不敢恋战，遂施放烟幕弹，掉头便跑。

志愿军打坦克歼击组趁机前伸，拦头截击，又以手雷、爆破筒炸毁、炸伤美军坦克各 2 辆。

激战至 17 时，美军终于支撑不住，丢弃 18 辆被毁伤的坦克，狼狈的撤

志愿军反坦克小组袭击敌坦克

出战斗。

此时已是黄昏时分，文登里战场上美军遗弃的坦克燃烧升起一股股巨大的黑烟笼罩着天空，一辆辆坦克残骸周围横七竖八地躺满了美国大兵的尸体。

14 日 7 时 50 分，休整了一天的美军卷土重来，再次发动进攻，8 辆坦克交替掩护攻击前进，行进至志愿军阵地前 200 米处。

志愿军隐蔽配置在附近的反坦克大队无坐力炮突然开火，击毁其中的 1 辆。接着，迅速转移到预备发射阵地，向冲击的坦克抵近射击，又击毁了 3 辆。其余 4 辆坦克见势不妙，掉头就跑。然而为时已晚，反坦克大队早已严阵以待，用火箭筒、手雷、爆破筒和地雷将这 4 辆坦克全部击毁、击伤。

此后，美军坦克改变战法，沿公路两侧的河边、沟渠、稻田，采取逐段破坏、逐段前进的战术继续进攻。

敌变我变。志愿军反坦克大队当即调整部署，将反坦克火器前推于防御前沿，同时在坦克可能运动的地方大量埋设梅花形、三角形雷区，至 20 日又炸毁坦克多辆，有效地阻击了美军的坦克进攻。

在整个文登里地区反坦克作战中，204 师共击毁美军坦克 28 辆、击伤 8 辆，彻底粉碎了敌人的"坦克劈入战"。

曾横行一时、不可一世的美军装甲部队在朝鲜战场上折戟沉沙。自此变成了缩头乌龟，再也不敢用坦克向志愿军部队阵地进行穿插，也再不敢使用集群坦克实施进攻。

朝鲜西海岸岛屿登陆战

【交战时间】 1951 年 11 月 5 日～12 月 1 日

【交战双方】 中国人民志愿军第 50 军，空军轰炸机第 8、第 10、第 5 师，空军歼击机第 2、第 3 师等部；朝鲜西海岸诸岛屿美国、南朝鲜军事情报人员及武装人员等

【指挥将领】 刘震

【战　果】 志愿军歼敌 570 余人，收复椴岛、艾岛、大和岛、小和岛等14 个岛屿

　　抗美援朝战争初期，美军在西朝鲜湾鸭绿江口至清川江口一线沿海的岛屿上设置了大批情报基地，驻扎美国、南朝鲜的情报人员和南朝鲜武装人员，利用各种设施专门搜集中国人民志愿军和朝鲜人民军的情报，并经常潜入朝鲜北部西海岸地区，而疯狂进行破坏活动。

　　位于朝鲜西海岸铁山半岛以南 20 公里的大和岛、小和岛，是其中两个比较大的情报基地。当时，岛上有南朝鲜军 1200 余人和 400 多名美国、南朝鲜的军事情报人员，架设有大功率的雷达，并装备有对空电台和窃听监视设备，大肆收集情报，引导美军轰炸机对中国东北城镇和志愿军入朝交通线实施轰炸，指挥美军舰只在该岛以东及中国东北附近海面游弋、炮击志愿军阵地，危害极大。

　　经过 1951 年夏秋季防御作战，志愿军在刚刚转入阵地防御，

工事不坚，洪水为患，后方交通遭严重破坏，供应困难等异常艰苦的条件下，取得了重大胜利，毙伤俘敌 11 万余人，迫使美国人不得不恢复停战谈判，重新回到谈判桌上。

10 月 25 日，中止 63 天的朝鲜停战谈判在板门店恢复。为打开谈判僵局，朝中方面先后提出根据实际接触线全面调整和稍加调整作为军事分界线的新方案。

1950 年 11 月，志愿军在西海岸进行渡海作战，战前动员

然而，高傲的美国人并未接受战场上的失败教训，在谈判中仍无理要求其海、空军优势要在军事分界线的划分上得到"补偿"。当朝中方面谈判代表提出，停战后美军应从朝鲜西海岸沿海岛屿上全部撤出部队，美方谈判代表断然拒绝，反而提出以所占沿海岛屿换取开城的荒谬要求。

负责幕后指导谈判的李克农认为"大和岛、小和岛对我威胁很大。美国人在谈判桌上又在岛屿撤退问题上纠缠不休，不拔掉它，势必对谈判造成十分严重的威胁和影响"。

为肃清美军和南朝鲜军的情报基地，配合停战谈判，彭德怀作出了一个大胆的决定：实施陆空联合渡海登陆作战，拔掉这个钉子。

抗美援朝战争开始时，中国人民空军组建尚不足 1 年，其中作战部队组建只有 4 个月，仅有 2 个歼击机师、2 个轰炸机师和 1 个强击机师，飞机有英制、美制、日制，机种有战斗机、轰炸机、运输机、教练机等，全部加起来不足 300 架。飞行员除少量的国民党军起义人员外，绝大部分是东北老航校早期毕业的飞行员或刚从陆军青年连排干部中选拔的，文化水平不高，飞行时间最多的也只有五六十个小时，但作战勇敢。

相比之下，"联合国军"不仅在飞机数量上占绝对优势，而且飞行员大都参加过第二次世界大战，作战经验丰富，平均飞行时间在 1000 小时以上。"联合国军"总司令麦克阿瑟曾狂妄地说："中国根本没有空军。"

面对世界上最强大的美国空军，能不能参战，敢不敢参战，对新生的人民空军是一个现实而又严峻的考验。

空军司令员刘亚楼在空军党委常委扩大会议上指出："中国人民志愿军地面部队主要以步兵和为数不多的炮兵、坦克兵参战，与拥有陆、海、空军相互配合的美国军队作战，制空权完全操在美军手中，这对中国人民志愿军的战斗行动极为不利，后方交通运输严重受阻，严酷的战争形势要求我们必须迅速组织志愿军空军开赴前线参战。"

后来，刘亚楼回忆说："虽然我们技术很低，毫无空战经验，但共产党领导的军队都具有英勇无畏的政治品质和陆军的战斗经验，所以他们经过短期突击训练，就能和帝国主义第一流空军的飞行员见面，而且能够击落它。"

与会人员群情激昂，认为现在是党和人民最需要空军的非常时刻，也是人民空军接受战火考验、建功立业的紧要关头。在这种情况下，不可能等到练好了再打，只能是边打边建、边打边练，在战斗中不断锻炼成长。

刘亚楼非常赞同大家的意见，指出："中国人民解放军的历史，就是从战争中学习战争，在战斗中成长壮大的历史。毛主席说得好，革命战争'常常不是先学好了再干，而是干起来再学习，干就是学习'。在战斗中锻炼成长，不仅是战争客观形势的要求，而且是促使空军迅速成长壮大的正确道路。"

会议研究认为志愿军地面部队是非常强大的，在朝鲜战场上，打仗主要靠的是陆军，最后歼灭敌人、解决战斗还是靠陆军。所以，空军部队一切行动的出发点，应该是密切配合陆军作战。在各军兵种协同作战中，空军部队的活动目标应该是以保障地面部队的战斗活动，满足地面部队的需要。最后，明确提出了"为陆军服务，以陆军的胜利为胜利"的指导思想，确定了"积蓄力量，选择时机，集中使用"的作战方针。

1950年12月3日，刘亚楼将上述作战方针及兵力使用的设想报告了毛泽东。毛泽东作出批示："刘亚楼同志：同意你的意见，采取稳当的办法为好。"21日，志愿军空军第4师第10团28大队，在师长方子翼的率领下进驻到丹东浪头机场。在秘密出动的苏联空军带领下进行实战锻炼，为大批部队参战摸索着经验。

1951年3月15日，志愿军空军司令部成立，刘震任司令员。为争取让更多的部队达到参战水平，志愿军空军用两个半月的时间进行了突击强训，并举行了由参战部队飞行大队长以上干部参加的各机种联合飞行技术演习，为志愿军空军以师为单位参战打下坚实基础。

至8月，志愿军空军有2个歼击机师（共装备米格-15歼击机100架）和2个轰炸机师（共装备图-2轰炸机60架），基本完成作战准备，可以参战。另有2个强击机师和4个歼击机师在9月后可以出动作战。

在此期间，志愿军空军边训边战，共出动28批145架次，击落敌机1架，击伤2架，获得了非常宝贵的实战经验。

志愿军空军刚参战时，更多的是靠勇敢和不怕死的精神。正如一名被志愿军空军击落的美军飞行员说："我们费了很多功夫研究一个问题：中共空军究竟用的是什么战术？研究了很久，终于明白了，原来中共的空军根本没有战术！"

其实，这种最初始的"没有战术的战术"，正是由人民空军特有的无畏和牺牲精神构建的。随着时间的推移，志愿军空军飞行员在经过实战锻炼后，越来越注意摸索和总结经验教训，不断提高指挥水平，讲究技术和战术，越战越猛，越打越精，创造了许多以少胜多、出敌不意、攻敌不备、密切协同、化险为夷的著名战例，也涌现了许多英勇善战、战功卓著的英雄集体和个人。

志愿军空军机群起飞迎击敌机

初出茅庐的人民空军在朝鲜战场上大显身手，再与世界头号空中力量美国空军的较量中屡创佳绩，震惊了世界。

美国远东空军司令威兰中将后来回忆道："中国空军对我们来说，一直是一个谜，他们好像一个晚上便学会了一切，飞行员只要很少的时间，就能够空战，他们好像在冥冥之中似有神助，对于我们来说很多事情都是不可思议！"

美国空军司令范登堡则惊呼："共产党领导的中国几乎在一夜之间就变成了世界上主要空军强国之一。"

在朝鲜西海岸实施渡海登岛作战，是志愿军第一次陆海联合作战。为此，志愿军总部反复研究，最终确定由 50 军在志愿军空军轰炸机第 8 师、第 10 师的配合下，攻占这些岛屿，并明确了"由近而远，逐岛作战"的方针。

从 10 月中旬开始，50 军即着手调查朝鲜西海岸海潮规律和各岛地形，与志愿军空军共同制订协同作战计划，并组织部队进行渡海作战训练。

11 月 1 日，中朝人民空军联合司令部向执行大和岛轰炸任务各战的部队下达了作战命令。

2 日，空军歼击机第 3 师出动拉 -11 和米格 -15 飞机各 4 架，对大、小和岛和椵岛进行了两次侦察照相，为作战部队提供了敌军部署和工事配置的重要情报。

轰炸大和岛、小和岛，是空军轰炸机第 8 师打的头阵。

领受任务后，全师上下一片欢腾。在反"绞杀战"中，歼击机第4师在一个月内与美军进行大小空战10余次，击落敌机17架、击伤7架，捷报频传。这也让轰炸机部队的官兵们看着眼红，个个摩拳擦掌，求战心切。轰炸机第8师党委提出了"打好第一仗，争取第一功"的口号，师、团、大队层层动员，空、地人员的战斗积极性空前高涨，就等上级一声令下，直扑敌人岛屿。

经认真研究，轰炸机第8师决定由22团2大队承担轰炸任务。师长吴恺亲自下达任务："这次出击，关系重大，刘震司令员亲自指挥。要求周密准备，隐蔽出击，务求必胜。"飞行员们心情无比振奋，围成一圈，跪在大比例尺地图前，仔细地数着等高线的走向，记牢目标的地形、地物特征。

5日晚，50军148师443团出动2个营，在海岸炮火掩护下，乘17只小汽船和49只折叠舟，分为两个梯队，在椴岛实施登陆作战。战斗进行得十分顺利，5日至6日3时，志愿军占领椴岛。附近岛屿上的南朝鲜武装纷纷撤离，退守大和岛、小和岛。

中午，沈阳于洪屯，晴空万里，风和日丽。

一架架银色的战鹰前，空军轰炸机第8师22团2大队的飞行员们身穿飞行服，个个英姿勃发，整装待发。全师官兵在跑道两侧列队，欢送战友出征。

政委葛振岳振臂高呼："同志们，这是我们的轰炸机第一次在朝鲜战场作战，首战必须打胜，打出我们志愿军空军的威风来！"

师政治部主任崔林当场赋诗一首："丘丘小岛是敌巢，神鹰到来哪里逃。空中健儿多英勇，坚决打响第一炮！"

随着一声令下，飞行员们跳进座舱。为隐蔽行动，轰炸机第8师规定以信号弹下令起飞，非特殊情况，禁用无线电。

14时30分，"啪！啪！"两颗绿色信号弹腾空升起，9架草绿色的图-2轰炸机同时响起雷鸣般的吼声，依次滑入跑道。

轰炸机升空后，迅速组成能攻易守的楔形编队，准时进入预定航线。当沿着沈阳至安东的铁路右侧前进时，从草河口机场起飞的空军歼击机第2师4团16架拉-11护航歼击机由左侧迎头飞过来，默契地转变，占据到轰炸机编队左右侧的后上方，组成混合机群，直扑战区。

15时38分，从浪头机场起飞的空军歼击机第3师7团24架米格-15歼击机，到达预定空域，在轰炸机上方 1000 米的高度上执行掩护任务。一切都严格按照协同计划实施。

参加此次轰炸任务的空军轰炸机第 8 师 22 团 6 中队领航员李清扬回忆道：

机群过了鸭绿江大桥，渐渐接近铁山半岛，我开始频频地观察地标，判断位置，搜索轰炸目标。遍地弹痕的战场景象立即映入眼帘。当我远远地发现浮出海面的大和岛时，

志愿军空军准备出击

喜怒同时涌上心头，我迅速调整好投弹装置，打开弹舱，两眼紧盯带队长机弹舱。当时唯一的念头是紧随带队长机及时投弹。

9 架图 -2 轰炸机飞临大和岛上空，岛上的敌人压根儿也没想到天上的机群竟然是志愿军的。在刺耳的防空警报拉响好久之后，才想起四处躲藏，敌人的高射炮也开始对空胡乱射击。

机群在敌人的炮火中穿行，如穿越在电闪雷鸣中的雄鹰，振翅前行。炮弹在轰炸机前后爆炸，闪着一团团火花，气浪使飞机产生了剧烈的颠簸。

2 大队大队长韩明阳发出命令：压制敌人的火力，冲过去。机群斜翅直向敌地面高射炮扑去。

"向敌人地面炮火还击！"大队射击主任杨震天胸有成竹地组织全体射击员用航炮还击。轰炸机机头射出一排排机关炮弹，敌人的高射炮哑了。混合编队无一损伤，怒吼着扑向大和岛。

李清扬回忆道：

志愿军实施登岛作战

长机上，大队长韩明阳与领航主任柳元功配合默契，精确地修正着飞机与目标的相对位置。由于轰炸计算准确，柳元功果断地按下了投弹电钮。我们后面的8架僚机，看到长机弹舱下露出了一串黑点点，紧跟着按下了自己的投弹按钮，又快速地拉了一下机械投弹手柄，以扫清弹舱。我很快地俯在轰炸瞄准具上，向后下方观察弹着点。只见一团团黑烟冒出了地面，81颗炸弹腾起的硝烟笼罩了岛上的所有军事目标，便情不自禁地在机内通话器里连声叫好。

大和岛上火光冲天，烟雾弥漫。岛上的敌人向美军第8集团军紧急呼救。然而，当美军几架F-86式战斗机匆匆赶来来增援时，岛上的指挥所已完全笼罩在冲天的浓烟中，岸边的两栖登陆艇也被拦腰炸成两截。

16时19分，轰炸机群安全地降落在浪头机场。志愿军战史是这样记录的：

此次轰炸，我轰炸机群共投弹81枚，命中71枚，共炸死包括敌少将作战科长、海军情报队长在内共 60 余人，炸毁敌房屋 40 余幢，粮食 20 余吨，弹药 15 万余发以及登陆艇两艘，彻底摧毁了预定目标。

一向习惯在别人头上扔炸弹的美国人，怎么也不愿相信志愿军竟用航弹回敬自己。美联社当晚即惊呼："这次袭击不会是中国人干的！"

志愿军首次轰炸大和岛取得巨大成功，极大地鼓舞了地面部队。

7 日、8 日，50 军 148 师连续发动登岛作战，相继攻占大加次岛、小加次岛和蝶岛。

16 日晚，50 军以 150 师 448 团、450 团各 2 个连又 1 个排，从东西两个方向在艾岛实施登陆作战。西侧部队登陆成功，东侧部队登陆受阻。攻击部队立即调整部署，继续强攻，于 17 日攻占全岛，共毙敌 85 人，俘虏 158 人。

24 日，50 军 148 师 443 团以 2 个连又 1 个排攻占炭岛。

志愿军渡海登岛作战连连告捷，驻朝鲜西海岸沿海岛屿上的南朝鲜残余武装吓破了胆，纷纷逃往大、小和岛，继续搜集、侦听志愿军活动情

志愿军火箭炮兵实施攻击

况，负隅顽抗。每天夜间，敌军还派出 3 艘军舰到附近海域，炮击驻守椵岛的志愿军部队。

据此，志愿军空军决定再次轰炸大、小和岛。这次轰炸采取夜袭，任务交给了轰炸机第 10 师。

师长刘善本，1915 年生于山东昌乐。1935 年考入国民党空军中央航空学

校，1938 年毕业后任国民党空军飞行员。1943 年入美国道格拉斯等飞行学校学习。1945 年回国，任国民党空军上尉飞行参谋。

为反对国民党的内战政策，刘善本于 1946 年 6 月 26 日率机组驾 B-24 型轰炸机起义，飞抵延安，成为国民党空军驾机起义第一人。后被派往东北，参与建立航空学校工作，任东北民主联军航空学校副校长、领航主任、飞行主任、副大队长。新中国成立后，刘善本出任中国人民解放军第一航空学校校长、航空师师长。1951 年任志愿军空军轰炸机第 10 师师长，入朝参战。

刘善本把夜袭任务交给 28 团夜航大队。这个大队是中国空军第一支夜航部队，飞行员都是从全师飞行员里挑选的尖子好手。

29 日夜，3 颗绿色的信号弹划破了宁静的夜空。夜航大队在大队长姚长川的率领下，飞入沉沉暗夜中。

23 时 12 分 40 秒，轰炸机群到达第一转弯点，鸭绿江就在机翼的下面。过江后 4 分钟，发现地面上闪烁着三角人工火把地标，机组人员将机关炮上膛，做好了战斗准备。

编队长机边领队边利用机载电子干扰设备，向敌防空雷达进行主动干扰。僚机上的射击员们则在飞行中不断向空中撒播金属锡箔干扰片，这是世界空军当时最先进的作战样式，直到今天也是各国空军的标准作战样式。

到达大和岛附近时，飞行员们看到地面上壮观的一幕："喀秋莎"炮弹的尾焰连成一片巨大的火舌，那是志愿军地面部队向大和岛猛烈射击，为空中夜航机群指示目标。

这次战斗是人民军队历史上的首次陆空协同夜间作战。

23 时 22 分 13 秒，机组准确进入了轰炸起点。

这时，通信员传达长机通知：海面上没有发现敌舰。

按照备份计划，机组决定轰炸岛上的雷达站。此时，海面上已经被先期飞临的轰炸机投下的照明弹照得如同白昼，飞行员从空中俯视海面，能清楚地看见墨蓝的海水、白色的浪花，大和岛就在眼前。

3 分钟后，李增发机组投下照明弹，大和岛上山谷清晰可辨。在人造光辉的照明下，夜航大队的轰炸机扑向了各自的目标，完成投弹。飞机开始返航时，尾炮塔上的射击员仍然能清晰地看见大和岛上的冲天火光。

已被志愿军空军炸怕了的敌人识趣地早早就躲了起来，使得这次轰炸没有取得预期的效果。整个战斗动作周密严谨，可谓天衣无缝，却无功而返，令刘善本和夜航大队的指战员们深感遗憾。

美空军第 5 航空队闻报后大惊失色，在给美国远东空军司令官威兰的报告中称："共军首次用电子对抗和照明手段夜袭我战略要地，航线两侧竟形成了 40 多公里宽的干扰区！"

由于二炸大和岛没能取得理想的战果，志愿军空军决定：以轰炸机第 8 师 9 架图 -2 轰炸机，在歼击机第 2 师 16 架拉 -11 歼击机和歼击机第 3 师 24 架米格 -15 歼击机的掩护下，于次日下午轰炸大和岛灯塔的敌指挥所。

担任轰炸任务的轰炸机第 8 师 24 团 1 大队，在一个月前刚刚参加过国庆阅兵，并获得"安全飞行大队"的光荣称号。大队长高月明时年 25 岁，一个个头不高的山东汉子，东北老航校毕业，原是空军第 4 混成旅轰炸机团的飞行员，以艺高胆大著称。

沉浸在第一次轰炸大和岛胜利中的第 8 师选择了与上次轰炸同样的航线，同样的高度，甚至几乎完全相同的轰炸时间，而且没有注重空中防御，只排成了便于轰炸的飞行队形。

参加此次行动的飞行员杨大方回忆道：

> 下午 14 时 20 分，起飞时间到了，大队长首先驾机升空，我起飞后，迅速靠拢中队长机编好队。我们九架飞机以中队"品"字形、大队纵队队形前进，由沈阳直飞凤城。由于我们早到 3 分钟且航线稍偏右，直到凤城上空才与空 2 师 4 团的 16 架拉 -11 歼击机会合，编成联合作战机群。当我们机群通过鸭绿江大桥进入轰炸航线时，比预定时间还早 3 分钟。此时我浪头机场空 3 师 7 团的米格 -15 战机仍按时起飞，未能赶到掩护空域。这时机群很快进入战区上空，我及时加大发动机转数，紧跟中队长机保持好准备投弹的密集队形，并提醒领航员做好投弹准备。

联合编队继续向东南方向飞去，从侧方飞过龙岩浦进入海面上空。飞行员越过泛着白光的海岸线，看到远处碧蓝的天与蔚蓝的大海水天相连。

突然从云层中钻出一些迅速移动的黑点，2 个、4 个、8 个……越来越多，越来越近，共有 30 多个，是美军的 F-86 "佩刀式" 喷气战斗机。

转瞬之间，敌机迅疾而来，把志愿军空军的机群包围起来。

这是一场强弱悬殊的较量，一方是 30 多架世界最先进的喷气式战斗机，另一方是 20 多架第二次世界大战时的活塞式螺旋桨飞机。

拉 -11 是苏联制造的活塞式螺旋桨歼击机，最大时速为 700 公里，而 F-86 则是时速 1100 公里的喷气式歼击机。无论时速、升限，还是攻击能力，拉 -11 都远远不能与之相比。但拉 -11 也有自己的一点优势，那就是转弯灵活，机上 3 门航炮的火力大。

在敌众我寡、敌优我劣的极其险恶情况下，志愿军空军勇士们遵照指挥员 "保持队形，坚决回击，勇敢前进" 的命令，立即组织火力奋勇反击。

16 架拉 -11 纷纷用自己的身躯挡住了射向轰炸机的炮弹，掩护着体型大、速度慢的轰炸机群一面猛烈还击、一面紧缩队形，穿过敌人的炮火，向大和岛的方向疾飞。

在激战中，歼击机第 2 师副大队长王天保利用螺旋桨飞机速度慢、转弯半径比喷气式飞机小的优点，从 10 多架敌机中上下翻飞，不停地切半径转开了圆圈。

喷气式飞机速度快，一冲就冲过头了，成群的美军飞行员只能看着王天保的拉 -11 干瞪眼，无计可施，一下乱了阵脚。

好个王天保，看准时机，绕到一架美机背后，

王天保（右 1）空战归来后，向飞行员们介绍战斗经验

用机炮猛烈射击。他先后开火 6 次，最近的距离只有 100 米，共击落 1 架、击伤 3 架领先于拉 -11 整整一代的 F-86，创造了世界空战史上以活塞式歼击机击落击伤喷气式战斗机的范例。如今，这架创造了奇迹的战鹰陈列在北京小汤山航空博物馆里，向参观者默默地叙述着当年的传奇。

杨大方回忆道：

> 这次偷袭，敌机主要是以四机或双机从后、侧上方对我机进攻。由于 3 中队 3 架飞机殿后，所以他们首当其冲地遭到敌机连续多次攻击。宋凤声的左僚机首先被敌机击中冒烟起火，随后梁志坚的右僚机两台发动机也中弹起火。战斗越来越激烈，我们每架飞机的通信员、射击员都向敌机猛烈射击，护航的拉 -11 也与敌机展开格斗。接着我们中队张孚琰的右僚机也被击中，油箱和发动机冒烟起火。

3 架被敌航炮击中、冒着浓烟和烈火的轰炸机，在碧蓝的天空中如同浴火的凤凰。

大火迅速蔓延到 9 号机的座舱，宋凤声命令机组成员："你们赶快跳伞，我留下来完成任务。"

后舱的射击员和通信员异口同声地回答："要活我们一起活，要死我们一起死！"

宋凤声一边双手紧握着驾驶杆，加大油门追随着机群向大和岛疾进，一边高声喊道："跳伞，快，这是命令！"

领航员陈海泉第一个跳出机舱，但其他人已经来不及了。9 号机带着宋凤声和机组战友们的一腔热血与壮志未酬的遗恨，在空中爆炸了！

张孚琰的 6 号机和梁志坚的 10 号机仍顽强地在编队中飞行着。通信员陈以德、曹新广和射击员王道哲跳伞后，两架飞机先后凌空爆炸。

3 中队左右僚机被敌机击落后，中队长邢高科的战机成为敌机攻击的重点目标。邢高科的飞机舵面操纵拉杆差点被完全打断，后舱盖也被掀掉了，射击长吴良功身负重伤。

志愿军攻占大和岛

"哗"地一声响，通讯座舱的玻璃被击碎了，通信长刘绍基脸部被玻璃划破，鲜血直流。高空的寒风呼呼地冲进后舱，无情地撕扯着刘绍基的伤口。但他不顾一切地接过吴良功手中的机枪，继续向敌机猛烈射击。

轰然一声巨响，一架 F-86 凌空爆炸——刘绍基创造了世界空战史上用活塞式轰炸机击落喷气式战斗机的奇迹！

这时，剩下的 6 架轰炸机中已有 5 架负伤。大队长高月明沉着指挥，保持着投弹密集队形，组织火力网互相支援，且战且进，终于杀开一条血路，突破重围，飞向大和岛。

杨大方回忆道：

> 当我们快要到达目标上空时，敌机又扑来了，大队长的右僚机毕武斌的飞机又被敌机击中，双发动机起火，机组有的同志牺牲了。火势越来越凶，飞机即将爆炸，大队长见情况危急，命令他们跳伞，毕武斌回答说："我要为牺牲的战友报仇，为朝鲜人民雪恨！"只见他驾驶着熊熊大火的飞机冲向敌岛目标，壮烈牺牲了。

战后，战友们给毕武斌的挽联是："大和岛上神鹰坠，空军出现董存瑞"。

高月明率领剩下的 5 架轰炸机，按计划把全部炸弹倾泻在大和岛上，完成了轰炸任务。

悲壮的三炸大和岛战斗结束了，志愿军空军共击落美军 F-86 战斗机 3 架、击伤 5 架，志愿军飞机被击落 8 架、击伤 7 架（其中轰炸机被击落 3 架、击伤 5 架），15 名空勤人员壮烈牺牲。

当晚 21 时 21 分，50 军 148 师以 442 团 2 个营（欠 1 个连）分乘 30 只登陆船、7 只炮兵火力船，向大和岛、小和岛发起攻击。至 12 月 1 日 18 时，占领两个岛屿。随后又经清剿作战，肃清溃散之敌，共歼敌 249 人，为空军战友们报了一箭之仇。

朝鲜西海岸岛屿登陆战规模并不大，但在抗美援朝战争史中却写下了浓墨重彩的一笔，创造了中国人民志愿军战史上的诸多第一：

第一次也是唯一一次陆空联合作战，第一次空军多机种协同作战，第一次陆空军协同夜间作战。

经过 4 次攻岛登陆作战，志愿军先后收复椵岛、艾岛、大和岛、小和岛等 14 个岛屿，共歼灭武装匪特 570 余人。在此期间，朝鲜人民军海防部队也先后攻占了大同江口的避岛、青羊岛和瓮津半岛附近的龙湖岛、昌麟岛、巡威岛等岛屿，基本上肃清了美军和南朝鲜军在朝鲜西海岸沿海岛屿的情报基地，巩固了后方的安全，有力地配合了停战谈判。

21 正洞西山反击战

【交战时间】1951年11月4～6日

【交战双方】中国人民志愿军第47军第139师第415团、第141师第421团等部；美军骑兵第1师第7团等部

【指挥将领】曹里怀

【战　果】志愿军歼敌2460余人

1951年秋，朝鲜战争在"三八线"地区出现了相持局面。10月25日，中止63天的朝鲜停战谈判在板门店恢复。

虽然在刚刚结束的秋季攻势中，以美军为首的"联合国军"再次遭受中国人民志愿军和朝鲜人民军的重创，连同夏季攻势共损失了15.7万余人，不得不再次又回到谈判桌上来。但美国仍十分迷信他们的武力，一面恢复停战谈判，另一面又不断发起小规模的进攻。

就在板门店谈判开始的当天，美军骑兵第1师占领了正洞西山，并以第7团3个连的兵力在此加固阵地，企图据守。

正洞西山位于临津江东的驿谷川南岸、榆岘东北，是控制涟川至朔宁公路咽喉的制高点，突出于志愿军阵地前沿，俯瞰驿谷川，地势险要。美军妄图以此作为向朔宁地区进犯的依托。

对于这种军事斗争与政治斗争交织的边打边谈的相持局面，

中共中央和毛泽东主席早有预料，确定了"充分准备持久作战和争取和谈达到结束战争"的指导方针，在军事上采取"持久作战、积极防御"的作战方针，作战与谈判紧密配合。彭德怀也指出："我们绝不能指望敌人放下武器，立地成佛。要立足于打，以打促谈。"

为配合停战谈判、歼灭美军的有生力量，志愿军第 47 军决定以 139 师 415 团和 141 师 421 团各一部共 11 个连的兵力，夺取正洞西山阵地。

11 月 4 日晚 9 时 40 分，正洞西山反击战斗打响了。

志愿军 114 门各种口径火炮，顷刻间将成百上千发炮弹喷射出去，打得敌人阵地像火海一般翻滚起来。随后，11 辆坦克勇猛出击，支援步兵进攻。

在 415 团团长李洪杰和 421 团团长郑波的指挥下，各步兵攻击分队如一把把尖刀，狠狠地插进了正洞西山。

415 团 8 连的勇士们从正面直攻主峰。他们端着冲锋枪边打边冲，脚下踏翻的照明雷一个接一个升上天空，照得夜晚像白天一样明亮。借着美军照明雷的闪光，勇士们迅速前进。

敌人还在负隅顽抗，发疯般地射击，雨点似的轻机枪和自动步枪子弹在阵地前形成了一道密不透风的弹幕。冲在最前面的 2 班被压在密集的火网下，抬不起头来。

关键时刻，紧跟在 2 班后面的机枪手王新云，猛地端起机枪站起身来，一边扫射一边高喊："好家伙，我叫你打！"

敌人的火力点被消灭了，2 班的勇士们争先跃起，迅速抢占了前沿阵地。这时离发起冲锋仅仅过去了 7 分钟。

从另一侧向主峰同时发起攻击的是 421 团 1 连。突击排运动到敌人阵地前，副连长于海龙命令 3 排副排长张福俊带领 7 班冲锋。7 班一口气攻下了两个山头。

这时，志愿军的火箭炮又唰唰地射向敌人的阵地和主峰，榴弹炮也开始猛烈轰击，坦克一边开进一边炮击。当炮火延伸射击时，于海龙发出继续前进的命令，战士们一股劲儿冲了上去，消灭了第三个山头上 1 个排的敌人，残余的几个美军士兵向后面山头狼狈逃去。

1 连长带着 1 排、2 排也上来了。他命令 1 排用机枪将敌人火力吸引到正面，于海龙带 8 班和 9 班分两翼直插第四个山头。

主峰的敌人见势不妙，用两挺重机枪疯狂射击。

于海龙马上部署 2 门六〇炮、4 挺轻机枪、1 挺重机枪，一阵猛轰猛扫，把敌人的火力给压制住了。趁着这个时机，他带领战士们迅速冲锋，向敌人的阵地和地堡投掷手榴弹。

眼看就要攻上主峰了，于海龙高喊："这是共产党员挺身而出的时候了，坚决冲上去啊！"随后，一马当先，拿着 4 颗手榴弹就往上冲去。

志愿军战士用机枪、手榴弹向敌人反击

敌人的机枪疯狂地向于海龙扫射。他抓起两颗手榴弹扔过去，炸哑了机枪，接着又向两个地堡投掷手榴弹，炸得敌人哇哇乱叫。在他用发音不准的英语连喊几声"缴枪不杀"后，4 个美国大兵高举双手从地堡里走出来，当了志愿军的俘虏。

415 团、421 团的各路突击队在主峰胜利会师，全歼守敌美军骑兵第 1 师第 7 团 1 营 2 个连和火器连 400 余人。

5 日凌晨，志愿军攻击部队大部撤走，只留下 421 团 2 连和 415 团 4 连共 5 个排的兵力，坚守正洞西山阵地。

天刚刚放亮，美军就集中大量火炮向正洞西山阵地猛烈轰击。炮击过后，1 个营的美军在 10 辆坦克的掩护下，向 2 连 1 排阵地发起疯狂反扑。

一连 3 次冲锋，美军终于占领了 2 班的阵地。1 排副排长王振生带领 11 名战士随即组织反击，冲到距敌十五六米时，冲锋枪、手榴弹一齐开火。

阵地上美军立足未稳，在志愿军的一顿猛冲猛杀下，仓皇败下阵去。一个小时后，7 架美军飞机赶来参战。敌机贴近山头飞来，把成串的重磅炸弹扔向 2 连的阵地。阵地上一片火海，工事已全部被摧毁。紧接着，美军出动 2 个营的兵力，分两路冲来。

阵地上的志愿军战士以短火器实施近距离猛烈射击，大量杀伤敌人。在反复争夺 4 次之后，美军终于支撑不住了，丢下一大片尸体，败退下去。机枪手霍树德打急眼了，抱起机枪跳出掩体，追扫着狼狈逃窜的敌人。

王振生抓紧战斗间隙，一面派人向连指挥所报告情况，另一面重新调整部署，号召大家节省弹药，顽强抗击。

不大一会儿，敌人又爬了上来，激战再起。敌人实在是太多了，打倒一片，又冲上来一片。眼看就要涌上阵地了，而王振生他们的弹药也打光了，就抢起枪托、挥动铁锹、抓起石块，与敌人拼杀。

一场惊心动魄的肉搏战结束了，美军在付出了巨大伤亡代价后，攻占了 1 排阵地。

10 时许，敌人稍作喘息后，即开始向 2 排阵地进攻。4 班、6 班的战士们在炮弹坑里跳来跳去，运动着打击敌人。

4 班长徐金蓝身上 3 处负伤，战士彭忠贵劝他下去。但他仍坚持战斗，还鼓励彭忠贵："我们要坚决守住阵地！"

4 班副赵树云的脸被炮弹炸伤了，鲜血直流，但他咬紧牙关，连续投出了几十颗手榴弹，炸死了一大堆敌人。新战士田正富没弹药了，就挥动铁锹把与敌人搏斗，把一个美国兵砍得脑浆迸裂。

下午 2 时，美军又集中 2 个营兵力向阵地进攻。

连长王汝启和指导员王占德把阵地上的勤杂人员和轻伤员都组织起来，兵分两路反击，用手榴弹和石头英勇地击退了敌人。

战斗中，敌人的一挺重机枪拼命地喷吐着火舌。2 排长魏田林摘下帽子，放在一个明显的位置上吸引敌人的注意力，自己却悄悄地从侧面爬了过去。当他爬到离敌人的火力点不远处，扔出一颗手榴弹，将敌人的机枪和射手一起炸了个稀烂。

激战至下午 4 时，坚守正洞西山阵地的志愿军 5 个排已与敌军已经鏖战了 9 个小时，共击退敌人 2 个营 7 次反扑，歼敌 400 余人，达到杀伤敌人有生力量的预期目标，奉命主动撤出了阵地。

撤出阵地时，谁也没有注意到在阵地一角的一个掩蔽部里，还有 3 名重伤员。他们是 2 连炮班班长、共产党员钟万福，17 岁的连部通信员周彬和 6

班新战士向一双。

3 人都是负了重伤后，被战友们背到这里进行隐蔽，等待担架队员后送。当他们感觉到阵地上的枪炮声渐渐停息下来，周围静无人声时，才知道战友们已撤出了战斗。

怎么办？敌人肯定会冲上来占领阵地的，我们绝不能坐以待毙。于是，3 名顽强的战士挣扎着爬出掩蔽部，分头找来几支步枪、一些子弹和手榴弹。

果然，没过多一会儿工夫，几个拿卡宾枪的美国大兵正东张西望地朝掩蔽体走来。

钟万福轻声说："注意，等他们走近些再打。"

3 人轻轻地将手榴弹盖揭开，把里面的拉环套在手指上，眼睛瞪着不断逼近的敌人。当敌人走到离掩蔽部还有 10 多米的时候，3 颗手榴弹飞过去了，紧接着又是 3 颗。

随着一阵猛烈的爆炸，敌人大部分被炸倒了。有 2 个敌人想跑，向一双眼疾手快，连开数枪，把这两个敌人都报销了。

时近黄昏，天色渐暗，敌人也搞不清阵地上到底有多少志愿军战士，就试探着发起几次攻击，但都被 3 人打退了。

就这样，3 名志愿军重伤员凭着顽强的意志和无畏的牺牲精神，忍住伤口的剧烈疼痛，在美军占领表面阵地的情况下，英勇打击敌人。当敌人逼近时，就投手榴弹炸；当敌人后撤时，就用步枪打。激战数小时，把 30 多个敌人毙伤在掩蔽部外面。

当晚，47 军决心趁占领阵地的美军立足未稳之时，再攻正洞西山，又重新夺回阵地。

夜幕下的天空中升起了耀眼夺目的红色信号弹。421 团和 415 团出动 3 个多营的兵力，在坦克和强大炮火的掩护下，分两路发起攻击。

421 团 3 营在孙洪昌营长指挥下奋勇冲击。7 连 3 排如一把锋利的尖刀狠狠地插向敌人的阵地。他们迅速攻占前沿阵地，消灭了敌人 1 个加强排。担任突击的 8 班进攻速度最快，逼近主峰下面 100 多米高的小山包。

这时，敌人的一颗子弹射穿 8 班长蒋白治的腿，鲜血浸透了棉裤。蒋白治忍着伤口的剧痛侧着身子，用手和另一条腿爬行前进，对准地堡洞口，连打几梭子子弹，将敌人的火力点消灭。战士金邦文投出两颗手榴弹，刚才还疯狂射击的机枪也哑巴了。

激战在继续。8连连长命令2排5班配合7连3排并肩继续突破敌人的防御阵地。5班长尚瑞海受领任务后，命3组从右侧迂回，吸引敌人的火力，自己带1组趁机从正面扑了上去，夺下了敌人的火箭筒，并用手榴弹解决了敌人的重机枪。

在主峰的前沿工事里，敌人配置了20多挺轻重机枪，猛烈地扫射着，企图用强大的火力网阻止志愿军前进。

9连1排副排长王宝财亲自带着3班由右翼突进，很快运动到距敌交通壕15米处。敌人的3挺重机枪交叉火力猛烈的扫射过来。王宝财喊道："同志们，沉着大胆，迅速前进！"

这时，3班副班长姜和鸣身上已经挂了彩。他忍着剧痛，抓住敌人一个射击空隙，几个箭步冲上去，机智地从敌人机枪火力的右侧跳上了重机枪工事。

真是怪事。只见敌人的机枪口不断向外喷火，却看不见射手。姜和鸣仔细一瞧，差点没笑出声来。原来机枪扳机上系着一根细绳，通到后面的洞里，一个美国大兵正在洞口露着半个脑袋，用绳子在那里一拉一拉的，向外射击。

姜和鸣举起冲锋枪一个点射，把这个自以为聪明的美国鬼子送上了西天。3班的同志们趁势冲进了机枪阵地，又打哑了两挺重机枪。

当尚瑞海从左翼冲进敌人的工事时，一个美国大兵突然用卡宾枪顶住他的胸口。机警的尚瑞海用左手一下将卡宾枪挡开，右手同时扣动扳机，但枪没响。说时迟那时快，尚瑞海从背后掏出一颗手榴弹，捣蒜似的砸在那个鬼子的头上，结果了这个家伙的性命。

与此同时，另一路415团2营也成功地突破了敌人的前沿阵地，攻占主峰。415团3营8连随即向纵深发展，继续扩展战果。

指导员张祝三高喊："同志们，冲啊！不叫一个敌人漏网！"副连长方奎利带领2排冲在最前面。4班长徐国庆端着冲锋枪，照准敌人就是一梭子，打得敌人连滚带爬地骨碌下去。其他战士也不甘示弱，手中的机枪、冲锋枪一个劲儿猛扫，手榴弹、手雷一齐投向敌群，把敌人炸得血肉横飞。

就在这时，美军又以1个连的兵力发起反扑，向8连的侧后方迂回包抄过来。

　　1排、3排立即冲上去，把这股敌人截住猛打。2班副班长龙银发用刚从敌人那里缴获来的两门六〇炮，一口气打出30多发炮弹。喊杀声、爆炸声、枪声，连同美国大兵的号哭声响成一片。

　　激战一直持续到6日清晨，志愿军再次占领了正洞西山阵地，歼敌1个营另1个连大部。当钟万福、周彬、向一双与战友们在阵地上重逢时，兴奋得热泪盈眶。

　　在这次反击战斗中，建军160多年的美军"王牌"骑兵第1师的7个连队被全部歼灭了。其中有些建制单位被歼灭过两次，如第7团B连在4日夜被全歼，5日重建，当夜再次被全歼。

　　据被俘的该连中尉排长克洛彭那交代：B连在第一夜的战斗中就全部被歼。第二天营里又从后方补充到一个连，恢复了B连的番号，但在当夜又全营一起被歼，无一漏网。克洛彭那就是白天才补充到B连的。他垂头丧气地说："有许多刚从美国国内补充来的新兵，连一枪也未放就被打死或当了俘虏。"

　　正洞西山反击战斗历时不到3天，志愿军47军一部共歼敌2490余人，俘敌53人，缴获各种火炮20门，轻重机枪180挺，给美军骑兵第1师第7团以歼灭性打击，创造了志愿军在阵地进攻作战中打小歼灭战的光辉范例。

开城保卫战

【交战时间】 1951 年 11 月～1952 年 4 月

【交战双方】 中国人民志愿军第 63 军、第 65 军等部：美军陆战第 1 师、南朝鲜军第 1 师等部

【指挥将领】 傅崇碧、肖应棠

【战　果】 志愿军向前拓展控制区近 300 平方公里

　　开城位于朝鲜"三八线"以南，汉江口以北、临津江以西地区，自抗美援朝战争第二次战役后即为中国人民志愿军和朝鲜人民军所控制。

　　1951 年 7 月 10 日，朝鲜停战谈判在开城来凤庄正式举行，开城也因此被划为交战双方的中立区。

　　然而美国人对停战谈判并无诚意，不断在会场周围制造事端，妄图给朝中代表团施压，获取在谈判桌上得不到的东西。

　　谈判中，美军曾出动飞机轰炸了朝中代表团住所，南朝鲜军则枪杀了正在中立区执行巡逻任务的军事警察、志愿军排长姚庆祥。

　　虽在 5 次战役中遭受中朝军队的沉重打击，但美国人仍十分迷信其技术装备的强大优势，竟荒谬地提出其海、空军优势要在军事分界线的划分上得到所谓的"补偿"，企图不战而攫取

朝中方面控制的 1.2 万平方千米的土地。

在遭到严词拒绝后,美方首席谈判代表、美国远东海军司令乔埃中将公然进行军事讹诈,扬言:"让炸弹、大炮和机关枪去辩论吧!"

8 月 18 日,"联合国军"趁朝鲜北方发生特大洪水灾害、志愿军和人民军供应困难之机,以其空中力量对朝鲜北方铁路、公路等主要目标实施空中封锁战役,即"绞杀战";在地面则发起夏季攻势,进攻人民军防守的北汉江东岸艾幕洞至东海岸高城约 80 公里的防御正面。

夏季攻势失败后,"联合国军"于 9 月 29 日卷土重来,发起更为凶猛的秋季攻势,妄图迫使志愿军放弃临津江以东至铁原以西阵地,解除对涟川至铁原交通干线的威胁,并从翼侧威胁开城,最终夺占开城。

没承想这次败得更快更惨,战至 10 月 22 日,"联合国军"损失 7.9 万余人,只把战线向前推进了 10 多公里。

无奈之下,美国人只得重新回到谈判桌前。

10 月 25 日,中断 63 天的朝鲜停战谈判在板门店恢复。美方虽放弃了将军事分界线划在志愿军和人民军后方的无理要求,但在其提出的新的军事分界线方案中,仍把开城划入其控制区,并企图武力夺占开城。

为配合停战谈判,粉碎敌人的痴心妄想,彭德怀于 29 日命令以 65 军加强对开城及临津江以西地区的防御,并明确不能轻易放弃一寸土地,尽可能

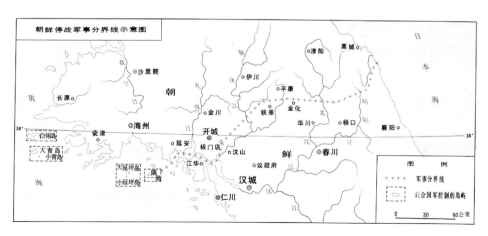

朝鲜停战军事分界线示意图

把战线向前推进。

11 月 10 日，志愿军总部决定，除 65 军担负保卫开城任务外，以 63 军前进至开城东北长和洞、华藏洞地区，准备协同 65 军打击进犯开城之敌，特别要加强反坦克和防空作战的准备；以 40 军 119 师派干部前往开城以西地区了解情况，在必要时准备参加保卫开城的作战；如敌军不进攻，则 65 军在有充分准备的前提下，依托阵地和火力向长湍以北地区作小的局部攻击。

志愿军官兵在构筑坑道

据此，63 军于 16 日接替了板门店以东 65 军 1 个师的防务，缩小了 65 军的正面防线，加大了开城防御的第二线力量。

19 日，志愿军第 19 兵团下达命令：要求各军充分认识确保开城对停战谈判的重大意义，"必须寸土必争，反复争夺，不许随便放弃寸土"；完成作战准备后，如敌军不进攻，则采取稳进的方针，选择其薄弱处，打掉敌突出部；65 军负责扫清汉江以北南朝鲜军海防部队。

领受任务后，63 军和 65 军各部迅速抢修工事，准备粮弹物资，作坚守防御准备。

从 11 月 16 日起，63 军全体官兵在"平时多流汗，战时少流血"的口号鼓舞下，操起钢钎，举起大锤，不怕艰难困苦，夜以继日地构筑工事。

经过 3 个月的奋战，63 军在西起开城东北之井洞、东至九华里东南之阳飞、正面约 35 千米的地域内，构筑了 65 千米长的坑道和 33 千米长的堑壕交通壕，以及各种掩体 30148 个、掩蔽部 7235 个，使整个阵地形成了能攻能守、能藏能生活、以坑道为骨干的支撑点式的防御体系。

虽说"联合国军"在大规模进攻上占不到什么便宜,可装备优势毕竟是事实。志愿军空中没有飞机支援,地面炮火也有限。因此,在不打大仗的两军阵前,"联合国军"士兵们就显得格外骄狂,不愿待在阴冷潮湿的地堡里,经常三五成群地躺在草地上晒太阳,抽烟喝酒吃罐头,甚至跑到两军阵地之间的河沟里洗澡。敌人的坦克也明目张胆地开到最前沿的阵地上,机枪和大炮对准志愿军的阵地,不时寻找可供发泄的目标,一有风吹草动,就狂轰滥炸一番。

为打击敌人的嚣张气焰,志愿军决定遵照毛泽东提出的"零敲牛皮糖"、积小胜为大胜的作战原则,在构筑坚固阵地的同时,广泛开展"冷枪冷炮"运动,打击敌人。

当时双方阵地平均距离 400 ~ 500 米,最近处仅有 100 多米。志愿军战士做了形象的描述:"对面阵地上的美国佬,眼睛是黄的还是蓝的,都可以看得一清二楚。"

而这时志愿军的阵地基本上还是野战工事,没有形成坚固的防御体系,难以抵御敌军密集炮火的轰击,加之缺乏制空权,实在无法与敌进行火力对抗。为避免招致无谓损失,尽快完成第一线坑道防御体系的建设,许多部队曾一度给前沿部队规定了不主动惹事的纪律。

面对敌人的嚣张气焰,志愿军一线部队指战员们可咽不下这口气。他们在积极构筑、巩固坑道工事的同时,选派优秀射手和炮手组成狙击组或枪炮联合狙击组,隐蔽在前沿阵地上,以步枪或轻、重机枪准确地射杀敌阵地前沿暴露人员,以直接瞄准火炮、火箭筒、无坐力炮摧毁敌土木质工事和固定坦克发射点,以野炮、榴弹炮射击敌浅近纵深的小群目标,不失时机地消灭敌人有生力量。

因为敌我双方阵地距离很近,已经进入了各种轻武器的射程,所以虽然志愿军部队并没有配发专供狙击手使用的狙击步枪,但同样能有效射杀敌军阵地上的目标。由于它具有乘敌不备的突然性质,志愿军战士把这种战法称作"打活靶"。

1952 年 1 月 29 日,志愿军总部对各兵团各军发出了战术指示:

　　在与敌对峙状态中，对敌之小群目标及一般目标，每日指定值班的轻重机枪不失时机地寻求射击，对于单个目标也应组织值班的特等射（狙击）手专门寻求射击目标，这将给敌人甚大杀伤。……我们坚决反对认为步枪在近代战争中已是落伍兵器的说法。

　　自此，志愿军的"冷枪冷炮"活动在前线各军迅速开展起来，成为一种普遍的、有组织的群众运动。说是群众运动那是一点儿也不含糊，因为连勤杂人员都来参加这种过枪瘾打活靶的事。

　　志愿军战士们隐蔽在杂草丛中，躲藏在预先构筑好的工事里，警惕地搜寻目标。发现单个目标，就瞄准射击。如果有集团目标出现，就用炮轰击。通过仔细研究敌人的活动规律，志愿军战士们灵活选择射击位置，并事先构筑工事，进行严密伪装，有效发扬火力，大量杀伤敌人，把这一战法发挥得淋漓尽致——

待机歼敌的志愿军狙击手

　　敌人出来晒太阳，打！修工事，打！吃饭，打！敌机轰炸时，敌人出来看热闹，打！敌人出来拉屎撒尿，打……

　　志愿军战士们还总结出不少经验：洗澡的，脱下一条裤子再打；拉屎的，蹲下再打；坐汽车的，上坡转弯再打……

　　冷枪冷炮运动的开展，使"联合国军"吃尽了苦头。看着自己的同伴在不留意之间就丢了性命，变成了一具冰冷的尸体，吓得敌人一个个都钻进工事里不敢露头，也不换哨、不送饭、不抬伤员、不拖死尸，甚至连大小便也只能在工事里解决，拉在罐头盒里往工事外扔。

就这样，敌人失去了在阵地前沿的活动自由。而志愿军的伤亡则大大减少，比运动战时期的每月平均伤亡数减少了 2/3，充分显示了坑道工事的巨大优越性。战士们高兴地唱道：

> 阵地是咱的活靶场，冷枪杀敌的办法要提倡。
> 看看谁的技术高，看看谁的武艺强。
> 一枪一个瞄准打，个个送他见阎王。
> 积少成多胜利大，功臣榜上美名扬。

战斗中，志愿军指战员还自己创作了一首名叫《冷枪战》的歌曲。歌中唱道：

> 冷枪战，冷枪战。
> 冷枪战打得敌胆寒。
> 瞄得准打得稳，又机智又勇敢；
> 一枪一个百发百中，
> 只打得鬼子他不敢乱动弹。
> 你也打来我也打，今天俩明天仨，
> 加起了就是一个歼灭战。
> 大家开展冷枪战，打得鬼子心胆寒；
> 我们是英雄的狙击手，
> 我们是英雄的狙击手，
> 英雄的狙击手守卫着英雄的山。

一位名叫蒋中清的战士写的一首"塔诗"更朴实更精彩：

> 打
> 冷枪
> 要提倡
> 这个战术

真正叫吃香

代价小胜利大

这是敌人致命伤

射手找好隐蔽位置

射击之前先把子弹装

注意敌人活动眼看四方

发现情况沉住气不要发慌

先瞄好准到有效射程再放枪

一枪撂倒一个两枪撂倒它一双

你也打我也打打得鬼子晕头转向

为了世界和平坚决把侵略者消灭光

　　除了广泛开展冷枪冷炮运动外，志愿军各部还派出小分队，主动袭扰和打击敌人。

　　这下，"联合国军"更是乱了手脚，白天不敢出工事，怕挨枪子、遭炮炸，晚上也睡不踏实，担心自己在睡梦中当了志愿军的俘虏，或稀里糊涂地成为志愿军的枪下鬼。白天还好说，不能在外边活动，就老老实实地待在工事里。但志愿军的夜袭则让"联合国军"防不胜防。无奈之下，只好在阵地前沿大量埋设地雷，以阻挡志愿军的进攻。

　　敌人自以为有地雷给自己站岗放哨，就可以高枕无忧了。

　　谁知志愿军来了个"地雷大搬家"。敌人头天晚上埋在阵地前沿上的各种地雷，第二天就

将排出的地雷埋在敌人活动的通道上

被志愿军的工兵挖出来埋在自己的阵地前沿。更有胆大心细的战士，以其人之道还治其人之身，把挖出来的地雷悄悄地埋到敌人的阵地上，或在敌人常走的道路上设置雷区。敌人怎么也想不到，自己埋下的地雷最终还是炸到了自己头上。

在开城志愿军右翼阵地前，有一块不足 1 平方千米的地方，坐落着一个风景秀丽但饱受战火摧残的小村庄——板门店。朝鲜停战谈判恢复后，谈判地点便由开城迁到了这里。

板门店后面 10 多米便是开城，为交战双方划定的中立区。四周插着红布旗子，规定飞机不准在上空飞行，也不许往里打炮。但"联合国军"经常对开城中立区进行破坏骚扰。

65 军遂以 4 个侦察连和 194 师 1 个营的兵力，在开城以南、砂川河以西、汉江以北地区，向"联合国军"发起小规模的反击，扩展控制区 280 平方千米，将阵地向前推至汉江北岸和砂川河西岸，形成西起礼成江东至板门店的长约 50 千米的防线。

位于板门店东北约 10 千米处的智陵洞北山、杜梅里北山和 88.6 高地，地势突出，可居高临下瞰制志愿军纵深阵地，是"联合国军"一线主要支撑点阵地之一。由南朝鲜军第 1 师的 1 个营驻守，阵地筑有野战工事和屯兵洞，前沿设有铁丝网和雷区。敌人凭借有利地势，经常向志愿军开枪开炮，进行挑衅活动。

为改善防御态势，63 军决心以 188 师 563 团配属部分炮兵分队，攻取智陵洞北山、杜梅里北山和 88.6 高地。

1951 年 12 月 28 日，563 团以 1 个加强营的兵力在炮火支援下，一举攻占智陵洞北山。杜梅里北山和 88.6 高地的守军慑于被歼，丢弃阵地而逃。563 团立即抢修工事，转入防御，准备抗击敌人的反扑。

从 29 日起，南朝鲜军在飞机、坦克和大炮的配合下，分别以团、营、连规模的兵力连续发动反扑。563 团战士们在"保卫开城，为谈判代表撑腰"，"保卫会场，一步不退"的口号鼓舞下，在师、军预备队和炮火有力支援下，顽强防御，与南朝鲜军反复争夺 11 个昼夜，毙伤敌 2700 余人，巩固了阵地。

189 师的防御阵地紧靠板门店谈判会场西北侧。站在阵地上，可以看到谈

志愿军官兵向敌阵地发起冲锋

判会场绿色的帐篷，这里的枪炮声可以震撼会场的窗户。防御阵地的稳定性对保证谈判正常进行有着直接的重要意义。

沿着板门店向东至青延里，189 师阵地前沿的山沟像一个横写的"3"字。美军占据的两处阵地凸入志愿军一方，态势如同一把张着大口的老虎钳子，随时可以从两侧发起攻击。

为改变不利的防御态势，189 师决心向美军发起进攻，攻占该地区的制高点。

1952 年 1 月 28 日 14 时 50 分，战斗打响了。

63 军首先集中炮火向美军进行 20 分钟急袭。随后，2 个连的志愿军开始向美军发起了冲击。经 50 分钟激战，志愿军歼敌 2 个排，占领了阵地。

针对美军"有失必反"的特点，负责防御的志愿军部队对新占阵地的防御进行了严密组织和部署，专等美军自投罗网。

果然，在此后的 10 天里，志愿军共粉碎了美军 7 次大规模进攻，最终使遭受重创的美军放弃了重新夺回阵地的企图。63 军把防御阵地成功地向前推进了 16.5 平方千米。

进入 3 月后，志愿军一线部队的坑道工事已初具规模，在巩固已有阵地的基础上，各部队开始有计划、有组织地发起小规模进攻作战，重点挤占敌我中间地带和攻取"联合国军"突出的个别连、排支撑点。

3 月 18 日，63 军经过精心计划和准备，以 8 个步兵排，在 2 个榴弹炮连、

1 个野炮连和 2 门山炮、5 辆坦克的支援下，攻击上金谷西南无名高地的南朝鲜军第 1 师 1 个加强连。

战斗仅用时 20 分钟，志愿军就攻占了阵地，歼敌 156 人，之后主动撤回。

19 日，志愿军总部充分肯定了这次作战的经验，指示第一线的部队，依实际情况在 3 月底至 4 月间，各组织一两次小型的以歼敌连以下部队为目标的"有准备、有计划、有节制的主动攻击"战斗。

159 高地位于板门店东北约 4.5 千米，与 63 军警卫板门店会场的 150 高地隔沟相对。这个高地北陡南缓，地形险要，是"联合国军"防御体系中的一个突出部位。美军"王牌"陆战第 1 师派第 5 团 5 连在此据守。每次谈判开始前，美军都用火力向志愿军阵地猛烈射击，以显示其"威风"，配合谈判。

为消除美军对板门店的直接压力，63 军决心夺下 159 高地。

30 日夜，志愿军突然袭占敌外围警戒阵地。由于战前对 159 高地的敌人工事构筑、障碍设置和活动规律进行了细致的观察，因此在战斗打响后，攻击分队以隐蔽行动进至距敌前沿约 30 米处，迅速排除地雷。攻击开始后仅 3 分钟就突破敌前沿阵地，歼敌 30 余人，缴获各种枪支 57 支，击毁坦克 2 辆，汽车 4 辆。

4 月 1 日，65 军以 1 个加强连，在炮兵支援下，向砂川河以东、西场里以南的楸村发起攻击，一举歼灭南朝鲜军陆战第 1 团 1 个连大部。志愿军谈判记录中记载：

> 4 月 1 日，当志愿军把捉到的俘虏押过开城时，中朝谈判代表团的同志们和开城百姓都欢呼雀跃，载歌载舞，如同过节一样高兴，代表团还专门在开城设宴招待打了胜仗的勇士们，而"联合国军"的谈判代表们，则垂头丧气，面红耳赤，一时间不知如何是好。

63 军和 65 军在开城地区防御作战历经 4 个多月，保卫了开城地区的安全，有力地配合了朝鲜停战谈判的进行，对最终达成军事分界线协议产生了重要影响。

23

上甘岭战役

【交战时间】1952 年 10 月 14 日～11 月 25 日

【交战双方】中国人民志愿军第 15 军第 45、第 29 师，第 12 军第 31 师和第 34 师 1 个团，炮兵 9 个团各 1 部另 4 个营等部。"美军第 7 师（配属美军空降第 187 团）、埃塞俄比亚营、哥伦比亚营丫 南朝鲜军第 2 师配属第 37 团和第 9 师，以及 18 个炮兵营等部

【指挥将领】秦基伟、谷景生；范佛里特

【战　果】志愿军歼敌 2.5 万余人

上甘岭，一个中国人熟悉的名字，因为一场战役。

我们熟悉的是"一条大河波浪宽"那甜美的歌声和战士们分吃一个苹果的感人故事。但我们知之甚少的是它真实的残酷与惨烈：

在这块长 3700 米、宽 1000 米的狭小地域内，双方 10 万余人拼命厮杀 43 天，作战规模由战斗发展成为战役，上万名军人长眠于此，其激烈程度是世界战争史上罕见的——"联合国军"炮兵和航空兵，对两个小山头共发射炮弹 190 万余发，投炸弹 5000 余枚，把总面积不足 4 平方千米的高地上的岩石被炸成三四十厘米厚的粉末和碎渣，山峰竟被生生地削低了 2 米。

进攻一方"联合国军"由美军第 8 集团军司令范佛里特亲自谋划和指挥，最初预计只需投入 2 个营的兵力，以 200 人的代价，在 5 天内即可完成战斗。

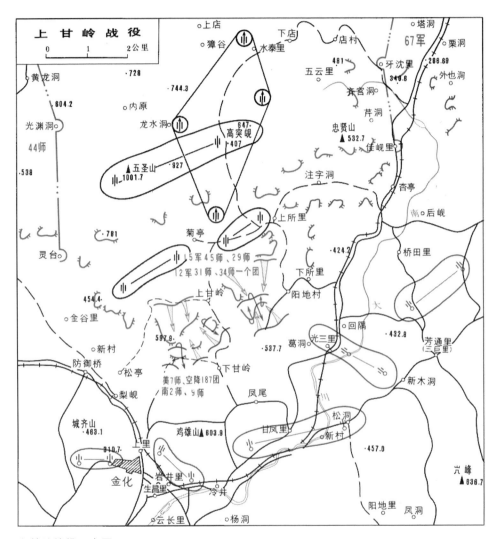

上甘岭战役示意图

　　防御一方中国人民志愿军由第3兵团副司令员王近山、副政治委员杜义德指挥第15军，贯彻"坚守防御、寸土必争"的作战方针，依托坑道工事，坚决抗击"联合国军"的进攻。

　　战斗打响时，没有人会想到：围绕这个小山头的争夺战斗规模不断升级，最后"意外"升级成为一场战役。

　　"联合国军"由于遭到志愿军顽强抗击，不得不陆续投入兵力。参战部队先后有美军第 7 师（配属美军空降第 187 团、埃塞俄比亚营、哥伦比亚营）、南朝鲜军第 2 师配属第 37 团和第 9 师，共计步兵 11 个团又 2 个营，另有 18 个炮兵营（105 毫米以上口径火炮 300 余门）和 170 余辆坦克，出动飞机 3000 余架次，总兵力达 6 万余人，伤亡高达 2.5 万余人。

志愿军也陆续投入大量兵力，计有 15 军 45 师、29 师，12 军 31 师和 34 师 1 个团，炮兵 9 个团各 1 部另 4 个营，有山炮、野炮、榴弹炮 114 门，火箭炮 24 门，高射炮 47 门，总兵力达 4 万余人。整个作战由 15 军军长秦基伟、政治委员谷景生具体指挥。

上甘岭之战，志愿军创造了世界现代战争史上坚守防御的典范。

时至今日，许多美国人仍想不通：为什么花了那么大力气，投下了那么多炮弹，死伤了那么多士兵，却拿不下两个小山头？

原本是二等部队的志愿军第 15 军第 45 师，在上甘岭一战中基本上打光了，但是自此昂首跨进了中国人民解放军一等主力的行列。

1961 年 3 月，中央军委从全军抽出三支陆军部队——第 1 军、第 15 军和第 38 军，交由空军司令员刘亚楼挑选一支，改建为中国第一支空降兵军。刘亚楼选择了 15 军，理由很简单：15 军是个能打仗的部队，他们在上甘岭打出了国威，不仅在中国，而且在全世界都知道有个 15 军。

让我们把时间倒退到 1952 年秋。

朝鲜战争进入相持阶段后，由于中国人民志愿军和朝鲜人民军全线性战术反击作战取得节节胜利，"联合国军"处境愈加被动。

在板门店举行的朝鲜停战谈判中，美方因迷信其军事硬实力的强大，在军事分界线的划分，实现停火、建立非军事区、成立联合军事停战委员会以安排和监督停战、战俘遣返等议题上，故意制造事端，并于 10 月 8 日片面宣布停战谈判无限期休会，继续向朝中方面施加压力。

这年正值美国总统竞选年，朝鲜战争自然成为总统竞选争议的焦点。而联合国第七届大会也要在这年冬季的前夕召开，朝鲜战争无疑又是大会的主题。

为摆脱战场上和谈判桌上的被动局面，也为执政党制造竞选声势，更为美国在联大会上壮威，美国当局摆出一副强硬的姿态，决定实施"摊牌作战"计划，又称为"金化攻势"，企图夺取志愿军中部战线要点五圣山，以改善防御态势，用一场胜利缓和国内外的反战情绪，把参战国继续绑在它的战车上。

对美国人的战略企图，彭德怀早已预料到了，对手下诸将说："五圣山是朝鲜中线的门户。失守五圣山，我们将后退 200 公里无险可守。谁丢了五圣山，谁要对朝鲜的历史负责！"

五圣山是志愿军中部战线战略要点、战线中部地区的最高峰，西侧为斗流峰和西方山，三山如唇齿相依，形成天然防线。如果斗流峰、西方山失守，五圣山就会陷入三面受敌的险境；一旦五圣山失守，斗流峰、西方山则失去依托，整个中部战线便有全线崩溃的危险。而西方山以西是宽达 8 千米的平康谷地，为一马平川的平原，如同群山环抱中的天然走廊，从汉城到元山的铁路、公路横贯其间。

597.9 高地和 537.7 高地则是五圣山的前沿阵地。一东一西，相距只有150 米，互为犄角，是向南楔入"联合国军"阵地的两颗钉子。东面的 537.7 高地，志愿军占据北山，"联合国军"控制高地。西面的 597.9 高地，有 3 个小山头组成，"联合国军"称之为"三角形山"。两个高地后面的山洼里有一个只有十几户人家的小村庄，名曰上甘岭。当时谁也不曾想到，这个小村庄将因为这场血战而载入史册。

负责五圣山、斗流峰、西方山一线防御的是志愿军第 15 军。由于只有 3.7平方千米的狭小面积，易守难攻的上甘岭方向并非 15 军的防御重点，最初597.9 高地和 537.7 高地北山上各有 1 个连防守。

10 月 5 日，南朝鲜军第 2 师 1 名参谋投诚，称其所在的团将要配合美军向这一地区发动攻势。秦基伟回忆道：

　　一切迹象表明，敌人的进攻点很可能选择在我五圣山前沿的上甘岭一线。这些日子，范佛里特亲自在金化东北阵地视察了 3 次，召开了高级军官会议；部队逼近上甘岭前沿进行联合兵种作战演习，而侦察机反复进行低空侦察，并不断以小股部队的出击来侦察我军阵地的地形……这些准备工作都是在烟幕遮盖之下进行的。狡猾的敌人，白天用汽车装载少数兵员西运，夜间却把大批大批的兵员运载到这里来。看来，美国将军们想采取这种声东击西的欺骗伎俩，以保证他们在主攻方向发起攻击的突然性。

秦基伟遂下令45师135团做好战斗准备，将防守这两个高地的兵力分别增加到1个加强连，并在两阵地构筑了10米长以上的坑道48条，全长760多米。

14日清晨5时，美军第7师第31团、南朝鲜军第2师第32团和第17团1个营，共7个营的兵力，分为6路，在105毫米以上口径火炮300余门、坦克30余辆、飞机40余架次的支援下，采取多路多波的方式，连续向597.9高地和537.7高地北山发动猛烈进攻。著名的上甘岭战役就此打响了。

秦基伟回忆道：

对于这次战斗的严重意义，我军从上到下每个人都是了解的。如果敌人一旦夺取了上甘岭高地，我五圣山阵地便直接受到攻击的威胁。五圣山万一失守，敌人居高临下，我们在平康的一片平原上就无法立足，整个朝鲜战局就要发生严重变化。因此，上级首长们一再叮嘱我们："上甘岭这一仗必须打好，不许打坏！"

美军重炮、坦克、飞机以平均每秒6发的火力密度将各型炸弹倾泻到这两个小山包上。在一天内，美军向上甘岭发射30余万发炮弹，飞机投掷了500余枚重型炸弹。这是朝鲜战争中单位面积火力密度的最高纪录。

上甘岭主峰标高被削低整整2

坚守上甘岭阵地的志愿军近战歼敌

米，寸草不剩。阵地上火焰终日不熄，空气为之灼热，岩石变成了黑色的粉末，爆尘、浓烟遮天蔽日，以至于许多参加过这场战斗的老兵们都以为那一天是个阴天。

在惊心动魄的爆炸声中，两个高地上的步话员一次次在坑道口竖起天线，拼命呼叫数百米之外的营指挥所。

然而，敌人的炮火实在太猛烈。在短短几分钟，坑道里储备的十几根天线全数被炸毁，电话线更是被炸得不成样子。

弹雨中，营部电话班副班长牛保才冲了出去，一路上边躲避炮火，边接上断线，随身携带的整整一大卷电话线都用完了仍然还差一截！

多处负伤的牛保才双手抓起断线，用自己的身体接通了线路，用生命换来了 3 分钟的通话时间。135 团副团长就在这宝贵的 3 分钟里向前沿坑道部队下达了紧急作战命令。

炮火也同时惊醒了位于 4 千米外的 45 师师部。师长崔建功飞快地跑上山顶向南眺望，只见十几里外炸点闪烁成一线的前沿阵地上，有两个点亮得格外刺眼。紧随其后跑上来的作战科科长宋新安立即判明：那是 597.9 高地和 537.7 高地北山。

敌人是主攻还是佯攻？通讯中断，战斗进行了几个小时，敌人的作战企图、兵力规模、战术手段仍然一概不清楚。侦察连派人去前线了解情况，第一批人在半路上全部牺牲了，第二批只有两个人几经周折终于来到 597.9 高地的 5 号阵地，一看阵地上只剩下 1 名战士了，美军正蜂拥而来，两人毫不犹豫立即投入战斗……

激战至 17 时，尽管击退了敌军 1 个排至 1 个营兵力的 10 余次冲击，但志愿军的野战工事被完全摧毁，大部分表面阵地被敌军攻占了，伤亡较大的志愿军全部退守坑道继续战斗。

黄昏时分，崔建功发出了作战指示："趁敌人立足未稳，马上组织反击，连夜把阵地夺回来！"

晚 19 时，在炮兵的支援下，135 团 3 个连另 2 个排分 4 路展开反击。

夜战是志愿军的强项。担负 597.9 高地 2 号阵地反击任务的是 135 团 7 连。4 天前刚刚从这里换防下来的 2 排由排长孙占元带领，作为第一突击队。

　　因志愿军炮火火力不足，敌人的工事未被全部摧毁。孙占元亲自带领一个班开辟反击道路，边清除敌地堡火力边前进，很快就攻下两个火力点。

　　在接近 2 号阵地时遭到敌人火力阻拦，孙占元双腿负重伤，右腿被炸断，只有一层皮连着，左腿也被炸伤，露出了骨头。战友们要把他抬下去，被孙占元严厉拒绝。因为他很清楚，在这里多停留一分钟，就会增加一分伤亡。于是，孙占元强忍剧痛，架起机枪掩护战友爆破，又接连摧毁了 3 个火力点。

　　攻上 2 号阵地后，部队继续向纵深发展。这时，一股敌人从上甘岭村头爬了上来，想从侧后包抄偷袭 7 连阵地。孙占元发现后，利用缴获的两挺机枪轮番射击，接连打退敌人两次冲击，毙伤敌 80 余人。

　　敌军又发起了第三次攻击。在战友相继伤亡、弹药告罄的情况下，孙占元忍着剧痛爬行，从敌人尸体上解下手雷继续战斗。当大批敌军蜂拥而上阵地时，他毅然拉响了最后一颗手雷，滚入敌群，与敌同归于尽，英勇捐躯。

　　战后，孙占元被志愿军领导机关追记特等功和"一级战斗英雄"称号。朝鲜民主主义人民共和国最高人民会议常任委员会追授他"朝鲜民主主义人民共和国英雄"称号和金星奖章、一级国旗勋章。

上甘岭战役中，志愿军派出小分队袭击敌人

激战了一天，双方打成了胶着局面。白天，"联合国军"倚仗强大的火力优势占领了两个高地的表面阵地；夜晚，志愿军发挥近战、夜战之长又夺回了阵地。两军主帅不约而同地开始调兵遣将，部署第二天的战斗。

鉴于敌人在上甘岭地区投入的兵力、火力有增无减，秦基伟、谷景生决定：调整 45 师部署，增调 134 团、133 团各 1 个营，作为两个高地的预备队。各级指挥所前移，加强后勤保障，迅速向坑道补充食物和水。

战斗打响前，范佛里特曾对"摊牌"计划相当乐观——假如一切按计划行事，有 200 多架次飞机和 16 个炮兵营 280 余门大炮的支援，步兵不会遇到很大的障碍，只要付出 200 人左右的伤亡代价就可达成目的。何况担任此次进攻主力的美军第 7 师是王牌部队。

然而，志愿军的防守能力和顽强程度远远超出他的意料。进攻了整整一天，"联合国军"连一寸阵地也没捞到，伤亡却高达 2000 多人。

从 15 日起，范佛里特又投入 2 个团另 4 个营的兵力，在炮兵、坦克和飞机的支援下，继续轮番进攻。

志愿军也不断投入兵力火力，依托坑道工事，白天阻击，入夜反击。两高地的表面阵地一次次被"联合国军"占领，又一次次被志愿军夺回。南朝鲜军第 2 师的 1 名排长回忆道："由于天翻地覆的炮击和白刃格斗，每当高地易手时，不到 1 平方千米的狙击棱线便被鲜血染红了。"

18 日晚，志愿军悄悄向坑道里增兵，准备第二天夜里进行大反击，全面收复高地。

增兵并不容易。从 597.9 高地 1 号主坑道运动途中要经过一片美军密集炮火的封锁区，好几个连队都没能冲过去。最终 134 团 8 连创造了"奇迹"，成功冲过封锁区进入坑道。

出发前，8 连官兵先将地形、道路和敌人炮火、照明弹的发射规律背了个烂熟，再派 1 个尖刀班将必经之路上几个敌人的地堡一一炸掉。出发后，全连 140 多人拉开距离，忽疾进忽卧倒忽匍匐，终于爬上了高地。

可一天前刚刚从这里下来专门负责带路的小通信员来回摸了好几趟，就是找不到坑道洞口。原来，就在这一天间，地面已经完全被炮火炸得变了样。

十几米外就是敌人的地堡，多一分钟停留就多一份危险！通信员急得要哭。

突然，连长李宝成借着美军照明弹的余光发现离他不远处有个坑，便滚过去躲炮，却意外发现这就是已经被炸得朝了天的坑道入口。

李宝成喜出望外，赶紧叫战士搬了一袋面粉，一路向外撒去做路标。紧随他进洞的 8 班长来来回回爬了十几趟，一身军衣磨得成了布条，胸腹腿臂一片血肉模糊，终于将 3 个排依次带进了坑道。凌晨 4 时，8 连全部进入 1 号坑道，仅有 5 人伤亡。

19 日夜，志愿军实施大反击。激战中，出现了一个被中国人代代传颂的英雄——黄继光。

黄继光画像

出身于贫苦农民家庭的黄继光是四川省中江县人。1951 年 3 月参加中国人民志愿军，在 15 军 45 师 135 团 6 连当通信员。

夺取 597.9 高地的战斗打响后，志愿军接连攻占 6、5、4 号阵地，但受阻于 0 号阵地，连续组织 3 次爆破均未奏效。

0 号阵地是通向 597.9 高地主峰的最后一个台阶。时近拂晓，如不能迅速消灭敌中心火力点，夺取 0 号阵地，将贻误整个战机。而此时 6 连伤亡巨大，只剩下了 5 个人。关键时刻，黄继光挺身而出，请求担负爆破任务，被任命为 6 班班长。

出发前，黄继光把妈妈 9 月的来信、自己的入党申请书和祖国赴朝慰问团赠送的一条小手绢放进了一个小红布袋里，交给指导员冯玉庆，说："营长、连首长都在这里，如果我在这次战斗中牺牲了，就请首先写封信告诉妈妈，告诉她老人家，她的儿子是在什么地方牺牲的，让她知道她的儿子没有辜负她的希望和祖国的希望。"

说完，黄继光带领战士吴三羊、萧登良冲上了阵地。

三人勇敢机智地连续摧毁了敌人几个火力点。在敌人疯狂的扫射下，吴三羊不幸中弹牺牲，萧登良身负重伤，黄继光的左臂也被打穿。

敌人照明弹将阵地照得如同白昼，几条交叉火力封锁住了前进的道路。黄继光毫无畏惧，忍着伤痛，趁手榴弹爆炸烟雾，抵近敌中心火力点，连投几枚手雷，敌机枪停止了射击。但当部队趁势发起冲击时，残存地堡内的机枪又突然疯狂扫射，攻击部队再次受阻。

这时，黄继光已多处负伤，弹药用尽。为了战斗的胜利，他顽强地向火力点爬去，靠近地堡射孔时，奋力扑上去，用胸膛堵住正在射击的机枪，英勇捐躯。

在黄继光英雄壮举的激励下，志愿军迅速攻占0号阵地，全歼守敌两个营。

战斗结束后，冯玉庆亲手把黄继光抱了回来。连长万福来用手电筒照着，仔细检查了他的遗体：身上的棉衣像被火烧过了一样，头部中过弹，脊骨被打断，腿也被打断了。

志愿军领导机关给黄继光追记特等功，追授"特级英雄"称号。朝鲜民主主义人民共和国最高人民会议常任委员会追授他"朝鲜民主主义人民共和国英雄"称号和金星奖章、一级国旗勋章。

特级英雄黄继光

20日，"联合国军"再次发动猛攻。激战一天，攻占了除597.9高地西北山脚的3个阵地外的其余所有表面阵地。两高地的志愿军部队全部转入坑道坚守。

在上甘岭战役的第一阶段，双方重点围绕两个高地不断增加兵力，展开了为时一周的争夺。"联合国军"白天进攻，志愿军夜间反击。血战七天，"联合国军"伤亡惨重。美国随军记者威尔逊报道："一个连长点名，下面答到的只有一名上士和一名列兵。"

志愿军也同样付出了巨大的代价。45师再无一个完整的建制连队，21个步兵连伤亡均超过半数以上，有的连队打得只剩下了几个人。师作战科长在向军里报告伤亡情况时，竟在电话中失声痛哭起来。

秦基伟告诉崔建功："15军的人流血不流泪。谁也不许哭！国内像15军这样的部队多的是，可上甘岭只有一个。丢了五圣山，你可不好回来见我喽！"

崔建功大声回答："请军长放心，打剩1个连，我去当连长，打剩1个班，我去当班长。只要我崔建功在，上甘岭还是志愿军的！"

本来"联合国军"发动此次攻势，是为扭转被动局面。但作战时间、投入兵力和伤亡情况，都大大超出了范佛里特的原定计划。为了挽回面子，"联合国军"只好硬着头皮继续硬撑下去。

接替李奇微出任"联合国军"总司令的克拉克后来回忆道："这个开始为有限目标的攻击，发展成为一场残忍的挽回面子的恶性赌博……"

从10月21日开始，"联合国军"一面围攻志愿军坚守坑道的部队，另一面调整部署，将遭到重创的美军第7师在汉滩川以东的防务和进攻597.9高地的任务交给南朝鲜军第2师，将南朝鲜军第9师调至金化以南地区作为战役预备队。

对此，南朝鲜人颇为恼火。《韩国战争史》中写道："军团的这一措施立刻激起舆论，给人一种只顾减少美军伤亡的印象。"

美国人为减少伤亡，从上甘岭撤下来，而志愿军则决心打下去。

志愿军代司令员兼政治委员邓华亲自打来电话，勉励15军："目前敌人成营成团地向我阵地冲击，这是敌人用兵上的错误，是歼灭敌人的最佳良好时机。应抓住这一时机，大量杀伤敌人。我继续坚决地战斗下去，可制敌于死地。"

秦基伟根据这一指示，命令45师重点转入坚守坑道作战，准备进行决定性的反击。

为破坏坑道，消灭坑道内的志愿军部队，"联合国军"可谓绞尽脑汁：用飞机、大炮对主要坑道进行狂轰滥炸；在坑道口上面挖掘深沟，用炸药爆破；向坑道口内投掷炸弹、炸药包、爆破筒、手榴弹、汽油弹；用硫黄弹、毒气弹熏；用火焰喷射器喷；用石土、麻袋、成捆铁丝、铁丝网封堵坑道口；组织兵力、火力封锁坑道口，或在坑道口建碉堡、设障碍，断绝坑道内外交通……无所不用其极。

在坑道里的日子，不是艰苦两个字可以概括形容的。有的坑道被炸塌，坑道口被堵；越打越短的坑道里，地上堆放着弹药、粪便，还有烈士的遗体；空气中弥漫着硝烟、毒气、血腥和汗臭……不但人员行动困难，连呼吸新鲜空气都是一件奢侈的事情。极度污浊、缺氧的坑道里有时连蜡烛都无法燃烧……

最大的困难，正是电影《上甘岭》里所表现的——水。

敌人在破坏坑道的同时，加紧对供给运输线的封锁，切断了五圣山至上甘岭前沿的所有通道，坑道里粮弹缺乏、无水可饮。危急中，战士们饮尿止渴，不但给它起了个好听的名字——光荣茶，而且还规定为保持体内水分，每次由一个人尿，大伙轮着喝。后来，连尿都成了稀缺资源，好不容易挤出一点尿还得先保证给伤病员……

坑道里，最难过的就是伤病员了。水都没有，何况是药！药运不上来，伤员自然也送不下去。伤口糜烂、无药可用的伤员为了不影响战士们的士气，硬是忍着剧痛不叫出声来，实在是忍不住了就用床单堵住自己的嘴。有的伤员牺牲了，咬在嘴里的床单拽都拽不出来。

从后方到前沿坑道的路程是名副其实的死亡地带。火线运输员一批批地派出去，一批批地倒在封锁线上。包子、馒头、药品、萝卜……前往上甘岭的道路上，多少补给和生命都滚落在血泊之中。45师甚至向火线运输员"悬赏"：凡送上一篓苹果者，记二等功。

然而，真正能送到坑道里的苹果所剩无几。

当一个珍贵的苹果被交到坑道里7连连长张计发手中时，他把苹果放在鼻子底下闻了闻，舍不得吃，送到了一名重伤员手里。这名重伤员也只是闻了一下，就把苹果递给了身边的战士。同样的动作在坑道里重复着，这个苹果在战士们的手里传来传去……转了一圈，苹果又完整地传回到张连长手里。最后在张计发的命令下，大家才一人一小口，转了几圈后分吃完那个并不很大的苹果。

　　这一充分体现出革命战士伟大的友爱互助精神的故事，记录在电影《上甘岭》里，记录在秦基伟的回忆录里，记录在《抗美援朝战争史》中。

　　从 21 日起至 29 日，坚守坑道的部队先后组织班或战斗小组向坑道外出击 158 次，毙伤敌 2000 余人，夺回 7 处阵地。

　　坚守 597.9 高地 1 号坑道的 134 团 8 连，原有 140 人，打光了再补，前前后后补充了来自 16 个建制连的 335 人。在 14 个昼夜中，他们没让敌人睡一个安稳觉，组织大的反击 13 次，小反击 80 次，小部队出击 12 次，以伤亡 254 人的代价，歼敌 1760 余人，为巩固和恢复 597.9 高地作出重要贡献，荣立特等功。

　　其间，志愿军纵深部队以 2 个班至 5 个连的兵力，多次向 597.9 高地和 537.7 高地北山实施反击，并及时向坑道内增派兵力，补充物资；炮兵 19 个连进行火力支援，积极配合坚守坑道作战。

　　考虑到 15 军自上甘岭战役打响后苦战已久、伤亡巨大，同时为了准备决定性反击，第 3 兵团根据志愿军司令部的指示，决定增兵。

向上甘岭运送粮、弹

兵团副司令王近山给秦基伟打来电话："秦基伟，你撤下来，我让12军上！"

"我不下！死了也不下！"秦基伟回答地十分干脆。

"那就一言为定，15军不下，不过12军也要上，我把12军配属你指挥。"

放下电话，王近山立即命令12军调往五圣山地区，作为战役预备队；以15军29师接替45师除597.9高地和537.7高地北山以外的全部防务；给15军增加7个炮兵连和1个高射炮兵团，给45师补充1200名新兵。

25日，15军在道德洞指挥部召开作战会议，总结了此前出现的战术问题，并基于痛打美军、震慑南朝鲜军的作战方针，决定30日首先对597.9高地实施决定性反击，恢复并巩固阵地。

30日晚9时，志愿军104门火炮突然发出怒吼，炮弹如暴风骤雨般飞向597.9高地和敌军炮兵阵地，开始了决定性反击的直接炮火准备。

"联合国军"炮兵被压制2个小时竟没有做出任何反应。美军第7师上尉尼基惊恐地告诉随军记者："中国军队的炮火像下雨一样，每秒钟一发，可怕极了。我们根本就没有藏身之地。"

炮火准备过后，15军以45师5个连、29师2个连与坚守坑道的3个连相互配合，对597.9高地进行反击。经5个小时激战，恢复了高地上大部分阵地，并击退南朝鲜军多次反扑。

从11月1日起，"联合国军"每天以1～6个营的兵力，对597.9高地展开猛烈攻击，一度突入阵地。12军则以31师91团和93团1个营先后投入战斗，与45师防守部队紧密配合，粉碎了"联合国军"的多次进攻。

11月5日是美国大选的日子。范佛里特和李承晚亲自到前线打气，"联合国军"发动了整整一天最为猛烈的攻击。

此时，坚守在597.9高地主峰及其南北阵地的是12军91团。1951年6月才参加中国人民志愿军的新战士胡修道和班长及另一名新战

胡修道

士滕土生负责坚守 597.9 高地 3 号阵地。

在班长的指挥下，他们英勇还击，连续作战 3 个小时，打退敌人 10 余次进攻。后班长调去支援 9 号阵地，胡修道和滕土生留下继续坚守。胡修道回忆道：

> 在 597.9 的 3 号阵地上，已经打退敌人 24 次攻击了。我和滕土生抓紧战斗间隙准备弹药，一排排揭开盖的手榴弹摆在身旁，准备随时砸到敌人头上。这个阵地上虽然只有我们两个人，但打起敌人来却能顶上两个排。阵地上的烟雾刚刚散开，敌人的重炮又开始轰击了……敌人在搞什么鬼哟？我连忙向旁边阵地观察，呀！原来在 10 号阵地的前面黑压压地爬过来一大片。……可是 10 号阵地仍然是静悄悄的，除了炮弹爆炸的硝烟以外，就是树根、碎石和光秃秃的山包，没有一点反应，也看不见一个人影。我心里越来越紧张，难道 10 号阵地没人了吗？如果没人，10 号阵地一丢，敌人就可以俯射 3 号和 9 号阵地，597.9 高地可就完了！

时间在一分一秒地过去，可 10 号阵地上仍然没有一点动静。事不宜迟，胡修道立即抱起爆破筒，和滕土生一起主动支援。二人冒着敌机枪火力封锁，抢先登上制高点，将已冲上阵地的敌人击退。

胡修道回忆道：

> 敌人抛下了遍布山坡的尸体之后，又密密麻麻地拥上来了。还没容接近我们，就听得空中发出连续的嘶嘶声，我还来不及细看，敌人堆里就闪起了一团团火光。滕土生高兴地叫着："打得好呀！打得准呀！炮兵同志该立大功！"忽然后边有人喊叫，我警觉地抓起一个手雷，回头一看，原来是何大成带着两个同志来支援我们。我高兴地跑过去，抱了这个又抱那个，兴奋地说："你们来得好啊！敌人被打退了，10 号阵地还是我们的！"

经过一天激战，坚守 597.9 高地的志愿军共打退"联合国军"40 余次进攻，歼敌 280 余人。

战后，志愿军领导机关给胡修道记特等功，并授予"一级战斗英雄"称号。朝鲜民主主义人民共和国最高人民会议常任委员会授予他"朝鲜民主主义人民共和国英雄"称号和金星奖章、一级国旗勋章。

"联合国军"在 597.9 高地吃尽了苦头，被迫停止了对这一阵地的进攻。

第 3 兵团调整部署，以 12 军副军长李德生指挥 31 师及 34 师 2 个团担任巩固 597.9 高地和夺回 537.7 高地北山的作战任务，并组成五圣山战斗指挥所，该指挥所归 15 军直接指挥；45 师除炮兵、通信、后勤保障部队外，撤出战斗进行休整。

随着 597.9 高地争夺战的结束，敌我双方将争夺的焦点转到 537.7 高地北山。

11 日 16 时 25 分，12 军 31 师 92 团以 2 个连，在榴弹炮 52 门、迫击炮 20 余门和火箭炮 1 个团的支援下，分两路反击 537.7 高地北山。至 17 时，恢复 537.7 高地北山全部表面阵地，歼灭据守阵地的南朝鲜军第 2 师 1 个营大部。

当晚，坚守 597.9 高地的 93 团以 1 个排向东北山脚第 11 号阵地发起攻击，经 5 分钟战斗全歼守敌，恢复阵地。至此，597.9 高地表面阵地全部恢复并得到巩固。

12 日，南朝鲜军投入第 17 团和第 32 团残部进行疯狂反扑，均被志愿军打退。

14 日夜，志愿军 93 团主力加入战斗。双方继续展开争夺。至 17 日，92 团和 93 团在 7 天里共击退南朝鲜军百余次反扑，歼敌 2000 余人。

18 日，12 军以 34 师 106 团接替 93 团，投入 537.7 高地北山战斗。时任 8 连卫生员的吴世金回忆道：

> 拂晓，敌人在飞机大炮的配合下，向我 106 团 8 连 537.7 高地发起进攻。兵力由一个连、一个营，增至几个营。当敌人进入我机枪、冲锋枪的有效射击距离时，我们就向敌群扔手榴弹、爆破筒，实施抵近射击。爆破筒的威力很大，一根爆破筒炸得敌人血

志愿军医务人员抢救伤员

肉横飞，尸横遍野。……早8点左右，敌人对我进行毒剂袭击。当时有十几个同志中毒，咳嗽、流泪不止，睁不开眼睛。有的同志脸上、手上、脚上烧痛难忍。我一看是敌人打来的催泪弹和黄磷弹，便叫大家迅速到上风方向隐蔽，并叫中了黄磷弹的同志不能用手摸。……中午，敌人见久攻不下，就出动40多架飞机，对我阵地实施轮番轰炸。一枚重磅炸弹击中坑道口，连长、排长及战士全部牺牲。指导员在山上指挥战斗左腿被炸伤，不能行走。我给他包扎后，叫通信员背他下山。副连长腿部负伤，行动困难，也只能坐在连指挥所里指挥战斗。这时106团8连除重伤员外，能参战的只剩下20余人。……此时，敌人对6号阵地使用了"火攻"。十几架敌机，在我阵地上投下大量的凝固汽油弹，把整个阵地烧成一片火海。……经过这次抗击，阵地上只剩下6个人了，没有吃的、喝的，没有棉衣，没有帽子。每人只穿两件烧得不成样子的单衣。在零下十几度寒冷的天气里，我们以坚强的毅力，死死地坚守在上甘岭阵地上，把上甘岭这把"尖刀"牢牢地插进敌人的心脏。

激战至 25 日，106 团击退了南朝鲜军 3 个团的轮番进攻，牢牢控制住 537.7 高地北山，完成了"打到底，收摊子"的任务。

"联合国军"由于伤亡惨重，被迫停止进攻。南朝鲜军第 2 师撤出整补，其防务交南朝鲜军第 9 师接替，上甘岭战役遂告结束。

美国新闻界当时是这样评论的：金化攻势已经成了一个无底洞，它所吞食的"联合国军"军事资源要比任何一次中国军队的总攻势所吞食的都更多。"这次战役实际上变成了朝鲜战争中的'凡尔登'，即使用原子弹也不能把阻击兵岭（指 537.7 高地北山）和爸爸山（指五圣山）上的共军部队全部消灭。"

"联合国军"总司令克拉克也不得不承认："这次作战是失败的。"

此役，志愿军第 15 军、第 12 军打退"联合国军"营以上兵力冲击 25 次，营以下兵力冲击 650 余次，进行数十次反击，共毙伤俘敌 2.5 万余人，击落击伤敌机 270 余架，击毁击伤敌大口径火炮 60 余门、坦克 14 辆，最终守住了阵地。作战中，志愿军伤亡 1.15 万余人。

上甘岭战役，创造了现代战争史上坚守防御作战的范例，表明以坑道为骨干、支撑点式的防御体系，对抗击强大火力的突击、增强防御的稳定性有着巨大作用。

24

1953 年夏季反击战役

【交战时间】1953 年 5 月 13 日～7 月 27 日

【交战双方】中国人民志愿军第 21、第 54、第 60、第 67、第 68、第 24、第 23、第 46、第 16、第 1 军等 10 个军及朝鲜人民军第 3 军、第 7 军团，美军陆战第 1 师，美军第 3、第 7 师，土耳其旅及南朝鲜军首都师和第 3、第 5、第 6、第 7、第 8、第 9、第 11、第 20 师等 18 个师

【指挥将领】邓华、克拉克

【战　果】志愿军歼敌 12.3 万余人

　　1953 年，朝鲜战争进入第四个年头，停战谈判也已断断续续地进行了 16 个月。交战双方在"三八线"附近地区仍处于相持状态，自上甘岭战役硝烟散尽之后，虽然没有发生大规模地面部队的军事行动，但来自空中的厮杀和地面小规模的战斗却从来没有停止过。

　　面对扑朔迷离的朝鲜战局，美国当局的决策者们心里很清楚，要想彻底扭转地面部队的被动局面绝非易事。因为他们在朝鲜半岛上动用了各种手段，使用了除原子弹以外的全部现代化武器，可依然没有见到胜利的曙光。战局离白宫的愿望也越来越远——不但未能占领朝鲜全境，反而陷入山头争夺的持久作战，伤亡数字更是月月飙升。按照美国总统艾森豪威尔的说法，到此时美军在朝鲜战场上的伤亡已高达 125000 人次，成为美国历史上仅次于南北战争和两次世界大战的第四次代价最大

的战争。

4月26日，因战俘问题由"联合国军"单方面宣布中断半年之久的朝鲜停战谈判再度恢复。谈判中，美国政府继续推行两手政策，一面同朝中方面进行谈判，另一面加紧扩编南朝鲜军，做长期战争的准备。

此时，"联合国军"总兵力达120万人，地面部队有24个师，其中南朝鲜军16个师，正在扩建的还有1个师，连同其海空军共有64万余人。第一梯队展开16个师，其中美军4个师、英联邦军1个师、南朝鲜军11个师；预备队6个师，其中美军3个师、南朝鲜军3个师。全线工事普遍加强，基本阵地构筑有坑道或坑道式掩蔽部、大量的地堡群和各种障碍物。

经过1953年春季反登陆作战准备，中国人民志愿军和朝鲜人民军阵地更加巩固，火力有很大加强，作战物资也较充足，总兵力达180万人，其中志愿军20个军、135万人，人民军6个军团、45万人。中朝两军在战略上日趋主动，而敌人则日趋被动，特别是在正面战场已处于无可奈何的地步。

根据朝鲜战场形势，毛泽东确定了战争指导方针："争取停、准备拖。而

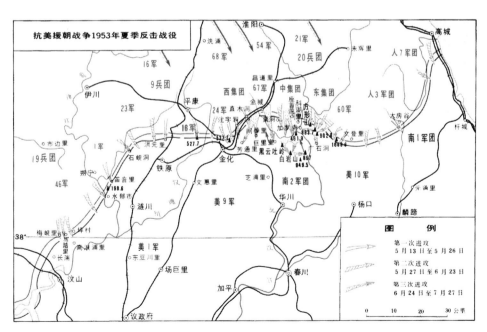

抗美援朝战争1953年夏季反击战役示意图

军队方面则应做拖的打算，只管打，不管谈，不要松劲，一切仍按原计划进行。"

据此，志愿军决定在继续加强海岸防御的同时，采取"针锋相对的方针"，以积极的行动配合停战谈判，准备除继续进行个别的战术反击外，选择合适的目标于 5 月中下旬发起一次规模较大的、像 1952 年秋季战役的反击战。

4 月 30 日～5 月 4 日，志愿军代司令员兼代政治委员邓华主持会议，研究制定战役指导方针和战役计划。随后又下达了战役补充指示，确定战役的目的主要是：消灭敌人，锻炼部队，吸取经验，以配合停战谈判。同时，适时注意改善现有阵地。战役指导的基本精神是稳扎狠打、由小到大，集小胜多胜为大胜。在战术上要力求全歼、速歼，不打则已，打则必歼，攻则必克，守则必固；有利则守，不利则给敌人一定杀伤后放弃，保持主动。打击对象西线以美军为主，东线以南朝鲜军为主，准备"联合国军"进行两至三个上甘岭那样的报复；整个反击作战采取统一与分散相结合的方法，分 3 个阶段实施，要求部队于 5 月底前完成一切准备工作。

按照志愿军总部的命令，参战部队做了充分的战前准备：一线准备发起攻击的军都保持有 4 个齐装满员的师，选定了合适的攻击目标（共选定目标 56个，其中营级规模的目标 7 个，连级规模的目标 17 个，排级规模的目标 32个），并对选定的攻击目标进行反复侦察和抵近观察，查明对手的兵力、火力配备和阵地工事的具体情况，认真制订了作战方案。

5 月 13 日，志愿军第 20 兵、第 9 兵团发起进攻。

夏季反击战役的第一枪是由 67 军打响的。当晚，67 军 201 师 2 个连另 1个排，在 120 余门火炮的支援下，向科湖里南山发起攻击。

科湖里南山是南朝鲜军第 8 师前沿的一个主要阵地，面积约 1.9 平方千米，阵地上有 4 条坑道和 5 个隐蔽部，全长约 150 米，由交通沟相连接，工事较为坚固，防守兵力为 1 个连另 1 个排。

为攻克这一坚固阵地，201 师攻击分队在战前选择了与攻击目标相似的地形，结合作战方案，对接敌运动、战斗队形、攻击爆破、打敌坑道、打敌反扑等各种作战方法，进行了 15 天的反复演练。

战斗打响后，负责攻打 500 高地的 1 排在排长石运金的带领下，从冲击出发阵地向敌阵地发起了猛烈进攻。经 25 分钟激战，占领全部表面阵地。残敌钻入坑道中企图负隅顽抗。坑道工事在英勇机智的志愿军战士手中，是打击敌人、保存自己的有力屏障；在愚蠢懦弱的敌人手里，则是埋葬他们的坟墓。

志愿军战士先将坑道一头的坑道口炸毁，尔后从另一坑道口或扒开通气孔钻进去，4 人一组，交替前进，用绑着手电筒的冲锋枪射击。敌人见志愿军钻进坑道与他们短兵相接，都惊慌失措，乱作一团，纷纷缴枪投降。

经过 6 个小时激战，占领全部阵地，毙俘敌 260 多人。

志愿军占领科湖里南山后，与它相邻的十字架山便暴露无遗。从 14 日起，南朝鲜军第 8 师以 1 个排至 2 个营的兵力，在 20 余架飞机和重炮的掩护下，实施反扑 27 次，企图夺回阵地。

志愿军攻击分队以阵地为依托，采取灵活战术，进行出击、反冲击和坑

志愿军召开庆功大会

道战，在炮兵的有力支援下，英勇顽强地抗击敌人反扑，歼敌 1300 余人，最后巩固并占领了科湖里南山。

15 日，志愿军司令部通报表扬："67 军步兵第 201 师反攻科湖里南山战斗打得好。"

为配合 201 师作战，199 师于 13 日～ 15 日以 2 个连的兵力，两次反击直木洞南高地，全歼南朝鲜军首都师 2 个连共 293 人。

与此同时，第 20 兵团第 60 军对北汉江以东 883.7 高地西北及东北高地、1089.6 高地东山脊等 7 个目标进攻 14 次；第 9 兵团第 24 军对金化以北 537.7 高地东北等 6 个目标进攻 6 次，第 23 军对洪原里北高地等 3 个目标进攻 3 次。

至 25 日，志愿军先后向美军 1 个师、南朝鲜军 7 个师正面连以下兵力防守的 20 个目标（连级规模 5 个，排级规模 12 个，班级规模 3 个）攻击 29 次。除对 1 个排防守的南朝鲜军的攻击失利外，其余均按计划攻克了阵地，全歼守敌，并先后击退 2 个班至 2 个营的反扑 113 次，共毙伤俘 "联合国军" 4100 余人，自身伤亡 1608 人，双方伤亡比为 5∶2。攻克的 19 个目标中，巩固占领 2 个，反复争夺后放弃 5 个，其余 12 个攻克后主动撤出。

与此同时，人民军第 3 军团攻克了杆城西大房谷东南棱线南朝鲜军 1 个排防守的阵地，打退南朝鲜军反扑 3 次，歼敌 130 余人。

27 日晚，60 军和 67 军按计划发起第二次进攻作战。

栗洞南山及其比邻的栗洞西南、690.1 东北、690.1 西北三个无名高地，位于金城东南七八千米处，由南朝鲜军第 8 师第 16 团 3 个连据守，是该师主阵地轿岩山前沿支撑点，构筑有地堡、坑道掩蔽部和盖沟堑壕，并设置数道铁丝网。

当晚 22 时，67 军 201 师以 4 个连的兵力，在 212 门火炮的支援下，分别向栗洞南山三个无名高地发起进攻。

经过激战，歼灭守敌 1 个连另 6 个排。随后主动放弃 690.1 西北无名高地，顽强坚守栗洞南山及其他 2 个高地。在 8 天时间里，先后击退南朝鲜军第 8 师 1 个排至 5 个连的 41 次反扑，共毙伤敌 1600 余人，俘敌 148 人，巩固占领了栗洞南山和栗洞西南、690.1 东北无名高地。

60 军以 180 师 539 团和 181 师 541 团各 2 个连的兵力，向南朝鲜军第 5

师第 36 团 2 个步兵连及配属分队 450 余人防守的方形山阵地发起攻击。

方形山位于金城以东、北汉江东侧，在南朝鲜军第 5 师主阵地 949.2 高地以北约 2 公里，是其向北伸出的一条山脊上最北端的一个无名高地。由于它是 949.2 高地前的主要支撑点，敌人精心构筑了以坑道工事为骨干的坚固阵地。

为达成战斗的突然性，志愿军战前在南朝鲜军阵地前挖掘了坑道和屯兵洞。26 日夜，攻击分队潜入坑道、屯兵洞和敌阵地翼侧松树林里。

27 日 22 时 5 分，进攻部队以 108 门火炮进行 7 分钟火力急袭，摧毁南朝鲜军阵地 60% 的表面工事。随后攻击分队同时对 9 处阵地发起冲击。经过 13 分钟战斗，全部占领表面阵地。守敌大部被歼，残部转入坑道。攻击分队实施爆破，并以战斗小组攻击坑道，最终将守敌全歼。

28 日～30 日，南朝鲜军第 5 师先后以 4 个营另 2 个连的兵力，在飞机、坦克和地面炮火支援下进行疯狂反扑，集中攻击方形山最南端的 5 号阵地。先后防守该阵地的 539 团 1 个连和 541 团 2 个连，依托工事顽强抗击，击退敌人 20 余次反扑，巩固占领了方形山诸阵地。

40 军 120 师 358 团以 2 个连的兵力，对马踏里西山——梅岘里东南山阵

志愿军实施炮兵火力突击

地发起攻击。

马踏里西山——梅岘里东南山位于高浪浦里西北 4 公里处，分别由土耳其旅第 1 营第 1 连及第 2 营第 6 连 2 个排防守，是"联合国军"防御阵地前沿的重要支撑点，筑有坑道、地堡和野战工事，并设有数道铁丝网。

28 日晚，志愿军攻击分队在 91 门火炮的支援下，经过 10 分钟战斗，全歼守军，占领了两高地。随后，土耳其旅在 190 门火炮、坦克 21 辆次、飞机 36 架次的支援下，以 1 个班至 1 个连的兵力实施猛烈反扑。

战斗进行得异常激烈，美军战史写道："为了顶住中共军的顽强攻势，共发射了 11.7 万多发炮弹和进行了 67 次近距离空中支援，以支援联合国军地面部队。敌人发射了 6.5 万发火炮和迫击炮弹，这是敌人在朝鲜战争中发射炮弹最多的一次。"

激战至 6 月 4 日，志愿军共击退了敌人 20 多次反扑，毙伤俘敌 900 余人，巩固地占领了马踏里西山——梅岘里东南山阵地。

在志愿军和人民军的强大军事攻势下，美方撤回了扣留朝鲜人民军被俘人员的方案，基本上接受了朝中方面 5 月 7 日所提方案，停战谈判有了较大进展，可望达成全部协议。但南朝鲜李承晚集团极力阻挠、破坏，指使其谈判代表退出谈判，并在汉城、釜山等地组织所谓的"群众示威游行"。

中朝联合司令部决定将打击目标改为南朝鲜军，力求大量消灭其有生力量，对英军阵地暂不攻击，对美军也不做大的攻击。

当志愿军攻下方形山阵地后，"联合国军"判断志愿军下一个目标是 949.2 高地，便在该处阵地重点布防，严阵以待。

志愿军将计就计，利用敌人的错觉，决定集中火力攻击 883.7 高地、973 高地和 902.8 高地。这 3 个高地位于金城以东、北汉江东侧，是南朝鲜军第 5 师第 27 团防御的突出部，山高势险，地形复杂，并筑有地堡、明暗火力点和坑道，形成支撑点式防御体系。负责攻击任务的 60 军军长张祖谅经过反复思索，提出了大部队潜伏的设想，并得到了 20 兵团代司令员郑维山的肯定。

大部队的潜伏，要做到万无一失，有许多问题要解决。60 军充分发扬军事民主，集思广益，发动全军官兵都来想办法，出主意。他们在阵地后方选择类似攻击目标的山头，反复进行潜伏、冲击和纵深战斗演习。把每次演习

中暴露出来的问题记下来，在班务会、连务会上反复研究，然后再把想到的
新办法搬到演习场上实践。

为了检验潜伏效果，60 军专门组织了一支"假设敌"分队，在模拟的敌
人阵地上严密监视了 3 天，没有发现潜伏部队的踪迹。"假设敌"分队返回后，
发牢骚说："叫我们受洋罪，为什么潜伏部队没有去？"问他们发现了什么？
回答说："就发现第二天有一拨人，从南往北走，其中还有女的。"

事实上，那天下午"假设敌"分队进入阵地后，就在他们眼皮子底下，
潜伏部队从黄昏开始下山，通过沟底，爬上沟对面，进入潜伏区，尔后整整
潜伏了 24 个小时。至于"假设敌"分队发现的那一拨人，是祖国慰问团的文
艺演出队，走在潜伏区内的一条小路上，也没有发现在他们走的小路旁藏有
一支潜伏部队。

9 日晚，60 军 180 师、181 师担任攻击任务的 13 个步兵连、4 个机炮连、
4 个营部、1 个团指挥所共 3000 余人，秘密运动至距敌人前沿 300 米的有利
地形和森林内隐蔽潜伏。

中国人民志愿军文艺工作者深入前沿阵地为英雄们演出

10 日 20 时 20 分，60 军集中 250 余门火炮，向敌人阵地实施了 20 分钟的火力急袭，摧毁敌 70% 以上的工事。在火力急袭中，炮兵进行了两次炮火假转移，杀伤被诱出工事的敌人。

20 时 40 分，潜伏在敌人阵地前沿的志愿军各突击部队一跃而起，分为 13 个箭头，向各自目标发起冲击。其中，543 团 2 个连仅用 15 分钟即占领 883.7 高地及其以南无名高地；543 团 1 个连和 542 团 3 个连用 48 分钟占领 973 高地及其以东无名高地。

这场漂亮的潜伏攻坚战只用了不到 50 分钟，就奇迹般地夺取了敌人东部战线几个重要支撑点，面积达 10 平方千米，南朝鲜军第 27 团基本被歼。60 军首创进入阵地战以来一次进攻作战歼敌 1 个团大部的范例。3000 余人的庞大队伍在敌人的眼皮子底下潜伏了 19 个小时而未被发觉，同样也创造了战争史上的奇迹。

随后，各突击部队扩大战果，至 11 日 3 时 18 分全部占领阵地。南朝鲜军不甘心失败，以第 5 师及预备队第 3 师各一部共 3 个团的兵力，对该阵地发起 1 个排至 2 个营的猛烈反扑。第 20 兵团抽调兵团预备队 68 军 2 个师加强 60 军的力量。在炮兵支援下，至 14 日，共击退南朝鲜军反扑 190 余次，巩固占领了阵地。

14 日晚，60 军 180 师 3 个团和配属该军指挥的 68 军 203 师 1 个团，在 82 毫米迫击炮以上火炮 408 门的支援下，分别向南朝鲜军第 35 团防守的 949.2 高地、628.6 高地发起攻击。

为配合 180 师作战，179 师以 4 个连的兵力攻击 902.8 高地以南的南朝鲜军。60 军指挥配属的 33 师也以 3 个连的兵力，在 82 毫米迫击炮以上火炮 123 门的支援下，向据守在 1089.6 高地以南的南朝鲜军第 20 师 1 个营的主阵地发起攻击。

1089.6 高地位于北汉江以东、志愿军第 33 师主阵地鱼隐山与南朝鲜军第 20 师主阵地 1219.8 高地之间。13 日，33 师以 99 团 1 个加强连从西侧抵近攻击目标潜伏。14 日 20 时 30 分，33 师集中 123 门火炮进行火力准备。7 分钟后，潜伏分队与 99 团另 1 个加强连、98 团 1 个连，从正面及东西两翼同时发起攻击。战至 23 时，西路进展顺利，一举攻占南朝鲜军阵地，并击退敌人的 7 次反扑，但正面及东路进攻受挫，遂全部撤出战斗，准备再次攻击。

15 日 21 时许，33 师以 98 团 1 个连、99 团 2 个连另 4 个排，并加强了 2 个火箭炮连，在 94 门火炮的支援下，分 3 路再次进攻 1089.6 高地。经过 2 个多小时的激战，至 23 时 40 分全部占领 1089.6 高地及其东西山脊，歼南朝鲜军第 62 团第 1 营第 2、第 3 连全部和火器连大部。随后连续打退南朝鲜军 1 个班至 2 个营的 84 次反扑，共毙伤俘南朝鲜军及美军顾问 1980 余人，巩固了阵地。

至此，60 军全部占领了南朝鲜军第 5 师和第 3 师 2 个团防守的、西起加罗峙东至广石洞以北约 30 平方千米的全部阵地。

60 军打得风生水起，67 军也不甘落后，向座首洞南山发起攻击。

座首洞南山位于金城东南、北汉江西侧，由南朝鲜军第 8 师第 21 团和第 10 团 1 个连防守。阵地工事坚固，由若干个支撑点组成，每个支撑点都有坑道 2 ~ 3 条，地面有 2 ~ 3 道环形堑壕和与坑道连接的发射点、掩蔽部、地堡等，在山腰和山顶之间构成 3 ~ 4 层明暗火力点，形成环形防御。南朝鲜军称为"模范阵地""京畿堡垒"，并多次组织军官到此参观。

67 军决定以 200 师 599 团、600 团，加强 201 师 602 团和 202 师 604 团、606 团，担任攻击任务。200 师决心采取多路有重点地突击和直插主峰的战法，以 599 团、600 团、602 团为第一梯队，604 团和 606 团为第二梯队。

为保证战斗发起的突然性，减少接敌运动中的伤亡，参战各团于战前在敌方阵地前沿山脚下构筑了秘密屯兵洞及单人掩体 700 余个，在己方阵地前沿构筑与加修炮兵和坦克发射阵地 110 余个。在进攻发起的前一天夜里，将 9 个步兵连秘密开进潜伏区，隐蔽在屯兵洞和单人掩体内。

12 日 21 时，200 师在 82 毫米迫击炮以上火炮 308 门、坦克 9 辆的支援下，发起进攻。经 25 分钟火力准备，将南朝鲜军阵地上，特点是主要突击方向上的工事大部摧毁。

21 时 25 分，第一梯队 13 个步兵连分 10 路从东北、北、西北三个方向开始冲击。担任主攻的 600 团仅用 10 分钟，就占领了座首洞南山主峰表面阵地，随后转入对坑道作战。至 13 日零时 12 分基本肃清守敌。担任两翼攻击的 599 团和 602 团在分别击退守敌多次阵地内反冲击后，也先后攻占 7 个支撑点。

南朝鲜军第 8 师投入预备队，在 8 架飞机和 6 辆坦克支援下，进行多次反扑，均被击退。为扩张战果，200 师命令 606 团 1 个营加入战斗，同 599 团一起，向纵深发展，相继占领 7 个支撑点。

从 14 日清晨起，南朝鲜军第 8 师又以 1～2 个营的兵力，在大量火炮和飞机、坦克支援下，向 600 团、602 团反扑 10 余次，均被击退。599 团、602 团和 606 团 1 个营乘胜发展进攻，又攻占南朝鲜军预备队阵地 4 个支撑点。至 18 时 40 分，全部占领座首洞南山阵地。

志愿军召开阵地庆功会

当晚，67 军乘胜扩大战果，占领了龙虎洞以北、松室里北山南朝鲜军第 8 师 21 团全部阵地，向敌纵深推进了 4 千米。

座首洞南山战斗，是志愿军继 883.7 高地战斗之后，又一次突破敌军 1 个团主阵地。经 46 个小时激战，志愿军 67 军将南朝鲜军第 21 团大部歼灭，并重创第 10 团，共毙伤俘敌 6000 余人，击落击伤敌机 21 架，缴获坦克 8 辆，扩展阵地 10 平方千米。

战后,朝中联合司令部通报表扬"六十七军反击座首洞南山战斗打得好"。

在第 20 兵团发起进攻前后,中线第 9 兵团指挥的第 23 军、第 24 军和第 19 兵团第 1 军及人民军第 3、第 7 军团,也先后对当面敌军 23 处营以下兵力防守的阵地进行了攻击。

15 日,由于按照双方实际控制线划定军事分界线的工作即将完成,中朝军队停止了主动进攻,夏季反击战第二阶段作战结束。

此阶段作战,志愿军和人民军先后对"联合国军"团以下兵力防守的 51 处阵地攻击 65 次,除 4 次因遭遇敌炮火拦阻伤亡太大或事先意图暴露攻击失利外,其余 61 次均获成功,并先后击退敌人 733 次反扑,共毙伤俘敌 41000 余人,给南朝鲜军第 5 师、第 8 师以歼灭性打击,扩展阵地 58 平方公里。

这时,朝鲜停战谈判各项议程已全部达成协议,即将签订停战协定。然而李承晚集团公然破坏停战协定于 17 日夜,以"就地释放"为名,把 2.7 万余名朝鲜籍战俘从俘虏营中放出来,将其中多数人强行编入南朝鲜军,并疯狂叫嚣"继续打下去"。

此举遭到朝中两国人民的强烈反对和国际舆论的谴责,同时也引发参加"联合国军"的一些国家政府不满和不安,甚至连美国总统艾森豪威尔也公开指责李承晚"违抗了联合国军司令部的指挥"。

为惩罚李承晚集团的破坏行为,给其以更大的军事压力,争取实现可靠的停战,志愿军发起了第三次进攻。

1 军 7 师 20 团奉命攻占朔宁东南、临津江东岸的 198.6 高地及其两侧无名高地。198.6 高地西可俯视临津江,东可支援其翼侧诸高地,不仅可以直接瞰制 20 团前沿阵地,而且对志愿军临津江西阵地可进行火力袭击,是敌人防御正面山脉的一个突出阵地和主要支撑点。由南朝鲜军第 1 师第 15 团 1 个连和 1 个火器排驻守。环阵地设有 5 ~ 8 道铁丝网,间布地雷,并筑有坑道和 15 个大碉堡、41 个小地堡,每个碉堡都在环形堑壕上向前伸出 2 米多,构成射击掩体,形成了比较坚固的防御体系。

20 团受领任务后,组织小部队积极活动,对攻击点做了反复侦察。在熟悉和掌握敌情、地形的基础上,进行沙盘推演,在相似的地形上组织多次演习，并预先在冲击出发地区构筑了能容纳 500 人的屯兵洞，将攻击部队事先隐蔽在洞中。

6 月 25 日，20 团以 3 个连另外 2 个排的兵力，在 137 门火炮支援下发起攻击。进攻发起前，198.6 高地上的南朝鲜军对志愿军的进攻意图已有所察觉，准备弃守逃跑。

然而为时太晚。20 团攻击行动突然、迅速，19 时 30 分开始火力急袭。剧烈的爆炸声、冲天的火光和烟浪，把整个高地全部覆盖。5 分钟后，步兵采取多路突破、穿插分割、人自为战的战术，发起勇猛冲击。

担任攻击任务的 8 连，由连长王虎元带 2 排和 3 排从右、副连长吕宽柱带 1 排从左，分两路直插主峰。守敌未及逃走即被压迫于坑道、地堡内。7 分钟后，攻击分队全部占领 198.6 高地及两侧无名高地表面阵地，随即转入聚歼龟缩于地堡与坑道内残敌的战斗。

20 时许，南朝鲜军开始炮火轰击，20 分钟后，步兵发起反扑。20 团按照预定部署，以部分兵力继续清剿残敌，攻击部队主要兵力转入防御，迎击敌军的反扑。至 21 时 11 分，全歼守军，并击退了敌军的反扑。

26 日，南朝鲜军第 1 师师长金东斌命令第 15 团不惜一切代价要把 198.6 高地夺回来。敌人出动大量飞机对高地进行狂轰滥炸，并调来 12 辆坦克及各种火炮实施摧毁性射击。从上午 8 时到中午 11 时，南朝鲜军连续发起从 1 个排到 2 个连规模兵力的反扑 18 次。

8 连顽强抗击，阵地前堆满了敌人的尸体。战斗进行得十分惨烈，8 连打到最后只剩下 8 个人，弹药也只剩下 8 颗手雷和 1 根爆破筒。危急关头，增援部队冒着敌人的炮火，冲过封锁线，与 8 连一道打退了敌人的疯狂反扑。

至 7 月 2 日，20 团先后将另外 6 个连及警侦工连 2 个排逐次投入防御作战，击退了敌人从排至营规模的反扑 52 次，巩固占领了 198.6 高地及其两侧无名高地，共歼敌 3430 余人。

23 军 67 师 200 团奉命攻占石岘洞北山。该山位于朔宁东北 10 公里处，是美军第 7 师第 17 团防御前沿的重要支撑点，由 2 个连防守，筑有地堡、坑道、盖沟，并设有多层障碍物。

为达成进攻的突然性和减少伤亡，200 团从 6 月中旬开始，在美军阵地前

准备从坑道出击的攻击分队

120 米处构筑了长 102 米、可屯 1 个加强连的坑道。

7 月 6 日，战斗打响。21 时 30 分志愿军开始炮火急袭。3 分钟后，200 团 6 连及加强分队，在 19 辆坦克的支援下，冒着大雨从屯兵坑道出击。仅 6 分钟即突入美军阵地，随即以小分队打坑道和炸地堡，搜歼美军，并向反斜面发展，夺占主峰。

战斗中，攻击部队突遭美军一暗堡火力拦阻，被压制在山腰间。战士许家朋见执行爆破任务的战友牺牲后，主动抱起炸药包，冲向敌暗堡，前进中双腿被炸伤。他忍着剧痛，顽强地爬到暗堡旁，但由于炸药包被雨水淋湿，爆破未能成功。许家朋拖着伤腿绕暗堡爬行，寻找暗堡入口。最后在找不到入口的情况下，为争取时间，毅然挺身扑向暗堡射孔，用胸膛堵住正在射击的枪口，以自己的生命为部队开辟了进攻道路。

战后，志愿军领导机关给许家朋追记特等功，并追授"一级战斗英雄"称号。朝鲜民主主义人民共和国最高人民会议常任委员会追授他"朝鲜民主主义人民共和国英雄"称号和金星奖章、一级国旗勋章。

在许家朋舍身堵枪眼的英雄壮举激励下，战友们迅速攻下主峰。

7 日，200 团相继投入 3 个连，击退美军 1 个排至 1 个连的 11 次反扑。至 11 日，199 团 6 个连和 201 团 3 个连先后接替防守任务，在炮兵、坦克密切配合下，依托坑道，又击退美军 5 个营兵力的多次反扑，共毙伤俘美军 3500 余人，击毁击伤坦克、装甲车 19 辆，巩固占领了石岘洞北山。

许家朋

为实现稳定可靠的停战，志愿军决定发起金城战役，以南朝鲜军为主要攻击目标，狠狠打击南朝鲜军。

46 军 136 师为配合金城地区作战，奉命进攻马踏里东山美军阵地。马踏里东山位于开城东侧、临津江北岸，由主峰及北侧、西北无名高地构成，美军陆战第 1 师第 7 团第 2 营在此防守，筑有坑道、地堡等坚固工事。

时任 46 军军长的肖全夫回忆：

> 马踏里东南山由编号 060、061、062、+0238 几个小高地组成，是敌人在"三八线"以北唯一的支撑点。若被我军攻占，可将敌人赶到"三八线"以南，直接威胁西线的交通供应，使其处于不利的地位。因此，那里不仅工事坚固，还由美军陆战队第 1 师这块"王牌"把守，系敌人在谈判桌上讨高价的主要筹码。

7 月 7 日 22 时，136 师实施第一次进攻。在锦州攻坚战中荣获"白老虎连"称号的 407 团 1 连担任攻击分队，在 43 门火炮支援下，分四路向敌阵地冲击。

敌人凭借有利地形和优势火力拼命反抗。敌机投出的串串照明弹将夜空染成一片惨白。连长杨万忠率领 1 班迅速攻占了马踏里东山主峰西侧的无名高地，歼敌 1 个班。在继续冲击中，突遭敌暗堡火力封锁，杨万忠英勇牺牲，全班只剩下 3 个人。

副指导员马玉臣率领 5 班迂回插至主峰右侧，连续炸毁敌两条坑道，歼敌 1 个班，继续冲向主峰。激战 3 个多小时，攻占了马踏里东山主峰北侧无名高地。随后击退了美军多次反扑，并在大量歼敌有生力量后主动撤出阵地。

肖全夫回忆道：

> 我军一打马踏里的枪炮声，极大地震慑了敌人。7 月 9 日，在板门店的美方代表，几次找上门来要求恢复谈判。10 日，谈判重开。军事分界线谈判小组的美军陆战第 1 师上校参谋长，见到我军谈判代表之一、我 136 师的副参谋长胡旭，一改以往的傲慢神态，主动前来握手。胡旭被他的突变愣住了，只是把手一背，头一抬，留给他无尽的尴尬。

19 日 21 时，407 团 2 个连在 61 门火炮支援下，实施第二次进攻，攻击马踏里东山主峰北侧及西北两个无名高地。

2 连 1 排长宋自云率领 2 班在右路，仅以 4 分半钟便占领无名高地；3 排副排长湛木森率 7 班在左路向 062 高地的主峰冲击。他们距主峰只有 20 米时，被敌一地堡射出的强劲火力挡住了去路。湛木森奋不顾身地冲向敌地堡，毅然用自己的胸膛堵住了敌人的枪口。7 班趁机跃上了主峰。2 连 4 班长张义全带领一个组冲向主峰时，也被敌人地堡火力压制。此时，身负重伤的张义全抱起 15 斤重的炸药包冲进地堡，与 39 个敌人同归于尽。

经 41 分钟激战，攻击部队占领了两个高地。随后击退美军 5 个多连兵力的 17 次反扑，巩固了所占阵地。3 连抓到的一个美军俘虏惊魂未定地说："中国志愿军好像是打不死的人，我一个劲儿地打机枪，可是志愿军还是不断地往上冲，吓得我浑身直哆嗦。"

肖全夫回忆道：

> 我军二打马踏里的胜利，再次触痛了敌人敏感的神经。在板门店的例会上，美军陆战 1 师的参谋长不由自主地抓耳挠腮，坐立不安。
>
> "上校是否知道，马踏里战线已经南移了？"胡旭见状，故意再予以一击。
>
> "我们陆战 1 师的阵地寸土未失！"那位上校在各国记者面前深感大失脸面，竟边吼边溜回自己的帐篷。
>
> "把阵地给我夺回来！"上校在帐篷里大喊大叫，帐篷外一片喧哗。
>
> 在胡旭出示的已占领 062、061 高地的证据面前，上校竟狡辩道："我军是愿意停战的，只是李承晚要打。你们为什么要攻击我们美军的阵地呢？这真叫我怀疑你方和谈的诚意。"无论这位上校如何掩盖，人们都很清楚，是因为他们确实被打痛了。不然，他们就不会回到谈判桌上来。

为了催促敌人早点清醒，24 日 19 时 30 分，136 师以 6 个步兵连的兵力，在 93 门火炮支援下，实施第三次进攻，攻击马踏里美军据守的 060 和 +0238

朝鲜停战协定签字仪式

两个主峰。

两个高地顿时炮声连连、火光冲天。各路突击部队跃出屯兵洞开始冲击。仅 20 分钟，060 高地的守敌便被全歼。21 时许，2 连 1 班长栗学福带领全班连续炸毁 14 个地堡，占领了 +0238 东北之无名高地。在尚未向主峰冲击时，便遭到敌人的疯狂反扑。他们连续击退敌人 11 次冲击，歼敌近百人。至 25日 6 时，攻占大部分阵地，随后连续击退美军 10 次反扑。

　　27 日，朝鲜停战协定签字，抗美援朝战争胜利结束。马踏里东山战斗也宣告结束，共歼美军 1660 余人，击毁击伤坦克 7 辆。

　　在持续两个半月的夏季反击战役中，志愿军和人民军在整个宽达 200 公里的战线上，进行了 3 次进攻作战，大小战斗 139 次，毙伤俘敌 12.3 万余人，扩展阵地 240 平方千米，拉直了金城以南战线，有力地促进了停战的实现。

25 金城战役

【交战时间】1953 年 7 月 13 ~ 27 日

【交战双方】中国人民志愿军第 68、第 54、第 67、第 60、第 21、第 24 军等部；美军第 3 师及南朝鲜军首都师、第 6、第 3、第 8、第 5、第 7、第 9、第 11 师等部

【指挥将领】杨勇；范佛里特

【战　果】志愿军歼敌 5.3 万余人

1953 年 6 月 8 日，朝鲜停战谈判中最为艰难、花费时间最长的议程——关于战俘问题，终于以朝中方面遣返一切坚持遣返的战俘、其余转交中立国公正遣返的建议为基础达成了协议，并签署了《中立国遣返委员会的职权范围》文件。

协议规定：停战协定生效后 60 天内，遣返一切坚持遣返的战俘；未予直接遣返的战俘交由波兰、捷克斯洛伐克、瑞士、瑞典、印度五国组成的中立国遣返委员会按其职权范围的规定处理。

至此，朝鲜停战谈判各项议程已全部达成协议。6 月中旬重新校订军事分界线的工作基本完成，谈判双方即将签订停战协定。

然而南朝鲜李承晚集团铁了心要将战争打到底，公开拒绝停战条款："按照目前的条款，停战对我们意味着死亡。我们一

贯要求应该把中共军队赶出我们的国土，即使在这样做时，我们不得不单独作战也就在所不惜。"南朝鲜国民议会也表决："一致反对停战条款。"

17日夜，李承晚以"就地释放"为名，把2.7万余名朝鲜籍战俘从俘虏营中放出来，将其中多数人强行编入南朝鲜军，并疯狂叫嚣"要单独向鸭绿江进行一次全面的军事进攻""一定要实现统一的目标"，企图破坏停战的实现。

这种公然破坏停战协定的行为激起了全世界的公愤。

苏联领导人尼赫鲁称这是一件"很遗憾而极其令人反对的事"。各国舆论一致大骂李承晚为"出卖和平的叛徒""不负责任的乖戾小人"。连英国首相丘吉尔也向李承晚提出强烈抗议："女王政府强烈谴责这种背叛行为！"加入"联合国军"的许多西方国家抗议李承晚破坏"联合国军"司令部的权限，要求美国撤掉这个傀儡。

焦头烂额的美国政府则坚称与放俘一事无关，拼命推卸责任。有些美国官员甚至感慨，共产党经常宣传说李承晚是美国人的傀儡，现在美国人倒真希望他能充当傀儡的角色。克拉克听到这个消息，只能两手一摊，无奈地说："让中国人教训一下韩国人吧！"

敌方内部吵成一团，毛泽东当然不会放过这种机会。19日，他电示谈判代表团："鉴于这种形势，我们必须在行动上有重大表示，方能配合形势，给敌方以充分压力，使类似事件不敢再度发生，并便于我方掌握主动。"

20日，中朝方谈判代表以金日成和彭德怀的名义致函"联合国军"总司令克拉克："我们认为你方必须负起这次事件的严重责任，必须负责立即追回被释放的全部战俘，保证以后绝对不会发生同类事件……究竟联合国军司令部能否控制住南朝鲜政府的军队？……朝鲜停战究竟包不包括李承晚集团在内……"

彭德怀认为李承晚既然挑起事端，就必须受到惩罚，即使暂时推迟停战协定也在所不惜。如果不在军事上给予敌人以惩罚性的痛击，不仅会拖延停战的早日实现，而且也将影响停战后朝鲜半岛和平局面的稳定，不利于世界的和平。为此，他于当晚亲自拟定电文给毛泽东，建议推迟停战协定的签字时间，再歼灭李承晚军1.5万人左右。

21 日，毛泽东复电指示：停战签定必须推迟。再给南朝鲜军以打击，极为必要。

据此，志愿军决定以金城以南地区的南朝鲜军部队为主要攻击目标，发起金城战役，狠狠打击南朝鲜军的嚣张气焰，惩罚其背信弃义的行径，确保停战的顺利实施和停战协定的落实。

金城以南地区，西起金化，东至北汉江，由南朝鲜军首都师和第 6 师、第 8 师、第 3 师防守。其基本阵地构筑了坑道工事和大量明暗火力点、地堡群，并以堑壕、交通壕相连接，形成支撑点式的环形防御体系。

志愿军以第 20 兵团指挥 5 个军在第 9 兵团第 24 军配合下，担任金城以南地区的进攻任务。第 20 兵团组成 3 个作战集团：第 68 军（欠第 202 师）、第 54 军第 130 师为西集团；第 67 军、第 54 军第 135 师、第 68 军第 202 师（欠第 605 团）为中集团；第 60 军（附第 605 团）、第 21 军（欠第 62 师、另配属第 33 师）为东集团；第 54 军第 134 师担任兵团预备队。

根据志愿军领导人关于放手作战、情况有利时向敌纵深作有限度扩张的指示精神，第 20 兵团司令员杨勇、政治委员王平决心在牙沈里至北汉江间 22 公里地段上，采取正面进攻、两翼钳击、多路突破的战法，首先攻占梨实洞、北亭岭、梨船洞一线及金城川以北地区，歼灭当面南朝鲜军 4 个师的 8 个团另 1 个营，拉直金城以南战线，尔后视情况向三天峰、赤根山、黑云吐岭、白岩山一线发展进攻，并准备在打反扑中大量歼灭南朝鲜军有生力量。东集团第 21 军在北汉江以东就地牵制当面的南朝鲜军使其不能西调。另以第 9 兵团第 24 军向注字洞南山、新木洞方向进攻，阻击金化方向美军和南朝鲜军东援。

刚刚进入不惑之年的杨勇也是中国人民解放军的一名猛将。1913 年生于湖南浏阳文家市镇，1930 年参加红军，曾任红军连长、营长、团政委、师政委等职，参加了中央苏区历次反"围剿"和长征。1934 年获三级红星奖章。抗日战争全面爆发后，历任八路军副团长、团长、旅长、鲁西军区司令员、冀鲁豫军区副司令员等职，先后参加平型关、午城井沟、汾离公路伏击战、东平、阳谷等战斗。解放战争时期，历任晋冀鲁豫军区纵队司令员、第二野战军第 5 兵团司令员等职，参加邯郸、定陶、巨金鱼、鲁西南、高山铺、淮海、渡江、成都等战役。1953 年 5 月，毛泽东亲自点将，调任第二高级步校校长杨勇出任志愿军第 20 兵团司令员。

杨勇上任后，便冒着敌军炮火，深入前沿了解地形、敌情。他所组织制订的金城战役作战计划，在抗美援朝战争后期可谓是一个创举。因为自第五次战役以后，交战双方在"三八线"上形成对峙状态，志愿军再也没有打过大规模的战役，只是小规模的突击，消灭敌人以连为建制的目标。

而这次，杨勇的胃口却出奇的大，一下子动用 6 个军的兵力，要狠狠地教训一下李承晚。计划上报志愿军总部后，得到了彭德怀的高度认可。毛泽东也复电表示同意，认为再歼南朝鲜军万余人极为必要。

杨勇在日记中写道：

> 金城反击战是自 5 次战役以来，最大的一次战役，无论是对兵团，还是对我都是第一次，缺乏经验。因此，更应该发挥部队的创造性、勇敢精神和各级指挥员的指挥艺术——切记。

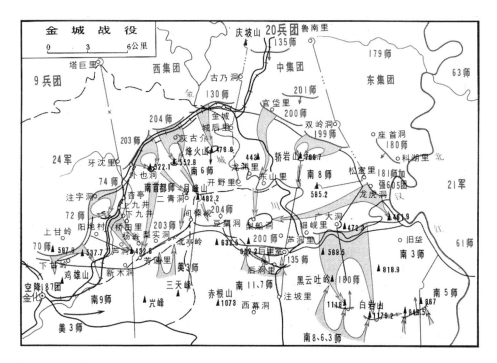

金城战役示意图

此时，经过前一阶段的反击作战，志愿军参战各部队军事素质都有了明显提高，士气也更加旺盛，已取得对敌营、团坚固阵地进攻的经验，并查明了金城以南地区南朝鲜军防御纵深工事的情况。

为有效地摧毁敌坚固工事，确保步兵顺利突破和纵深战斗，从 6 月下旬开始，志愿军在金城正面集中各种火炮 1100 余门、坦克 20 辆；动用 2000 辆汽车昼夜抢运物资 1.5 万吨，并向参战部队配发渡河器材。

第 20 兵团组织 6 个工兵营和 11 个步兵团参加抢修公路、桥梁。各参战部队在作战双方中间地带秘密构筑大量屯兵洞，选择潜伏区，演练对坑道工事连续爆破和攻击的战术、技术动作，按时完成了作战准备。

与此同时，为迷惑和消耗敌人，达成战役的突发性，第 60 军、第 67 军在战役发起前，向原定的南朝鲜军营以下目标继续实施进攻，先后攻占 529.3 高地、938.2 高地、广石洞以西高地、690.1 高地、轿岩山北山腿，并在新占阵地上同南朝鲜军反复争夺，击退敌军反扑 200 余次，毙伤俘敌 1.2 万余人。其他兵团所属部队也向当面敌人发动了小规模的进攻，掩护战役准备。

西集团右翼 68 军 203 师正面之敌是南朝鲜军首都师第 1 团。

该团成立于 1946 年 1 月，是南朝鲜首批组建的 8 个团之一，兵员充分，装备精良。因在"三八线"以北的襄阳守备战中一战成名，荣获"国军主力"的美名，李承晚亲自授予新团旗——"虎头旗"，从此得名"白虎团"。

在占领金城以西、上甘岭以东的突出部防线后，"白虎团"构筑了坑道、盖沟、环形战壕和各种明暗火力发射点相结合的半永久性坚固防御阵地。加之又得到美军 5 个榴弹炮营和大量坦克、飞机的支援，"白虎团"气焰十分嚣张，吹嘘这是一条"坚不可摧"的防线。

时任志愿军 203 师作战科副科长的康海回忆道：

> 为了摸透敌情，以便最大限度地趋利避害，师、团不仅组织专业侦察人员深入敌人阵地进行特定侦察，还组织部队战斗组长以上人员现地侦察，营、连、排干部对各自攻击目标进行摸察，师、团干部也对主突方向的要点进行勘察。在部队占领进攻出发阵地的第四天，以伏击手段成功地歼灭了"白虎团"的搜索队，捕获五名俘

房。经过讯问，进一步查明了敌人的兵力部署和工事构成情况。这
样，就为我定下全歼敌人的决心奠定了基础。

"白虎团"防御阵地正面达 3.5 公里。虽说在兵力上，203 师是"白虎团"
的 3 倍，但火力却不如对方，而且敌人的阵地为绵亘的防御体系，没有暴露
的翼侧。如果一味简单的强攻，只会造成不必要的损失。

经反复研究，203 师认为"白虎团"左翼阵地虽存在弱点，但不是要害，
突破后对其整个防线的威胁不大。右翼阵地是"白虎团"的强点，也是它的
致命要害。最后决定集中主要兵力火力于敌右翼进行突破，打开口子后，沿
山谷直插敌人纵深，再从东向西攻击敌左翼阵地。

具体采取连续突破、一鼓作气打乱敌人整个防御部署的战法，对在主要
方向上进攻的第一梯队事先明确攻打哪个高地，攻占高地后不再向纵深发展，
只负责彻底歼灭所占高地的敌人；第二梯队不待第一梯队占领高地，即对敌主
阵地实施攻击。这样就确保使敌首尾不能相顾，得不到片刻的喘息机会。

由于"白虎团"防御阵地没有暴露翼侧，203 师大胆决定采取穿插战术，
在突破敌阵地的同时，由 609 团副团长赵仁虎指挥 2 营执行穿插任务；由 607
团侦察连组成精悍的"化袭班"，在穿插营先头行进，直奔"白虎团"指挥所
所在地二青洞，以"出其不意，攻其不备"的奇袭手段，首先予以消灭。

203 师把穿插点选在第一梯队突破的前沿
阵地直木洞南山顶部东侧。选择这个地点，既
可以避开敌人谷底密集的障碍物和炮火封锁区，
又利用了第一梯队的突破成果，还可利用志愿
军火力对敌主峰进行猛烈压制，使敌无暇顾及
接合部实施炮火封锁。

"擒贼先擒王"的重任交给了 607 团侦察连
副排长杨育才率领的"化袭班"。这是一支由 12
名作战经验丰富的优秀侦察兵组成的小分队。他
们化装成南朝鲜军，每人都配备了手枪、冲锋
枪、手雷和燃烧手榴弹，还携带了电台、绳索软

杨育才

梯、破坏剪等特战工具，并配有一名朝鲜向导。

7月13日21时，浓云低垂，天地间一片昏暗，闷热得让人窒息。

第20兵团及第24军在1100余门火炮支援下突然发起进攻。东起北汉江，西至下甘岭，几十里的南朝鲜军阵地上浓烟滚滚，铅色的阴云被映成一片紫红。

经过20多分钟的火力准备，志愿军炮兵共发射各种炮弹1900吨。在主要突破地段上，摧毁南朝鲜军地面工事30%、障碍物80%～90%。

这是志愿军在抗美援朝战争中规模最大的一次炮击，也是志愿军第一次占据了地面火力优势。在炮击的重点方向，志愿军火炮密集度是每公里正面120门左右，达到了第二次世界大战中打得最激烈的苏德战场的标准。《美国第8集团军简史》记载：

> 令人难以置信的大量炮火在头上呼啸，在呼啸声中，他们前仆后继地攻击这个地区的大韩民国防线。在中共军队的猛攻下，前哨阵地一个接一个被打垮了。

西集团右翼203师主力于23时52分攻占522.1高地及其以北诸高地。赵仁虎副团长指挥2营和杨育才的"化袭班"组成的穿插支队，迅速通过3公里的炮火封锁区，向南朝鲜军纵深穿插疾进。

"化袭班"行进在穿插支队的最前面，沿着事先研究好的穿插路线，很快就进入了敌人的第一道防线。

突然，在前头开路的赵顺合急促地低声喊道："地雷！我踏着地雷啦！"

"用脚踩住，不要松开！"杨育才说着赶忙跑过去，小心翼翼地把地雷两边的土扒开。万幸地是赵顺合踩上的是一颗美式反坦克地雷，这种雷没有90公斤以上的压力是不会爆炸的。

杨育才命令大家都趴下，然后对赵顺合说："先卧倒，再迅速抽出那只脚，不能大意！"

赵顺合卧倒在地上后，猛地向旁边一滚。果然，地雷没有响，大家都长舒了一口气。

　　为了避开雷区，提高行军速度，"化袭班"顺着水沟跑步前进，终于翻过豁口，踏上公路，像离弦的箭一般向山下飞奔而去。

　　路上，胆大心细的杨育才穿上一套美军军官制服，充当起"美军顾问"，走在分队的最前头。每当碰上南朝鲜军巡逻队时，"美军顾问"便主动上前，用自己也听不懂的"英语"，对惊魂未定的南朝鲜士兵叽里呱啦地训斥一番，然后扬长而去。

　　就这样，"化袭班"越来越深入敌人的腹地，前面就设有敌人的岗哨，警备严密。杨育才边跑边想：只有抓个"舌头"，查问出口令，才能顺利插到"白虎团"指挥所。但他又担心这样会暴露行动，一时也不知如何是好。

　　恰在这时，公路上空又升起照明弹。借着亮光，杨育才回头检查行进的队伍，看是否有人掉队，却意外发现队伍后面多出了一个人。

　　杨育才悄悄地把情况同会朝鲜语的韩淡年说了。韩淡年不动声色地走到队尾，猛然抓住了那个家伙。

　　原来，这个"白虎团"的胆小鬼被志愿军强大的炮火吓破了胆，躲在沟

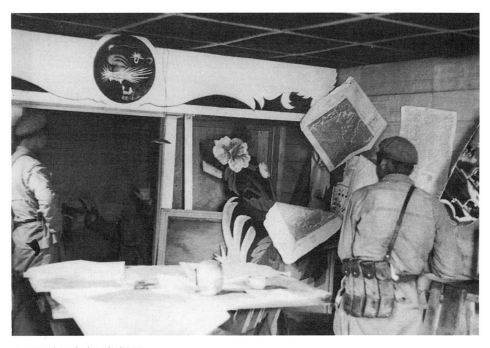

志愿军捣毁白虎团指挥所

边的草丛里装死。当"化袭班"在公路上跑过时，他还以为是自己的队伍正在撤退，就跟了上来，闷不作声地往南跑。

这真是"踏破铁鞋无觅处，得来全不费工夫"。韩淡年很快就问出敌人的口令和"白虎团"指挥所的情况。"化袭班"顺利地通过了敌人的重重岗哨，越过了勇进大桥，于 14 日凌晨 1 点半来到了二青洞沟口。

"不远了，同志们！"杨育才看完地图，兴奋地说，"加把劲儿，离目标只有二三里路了。"

然而，一个意外情况又出现了。迎面驶来了一长串的敌军汽车，是南朝鲜军机甲团的增援部队。

杨育才果断命令，立刻撤离公路，埋伏在草丛里，做好战斗准备。

满载着敌人和弹药的汽车，一辆接一辆地从杨育才他们面前驶过向北开去。当驶过 30 多辆汽车后，突然从北面传来一阵猛烈的爆炸声和激烈的枪声。这是跟在后面的穿插支队同敌人车队交上火了。

汽车都停了下来，把公路堵得死死的。敌人纷纷跳下车，乱哄哄地集合着队伍。

怎么办？如果不击溃这股敌人，迅速冲过去，不仅会影响歼灭"白虎团"指挥所，还会使敌人有从容的时间对付穿插支队。

时间紧迫，不能在这里等！杨育才果断命令："两个人打一辆车！趁着混乱之机，迅速冲过公路，集合地点是路那边的白杨树。"

说罢，他跃出草丛，举枪射击。侦察员们紧跟着他，勇猛地扑向敌人。一颗颗手榴弹在汽车周围爆炸，一串串子弹射向敌人。毫无防备的敌人被打得鬼哭狼嚎，四处逃窜。

"化袭班"并没有恋战，而是趁敌人慌乱之机，冲过公路，直奔"白虎团"指挥所。

此时，心急如焚的"白虎团"团长陆根洙和美军顾问正在召开紧急作战会议。屋里几十名南朝鲜军官争论不休，突然间几颗冒着烟的手雷扔上了会议桌。

几声巨响后，"化袭班"冲入屋内，举枪猛射，短短几十秒钟，"白虎团"团部里的几十名官兵大部被歼。

杨育才一眼看到会议室墙边有个铁架子，上面挂了面绣着一只龇牙咧嘴的白色虎头的军旗。他上前一把扯下这面绣工精美的旗子，塞进包里。"白虎团"的团旗就这样成了志愿军的战利品。

杨育才他们在打掉"白虎团"指挥所后，又一气干掉了附近的油库、弹药库。爆炸声此起彼伏，熊熊烈火映红了天空。

团指挥所被志愿军连锅端了，部署在周围的"白虎团"一下子群龙无首，乱作一团。黑夜中，官找不到，兵找不到，到处都是枪声、爆炸声和喊杀声，也不知来了多少中国军队。惊慌失措之下，干脆丢弃武器，四散奔逃。

听见二青洞方向传来猛烈的枪声和剧烈的爆炸声，赵仁虎马上意识到这是杨育才他们干的，立即指挥穿插支队主力直扑上去。

在夜色掩护下，穿插支队迅速将位于"白虎团"指挥所附近的美军第 555 榴弹炮兵营大部歼灭，并于凌晨 3 时占领梨实洞、北亭岭以北诸高地。随即建立阻击阵地，堵住了"白虎团"的退路。

203 师主力赶到了。激战至清晨 8 时，全歼南朝鲜军"白虎团"和机甲团 2 个营、美军第 555 榴弹炮营，毙伤敌 3000 余人，俘敌 840 余人，缴获各种火炮 102 门、坦克 13 辆、汽车 137 辆。

而杨育才率领的"化袭班"12 人竟在一个多小时的战斗里，毙敌 223 人，包括"白虎团"团部 97 人，自己无一伤亡，创造了世界特种作战史上的奇迹。

后来，文艺工作者将这一传奇战事搬上了舞台，改编为著名的现代京剧——"奇袭白虎团"。

金城战役打响后，西集团左翼 204 师顺利攻占了 552.8 高地，并于 14 日 4 时 30 分进抵月峰山下，在战斗中生俘南朝鲜军首都师副师长林益淳。130 师攻击 424.2 高地后，向烽火山发展进攻。至 17 时 40 分，西集团先后占领烽火山、月峰山。

中集团右翼 200 师攻占官垈里西南高地后，以一部兵力沿金城至华川公路向纵深穿插，于 14 日 6 时占领龙渊里、东山里地区，将南朝鲜军第 6 师防御部署割裂，使其轿岩山、烽火山阵地侧后受到威胁；主力则乘胜渡过金城川，向梨船洞发展进攻。左翼 199 师经一夜激战，于 14 日 10 时占领轿岩山后，继续发起进攻。在轿岩山战斗中，该师又涌现出一位"黄继光"式的英雄——

595 团战士李家发，以自己身躯堵住敌人机枪工事射孔，为部队冲击开辟了通道。

东集团 181 师附 605 团突破后，一部西渡金城川，进抵梨船洞东与中集团会合；另一部攻占 461.9 高地。24 军则以 1 个师的兵力，向南朝鲜军首都师第 26 团阵地发起进攻，于 14 日零时攻占注字洞南山、杏亭西山，13 时 30 分攻占 432.8 高地及杨谷以北地区，控制上九井、下九井间公路，保证了 20 兵团右翼的安全。

至 14 日 18 时，志愿军各参战部队经 21 个小时激战，占领西起新木洞经芳通里、梨实洞、北亭岭、间棒岘、豆栗洞、巨里室，沿金城川至 461.9 高地一线以北地区，拉直了金城以南战线，重创南朝鲜军首都师和第 3 师、第 6 师、第 8 师，歼敌 1.4 万余人，完成战役第一步任务。

在志愿军的猛烈攻击下，南朝鲜军狼狈逃窜。在金城以南的公路上，敌军乱作一团，拥挤的人流中夹杂着各式车辆。敌军司机狂按喇叭也无济于事，最后硬是从人群中撞开一条血路，夺路南逃。美联社记者是这样描述当时那些仓皇溃逃的南朝鲜士兵的：

> 有的攀在坦克上，有的骑在大炮上。但是还有成千的人用那起了水泡的一双脚，一拐一瘸地向南步行，到了精疲力竭的时候就在路旁的泥泞地里倒头就睡，顾不得倾盆大雨了……如果中共军有一队战斗轰炸机的话，他们就能把公路上的这个长达数英里的地段变成一条血河。

为贯彻"稳扎狠打"的指导方针，20 兵团和 24 军在巩固上述地区既得阵地的同时，各以一部兵力扩大战果。自 14 日夜起，东集团 180 师南渡金城川，于 16 日攻占黑云吐岭、1118 高地、白岩山、949.5 高地至北汉江一线阵地；中集团 135 师一部于 15 日晨攻占后洞里；西集团和 24 军在击退南朝鲜军反扑后，将阵地推至新木洞、北亭岭、间棒岘公路北侧。24 军则攻占金化以北 537.7 高地及 597.9 高地以南各无名高地。

这时，由于连日降雨，河水上涨，金城川上的桥梁全部被美机炸毁，新修道路泥泞难行，炮兵机动、通信联络和前线运输均发生困难，加之"联合国军"战役预备队已调近战场，20兵团和24军遂转入防御，准备抗击敌人的反扑。

果然，面对志愿军在金城以南地区的凌厉攻势，美国人和李承晚之间矛盾骤增。美国人大骂李承晚蠢笨无能，李承晚则骂美国佬见死不救。

为挽回败局，李承晚亲自赶往前线督战，命令南朝鲜军不惜一切代价进行反攻。

坐镇东京指挥的克拉克也沉不住气了，于16日携美军第8集团军司令泰勒飞抵前线，召开高级军官会议，决定组织美军配合南朝鲜军全力反扑，夺回失地。因为在克拉克看来，如果让中国军队以这种大胜的方式结束战争，那"联合国军"的颜面将荡然无存。

从当日下午开始，美军第3师和南朝鲜军第5师、第7师、第9师、第11师及第3师、第6师、第8师余部发起大规模的反扑。

志愿军总部于17日指示20兵团和24军：坚决巩固金城以南之登大里、广大洞、细岘里及芦洞里、梨船洞、豆栗洞、间榛岘、梨实洞、432.8高地、537.7高地一线以北阵地，作为志愿军主阵地，该线以南作为前进阵地；停止对敌人既设阵地较大的进攻，集中力量打敌反扑，在敌人大规模反扑中予以更大的杀伤和歼灭性打击，争取战役的全部胜利。

当天，南朝鲜军出动6个团的兵力，在100余架次飞机、200余门大口径火炮的支援下，重点进攻黑云吐岭、白岩山、949.5高地一线阵地。

坚守这一线阵地的东集团60军180师在既无坚固工事依托，又无纵深炮火支援，且粮弹供应不足的情况下，顽强抗击数倍于己的敌军，与敌人反复争夺阵地。激战竟日，180师守住了除867高地以外的各阵地，毙伤南朝鲜军3000余人。

鉴于东集团新占阵地过于突出，且背水作战，炮兵支援与补给一时尚难解决，20兵团遂决定该集团除以一部兵力固守461.9高地外，主力转移至金城以北地区防御。中、西集团和24军也适当向北收缩，主要固守432.8高地、梨实洞、北亭岭、间棒岘、602.2高地、巨里室北山一线。

432.8高地位于金化至梨实洞公路北侧，南屏千佛山，西邻537.7高地，是敌军进退的必经之路，位置十分险要。

24 军代军长张震亲自打电话给 74 师师长肖选进："你们已经掐住了敌人的喉咙。要不惜任何代价坚决扼守住 432.8 高地，保障我既得阵地的安全和友邻 68 军的行动。"

放下电话，肖选进就命令攻占 432.8 高地的 222 团政委蔡别文、副团长高庆忠立即转入防御，务必要守住阵地。

果然，敌人发起了疯狂的进攻，企图抢占 432.8 高地。敌人以航空兵、炮兵对 222 团 3 营 7 连扼守的阵地进行猛烈轰炸，出动 2 个排的兵力连续攻击 6 次，均被击退。肖选进回忆道：

> 敌人在航空兵、炮兵、坦克的掩护下，以数倍于我的兵力向 7 连阵地进行猛攻，一直打到晚上，先以小分队攻击，后又逐步增加兵力。最后，疯狂的敌人狗急跳墙，用整营的兵力向 7 连 7 班的阵地轮番进攻，成吨的炸弹、炮弹将阵地上的树木连根掀起，岩石炸成碎块，泥土、石块、弹片铺天盖地，7 连 7 班的阵地终因全班阵亡而暂时失守。连长立即亲自组织通信员、炊事员、伤员等，在我强大炮火支援下向敌人发起反冲锋，以气吞山河的气概和灵活的战术，硬是将突入我阵地的优势之敌全部歼灭，重新夺回了阵地。

战斗中，一群敌人涌上阵地，把 9 班班长王玉生团团包围。王玉生临危不惧，毅然拉响最后一颗手榴弹，与敌人同归于尽。

激战至黄昏，222 团共击退敌人的 23 次冲锋，毙伤敌 500 余人，守住了 432.8 高地。

从 18 日起，"联合国军"将反扑重点转向志愿军中集团正面的 602.2 高地、巨里室北山一线阵地。

19 日、20 日，南朝鲜军第 11 师、第 7 师先后展开 3 个团和 5 个营的兵力，在 480 余架次飞机、30 多辆坦克和大量火炮的掩护下，连续猛攻，一天内竟发动强攻 106 次。

67 军 200 师凭借有利地形，在炮兵火力支援下顽强抗击，阵地几度易手，均以反击迅速夺回。除巨里室北山阵地失守外，固守了已占阵地。

这天清晨，20兵团前线指挥部的电话铃声急促地响起。

杨勇拿起电话，听筒里传来志愿军副司令员邓华的声音："老杨，别打了。解方同志从板门店传话来，说敌人哇哇叫，要签字了。"

原来，面对惨重的伤亡，克拉克清楚再与志愿军打下去也于事无补，只会让更多的美国人陪南朝鲜人送死，而这显然是华盛顿政府最不能容忍的。于是，他作出了"停战条款将被遵守"的保证。

美方谈判代表哈利逊也变得老实多了，乖乖地坐在谈判桌前，对有关停战协定实施的所有问题向中朝谈判代表作出了明确保证。当时的谈判记录是这样的：

> 中朝方："究竟联合国军能不能控制南朝鲜政府和军队？"
>
> 美方："由于谈判所取得的成果，你方可以确信联合国军司令部，包括韩军在内，已准备履行停战协定的各项规定。"
>
> 中朝方："我问的是，南朝鲜军队到底受不受联合国军司令部的节制？"
>
> 美方："是的，韩军属于联合国军司令部。"
>
> 中朝方："对于已经达成的停战协定的实施，你方能保证南朝鲜政府和军队不进行阻挠和破坏了吗？"
>
> 美方："我方保证，韩国将不以任何方式阻挠停战条款的实施。"
>
> 中朝方：我问的是，如果南朝鲜政府进行阻挠和破坏怎么办？
>
> 美方："大韩民国进行任何破坏停战的侵略行为时，联合国军将不予以支持。"
>
> 中朝方："如果南朝鲜破坏停战，发动进攻，为保证停战，朝中方面采取必要行动抵抗进攻时，联合国军将持何种态度？"
>
> 美方："联合国军将继续遵守停战协定并承认朝中方面有权采取必要行动抵抗侵略，保障停战。"

没有了"联合国军"的撑腰，李承晚如同泄了气的皮球，再也无力打下

"联合国军"总司令克拉克在朝鲜停战协定上签字

去了。抗美援朝战争的最后一次战役——金城战役就此宣告胜利结束。

此役历时 15 天，志愿军第 20 兵团和第 4 兵团第 24 军迅速突破南朝鲜军 4 个师防守的宽达 25 千米的坚固阵地，向南扩展阵地 140 多平方千米，将战线拉直，毙伤俘敌 5.2 万余人，超过预定歼敌人数近 3 倍。杨勇给李承晚送上了一份朝鲜战争中他最倒胃口的"最后晚餐"。

1953 年 7 月 27 日上午 10 时，也就是克拉克到前线督战的第 12 天，这位美国上将无可奈何地来到汶山，在朝鲜停战协定上正式签字。

许多年后，克拉克在回忆录中描述了签字时的心情："在我执行政府的训令中，我获得了一项不值得羡慕的荣誉，那就是我成了历史上签订没有胜利的停战条约的第一位美国陆军司令官，……我感到一种失望的痛苦。"

至此，历时两年零九个月的抗美援朝战争，以中朝军队的胜利和以美国为首的"联合国军"的失败而告结束。

在整个战争期间，美国将其陆军的 1/3、空军的 1/5、海军近 1/2 的兵力投入到这个幅员狭小的朝鲜战场上，并拉拢 14 个仆从国组成"联合国军"，使用了除原子弹以外的所有现代化武器，然而却没有赢得这场战争。

中国人民志愿军先后参战的总兵力达290余万人，毙伤俘"联合国军"71余万人，自身作战减员36.6万余人。志愿军发扬爱国主义和国际主义精神，英勇顽强，克服了无数个难以想象的困难，终于以劣势装备打败了世界上拥有最先进武器装备的以美国为首的"联合国军"，创造了世界战争史上的奇迹，打出了军威、打出了国威，提高了新中国的国际威望，为维护世界和平、促进世界人民反帝斗争作出了重要贡献。

正如美国陆军官方战史中所写的：

"从中国人在整个朝鲜战争期间所展示出来的强大攻势和防御能力中，美国及其盟国已经清楚地看出，共产党中国再也不是第二次世界大战时的那个软弱无能的国家了。"

主要参考书目

中国军事百科全书编审委员会:《中国军事百科全书》，军事科学出版社，1997 年

军事科学院军事历史研究部:《抗美援朝战争史》，军事科学出版社，2000 年

《中国人民解放军军史》编写组:《中国人民解放军军史》(第四卷)，军事科学出版社，2010 年

中国人民革命军事博物馆:《抗美援朝战争风云录》，花城出版社，1999 年

中共中央文献研究室:《毛泽东年谱》，人民出版社、中央文献出版社，1993 年

《毛泽东传(1893—1949)》，中央文献出版社，1996 年

《毛泽东军事文集》:军事科学出版社、中央文献出版社，1993 年

彭德怀传编写组:《彭德怀传》，当代中国出版社，1993 年

《杨得志回忆录》，解放军出版社，1992 年

江拥辉:《三十八军在朝鲜》，辽宁人民出版社，1989 年

曾思玉:《烽火岁月》，海潮出版社，1994 年

傅崇碧:《傅崇碧回忆录》，中共党史出版社，1999 年

齐德学:《你不了解的抗美援朝战争》，辽宁人民出版社，2011 年

李英等:《四十军在朝鲜》，辽宁人民出版社，2010 年

沈志华:《毛泽东、斯大林与朝鲜战争》，广东人民出版社，2003 年

陈保生、杨宝林:《蓝天英豪》，蓝天出版社，2000 年

林源森等:《震撼世界一千天:志愿军将士朝鲜战场实录》，中国社会科学

出版社，2003 年

　　约瑟夫·戈登（美）:《朝鲜战争——未透露的内情》，解放军出版社，1990 年

　　莫里斯·艾泽曼（美）:《美国人眼中的朝鲜战争》，当代中国出版社，2006 年

　　王树增:《远东朝鲜战争》，解放军文艺出版社，2004 年

　　李庆山:《志愿军抗美援朝纪实》，中共党史出版社，2008 年

　　姚有志、李庆山:《志愿军勇挫强敌的十大战役》，白山出版社，2009 年

　　赵建利、梁育红:《烽火"三八线"》，军事科学出版社，2007 年

　　固城、齐丰、龚黎:《朝鲜战争》，黑龙江朝鲜民族出版社，1988 年

　　解力夫:《朝鲜战争》（上下卷），世界知识出版社，1997 年

　　胡晓:《"三八线"上空的硝烟》，百花出版社，1996 年

　　李峰:《决战朝鲜战争》，长江文艺出版社，2002 年

　　张少宏、李阳、李涛:《中国人民解放军战例》，黄河出版社，2014 年

　　楚云:《朝鲜战争内幕全公开》，时事出版社，2010 年

　　赵建国、马爱:《朝鲜大空战》，中国人事出版社出版，1996 年

　　崔长琦:《世界百年空战纪实》，世界知识出版社，1996 年

　　黄裕冲:《一代天骄——新中国空军实战录》，中共中央党校出版社，1992 年

　　胡海波:《云山大碰撞:第一次战役战事报告》，军事科学出版社，2007 年

声　明

　　本书在编写过程中，参考引用了大量的图片资料。由于资料的来源广、头绪众多，在客观上难以逐一进行核实。特在此郑重声明：希望图片资料版权的所有者予以谅解，并向他们致以衷心的感谢。凡认定自己是本书所使用的某张图片资料的版权所有者，请提供可靠的证明材料，并请及时与作者或出版社联系，我们将根据有关规定，合理支付报酬。